D1342352

MINI-ACCRO DU SHOPPING

SOPHIE KINSELLA

MINI-ACCRO
DU SHOPPING

Traduit de l'anglais
par Daphné Bernard

belfond
12, avenue d'Italie
75013 Paris

Titre original :
MINI SHOPAHOLIC
Publié par Bantam Press, une marque de Transworld
Publishers, Londres

Si vous souhaitez recevoir notre catalogue
et être tenu au courant de nos publications,
vous pouvez consulter notre site internet,
www.belfond.fr
ou envoyer vos nom et adresse,
en citant ce livre,
aux Éditions Belfond,
12, avenue d'Italie, 75013 Paris.
Et, pour le Canada,
à Interforum Canada Inc.,
1055, bd René-Lévesque-Est,
Bureau 1100,
Montréal, Québec, H2L 4S5.

ISBN 978-2-7144-4965-8
© Sophie Kinsella 2010. Tous droits réservés.
Et pour la traduction française
© Belfond, un département de place des éditeurs , 2011.

Pour Allegra, mon accro du shopping en herbe

Garderie Tick Tock

The Old Barn
4, Spence Hill
Oxshott
Surrey

Madame Rebecca Brandon   9 novembre 2005
The Pines
43, Elton Road
Oxshott
Surrey

Chère madame,

Merci pour votre lettre. J'apprends avec plaisir que vous vous réjouissez d'assister à notre prochaine matinée d'activités parents-enfants. Malheureusement, aucune tenue de soirée ne sera distribuée aux parents et aucun « échange de vêtements avec les autres parents » n'est prévu, comme vous le suggérez.
Je suis heureuse de vous faire savoir que Minnie participe à de nouvelles activités et qu'elle passe beaucoup de temps dans notre nouvelle « boutique ».

Bien à vous,

Teri Ashley
Directrice

P.-S. Ne vous inquiétez pas pour l'incident mineur concernant les taches d'encre. Nous connaissons les enfants ! Et Mme Soper pourra toujours faire reteindre ses cheveux.

Garderie Tick Tock

The Old Barn
4, Spence Hill
Oxshott
Surrey

Madame Rebecca Brandon   1er septembre 2005
The Pines
43, Elton Road
Oxshott
Surrey

Chère madame,

Hier, nous avons été ravis de faire votre connaissance et de rencontrer Minnie. Nous sommes persuadés qu'elle se plaira beaucoup dans notre garderie, et nous vous attendons la semaine prochaine.

Bien à vous,

Teri Ashley
Directrice

P.-S. Ne vous inquiétez pas pour l'incident mineur concernant les taches de peinture. Nous connaissons les enfants ! Et nous pourrons toujours repeindre le mur.

Garderie Tick Tock

The Old Barn
4, Spence Hill
Oxshott
Surrey

Madame Rebecca Brandon   4 octobre 2005
The Pines
43, Elton Road
Oxshott
Surrey

Chère madame,

En toute confidence, Minnie nous cause quelques soucis. Votre fille est une adorable enfant pleine de vie.
Cependant, elle doit comprendre qu'elle ne peut pas porter *toutes* les robes habillées *tous* les jours, ni mettre les chaussures « de princesse » pour jouer dehors. Nous pourrions en parler plus longuement lors de notre prochaine matinée d'activités parents-enfants.

Bien à vous,

Teri Ashley
Directrice

P.-S. Ne vous inquiétez pas pour l'incident mineur concernant les taches de colle. Nous connaissons les enfants ! Et nous pourrons toujours revernir la table.

1

Bon. Pas de panique. J'ai la situation en main. Moi, Rebecca Brandon (née Bloomwood), majeure et vaccinée, je suis aux commandes. Et *pas* ma fille de deux ans.

Mais celle-ci n'a pas l'air de percuter.

— Minnie, chérie, lâche ce poney.

J'essaie de me montrer calme et déterminée comme Nanny Sue dans son émission à la télé.

— Ponii ! fait Minnie en agrippant le jouet de toutes ses forces.

— Non, pas le poney !

— À Minniiiie ! Mon ponii ! hurle Minnie, folle de rage.

Un mégacaprice ! *Tout à fait* ce qu'il me faut alors que je croule sous les paquets, le visage trempé de sueur.

Pourtant, jusqu'à maintenant, tout s'était bien passé. Après un tour du centre commercial pour terminer mes courses de Noël, nous nous dirigions, Minnie et moi, vers la Grotte du Père Noël, lorsque que j'ai fait un bref arrêt dans une boutique de jouets pour regarder une maison de poupée. Minnie a tout de suite saisi un poney à roulettes en démonstration et a refusé de s'en séparer. Maintenant je frise le drame.

Une mère en jean slim J Brand, flanquée d'une gamine habillée à la perfection, m'envoie un coup d'œil laser. Je frémis. Depuis la naissance de Minnie, j'ai appris que l'œil

13

laser d'une maman est encore plus féroce que l'œil scanner d'une fille de Manhattan. D'un seul regard de maman à maman, l'œil laser ne se contente pas d'estimer le prix de ce que vous avez sur le dos. Oh, non ! Il évalue ce que porte votre gamin, la marque de sa poussette, son sac à langer, son goûter. Et s'il sourit, crie ou a mauvais caractère.

Bien sûr, ça fait beaucoup en une seconde, mais, croyez-moi, ces mamans dotées de l'œil laser sont capables de faire plusieurs choses à la fois.

Minnie n'a rien à craindre côté fringues. (Robe : exclusivité Danny Kovitz, manteau : Rachel Riley, chaussures : Baby Dior.) Prudemment, je la tiens en laisse (rênes de cuir Bill Amber, hypercool, photographiées dans *Vogue*). Mais au lieu d'avoir un sourire angélique comme la petite fille du magazine, ma fille piaffe tel un taureau impatient d'entrer dans l'arène. Sourcils levés en signe de fureur intense, joues rose vif, elle s'apprête à hurler en respirant à fond.

— Minnie !

Je lâche la laisse et prends ma fille dans mes bras pour qu'elle se sente en sécurité comme le préconise le livre de Nanny Sue, *Soumettre votre enfant rebelle*. Je l'ai acheté l'autre jour, par pure curiosité, mais je l'ai à peine feuilleté, étant donné que je n'ai aucun *problème* avec Minnie. Et qu'elle n'est pas *difficile*. Ni « incontrôlable et têtue », comme l'a dit l'autre jour la prof de musique complètement idiote du groupe des tout-petits. (D'ailleurs qu'est-ce qu'elle en sait ? Elle est incapable de jouer du triangle convenablement !)

Disons que Minnie est… éveillée. Elle a son idée sur tout. Les jeans (elle refuse d'en porter), les carottes (elle refuse d'en manger). À l'instant même, elle a décidé qu'il lui fallait ce poney.

— Minnie chérie, je t'aime beaucoup, dis-je d'une voix douce et suave. Ça me ferait très plaisir si tu me rendais ce poney. Oui, voilà, donne-le à maman...

J'ai presque réussi. Mes doigts se referment sur la tête de l'animal...

Ah ! Gagné ! Je regarde autour de moi pour voir si on a observé ma maîtrise de la situation.

— À Minniiie !

Minnie s'est arrachée de mes bras et traverse la boutique en courant. Merde !

— Minnie ! MINNIE !

Ramassant mes paquets, je pars à la poursuite de ma fille qui a déjà disparu dans la section Action Man. Misère ! Pourquoi se donne-t-on tant de mal pour former des athlètes pour les jeux Olympiques, alors qu'il suffirait de lâcher sur le terrain une bande de gamins.

Quand je la rejoins, je suis légèrement hors d'haleine. Il va falloir que je me mette à mes exercices de gym post-natale.

— Donne-moi ce poney !

Je tente de m'en emparer, mais elle s'y cramponne.

— Ponii à *Minniiie* !

Ses yeux noirs me lancent des étincelles pour faire passer le message. Parfois, en regardant Minnie, je crois voir son père. Ça me fait toujours un choc !

À propos, où est Luke ? On devait faire les courses de Noël *ensemble*. En *famille*. Mais il a disparu il y a une heure, prétextant un coup de fil à passer, et je ne l'ai pas revu. J'imagine qu'il est en train de déguster un cappuccino dans un endroit charmant en lisant son journal. Typique !

— Minnie, on ne va pas l'acheter, j'annonce avec fermeté. Tu as déjà une foule de jouets et tu n'as pas besoin d'un poney.

Une fille, le cheveu en bataille, avec deux gamins dans une poussette double m'approuve du regard. Je ne peux

15

m'empêcher de lui lancer un coup d'œil laser : c'est une de ces mères qui portent des Crocs avec des chaussettes tricotées main. (Complètement ringard, non ?)

— C'est monstrueux, vous ne trouvez pas ? s'indigne-t-elle. Ces poneys coûtent 40 livres ! Mes gamins savent qu'ils perdraient leur temps à m'en réclamer un.

Les gamins en question se tiennent tranquilles en suçant leur pouce.

— Une fois qu'on leur cède, ajoute-t-elle, c'est le commencement de la fin. Les miens, je les ai dressés.

Non, mais quelle crâneuse !

— Absolument ! Ce n'est pas moi qui dirai le contraire, je réplique.

— Il y a des parents qui achèteraient ce poney juste pour avoir la paix. Aucun principe. C'est épouvantable.

— Vous avez raison ! dis-je en essayant subrepticement de prendre possession du poney.

Mais Minnie esquive ma manœuvre. Malédiction !

— Leur céder, voilà la plus grosse erreur, continue la fille en regardant Minnie d'un air dur. Ensuite ça va de mal en pis.

— Pour ma part, je ne lui cède jamais ! Minnie, tu n'auras pas ce poney, un point c'est tout !

— Ponii, gémit Minnie avant de commencer à sangloter.

Quelle tragédienne ! (Elle tient ça de maman.)

— Bonne chance alors, fait la fille aux Crocs en s'éloignant. Et joyeux Noël !

— Minnie ! Arrête ! j'éructe, dès qu'elle a disparu. Tu nous fais honte à toutes les deux ! D'ailleurs, tu n'as pas besoin de ce jouet ridicule.

— Ponii ! répète-t-elle en câlinant le poney comme si c'était son chien favori qui, après avoir été vendu à un marché à mille kilomètres de là, lui était revenu à pied, les pattes en sang et hurlant à la mort.

— C'est juste un jouet sans intérêt, dis-je en perdant patience. Et d'abord qu'est-ce qu'il a de spécial ?

Pour la première fois, je l'inspecte attentivement.

Waouh ! Je dois admettre… qu'il est irrésistible. Peint en blanc, parsemé d'étoiles scintillantes, avec une tête adorable. Et d'exquises petites roulettes rouges.

— Minnie, tu n'as vraiment pas besoin d'un poney, je répète avec moins de conviction.

Je viens de remarquer la selle. Certainement de cuir véritable. Et sa crinière est en pur crin. Il est vendu avec un mors miniature et une bride. Avec aussi un nécessaire miniature pour le panser !

Dans le fond, il vaut bien ses 40 livres. Tout en jouant avec une de ses roulettes qui tourne parfaitement, je songe : « C'est vrai, Minnie n'a pas de poney. Voilà qui manque à sa collection. »

Pas question pour autant de lui céder.

— Il se remonte ! dit une vendeuse en s'approchant de nous. La clé est dans le socle. Je vais vous montrer.

Elle met le mécanisme en marche et, fascinées, nous contemplons le poney qui monte et descend comme un cheval de manège au rythme d'une petite musique cristalline.

Oh, *j'adore* ce poney !

— Quarante livres, c'est notre offre de Noël. Le reste de l'année, il en coûte soixante-dix. Fabriqué à la main en Suède.

50 % de rabais. Je *savais* que c'était une bonne affaire. Une occasion à ne pas manquer.

— Il te plaît, n'est-ce pas ?

La vendeuse fait un grand sourire à Minnie qui, calmée d'un coup, lui sourit en retour.

Ce n'est pas pour me vanter, mais elle est vraiment mignonne, ma fille, avec son manteau rouge, ses tresses noires et ses fossettes.

— Alors, vous le prenez ?

— Je... Euh...

Je me racle la gorge.

Allons Becky, montre-toi à la hauteur. Sors de ce magasin.

Ma main me désobéit et caresse la crinière.

Mais il est vraiment super. Regardez sa petite tête adorable. Et puis ça ne se démode pas. On ne s'en lassera pas. C'est un bon classique. Une sorte de.... Oui, de tailleur Chanel du jouet.

Et puis c'est Noël. Et c'est un prix spécial. Et, j'y pense soudain, qui sait, Minnie est peut-être douée pour l'équitation. Un poney à roulettes va éperonner sa vocation. Je l'imagine aussitôt, à vingt ans, vêtue d'une veste rouge, tenant un magnifique cheval par la bride et s'adressant aux caméras de télévision des jeux Olympiques : « Tout a commencé à Noël, il y a des années, quand j'ai reçu un cadeau qui a changé ma vie... »

Mon cerveau fonctionne à toute puissance, à la façon d'un ordinateur analysant l'ADN. Comment tout à la fois :

1. Résister à Minnie ?
2. Être une excellente mère ?
3. Acheter ce poney ?

J'ai besoin d'une solution limpide comme celles que Luke achète à prix d'or à des consultants de haut niveau.

La réponse m'éblouit ! Une idée géniale. *Incroyable !* Elle aurait dû me venir avant. Je sors mon portable et compose un texto pour Luke.

Luke ! Je viens de penser. Minnie devrait disposer de son argent de poche.

Il répond du tac au tac :

Hein ? Pourquoi ?

Pour qu'elle s'achète des trucs, bien sûr. Je commence à taper puis, prise d'un doute, j'efface ma phrase et envoie :

Les enfants doivent apprendre à gérer leur argent le plus tôt possible. J'ai lu un article sur le sujet. Ça leur donne le sens des responsabilités et des armes pour leur vie d'adulte.

Quelques secondes plus tard, Luke réagit.

Pourquoi ne pas l'abonner au *Financial Times* **?**

Oh ! La ferme ! J'écris. **Disons 2 livres par semaine ?**

T'es tombée sur la tête ? s'étonne Luke. **10 pence suffisent bien.**

Quel radin ! 10 pence ? Qu'est-ce qu'elle va pouvoir acheter avec si peu ?

Et puis on ne pourra jamais s'offrir le poney avec une somme aussi dérisoire.

50 pence par semaine, je tape, exaspérée. **C'est la moyenne nationale.** (Il ne vérifiera jamais.) **Au fait, où es-tu ? Bientôt l'heure d'être avec le Père Noël !!**

Bon, comme tu veux. J'arrive, abdique-t-il.

Ce que je suis douée ! En rangeant mon portable, je me livre à un exercice de calcul mental. 50 pence par semaine pendant deux ans font 52 livres. Facile, non ? J'aurais dû penser à l'argent de poche il y a des semaines ! Parfait ! Voilà qui va ajouter une nouvelle dimension à nos emplettes.

Fière de moi, je me tourne vers Minnie.

— Écoute-moi bien, poupette. Je ne vais pas t'acheter ce poney, car je t'ai déjà dit non. Mais pour te faire très plaisir, je te permets de te l'acheter avec *ton propre argent de poche*. Tu es contente, non ?

Minnie semble perplexe. Je prends ça pour un oui.

— Comme tu n'as pas touché à ton argent de poche, tu disposes de deux ans de réserve, ce qui est plus que suffisant. Tu vois l'intérêt qu'il y a à faire des économies ? Tu vois comme c'est amusant ?

En me dirigeant vers la caisse, je suis contente de moi. Non seulement je me suis montrée capable d'élever mon enfant, mais en plus, je suis totalement aux commandes. Et au passage, j'apprends à ma fille à gérer un budget dès son premier âge. J'y pense ! Et si je créais mon show télé ? *Becky, la papesse du monde financier, s'adresse aux enfants.* À chaque émission, je mettrais des bottes différentes.

— Ouagon !

Je reviens sur terre en voyant Minnie laisser tomber le poney et s'emparer d'une horreur en plastique rose. C'est le wagon de Winnie l'ourson. Où l'a-t-elle déniché ?

— Ouagon ? répète-t-elle d'un air implorant.

Il ne manquait plus que ça !

— On ne va pas acheter le wagon, ma poupinette, dis-je d'une voix douce. Tu voulais le poney, d'accord ? L'adorable poney, tu te souviens ?

Minnie considère le poney avec indifférence.

— Ouagon !

— Poney ! j'insiste en ramassant le jouet.

Quel enfer ! Ce qu'elle peut être capricieuse ! Un autre trait de caractère qu'elle a hérité de maman.

— Ouagon !

— Poney ! je crie malgré moi en brandissant l'animal. Moi, je veux le ponii, j'ajoute en l'imitant.

Soudain, j'ai l'impression que quelqu'un me regarde. Je me retourne : c'est la maman aux deux marmots avec son regard laser.

Les joues en feu, je tends le poney à Minnie.

— Oui, tu as le *droit* de t'acheter le poney avec ton argent de poche. C'est de la gestion de base, j'ajoute à l'intention de cette fille. Aujourd'hui, nous avons appris qu'il faut économiser avant de dépenser, n'est-ce pas, poupette ? Minnie a dépensé tout son argent de poche sur ce poney, un excellent choix…

— J'ai trouvé l'autre poney ! s'écrie la vendeuse, essoufflée, en portant une boîte poussiéreuse. Je savais qu'il en restait un en réserve, à l'origine c'était une paire…

Il existe un second poney ?

Quand elle le sort de l'emballage, un cri d'admiration m'échappe ! Bleu nuit, piqueté d'étoiles, une crinière noir de jais, des roulettes dorées, il est à mourir. Et il va si bien avec l'autre. Pas de doute, il nous faut les deux. Un must absolu !

La fille au regard dur m'observe toujours. Quelle plaie !

— Dommage que tu aies dépensé tout ton argent de poche, assène-t-elle à Minnie.

Son sourire pincé prouve qu'elle ne fait jamais ni la fête ni l'amour. À voir sa bobine frustrée, c'est évident.

— N'est-ce pas ? je réponds poliment. Il va falloir trouver une solution.

Je réfléchis sec.

— Poupette, voici ta seconde leçon de gestion financière : parfois, quand on a la chance de tomber sur une affaire exceptionnelle, il est possible de faire une entorse à la rigueur budgétaire. Une exception à la règle. Cela s'appelle « sauter sur l'occasion ».

— Vous allez donc l'*acheter* ? s'étonne la peste.

Pourquoi elle ne s'occupe pas de ses oignons ? Je hais les autres mamans. Il faut toujours qu'elles se mêlent de ce qui ne les regarde pas. Dès qu'on a un enfant, c'est comme si on créait un blog intitulé : « Veuillez déposer ici vos commentaires désagréables ! »

— Pas question que je l'achète ! je réplique d'un ton sec. Il faut qu'elle l'achète avec son argent de poche. Poupette, j'ajoute en m'accroupissant près d'elle, si tu débourses de quoi t'offrir le second poney à hauteur de 50 pence par semaine, cela te prendra... soixante semaines. Il va te falloir une avance. Un genre de « découvert ». En résumé, tu auras dépensé tout ton argent de poche jusqu'à ce que tu aies trois ans et demi. Tu comprends ?

Minnie semble dépassée. Normal ! Je devais avoir le même air paumé quand j'ai obtenu mon premier découvert. Ça fait partie du jeu.

— Tout est arrangé, j'annonce à la vendeuse en lui tendant ma carte Visa. Nous prenons les deux poneys. Vois-tu, ma poupinette, dis-je à Minnie, voici la leçon que nous avons apprise aujourd'hui : si tu désires quelque chose très fort, ne renonce jamais ! Même si tout semble impossible, il y a toujours une solution.

Je ne peux m'empêcher de me sentir fière de moi : j'ai transmis à Minnie un peu de ma sagesse. L'éducation, ce n'est *pas* autre chose : il faut apprendre à son enfant les us et coutumes du monde.

— Tu sais, je poursuis en composant mon code, une fois je suis tombée sur une affaire sensationnelle : des bottes Dolce & Gabbana à 90 % de réduction. Sauf que je n'avais plus d'argent sur ma carte. Est-ce que j'ai renoncé ? Pas du tout !

Minnie m'écoute avec la même passion que si je lui racontais l'histoire de *Boucle d'Or et les trois ours*.

— Je suis vite rentrée chez moi, j'ai fouillé dans mes poches et mes sacs, rassemblé toute ma monnaie et devine quoi ?

Je me tais pour ménager un peu de suspense.

— J'ai réuni suffisamment d'argent ! De quoi m'acheter mes bottes !

Minnie m'applaudit et, comble du bonheur, les deux gamins crient des bravos à tue-tête.

— Vous voulez une autre histoire ? je demande avec un grand sourire. Vous voulez entendre l'histoire de la vente de prototypes à Milan ? Un jour, je marchais dans la rue quand j'ai vu un mystérieux écriteau. J'ai ouvert grand les yeux. Vous savez ce qu'il disait ?

— Ridicule ! s'exclame la mauvaise en faisant pivoter sa poussette d'un coup sec. Allez, c'est l'heure de rentrer.

— Histoire ! gémit un des gosses.

— Fini, les histoires !

Elle s'éloigne à grands pas et s'arrête le temps de cracher son venin.

— Vous êtes complètement folle. Pas étonnant que votre fille soit aussi gâtée. C'est quoi ses petites chaussures ? Au moins des Gucci ?

Gâtée ? Le sang me monte à la tête tandis que je la regarde bouche bée. Où a-t-elle pris ça ? Minnie n'est pas *gâtée* !

Et Gucci ne fabrique même pas ce modèle.

Je réussis enfin à rétorquer :

— Elle n'est pas gâtée !

Mais l'ignoble mégère a disparu. Bon, je ne vais sûrement pas lui courir après pour lui crier : « Au moins ma fille n'est pas vautrée dans sa poussette à longueur de journée en suçant son pouce. Au fait, vous avez déjà pensé à torcher le nez de vos deux morveux ? »

Mais non, ce ne serait pas un bon exemple pour Minnie.

— Allez, ma chérie, dis-je en me calmant, allons voir le Père Noël. On se sentira mieux.

2

Faux et archifaux ! Minnie n'est pas une enfant gâtée.

Bon, j'avoue, elle a ses petites crises. Comme nous toutes. Mais elle n'est pas spécialement pourrie-gâtée. D'ailleurs, si c'était le cas, je serais la première à le savoir, non ? Je suis sa mère !

Malgré tout, en me dirigeant vers la Grotte du Père Noël, je suis agacée. Comment peut-on être aussi insupportable ? Surtout la veille de Noël !

— Ma poupinette, montre aux gens comme tu es sage, dis-je à Minnie en la tenant par la main. Tu es le petit ange du Père Noël, d'accord ?

Des haut-parleurs diffusent « Vive le vent », ce qui me rend de bonne humeur. Quand j'étais petite, je venais admirer cette même Grotte.

— Minnie, regarde ! Regarde le renne ! Regarde tous les cadeaux !

Il y a un traîneau, deux rennes grandeur nature, de la neige artificielle et plein de filles déguisées en lutins. Tiens, elles portent des costumes verts ! C'est nouveau, ça ! Autre surprise : elles arborent de longs faux ongles violets. Et celle qui nous accueille à l'entrée exhibe un grand décolleté bronzé. Sans doute que de nos jours le Père Noël recrute ses elfes dans les agences de mannequins.

— Joyeux Noël ! s'écrie gaiement un lutin en tamponnant mon ticket d'entrée. Surtout, n'oubliez pas de rédiger votre liste de souhaits et de la jeter dans notre Puits magique. Le Père Noël les lira plus tard.

— Minnie, tu as entendu ? On peut faire une liste de nos souhaits.

Minnie contemple un renne les yeux écarquillés.

Vous voyez ? Elle est sage comme une image.

— Becky ! Viens ici !

C'est ma mère. Il y a déjà la queue. Enroulée dans une écharpe de fête pailletée, elle s'appuie à la poussette de Minnie qui déborde de sacs et de paquets.

— C'est la pause thé pour le Père Noël, il ne sera pas de retour avant une demi-heure. Papa est allé chercher des Mini-Discs pour le Caméscope et Janice achète des cartes de Noël.

Janice est la voisine des parents. Elle se procure ses cartes la veille de Noël pour profiter des 50 % de réduction. Elle les écrit le 1er janvier et les garde dans un tiroir le reste de l'année. Elle appelle ça « gouverner, c'est prévoir » !

— Becky, ma puce, tu veux bien jeter un coup d'œil à mon cadeau pour Jess, demande maman en farfouillant dans son sac dont elle extrait une boîte en bois. Qu'est-ce que tu en penses ?

Jess est ma sœur. Ou plutôt ma demi-sœur. Dans quelques jours, elle va revenir du Chili, et nous fêterons de nouveau Noël pour elle et Tom, avec la dinde, les cadeaux et tout le bazar ! Tom c'est son petit ami. C'est aussi le fils unique de Janice et de Martin. Je le connais depuis toujours et il est...

Bon, hum... Il est...

Peu importe ! L'important est qu'ils s'adorent. Et puis, peut-être que les mains moites sont moins moites au Chili qu'en Angleterre.

Je suis ravie qu'ils rentrent. On va *enfin* pouvoir baptiser Minnie. (Jess sera sa marraine.) Mais je comprends que maman soit stressée. Acheter un cadeau pour Jess n'est pas une mince affaire. Elle déteste tout ce qui est nouveau, cher, à base de plastique, tout ce qui contient du paraben et, en général, ce qui n'est pas présenté dans un emballage de chanvre.

— Voilà ce que j'ai acheté, dit maman en ouvrant une boîte remplie de flacons en verre sur un lit de paille. Du gel pour la douche ! Surtout rien pour le bain. Évitons une Troisième Guerre mondiale !

La dernière fois que Jess était là, on a frôlé l'incident diplomatique. Pour son anniversaire, Janice lui avait offert du bain moussant. Une aubaine pour Jess qui nous a fait la morale pendant dix minutes. Comme quoi les Occidentaux étaient trop obsédés par la propreté. Que c'était folie que d'utiliser autant d'eau pour un bain. Qu'on devait rester sous la douche moins de cinq minutes et seulement une fois par semaine. Et suivre en cela son exemple et celui de Tom.

Comme Janice et Martin venaient de se faire installer un jacuzzi, le sermon est plutôt mal passé.

— Alors ? demande maman.

— J'en sais rien, dis-je en inspectant l'étiquette avec attention. Tu crois qu'il y a des conservateurs ? C'est un produit du commerce équitable ?

— Oh, ma puce, je n'en ai pas la moindre idée, fait maman, terrifiée, en regardant son cadeau comme si c'était une bombe à retardement. Mais c'est marqué « Produits naturels ». Ça devrait aller, non ?

— Oui, mais surtout ne dis pas que tu l'as acheté dans un centre commercial. Dis que tu l'as trouvé dans une petite coopérative indépendante.

— Excellente idée ! Je vais l'emballer dans du papier journal. Et toi, qu'est-ce que tu as pour elle ?

— Un tapis de yoga fait à la main par une paysanne du Guatemala, je réponds d'un air suffisant. L'argent finance des programmes de mise en valeur des sols *et* n'utilise que du plastique recyclé.

— Becky ! Tu es la meilleure ! Comment l'as-tu trouvé ?

— Oh… en faisant quelques recherches.

Je ne vais pas lui avouer que j'ai tapé sur Google : *cadeau écolo dans emballage de lentilles recyclées.*

— Nou-el ! Nou-el !

Minnie me tire si violemment par la main que j'ai peur qu'elle ne m'arrache le bras.

— Va donc déposer ta liste dans le Puits, propose maman. Je garde ta place dans la queue.

J'empile les poneys sur la poussette et emmène Minnie avec moi. Le Puits est entouré de bouleaux argentés artificiels, décorés de guirlandes scintillantes. S'il n'y avait pas autant d'enfants braillards, l'endroit serait magique.

Des cartons à remplir sont disposés sur un faux tronc d'arbre qui peut servir d'écritoire. Je prends une carte marquée « Souhait de Noël » en élégants caractères verts et la donne à Minnie avec un feutre.

Mon Dieu, j'en ai écrit, des lettres au Père Noël, dans mon enfance ! Elles étaient longues et détaillées, avec plein d'illustrations et de photos découpées dans des catalogues, au cas où je n'aurais pas été assez précise.

Deux gamines aux joues roses d'une dizaine d'années déposent leurs cartes en pouffant et en se murmurant des secrets à l'oreille. Les voir me donne un coup de blues. Pourquoi ne pas les imiter ? C'est peut-être mon jour de chance ?

Cher Père Noël, j'écris sur une carte. *C'est Becky, une fois de plus.* Je marque un arrêt pour me donner le temps de réfléchir, puis je griffonne quelques idées de cadeaux.

Juste trois ! Je ne suis pas du genre cupide.

Minnie s'en donne à cœur joie à crayonner sur sa carte : elle a du feutre sur les mains et sur le nez !

— Je suis sûre que le Père Noël comprendra tous tes ronds, dis-je doucement en lui retirant la carte des mains. On va la mettre dans le Puits.

Je les jette l'une après l'autre. De faux flocons de neige tombent du plafond, « Il est né le divin enfant » retentit non loin de là. Soudain, je suis si émue par cette douce ambiance que mes yeux se ferment. J'agrippe Minnie par la main et je fais un vœu. Sait-on jamais...

— Becky ?

Une voix grave me ramène à la réalité. J'ouvre les yeux. Luke se tient devant moi, ses cheveux bruns et son pardessus bleu marine saupoudrés de fausse neige. Une lueur amusée danse dans ses yeux. Sûr qu'il m'a vue en train de murmurer : « S'il vous plaît ! S'il vous plaît ! » à l'intention de Papa Noël.

— Oh ! je m'exclame, gênée, salut ! J'étais juste en train de...

— De parler au Père Noël ?

— Ce que tu es bête ! j'objecte en retrouvant mon aplomb. Mais où étais-tu passé ?

Luke ne me répond pas, mais s'éloigne en me faisant signe de le suivre.

— Confie Minnie à ta mère pour un petit moment. J'ai quelque chose à te montrer.

Il y a trois ans et demi que je suis mariée à Luke, mais j'ignore toujours comment son cerveau fonctionne. En marchant à côté de lui, je remarque ses mâchoires serrées. Ça me rend nerveuse. Qu'est-ce qu'il a ?

— Ici ! dit-il en s'arrêtant dans un coin désert du centre commercial, et il sort son BlackBerry.

Sur l'écran, un mail de Tony, son avocat. Le message ne comporte qu'un seul mot : Réglé !

Réglé ? Pendant une fraction de seconde je suis déboussolée – puis tout à coup je comprends.

— Arcodas ? L'affaire est réglée ?

— Ouais !

Un léger sourire apparaît sur le visage de Luke.

— Mais tu ne m'as rien dit... je n'avais aucune idée.

— Je ne voulais pas te donner de faux espoirs. On discute depuis trois semaines. Nous n'avons pas obtenu le maximum, mais ce n'est pas mal. Pas mal du tout. Et surtout, c'est fini.

J'ai les jambes qui tremblent. C'est fini. Trois petits tours et puis s'en vont ! Simple comme bonjour ! L'affaire Arcodas nous mine depuis si longtemps qu'elle faisait presque partie de la famille. (Sous les traits de la méchante sorcière au nez crochu et à la voix éraillée !)

Voilà deux ans que Luke se battait contre Arcodas. Non pas à coups de bombes ou de mitrailleuses. Il avait simplement refusé de continuer à travailler pour eux par principe : il n'avait ni le cœur ni l'esprit à représenter une bande de tyrans qui maltraitait son personnel. Luke a créé une société de relations publiques, Brandon Communications, et son personnel lui est fidèle depuis le début. Quand il a découvert la façon dont Arcodas traitait ses employés, il a piqué une crise comme jamais.

Il a envoyé les dirigeants sur les roses, et ils l'ont attaqué pour rupture de contrat. (Ce qui prouve combien ces gens sont horribles et autoritaires.) De son côté, Luke a porté plainte contre eux pour non-paiement de ses honoraires.

À la place du juge, j'aurais tout de suite compris qui était le chic type et qui étaient les méchants, et j'aurais donné raison à Luke. Illico. Franchement, les juges n'ont-ils donc pas des yeux pour voir ? Au lieu de ça, il a fallu des tonnes d'audiences et de séances ajournées, les choses ont traîné en longueur, et nous, on a stressé un max. J'avoue que mon opinion sur les juges, les avocats et les prétendus médiateurs en a pris un sacré coup. Si on m'avait donné la parole je leur aurais balancé leurs quatre vérités.

Je mourais d'envie que Luke m'appelle comme témoin. J'avais une tenue toute prête : jupe crayon bleu marine, chemisier blanc à jabot, escarpins vernis – juste ce qu'il faut pour un tribunal. J'avais préparé un speech brillant que je sais encore par cœur : «Messieurs et mesdames du jury, je vous demande de regarder dans votre cœur. Et puis, je vous demande de regarder les deux hommes qui se tiennent devant vous. Un être honorable, un héros sans peur et sans reproche qui place le bien-être de son personnel avant l'argent… (À ce moment j'aurais désigné Luke…) Et ce personnage odieux, sexiste, qui tyrannise son monde et dont le niveau d'intégrité est aussi nul que ses goûts vestimentaires… (À ce moment j'aurais pointé mon doigt vers Iain Wheeler, de chez Arcodas.) Le public aurait été ému aux larmes, m'aurait applaudie et le juge aurait abaissé son marteau en criant : «Silence ! Silence !» Puis, d'une façon astucieuse, j'aurais passé en revue les membres du jury, comme dans un roman de John Grisham, pour identifier ceux qui seraient susceptibles de prendre le parti de Luke.

Hélas ! Mes plans se sont écroulés quand Luke m'a dit qu'il n'y avait pas de jury dans ce genre de procès. Il a ajouté que cette affaire était un véritable champ de mines, qu'il n'était pas question que je sois mêlée à toutes ces horreurs, et qu'il était préférable que je reste à la maison avec Minnie. J'ai obéi, malade de n'avoir pu intervenir.

Luke pousse un profond soupir et passe une main dans ses cheveux.

— C'est fini, dit-il comme pour lui-même. Enfin !

— Dieu merci !

En me dressant sur la pointe des pieds pour l'embrasser, je remarque que son visage porte encore les marques de ce long combat. Cette épreuve l'a lessivé. Faire marcher sa boîte, s'occuper du procès, motiver ses employés et décrocher de nouveaux clients l'ont pompé.

— Enfin, dit-il en posant ses mains sur mes épaules. On peut songer à l'avenir. De plein de façons.

Il me faut une seconde pour piger.

— On va acheter la maison ! je m'exclame en retenant mon souffle.

— Je n'ai pas perdu de temps pour faire une offre !
J'attends une réponse avant la fin de la journée.

— Fantastique !

Je saute de joie sans le vouloir. J'ai du mal à croire que tout arrive en même temps. Le procès est terminé ! Et on va enfin quitter la maison de mes parents pour s'installer dans un endroit bien à nous.

On a déjà voulu déménager. À quatre reprises, même, on a été sur le point de signer, mais chaque fois le projet a capoté. Soit le propriétaire ne voulait pas vraiment vendre (maison n° 3), soit il augmentait le prix au dernier moment (maison n° 1), soit la maison qu'il voulait vendre appartenait en fait à un oncle en Espagne et c'était une arnaque (maison n° 4). Une autre fois, le pavillon qu'on convoitait a brûlé (maison n° 2) ! J'ai commencé à croire que le sort s'acharnait sur nous. Luke a alors décidé que nous devions attendre la fin du procès.

— Luke ? On va marquer le cinquième essai, non ?

Les yeux pleins d'espoir, je regarde Luke qui croise les doigts en me souriant.

Cette dernière maison a tout pour elle. Située dans une charmante rue du quartier de Maida Vale, elle est spacieuse et a un grand jardin, une balançoire dans un arbre et un portique. Quand je pense qu'elle est presque à nous ! Je suis excitée comme une puce ! Il faut que j'achète *Living Etc, Elle Déco, Maison & Jardin* et *Wallpaper*, sans perdre une seconde...

— Et si on rentrait ? je suggère. En route, je m'arrêterai chez Smith pour me procurer quelques magazines...

Pendant que j'y suis, je vais aussi prendre *Grand Designs, Un monde d'intérieurs* et *25 jolies demeures*...

— Dans une minute.

Le ton de Luke me fait dresser l'oreille. Il s'est écarté de moi. Son visage est fermé, son regard lointain. Quelque chose ne tourne pas rond.

— Ça ne va pas ? je demande prudemment. Tu as reçu de mauvaises nouvelles ?

— Non, mais… je ne voulais pas t'en parler.

Il se tait, croise les mains derrière son dos, détourne la tête comme pour éviter mon regard.

— Il m'est arrivé un truc bizarre. J'étais dans une des librairies Waterstones, à attendre le coup de fil au sujet d'Arcodas. Je flânais dans les rayons…

Il marque une longue pause.

— … Finalement j'ai acheté un livre pour Annabel. Le nouveau policier de Ruth Rendell. Elle l'aurait adoré. Si elle était encore en vie !

Je me tais, ne sachant quoi lui répondre.

— Luke…

— Pourtant je lui ai acheté un fichu cadeau de Noël ! maugrée-t-il. Je deviens cinglé ou quoi ?

— Mais non ! Tu n'es pas fou. Tu es seulement…

Je ne trouve pas les mots justes, ni rien de sensé à dire. Que conseillait donc ce livre sur le deuil ?

Car, pendant cette maudite année, une chose affreuse s'est produite. Annabel, la belle-mère de Luke, est morte. Elle est tombée malade et au bout d'un mois elle est décédée. Luke a très mal encaissé.

Bien sûr, elle n'était pas sa mère biologique – mais il la considérait comme sa véritable mère. Elle l'a élevé et compris mieux que quiconque. Malheureusement, avant sa mort, il n'a pas eu l'occasion de la voir très souvent. Même à la fin, il lui a été impossible de faire reporter les audiences du procès pour courir dans le Devon.

« Luke, tu ne dois pas culpabiliser. » Je le lui ai répété mille fois, mais c'était comme si je parlais dans le vide. Et comme, en plus, son père est actuellement en Australie avec sa sœur, il ne peut même pas évoquer le souvenir d'Annabel avec lui.

Quant à sa mère biologique, Elinor… On n'en parle pas.

Jamais, au grand jamais.

Avec Elinor, Luke a toujours eu des rapports amour-haine. Normal, quand on sait qu'en quittant son mari elle a abandonné son fils alors que celui-ci était tout petit. Pourtant, il a maintenu des relations courtoises avec elle jusqu'à ce qu'elle fiche tout en l'air.

C'était à l'époque de l'enterrement d'Annabel. Luke a été la voir pour des questions d'ordre familial. J'ignore ce qu'elle lui a sorti. Quelque chose au sujet d'Annabel. Certainement quelque chose d'atroce et de grossier. Il ne m'a pas donné plus de détails et a toujours refusé d'aborder le sujet. En tout cas, il était fou de rage. Depuis, on ne mentionne plus jamais Elinor. J'imagine qu'il ne se réconciliera jamais avec elle. Ce dont, d'ailleurs, je me moque éperdument.

J'ai un pincement au cœur en regardant Luke. Deux rides sont apparues entre ses sourcils, qui ne s'effacent pas même quand il rit ou sourit. Comme si désormais il lui était impossible d'être heureux à 100 %.

— Viens, dis-je en passant mon bras sous le sien et en le serrant fort. Allons voir le Père Noël.

En chemin, je bifurque peu à peu vers l'autre partie du centre commercial. Sans raison précise. Sauf que dans cette section les boutiques sont plus sympa. Par exemple : des bijoutiers haut de gamme, un magasin de fleurs en soie et, surtout, Enfant Cocotte, une boutique pour enfants en bas âge qui regorge de chevaux à bascule et de berceaux de créateurs.

Je ralentis le pas et m'arrête devant sa vitrine brillamment éclairée. Tout me fait envie : les adorables barboteuses, les couvertures très chou.

Si nous avons un bébé, j'achèterai ces couvertures. J'imagine un univers tout moelleux et douillet. Minnie aiderait à pousser le landau. Nous formerions une vraie famille…

Je regarde Luke. Au cas où il aurait la même idée. Nous échangerions alors le plus tendre des regards. Ce n'est pas le cas. Penché sur son BlackBerry, il a sa tête des mauvais jours. La barbe ! J'aimerais bien qu'il soit plus souvent sur la même longueur d'onde que moi. On est mariés, non ? Il devrait me *comprendre*. Se rendre compte que je ne l'ai pas emmené devant une boutique pour bébés sans arrière-pensée.

— Il est mignon cet ours en peluche, n'est-ce pas ?

— Ouais ! fait-il sans même lever les yeux de son écran.

— Waouh ! Regarde ce landau ! C'est top, non ?

Je lui montre amoureusement un engin au look high-tech muni de roues pneumatiques qui le font ressembler à un Hummer miniature.

Un nouveau bébé nous forcerait à avoir un nouveau landau. *Obligé.* La vieille poussette de Minnie est complètement déglinguée. (Surtout, n'allez pas croire que je veuille un second enfant juste pour acheter un nouveau landau ! Mais ça serait tout bonus !)

— Luke, j'attaque en me raclant la gorge. Je pensais. À… nous. À nous tous. À notre famille. À Minnie, bien sûr. Je me demandais…

Il lève la main et porte sa machine infernale à son oreille.

— Oui, bonjour !

L'enfer, le mode vibreur sur les portables ! Je ne sais jamais quand il reçoit un appel.

— Je te rejoins, me dit-il avant de retourner à son BlackBerry. Ah, Gary ! j'ai eu ton mail.

Bon, ce n'est pas le moment idéal pour discuter d'un nouveau landau ni d'un autre bébé.

Tant pis. J'attendrai.

En allant vers la Grotte du Père Noël, je songe soudain que je risque de rater le tour de Minnie et commence à courir. En vue du trône, je ralentis : le Père Noël n'est même pas revenu !

— Becky ! me crie maman en tête de la file d'attente. Nous sommes les premiers ! Le Caméscope est prêt... Tiens ! Regarde !

Un lutin tout sourires, monté sur la scène, tapote le micro pour attirer l'attention.

— Bonjour, les enfants ! Avant le retour du Père Noël, nous avons le temps de découvrir toutes les cartes que vous lui avez adressées. On va tirer du Puits une carte et exaucer le souhait de l'un d'entre vous ! Est-ce que ce sera un ours en peluche ? une maison de poupée ? ou un scooter ?

Comme le son passe mal, le lutin tapote furieusement son micro. Malgré tout, l'excitation est à son comble. Les enfants s'approchent. Les caméras des parents tournent, les petits, le visage radieux, se glissent entre les jambes des grands pour être au premier rang.

— Minnie ! demande maman aussi excitée qu'un gosse, qu'est-ce que tu as écrit au Père Noël, ma petite puce ? Peut-être que c'est toi qu'on va choisir ?

— Et l'heureux gagnant s'appelle... Becky. Félicitations, Becky !

La voix du lutin résonne soudain comme un coup de tonnerre. Je sursaute !

Pas possible ! Non...

Il doit y avoir une autre Becky. Des tas de petites filles s'appellent Becky...

— Et la petite Becky souhaite...

Sur l'estrade, le lutin regarde la carte à deux fois.

— ... Voilà ! Une doudoune Donna Karan, taille 38, le dernier modèle.

Misère !

— Donna Karan ? C'est un nouveau personnage de la télé ? demande le lutin à une de ses collègues. Et quand elle écrit une doudoune, elle veut dire quoi, un doudou ?

Je rêve ! Comment peut-on travailler dans un centre commercial sans savoir qui est Donna Karan ?

— Quel âge a Becky ? demande le lutin en souriant gaiement à la cantonade. Becky, ma chérie, où es-tu ? Nous n'avons pas de doudou, mais tu pourras choisir un autre jouet dans le traîneau.

J'ai envie de rentrer sous terre. Impossible de lever la main. C'est nul ! Personne ne m'a dit que les lutins liraient ces cartes à voix haute ? On aurait dû me prévenir !

— La maman de Becky est là ?

— C'est moi ! crie maman en agitant son Caméscope à bout de bras.

— Maman, chut ! Désolée, dis-je en direction de la scène. Becky, c'est moi... j'ignorais que... Choisissez une autre carte. La liste d'un autre enfant. Je vous en prie. Jetez la mienne !

Mais le lutin ne m'entend pas à cause du brouhaha et continue à lire comme si de rien n'était.

— Et puis ces chaussures Marni que j'ai vues avec Suze, pas celles à talons larges, les autres...

Sa voix résonne dans tout le centre.

— Vous y comprenez quelque chose ? Ah ! Et aussi un petit frère ou une petite sœur pour Minnie. Minnie, c'est ta poupée, ma puce ? C'est trop mignon !

— Arrêtez ! je hurle en fendant la foule de gamins. Cette carte est confidentielle ! Personne ne devait en avoir connaissance !

— Surtout, cher papa Noël, je souhaite que Luke...

— FERMEZ-LA ! je beugle en me précipitant dans la Grotte. C'est privé ! Entre le Père Noël et moi !

J'arrache ma carte des mains du lutin.

— Aïe ! sursaute-t-elle.

— Excusez-moi ! fais-je, essoufflée, je suis Becky !

— C'est *vous* ?

Elle plisse ses yeux surchargés de mascara, la lumière se faisant peu à peu dans son esprit obtus. Au bout d'un moment, elle se détend.

— J'espère que vos vœux seront exaucés, dit-elle hors micro.

— Merci !

J'hésite avant d'ajouter :

— Tous mes vœux également. Joyeux Noël !

Je me retourne vers maman. À travers la foule, j'aperçois le regard noir de Luke. Il se tient au fond.

Mon estomac est noué. Qu'est-ce qu'il a entendu de tout ça ?

Il s'avance vers moi, se faufilant entre les familles, l'air impénétrable.

— Salut, dis-je d'un ton décontracté complètement bidon. Tu as vu... Le lutin a lu ma carte de vœux à voix haute. Marrant, non ?

— Hum !

Pas vraiment causant, mon mari !

Un méchant silence s'établit entre nous.

Je suis sûre qu'il a entendu prononcer son nom. Oui, je le sens. Une femme a des antennes pour détecter ce genre de chose. Il a entendu son nom et il se demande ce que je souhaitais.

À moins qu'il ne soit seulement obsédé par ses mails !

— Maman !

Je tressaille en entendant ce cri que je connais par cœur et, du coup, j'en oublie Luke.

— Minnie !

J'ai beau regarder à droite et à gauche, je ne la vois pas.

— C'était Minnie, non ? demande Luke, tous ses sens en alerte. Elle est où ?

— Avec maman... Oh merde !

Je saisis le bras de Luke et, horrifiée, je lui montre l'estrade.

Minnie s'est installée sur un des rennes du Père Noël et s'accroche à ses oreilles. Comment a-t-elle réussi à grimper jusque-là ? Mystère.

— Excusez-moi…, fais-je en fendant la foule. Minnie, *descends* tout de suite !

— Chaaaval !

Elle donne de joyeux coups de pied dans les côtes du malheureux animal, provoquant des trous dans le papier mâché.

— Quelqu'un aurait-il l'obligeance de venir chercher cette enfant ? demande un lutin dans le micro. Je demande aux parents de cette petite fille de se faire connaître immédiatement !

— Je ne l'ai lâchée qu'une minute, explique maman sur la défensive. Elle en a profité pour filer.

— Allez, Minnie, fait Luke d'un ton sévère en montant sur la scène, la fête est finie !

— Traiiin ! fait-elle en essayant de grimper dans le traîneau. À Minniiie, mon traiiin !

— Ce n'est pas un train mais un traîneau, et tu dois descendre !

Il prend Minnie par la taille et tente de la soulever, mais elle se retient avec une force incroyable pour une gamine de son âge.

— Vous pouvez la récupérer ? insiste le lutin, légèrement irrité.

Je saisis ma fille par les épaules.

— Attrape-la par les jambes, je chuchote à Luke. À trois, on l'extirpe de là. À la une, à la deux, à la trois…

Oh nooon ! L'horreur sur toute la ligne !

Comment un désastre pareil a-t-il pu se produire ? Qu'est-ce qu'on a fait ? Voilà que ce maudit traîneau se désintègre. Les cadeaux dégringolent sur le sol recouvert de fausse neige. En un clin d'œil, une horde de gamins se précipitent pour les ramasser, tandis que leurs parents les menacent des pires punitions.

Le chaos absolu !

— Caaadeau ! gémit Minnie en tendant les bras et en donnant des coups de pied dans l'estomac de Luke. Caaadeau !

— VIREZ-MOI CETTE SALE GOSSE DE LÀ ! crache le lutin au bord de l'apoplexie.

Non seulement elle nous fixe avec haine, maman et moi, mais son expression furibarde s'adresse aussi à Janice et Martin, qui, croulant sous le poids de sacs de magasins de discount, viennent de faire leur apparition dans leurs pulls de fête.

— Toute votre famille doit quitter les lieux.

— Mais c'était notre tour, j'implore d'une voix pleine d'humilité. Je suis désolée, et nous vous rembourserons les dégâts…

— Oui, sans problème, précise Luke.

— Ma fille meurt d'envie de voir le Père Noël…

— Navrée, mais nous avons une règle, explique le lutin en nous toisant. Tout enfant qui démolit le traîneau du Père Noël est interdit de visite. Par conséquent, votre fille est exclue de la Grotte.

— Exclue ? je répète éberluée. Vous voulez…

— En fait, vous êtes *tous* exclus.

Et elle pointe vers la sortie son index à l'ongle violet.

— Ce n'est pas l'esprit de Noël qui vous étouffe, intervient maman. Nous sommes de fidèles clients, et votre traîneau était de mauvaise qualité. Je ne sais pas ce qui me retient de porter plainte à la Ligue des consommateurs.

— Allez-vous-en, c'est tout ce je vous demande, reprend le lutin.

Vexée, j'attrape la poussette, et nous sortons la tête basse, en silence. À ce moment-là, nous croisons papa qui arrive dans sa veste imperméable, le cheveu gris en bataille.

— J'ai tout raté ? Tu as parlé au Père Noël, Minnie chérie ?

— Non, j'avoue, honteuse. Nous avons été fichus dehors.

Papa ne paraît pas étonné.

— Oh, non ! Pas *encore* une fois ?

— Si !

— Ça fait combien maintenant ? grogne Janice.

— Quatre fois !

Je regarde Minnie qui, calmée, tient la main de son père avec un air angélique.

— Qu'est-ce qu'elle a encore fait ? veut savoir papa. Elle n'a quand même pas mordu le Père Noël ?

— Mais, non ! fais-je irritée. Bien sûr que non !

Cette histoire de main mordue chez Harrods résulte d'une suite de malentendus. Et ce Père Noël n'était rien qu'une mauviette. Quel besoin avait-il de se précipiter aux urgences ?

— C'est ma faute et celle de Luke, dis-je. On a démoli le traîneau en essayant de la soulever du renne.

Papa hoche la tête pensivement et, la mine maussade, nous nous dirigeons tous vers la sortie.

— Minnie est un peu *casse-cou*, tu ne trouves pas ? lance Janice au bout d'un moment.

— Une petite coquine ! surenchérit Martin en lui chatouillant le menton. Elle n'est pas facile, facile !

Je suis peut-être parano. Mais soudain, j'en ai plus qu'assez qu'on traite ma fille de casse-cou, de coquine, de sauvageonne !

— Vous trouvez qu'elle est insupportable, c'est ça ? je demande en pilant net sur le sol en marbre. Dites-moi la vérité !

Janice respire à fond et regarde Martin comme s'il allait lui souffler le mot juste.

— Eh bien, je ne voulais pas t'en parler, mais...

— *Insupportable ?* la coupe maman avec un petit rire. N'importe quoi ! Minnie est parfaite. N'est-ce pas, ma petite puce, que tu es parfaite ? Elle sait ce qu'elle veut, tout simplement !

Elle caresse les cheveux de Minnie et relève la tête.

— Becky, ma puce, tu étais pareille à son âge ! Exactement pareille !

Je me détends aussitôt. Maman sait toujours ce qu'il faut dire. Je souris en regardant Luke, mais constate avec surprise qu'il ne me rend pas mon sourire. On dirait qu'un nouveau truc le travaille.

— Merci, maman ! dis-je en l'embrassant. Grâce à toi, je me sens mille fois mieux. Allez, rentrons à la maison.

Une fois Minnie couchée, je retrouve ma bonne humeur. À vrai dire, j'ai le cœur en fête. Un vin chaud épicé, des *mince pies*, ces tartelettes traditionnelles aux raisins secs, et le film *Noël blanc* à la télé, que demander de plus ? Nous avons accroché la chaussette de Noël de Minnie (en vichy rouge, achetée chez Conran) dans la cheminée et rempli un verre de sherry pour le Père Noël. Et là, nous sommes dans notre chambre, Luke et moi, en train d'emballer les cadeaux.

Mes parents sont hypergénéreux. Ils ont mis le dernier étage à notre disposition pour que nous ayons la paix. Seul inconvénient : je n'ai pas *suffisamment* de place pour mes affaires. Ce qui n'est pas grave. J'ai envahi les placards de la chambre d'amis et rangé mes chaussures dans la bibliothèque du palier. (J'ai flanqué les livres dans des cartons. De toute façon, personne ne les lisait.)

J'ai également installé un portant dans le bureau de papa (pour mes manteaux et mes robes de soirée) et empilé mes cartons à chapeau dans la buanderie. Mon maquillage s'étale sur la table de la salle à manger qui est parfaite en taille – en fait, elle aurait pu être *conçue* à ce seul usage. Mes mascaras vont dans le tiroir des couteaux, mes fers à lisser sur la table roulante, et j'ai entassé mes magazines sur les chaises.

Ah oui, j'ai mis aussi quelques trucs dans le garage. Pas grand-chose : de vieilles bottes, un extraordinaire assortiment de bagages 1920 achetés chez un antiquaire, et ma Power Plate, cette machine infernale pour muscler mes abdominaux. (Je me la suis procurée sur eBay. Il *faut* absolument que je m'en serve un jour.) Il ne reste plus beaucoup de place mais, pas de souci, papa n'y gare jamais sa voiture.

Luke, qui vient d'emballer un puzzle géant, s'apprête à empaqueter une Ardoise Magique. Soudain il s'arrête, et regarde autour de lui en fronçant les sourcils.

— Tu as prévu *combien* de cadeaux pour Minnie ?

— Le nombre habituel, pas plus !

Pour être honnête, je me suis étonnée moi-même ! J'avais oublié tout ce que j'ai commandé sur catalogue et déniché dans les foires artisanales tout au long de l'année.

— Ce tableau a une fonction éducative, j'ajoute en arrachant vivement l'étiquette du prix. Il était donné ! Tiens, reprends du vin chaud.

Je lui emplis son verre et j'attrape un bonnet orné de deux pompons rouge vif. Un modèle adorable qui existe aussi pour les tout-petits.

Si j'ai un bébé, il portera le même bonnet que Minnie. Les gens les appelleront Les Enfants Au Bonnet à Pompons !

Une image éblouissante me traverse l'esprit : moi dans la rue avec Minnie. Elle pousse un petit landau avec sa poupée préférée, et je pousse un grand landau avec un vrai bébé à l'intérieur. Minnie et ce frère (ou cette sœur) seraient amis pour la vie. Ce serait parfait pour...

— Becky ? Tu as du Scotch ? Hé ! *Becky*, tu rêves ?

Je me rends compte que c'est la quatrième fois que Luke m'appelle.

— Excuse ! Le voilà. Dis, tu ne le trouves pas ravissant ? je demande en lui fourrant le bonnet à pompons sous le nez. Ils en font aussi pour les bébés.

Je marque une pause, laissant le pluriel faire son chemin dans l'esprit de Luke. À tout hasard, je darde sur lui mes ondes télépathiques et conjugales.

— Ce Scotch est merdique. Il part en lambeaux.

Il le jette dans la corbeille à papier.

Beurk ! La télépathie conjugale n'est plus ce qu'elle était. Et si j'essayais de finasser ? Un jour, mon amie Suze a persuadé Tarkie, son mari, de prendre des vacances à Disneyland. Elle a si bien manœuvré que ce n'est qu'une fois dans l'avion qu'il a compris où il allait. Mais attention ! Tarkie, c'est Tarkie (tendre, confiant, fou de ses moutons et de Wagner). Et Luke est Luke (les pieds sur terre et tout le temps à l'affût de ce que je vais pouvoir encore inventer. À tort, bien sûr).

— Formidables, les nouvelles d'Arcodas ! Et celles de la maison, j'ajoute sans avoir l'air d'y toucher.

— Oui, c'est sympa, non ?

Luke se fend d'un sourire.

— Tout rentre dans l'ordre. Comme les pièces d'un puzzle trouvant leur place. Enfin, *presque* toutes.

Et là, je laisse planer le mystère, mais Luke ne s'en aperçoit même pas.

À quoi sert d'émailler la conversation de sous-entendus finauds si les allusions tombent à plat ? On fait grand cas de la subtilité mais, si vous voulez mon avis, c'est très exagéré.

Je passe à l'attaque.

— Luke, si on faisait un autre enfant ? Ce soir !

Silence. Je me demande si Luke a percuté. Puis il relève la tête, l'air totalement éberlué.

— Tu es *dingue* ou quoi ?

Je suis atrocement vexée.

— Pas du tout ! Je pense que Minnie devrait avoir un petit frère ou une petite sœur. Pas toi ?

— Mon chou, on n'arrive déjà pas à maîtriser un enfant. Alors deux ? Tu as vu le cirque qu'elle a fait aujourd'hui ?

Ah, non ! Il ne va pas s'y mettre à son tour !

— Qu'est-ce que tu veux dire ? Tu trouves que Minnie est trop gâtée ?

— Je n'ai rien dit de la sorte, se reprend Luke. Mais avoue qu'elle est incontrôlable.

— Pas du tout !

— Regarde les choses en face. Elle a été exclue de quatre Grottes de Noël. Et de la cathédrale Saint-Paul. Sans parler de l'incident chez Harvey Nichols, ni du fiasco dans mon bureau.

Il va le lui reprocher toute sa vie ? S'ils n'*accrochaient* pas des œuvres d'art sur leurs murs, ça n'arriverait pas, hein ? Ils sont là pour travailler, pas pour passer leurs journées à admirer des tableaux.

— Elle est pleine de vivacité ! Rien de plus ! Un bébé lui ferait sans doute du bien.

— Et nous, on deviendrait cinglés ! fait Luke en secouant la tête. Becky, on se calme !

Je suis anéantie ! Mais pas question de renoncer. Je rêve de deux enfants avec des bonnets à pompons assortis.

— Luke, j'ai beaucoup réfléchi. Minnie devrait savoir ce qu'est une relation fraternelle. Je refuse qu'elle grandisse comme une enfant unique. Et je veux qu'ils aient presque le même âge. En plus, j'ai cent livres en bons de réduction chez Baby World que je n'ai jamais utilisés. Maintenant que j'y pense, ils vont bientôt expirer.

Luke lève les yeux au ciel.

— Becky, on ne va pas faire un autre enfant juste pour utiliser tes bons de réduction !

— Bien sûr que ce n'est pas la *raison*, je m'exclame furieuse. Juste une *raison supplémentaire*.

Évidemment, il fallait qu'il saute là-dessus ! Il cherche à changer de sujet…

— Alors, tu ne voudras *jamais* d'autre bébé ?

Pendant une seconde, j'espère que Luke va me laisser un peu d'espoir. Au lieu de ça, il se tait et finit d'emballer un cadeau en s'appliquant comme si sa vie en dépendait. Tout pour ne pas évoquer une possibilité qui ne lui plaît pas.

Consternée, je le regarde faire. Évoquer un second enfant est donc pour lui impensable ?

— Il n'est pas impossible que j'aie envie d'un autre enfant, admet-il enfin. En théorie. Un jour.

Pas de quoi sauter au plafond !

— Je vois !

— Becky, ne te méprends pas. Avoir Minnie est... formidable. Je ne pourrais pas l'aimer davantage, tu le sais.

Il me regarde droit dans les yeux, et je suis trop honnête pour ne pas acquiescer.

— Mais nous ne sommes pas encore prêts. Becky, avoue qu'on vient de passer une année d'enfer. Nous n'avons pas de maison à nous, Minnie nous donne du fil à retordre, nous sommes débordés... Remettons ça à plus tard. Passons un Noël agréable, profitons de notre noyau à trois. On en reparlera peut-être dans un an.

Dans un an ?

— Mais c'est une éternité ! je m'exclame d'une voix tremblante. J'espérais que notre bébé *serait* là pour Noël prochain ! J'ai même trouvé deux prénoms très chou si nous le faisions ce soir : Ange ou Flocon.

Luke me prend les mains avec un grand soupir.

— Becky, si nous passions une journée entière sans incident majeur, je pourrais changer d'avis.

— Un *jour* ? Fastoche de chez fastoche ! Minnie n'est pas insupportable à ce point.

— Cite-moi un jour où elle n'a pas fait des siennes !

— Marché conclu ! Attends ! Je vais tenir un *Carnet des bêtises* de Minnie. Demain à la même heure je te montrerai une page blanche. Tu verras...

Sans un mot, je continue à faire des paquets, faisant le plus de bruit possible pour lui montrer à quel point il m'a fait de la peine. Si ça se trouve, il n'a jamais voulu avoir d'enfant. Ni partager sa vie avec Minnie et moi. Il doit regretter son existence de célibataire au volant de sa voiture de sport. Je le savais !

— Alors, on a tout empaqueté ? je demande enfin en accrochant un superbe nœud à pois au dernier cadeau.

— En fait…, il en reste encore un, annonce Luke d'une petite voix timide. Je n'ai pas résisté à la tentation.

Il ouvre son placard et fouille derrière ses chaussures. Puis il se retourne, un carton poussiéreux dans les mains. Il le pose par terre et en sort un vieux théâtre miniature. Il est en bois, la peinture est craquelée, mais il a encore ses rideaux d'origine en velours et sa rampe.

— Waouh ! *Génial !* D'où ça vient ? je demande, ébahie.

— Je me suis battu pour l'avoir sur eBay. J'avais le même quand j'étais petit. Mêmes décors, mêmes personnages, tout est identique.

Il tire sur de petits cordons, et les rideaux s'écartent en grinçant. La scène représente le décor du *Songe d'une nuit d'été.* Il ne manque aucun détail. À chaque acte son décor : pour l'un, un taillis le long d'un petit ruisseau aux rives recouvertes de mousse, pour un autre une grande forêt et les tours d'un château dans le lointain, pour un autre encore des colonnes anciennes. Les personnages en bois sont joliment costumés. L'un d'eux à une tête d'âne, sans doute… Puck.

Non, pas Puck ! L'autre. Oberon ? Bah, je ne sais plus…

Quand Luke descendra, je vais foncer sur Google et chercher : *Shakespeare, Le Songe d'une nuit d'été.*

— J'y jouais avec Annabel ! Je devais avoir six ans, se souvient Luke, comme en transe. Ça me transportait dans un autre monde. Regarde, tous les décors sont sur des portants. Quel superbe travail !

J'ai un pincement au cœur en le voyant déplacer les acteurs. C'est bien la première fois que Luke se montre nostalgique !

— Ne laisse surtout pas Minnie le casser ! dis-je doucement.

— Tout se passera bien. Le jour de Noël, nous donnerons une représentation tous les deux, père et fille.

Soudain, je regrette mes vilaines pensées ! Je les efface de mon esprit. Il est sans doute heureux de m'avoir dans sa vie ainsi que Minnie. Il a passé des mois difficiles, voilà tout.

Il faut que j'aie une conversation sérieuse en tête à tête avec Minnie. Pour lui expliquer la situation. Elle changera, Luke reconsidérera son point de vue et tout ira pour le mieux dans le meilleur des mondes.

3

Bon ! Noël, ça ne compte pas. Tout le monde le sait.

Aucun enfant en bas âge ne se comporte convenablement avec une telle excitation dans l'air : ces bonbons partout, ces guirlandes et ces décorations. Pas étonnant que Minnie se soit réveillée à 3 heures du matin en ameutant la maison entière. Elle voulait seulement qu'on descende regarder dans sa chaussette. À sa place, tout le monde en aurait fait autant.

En tout cas, j'ai arraché la première page du *Carnet des bêtises* et je l'ai déchirée en petits morceaux. Tout le monde a droit à un mauvais départ, non ?

J'avale une gorgée de café et je choisis un bonbon dans la boîte de Quality Street. La maison embaume la dinde rôtie, un C.D. diffuse des chants de Noël, papa fait griller des marrons dans la cheminée. Je rayonne en contemplant le salon avec son sapin scintillant de mille ampoules colorées et la crèche que nous avons depuis mon enfance (on a perdu l'Enfant Jésus il y a quelques années, mais on l'a remplacé par une pince à linge).

Ce matin, Minnie a ouvert des yeux grands comme des soucoupes en voyant sa chaussette. Elle était baba ! Et elle claironnait sans cesse :

— Chozette ! *Chozette !*

Je vais rejoindre maman qui m'appelle depuis le seuil de la cuisine. Elle porte son tablier orné d'un saint Nicolas.

— Becky, ma puce, quel genre de crackers pour le déjeuner ? Tu préfères les « Nouveaux Jeux » ou les « Cadeaux de luxe » ?

— Et ceux que tu as achetés au marché allemand ? Avec les petits jouets en bois ?

— Tu as raison ! approuve maman, radieuse. Je les avais oubliés.

— Ouais, j'ai reçu les papiers…, dit Luke au téléphone.

Sans faire attention à moi, il se dirige vers l'escalier.

— Ouais, jette donc un coup d'œil au contrat Sanderson, continue-t-il… Je serai au bureau vers 3 heures. J'ai quelques petites choses à régler ici. Merci, Gary !

— Luke ! je crie furieuse dès qu'il a raccroché. Noël ce n'est pas « quelques petites choses à régler ».

— Je suis tout à fait de ton avis ! répond-il sans s'arrêter. Mais ce n'est pas Noël !

Il exagère ! Il pourrait se montrer un peu plus coopératif, tout de même !

— Bien sûr que si !

— Dans le monde des Bloomwood, c'est peut-être le cas. Mais pour le reste de l'univers, nous sommes le 28 décembre et c'est un jour comme les autres.

Comment peut-on être aussi terre à terre ?

— D'accord, ce n'est pas Noël. Mais c'est notre second Noël. Une fête spéciale pour Jess et Tom, aussi importante que la première. Tu pourrais faire un effort pour participer !

Avoir deux Noël, c'est super. On devrait recommencer tous les ans. Ça deviendrait une tradition familiale.

— Mon amour, commence Luke en stoppant au milieu de l'escalier.

Il compte sur ses doigts.

— Premièrement : cette fête n'est pas si importante que ça. Deuxièmement : je dois conclure cette affaire aujourd'hui. Troisièmement : Tom et Jess ne sont même pas arrivés.

Jess et Tom nous ont envoyé un texto du Chili pendant la nuit pour nous dire que leur avion aurait du retard. Depuis, Janice se pointe toutes les vingt minutes pour demander si nous avons de leurs nouvelles, si nous avons entendu parler d'une catastrophe aérienne ou d'un détournement.

Elle est dans un état d'agitation avancé, et nous en connaissons tous la raison : elle prie désespérément pour que Tom et Jess soient fiancés. Dans son dernier mail, Tom lui a écrit qu'il aurait « quelque chose à lui dire ». Je l'ai entendue en discuter l'autre jour avec maman : Janice meurt d'envie d'organiser un nouveau mariage. Elle déborde d'idées pour les bouquets et pour les photos officielles devant le magnolia, ce qui « effacerait tout souvenir de cette odieuse gourgandine ». (Lucy, la première femme de Tom. Une vraie garce, croyez-moi !)

— Puisqu'on en parle, quelle idée de donner à Minnie une nouvelle chaussette, ce matin ? demande Luke en baissant la voix. Ça venait de qui ?

— C'était… une idée du Père Noël ! je réponds pour l'asticoter. Au fait, tu as vu comme Minnie a été sage aujourd'hui ?

Minnie a passé la matinée avec maman dans la cuisine où elle a été parfaite. À l'exception d'une petite crise avec le mixeur électrique, mais inutile de mettre Luke au courant.

— Je suis certain qu'elle est…

La sonnette de la porte interrompt Luke.

— Ce n'est pas encore eux ! ajoute-t-il en consultant sa montre. Ils sont toujours en vol.

— Jess est arrivée ? demande maman tout excitée depuis la cuisine. Quelqu'un a prévenu Janice ?

— Impossible que ça soit Jess, je réponds. Mais peut-être Suze est-elle en avance.

Je me précipite et j'ouvre. Effectivement, la famille Cleath-Stuart se tient au grand complet sur le perron, l'image du bonheur tel qu'il figure dans le catalogue *Toast*.

Suze est sensationnelle dans un manteau de fourrure noir années 1980, ses longs cheveux blonds tombant sur ses épaules. Tarquin porte son éternel Barbour, et les trois enfants sont tout en jambes, yeux immenses et pulls de shetland Fair Isle.

— Suze ! je m'exclame en sautant dans ses bras.

— Bex ! Joyeux Noël !

— Joyeux Noël ! crie Clemmie en suçant son pouce et en tenant la main de sa mère.

— Et joyeux rien du tout ! souhaite Ernest, mon filleul.

Il a déjà ce look grande asperge aristo qui lui vient de son père. (« Joyeux rien du tout » est une des expressions favorites de la famille Cleath-Stuart. Ils disent également « Joyeux trépas » à la place de « Joyeux anniversaire ». Ils ont tellement de formules du même tonneau qu'on a besoin d'antisèches pour tout comprendre.) Ernie jette un regard incertain à sa mère qui acquiesce et il me tend la main comme si nous nous voyions pour la première fois au cours d'une garden-party. Je la prends avec beaucoup de chichis avant de le serrer très fort dans mes bras jusqu'à ce qu'il glousse.

— Chère Suzie ! Joyeux Noël !

Maman accourt dans le hall pour l'embrasser. Et Tark... Elle s'arrête.

— Votre Seigneurie..., hésite-t-elle à dire.

— Non, non, je vous en prie, madame, appelez-moi Tarquin, répond-il en piquant en fard.

Le grand-père de Tarkie est mort d'une pneumonie, il y a deux mois. Ce qui est ultratriste et tout et tout, mais il avait quatre-vingt-seize ans. Bref, comme le père de Tarkie a hérité du titre de comte, cela fait de Tarkie un lord. Et ma copine Suze est maintenant lady ! C'est tellement chic que j'en ai le tournis. Sans compter qu'ils disposent désormais d'encore plus d'argent, de terres, de propriétés. Letherby Hall, leur nouvelle maison, est dans le Hampshire, à une demi-heure d'ici. L'endroit ressemble au château du film *Retour à Brideshead*, mais ils n'y vivent pas à plein temps. Ils ont également une maison à Londres, en plein Chelsea.

Tarkie a donc largement de quoi s'offrir une nouvelle écharpe ! Mais il continue à porter un cache-col complètement élimé. Le genre de truc mité que sa vieille nounou pourrait bien lui avoir tricoté il y a plus de vingt ans. Ce qui est probablement le cas.

— Tarkie, tu as été gâté pour Noël ? je demande.

Je lui ai acheté un diffuseur d'huiles essentielles ultra-cool qu'il va adorer. Ou, plus exactement, que Suze va adorer.

— Tout à fait. Suze m'a offert un merveilleux mérinos complet. Une belle surprise !

Un complet ? Il veut dire un costume trois-pièces ?

— Vraiment formidable ! j'acquiesce. La laine mérinos est tellement à la mode en ce moment. Tu devrais voir la nouvelle collection de John Smedley, un vrai bonheur.

— John Smedley ? répète Tarkie, perplexe. Ça ne me dit rien. C'est un éleveur ?

— Un spécialiste de la maille ! Tu sais, tu pourrais porter un col roulé à la place du gilet, dis-je dans un moment d'illumination. Tu aurais un look vraiment *trendy*. La veste est droite ou croisée ?

En voyant Tarquin perdre pied, Suze pouffe.

— Bex ! Je ne lui ai pas offert de costume ! Mais un mérinos complet. Un mouton entier, non castré, tu comprends ?

Un mouton non castré ? C'est quoi, ce cadeau de Noël ?

— Ah, je vois ! dis-je en essayant de paraître enthousiaste. Quelle bonne idée !

— Ne t'inquiète pas, ajoute Suze en rigolant, je lui ai aussi offert une veste.

— Suze chérie, cette veste est super. Pour faire du biclou.

Je m'abstiens de m'exclamer : « Ah, une Belstaff ! Le top ! » Quand Tarkie parle de bicyclette, il ne veut pas dire un simple vélo comme le commun des mortels, mais un vélocipède. Pour que je comprenne bien, Suze cherche sur son téléphone une photo de Tarkie en veste de tweed, juché sur une authentique bécane d'autrefois. Il en possède toute une collection. De temps à autre, il prête un de ses modèles aux studios de télévision et offre ses conseils sur la manière de l'utiliser. (Problème : on ne l'écoute pas toujours. Et quand il s'aperçoit que les gens de la télé n'en ont fait qu'à leur tête, ça le déprime.)

— Ohé, les enfants ! Venez dans la cuisine pour une orangeade et des biscuits, dit maman en réunissant Ernest, Clementine et Wilfrid, comme une vraie mère poule. Mais où est Minnie ? Minnie chérie, viens rejoindre tes amis !

À la vitesse d'un météore, Minnie déboule dans le vestibule. Elle porte une robe d'un rouge flamboyant, un chapeau à pompon rouge vif et une paire d'ailes roses qu'elle refuse d'enlever depuis qu'elle les a trouvées dans sa chaussette.

— Kaatchup ! fait-elle en poussant un cri de triomphe.

Et elle dirige la bouteille en direction du ravissant manteau de Suze.

Mon cœur s'arrête de battre.

Oh non, non, non ! Comment a-t-elle pu l'attraper ? Nous rangeons toujours le ketchup dans le haut du placard depuis…

— Minnie, non !

J'essaie de m'emparer de la bouteille, mais elle m'évite.

— Minnie, donne-moi ça tout de suite ! *Si jamais*…

— Kaatchup !

Un flot s'élève dans les airs sans me laisser le temps d'intervenir.

— Non !

— Minnie !

— Suze !

C'est *Apocalypse Now* ! Je vois toute la scène au ralenti. Suze crie en tentant de reculer, Tarquin plonge devant elle pour la protéger, le ketchup s'écrase sur son Barbour en faisant un énorme pâté.

Je n'ose pas lever les yeux vers Luke.

J'arrache la bouteille des mains de Minnie.

— Donne-moi ça tout de suite ! Méchante fille ! Suze, Tarkie, je suis *vraiment* navrée...

— Mille excuses, dit Luke, vraiment très embêté.

— Oh, ne t'en fais pas ! le rassure Suze. Elle ne l'a pas fait exprès, n'est-ce pas, Minnie ?

Elle lui caresse les cheveux.

— Absolument ! insiste Tarkie. Il n'y a pas de mal. Si je pouvais seulement...

D'un geste maladroit, il désigne le ketchup qui dégouline de sa veste.

— Bien sûr ! dis-je en lui prenant son Barbour. Quel beau plongeon, quelle souplesse ! Tu as des réflexes formidables.

— Ce n'était rien. N'importe qui aurait fait pareil.

Ce qui montre la place qu'occupe Suze dans la vie de Tarquin. Sans hésiter une seconde, il a plongé à son secours. Quelle preuve d'amour !

Luke se ferait-il arroser de ketchup par amour pour moi ? Je lui poserai la question. Plus tard. L'air de rien.

— Luke, dit Tarquin, j'ai un conseil à te demander. Si tu as une minute.

— Avec plaisir, fait Luke, surpris. Allons au salon.

— J'emmène les enfants dans la cuisine, et je vais m'occuper du Barbour, dit maman en me l'enlevant des mains.

— Ah, Bex ! Montre-moi donc tout ce que tu as acheté pendant les soldes ! propose Suze tout excitée. Enfin, je veux dire... Si on parlait un peu de nos enfants, se reprend-elle très vite quand je lui donne un léger coup de pied.

Couchées sur mon lit, nous commençons à déballer toutes mes courses du lendemain de Noël[1]. On se croirait revenues au temps jadis, quand nous partagions un appartement dans Fulham.

— Voici ce que je vais porter au baptême ! dis-je en sortant une robe russe de sa boîte.

— Fantastique ! approuve Suze en essayant mon nouveau blouson de cuir. Mieux que sur la photo !

J'ai envoyé un M.M.S. à Suze avec quelques photos pour qu'elle me donne son avis. En échange, elle m'a fait parvenir des photos d'elle et de Tarkie prises au cours d'une chasse à la grive ou au pigeon. Suze est tellement gentille et loyale. Comme la reine, elle ne se plaint jamais. Mais, franchement, vous choisiriez quoi ? Une lande glacée d'Écosse ou les supersoldes de Selfridges avec 70 % de démarque ?

— Tiens, le bouquet final !

Je sors mon trophée, un cardigan – édition limitée – Ally Smith avec son célèbre bouton exclusif.

— Mon Dieu ! Où l'as-tu déniché ? Il était en solde ?

— Moins 60 % du prix normal ! 110 livres !

— Regarde-moi ce bouton ! dit Suze en le caressant avec envie.

— Impecc', non ? Je vais le mettre si souvent que je vais l'amortir *très vite*...

La porte s'ouvre. C'est Luke.

— Ah ! Salut !

Instinctivement, presque machinalement, je pousse du pied un sac contenant une partie des soldes sous le lit.

---

1. Le 26 décembre, appelé « Boxing Day », est férié en Angleterre. Il marque également le début de la période des soldes d'hiver. *(N.d.T.)*

Non pas qu'il désapprouve. Après tout, je dépense mon argent, c'est moi qui l'ai gagné, je peux en faire ce que je veux. Pourtant, quand le lendemain de Noël maman et moi nous sommes levées à 7 heures pour ne pas manquer l'ouverture des soldes, Luke nous a regardées d'un drôle d'air. Puis il a avisé tous les cadeaux encore éparpillés sous le sapin et nous a demandé :

— Vous n'avez pas fait le plein, hier ?

La preuve qu'il ne comprend rien de rien. Les cadeaux de Noël et les soldes n'ont *rien* à voir les uns avec les autres. Aussi différents que... les différents groupes d'aliments.

Suze vient à la rescousse.

— Bex a fait des affaires formidables. Tu aimes son nouveau cardigan ?

Luke l'examine, puis m'observe à mon tour avant de retourner vers le cardigan. Il fronce les sourcils : c'est clair qu'il ne digère pas un truc.

— Ça t'a coûté combien ?

— 110 livres ! 60 % de rabais, j'ajoute précipitamment. Il vient d'un grand créateur, une exclusivité.

— Je vois... Tu viens de débourser 110 livres pour un cardigan qui ressemble à s'y méprendre à celui que tu as sur toi.

— *Quoi ?* fais-je abasourdie. Bien sûr que non. Ils ne se ressemblent pas du tout, mais pas du tout.

— Ils sont identiques.

— Tu te trompes. Comment peux-tu dire une bêtise pareille ?

Nous nous taisons. Chacun regarde l'autre en se demandant s'il n'a pas épousé un(e) malade mental(e).

— Ils sont blanc cassé tous les deux. Ils ont tous les deux un gros bouton. Ce sont tous les deux des cardigans. Kif-kif bourricot !

Il est aveugle ou quoi ?

— Mais le bouton n'est pas au même *endroit* ! Ça change le style. Et celui-ci à des manches évasées. Ils n'ont rien en commun, n'est-ce pas, Suze ?

— Et le bouton est *rouge* ! renchérit-elle.

— Absolument !

Je désigne à Luke le bouton géant qui est la marque de fabrique d'Ally Smith.

— Tu as donc claqué plus de 100 livres pour un bouton !

Quel emmerdeur !

— C'est un *investissement*, je rétorque d'un ton glacial. Je viens de dire à Suze que je le porterai assez souvent pour l'amortir en deux temps trois mouvements.

— Combien de fois en tout ? Deux fois !

Il exagère !

— Bien sûr que *non* ! Je le mettrai…

Je fais un peu de calcul mental pour lui donner un chiffre réaliste.

— Cent fois. Donc, chaque fois que je le porterai, ça coûtera un peu plus d'une livre. Je crois pouvoir m'offrir un vêtement de créateur à ce prix, non ?

Luke renifle bruyamment.

— Becky, est-ce qu'il t'est arrivé de porter *quelque chose* cent fois ? Une fois me paraît déjà être un record.

J'adore Luke, mais quand il s'y met…

— Je te parie que je le porterai cent fois. Au moins.

Sans hésiter, j'enlève mon cardigan et enfile le Ally Smith.

— Et d'une.

Non mais ! Il va voir ce dont je suis capable. Je le *mettrai* mille fois !

— Je dois m'en aller. Tarquin m'attend, dit Luke en regardant Suze d'un air perplexe. Vous avez hérité d'un sacré business !

— Je suis au courant, dit-elle. Ce pauvre Tarkie se faisait tellement de mauvais sang que je lui ai suggéré de te demander conseil.

— Tu as bien fait. À plus.

Il prend des papiers dans un tiroir et sort.

— De quoi parlait-il ? je demande intriguée. Quel business ?

— Oh, la fabrique des Shetland Shortbread, répond Suze sans plus de détails. C'est une grosse affaire qui nous appartient maintenant...

Retour en arrière !

— Les Shetland Shortbread ? Ces boîtes de fer rouge de sablés superbons qu'on achète chez Waitrose ?

— Exact ! Ils sont délicieux. Fabriqués à l'ancienne dans une des fermes.

Je reste bouche bée. Suze est propriétaire de quoi d'autre ? Des chocolats HobNobs ? Des barres KitKat ?

C'est vraiment sympa. Elle doit recevoir des échantillons gratuits. Une boîte par an ?

Non, c'est ridicule ! Au moins dix boîtes par an.

Quand j'ai fini de montrer tous mes achats à Suze, je descends faire du café et jeter un coup d'œil aux enfants. En remontant dans ma chambre en désordre, je découvre Suze en train de s'adonner à son passe-temps favori : farfouiller dans mes affaires. Elle a le nez dans un tas de vieilles photos que j'avais l'intention de coller dans des albums.

— Bex, je n'arrive pas à croire que tu vas enfin déménager. J'ai l'impression que tu habites ici depuis la nuit des temps.

— Tu peux le dire. Deux longues années !

— Tes parents, qu'est-ce qu'ils en pensent ?

— Je ne leur ai encore rien dit, je murmure en regardant la porte. Nous allons leur manquer, c'est certain. En fait… je ne sais pas comment ils vont réagir. Pas trop mal, j'espère.

Papa et maman sont habitués à nous avoir ici. Surtout Minnie. Un jour, maman m'a dit qu'ils s'étaient réjouis secrètement chaque fois qu'une maison nous était passée sous le nez.

— Évidemment ! dit Suze tristement. Ils vont être anéantis. Il va falloir aider ta pauvre mère. Tu devrais peut-être l'inscrire dans un groupe de soutien psychologique. Je parie qu'ils ont des séminaires sur le syndrome du nid vide dans le secteur.

— Je me sens coupable, c'est vrai. Mais, d'un autre côté, on ne peut pas rester éternellement. On a besoin de notre propre territoire.

— Je suis bien d'accord. Et ne t'en fais pas, tes parents s'en remettront. Bon, parle-moi de ta maison. Elle est comment ? Il y a beaucoup de travaux à faire ?

— En réalité, la maison n'a *besoin* de rien, j'explique en lui montrant une brochure. Elle a été décorée par le promoteur.

— Huit chambres ! Waouh ! s'exclame Suze avec une mimique d'appréciation.

— Je sais. C'est incroyable, hein ? Vue de l'extérieur, on ne mesure pas vraiment sa taille. Elle est repeinte à neuf. Pourtant, on devrait la personnaliser. Tu en penses quoi ?

— Oui ! acquiesce-t-elle.

Suze est *tellement* plus dans le coup que Luke, qui, à propos, n'a pas mis les pieds à l'intérieur de la maison. Quand je lui ai dit qu'il y manquait notre empreinte, il a répliqué : « Pourquoi ? On ne peut pas être heureux avec l'empreinte de quelqu'un d'autre ? »

— J'ai déjà fait des tas de plans, tu sais comme c'est excitant. Exemple : dans le vestibule, on aura un porte-chapeau vraiment mode. Et j'y accrocherai un sac clouté Alexander Wang. Ce sera la touche Becky.

Je fouille sous le lit pour lui montrer mon croquis.

— Extra ! Vraiment superbe ! Tu l'as, le sac Alexander Wang ?

— Non, mais j'en achèterai un. À côté, j'ai prévu une console que je customiserai avec des bijoux de la créatrice Lara Bohinc.

— J'adore ! Mais je ne savais pas que tu avais des bijoux Lara Bohinc.

— Il faudra aussi que je les achète. Mais comprends une chose : ce ne sera pas pour *moi*, j'ajoute en voyant sa tête. Ce sera pour la *maison* !

Pendant un instant, Suze me dévisage d'un air que je connais bien. Elle a affiché la même expression quand, il y a des années, je voulais qu'on s'installe comme diseuses de bonne aventure au téléphone. (Je *continue* à croire que c'était une idée géniale.)

— Tu veux vraiment acheter un sac et des bijoux pour ta maison ?

— Qu'est-ce qui m'en empêche ?

— Bex, c'est la première fois que j'entends ça.

— Eh bien, c'est dommage ! Si les gens faisaient ça, les maisons seraient bien plus belles ! Mais ne t'en fais pas, je veux également un canapé.

Je lui balance une pile de magazines.

— Tiens, choisis-m'en un !

Une demi-heure plus tard, le lit est jonché de revues de décoration. La fête ! Nous paressons dans des canapés de velours orange, nous empruntons des escaliers à éclairage indirect, nous déambulons dans des cuisines de marbre poli et aux portes anciennes en bois. Si seulement ma maison était toutes ces maisons à la fois !

— Tu disposes d'un immense sous-sol, constate Suze en regardant les plans de près. Tu vas en faire quoi ?

— Bonne question ! L'idéal serait une salle de gym. Mais Luke veut en faire un cellier pour ses bouteilles de vin et organiser des dégustations.

Suze fronce les sourcils.

— *Des dégustations de vin ?* T'occupe pas de lui ! Suis ton idée. On y fera nos exercices de Pilates.

— Ouais, ça sera hypercool. Mais Luke a stocké son vin dans un garde-meubles et il a très envie de le récupérer.

Voilà encore une chose que je ne pige pas chez Luke : comment peut-il dépenser des fortunes pour une bouteille quand il pourrait acheter un pinot gris à 10 livres ? Et me donner la différence pour une jupe !

— Alors, fait Suze en continuant à étudier la brochure, tu as prévu une chambre pour toi et Luke, une pour Minnie...

— Une pour les vêtements.

— Une pour les chaussures ?

— Oui ! Et bien sûr une pour le maquillage.

— Génial ! fait Suze, emballée. Une pièce pour se maquiller ! Luke est d'accord ?

— Je l'appellerai la bibliothèque !

— Il te reste encore trois chambres, calcule Suze avec une grimace éloquente. Tu as des projets... pour les utiliser ?

Vous voyez ? J'aurais dû épouser Suze. *Elle*, elle me comprend !

— Si seulement ! dis-je en soupirant. Mais tu te rends compte, Luke ne veut pas d'autre enfant.

— Sérieux ? Mais pourquoi ?

— Il trouve Minnie insupportable et pense que nous n'arriverons jamais à nous occuper de deux enfants. Il dit aussi que nous devrions être satisfaits avec ce que nous avons. Il ne cédera pas.

Accablée, je hausse les épaules et feuillette un article sur les bains antiques.

— Tu ne pourrais pas... lui forcer la main ? Oublier exprès de prendre la pilule et dire que c'était un accident. Quand le bébé sera là, il sera ravi.

Bon, inutile de prétendre que l'idée ne m'a pas traversé l'esprit. Secrètement. Mais j'en suis incapable.

— Non ! Je refuse de le piéger. Il faut qu'il *désire* un autre bébé.

— Il changera peut-être d'avis avec le baptême, suggère Suze, l'œil brillant. Tu sais, c'est à celui d'Ernie que nous avons décidé d'en mettre un autre en route. Ernie était si mignon, il lui fallait un petit frère ou une petite sœur. Finalement ce n'est pas un mais *deux* bébés qui sont arrivés ! ajoute-t-elle après une seconde de réflexion. Mais pas de raison que ça ne t'arrive pas aussi.

— Sans doute.

Je me tais, le temps de me préparer à lui poser la question importante. Je n'en ai aucune envie. Mais je dois être courageuse.

— Suze… tu me promets de me dire la vérité. Jure-le !

— D'accord, accepte-t-elle, un peu méfiante. Mais si tu veux savoir combien de fois par semaine Tarkie et moi on fait l'amour, je ne te répondrai pas.

Où est-elle allée *chercher* un truc pareil ? Sauf que maintenant, je meurs de curiosité ! Jamais ? Tout le temps ? Bon sang ! Je parie qu'ils n'arrêtent pas ! Elle et Tarkie…

Bon, ce n'est pas la question.

— Tu es complètement à côté de la plaque, dis-je en m'efforçant de chasser toute idée lubrique de ma tête. Voilà ce que je veux te demander : tu trouves vraiment que Minnie est trop *gâtée* ?

J'en suis malade ! Et si elle dit oui ? Et si ma meilleure amie pense que ma fille est un monstre ? Je n'aurai plus qu'à rentrer sous terre.

— Non ! Pas du tout ! Bien sûr que non ! Elle est adorable. Peut-être… pleine d'énergie. Mais ce n'est pas grave. Aucun enfant n'est parfait.

— Les tiens le sont ! je réplique amèrement. Avec eux, tout baigne.

— Tu débloques ou quoi ? s'indigne Suze qui, en se redressant sur le lit, envoie valdinguer la brochure de la maison. On a une *masse* de problèmes avec Ernie. Sa maîtresse n'arrête pas de nous téléphoner. Il est nul en tout, sauf en allemand, et il n'y a *pas* de cours d'allemand à l'école !

— Ma pauvre Suze !

Inutile de lui demander pourquoi Ernie parle si bien l'allemand. Tarquin est dingue de Wagner, la seule musique qui vaille la peine d'être écoutée, selon lui. Chaque soir ses enfants ont droit à leur dose. Ne vous méprenez pas, Ernie est mon filleul, et je l'adore. Mais la dernière fois que je l'ai vu, il m'a raconté pendant des heures toute l'histoire des quelquechose-chanteurs. J'ai failli m'endormir d'ennui.

— Je dois encore aller voir la directrice, confie Suze. Qu'est-ce que je vais faire si elle le vire ?

Suze a l'air vraiment embêtée.

Oubliant mes problèmes, je passe mon bras autour de ses épaules. Je suis aussi furieuse qu'elle. Comment ose-t-on contrarier ma copine ? D'ailleurs, c'est qui, cette bande de nuls ? J'ai vu l'école d'Ernie quand je suis allée le chercher avec Suze. Un établissement tenu par des bêcheurs, avec des blazers d'uniforme mauves pour les élèves, des trimestres qui coûtent des milliards, sans compter les frais de cantine ! Ils doivent être trop occupés à compter leur argent pour reconnaître les élèves doués.

— Ça se passera très bien, crois-moi ! Et s'ils ne veulent plus d'Ernie, alors c'est une école merdique.

Si jamais je vois cette directrice, je ne mâcherai pas mes mots. Après tout, je suis la marraine d'Ernie. Au fait, et si j'accompagnais Suze pour dire à cette bonne femme ma façon de penser ? J'ouvre la bouche pour le suggérer à Suze quand elle tape sur le dessus-de-lit.

— Bex ! J'ai la solution. Engage une nounou !

— Une *nounou* ? je répète ahurie.

— Qui s'occupe de Minnie quand tu vas bosser ? Toujours ta mère ?

J'acquiesce. Depuis la fin de mon congé maternité, je collabore deux jours et demi par semaine au Look, où je suis conseillère de mode. Dès que je m'absente, maman surveille Minnie, ce qui est pratique, car je peux m'esquiver sans qu'elle s'en aperçoive quand elle prend son petit déjeuner dans la cuisine.

— Ta mère l'emmène à la garderie ?

Je grimace.

— Pas que je sache.

Maman n'est pas fan des garderies. Une fois, elle est allée à la garderie Tick Tock où elle s'est pris le bec avec une autre grand-mère. Le sujet de leur querelle : qui était la meilleure Miss Marple à la télévision. Elle n'y est jamais retournée.

— Alors elles font quoi toute la journée ?

— Oh... Ça dépend, dis-je vaguement. Des tas de trucs éducatifs...

Un pieux mensonge ! À ma connaissance, le programme ne varie jamais. Elles font des courses, prennent un goûter au café de Debenhams et rentrent regarder des D.V.D. de Disney.

Suze a peut-être raison. Minnie n'a pas assez de discipline. *Voilà* ce qui ne va pas.

— Une nounou la contrôlera, fait Suze à voix basse. En plus, elle organisera ses repas, lavera ses affaires... et Luke verra la différence. Fais-moi confiance : il changera d'avis en un éclair.

Je savais que Suze allait me conseiller. La solution est évidente : une nounou !

J'imagine immédiatement un croisement entre Mary Poppins et Mme Doubtfire, une dame toute mignonne avec un joli tablier, prodiguant des tas de sages conseils. La maison respirera le calme et le pain sorti du four. Minnie deviendra un ange en robe-chasuble et confectionnera sagement des objets en pâte à modeler. Alors Luke n'y tiendra plus. Il me jettera sur le lit et...

Superprogramme, ne serait-ce que pour la partie de jambes en l'air !

— En ce moment, *tout le monde* utilise l'organisme Top Nounous. C'est la dernière mode, précise Suze en ouvrant mon ordinateur portable et en cherchant leur site. Tiens, regarde ce qu'ils proposent. Moi, je descends jeter un coup d'œil aux enfants.

Leur site m'emballe tout de suite : « Les Top Nounous ont pour but d'élever des enfants équilibrés et accomplis qui deviendront les leaders de demain. »

Je continue à naviguer sur le site. Incroyable mais vrai ! Rien à voir avec Mme Doubtfire, les Top Nounous ! Elles ressemblent à Elle McPherson ! Dents blanches magnifiques, ventres plats et sourires intelligents.

Nos nounous, spécialement formées, sont affectueuses, fiables et instruites. Elles seront responsables de votre enfant et lui prépareront des repas équilibrés. Elles stimuleront son développement sur le plan physique, émotionnel et intellectuel. Nos Top Nounous sont des expertes en matière de nutrition, de sécurité, d'enrichissement culturel et de jeux créatifs. Certaines parlent couramment le français ou le mandarin et peuvent initier vos enfants à des domaines aussi variés que la musique, la méthode Kumon pour les mathématiques, les arts martiaux ou la danse classique.

Je me sens une vraie nullité en passant en revue les photos de filles souriantes aux longs cheveux brillants qui préparent des risottos végétariens, jouent à la balle dans un jardin ou pratiquent le judo en kimono. Pas *étonnant* que Minnie pique des crises ! Personne ne lui fait pratiquer les arts martiaux, personne ne lui apprend à faire des sushis. Voilà longtemps que je la prive de ces connaissances fondamentales. La préparation des tartes à la confiture avec maman me paraît soudain être un passe-temps totalement insignifiant. Sans compter qu'elle achète la pâte au supermarché ! J'ai maintenant une certitude : On doit embaucher une Top Nounou sans perdre un instant.

Petit problème à l'horizon : je ne veux pas d'une beauté à la longue chevelure se trémoussant dans toute la maison en jean slim et en tablier à sushi. Et si Luke et elle s'entendaient trop bien ? Et s'il avait envie, lui aussi, de suivre des cours d'arts martiaux ?

J'hésite un moment, la main sur la souris. Allez, Becky, grandis ! Songe à tout ce qu'elle fera pour Minnie. N'oublie pas que tu as un mari aimant et fidèle ! La dernière fois que tu as cru qu'il s'amusait avec une créature à la chevelure rousse dont tu as oublié le nom (Tu vois, Venetia ? Tu es le *dernier* de mes soucis !), tu t'es trompée sur toute la ligne.

De plus, si la nounou est vraiment une bombe aux cheveux de soie, je m'arrangerai pour que Luke ne la croise jamais. Décidée à passer à l'action, je remplis le formulaire d'adhésion et j'appuie sur la touche Envoi. J'ai enfin la réponse à mes angoisses ! Faire appel aux spécialistes ! Je n'ai plus qu'une personne à convaincre : maman. On ne peut pas dire qu'elle porte les nounous dans son cœur. Ni les crèches. Ni même les baby-sitters. Raison de cette méfiance ? Ces histoires vécues qu'elle regarde à la télévision où il n'est question que de nounous complètement barges et méchantes. Mais, honnêtement, quand on y réfléchit, il y a peu de chances de tomber sur une nounou qui se prend pour la réincarnation d'une femme assassinée tout en étant persuadée d'avoir le F.B.I. à ses trousses.

Quant à maman, ne souhaite-t-elle pas que sa petite-fille soit une enfant équilibrée et accomplie qui deviendra un des leaders de demain ? Le contraire serait impensable.

Donc, l'affaire est entendue.

Je retrouve Suze en compagnie de Tarquin et de Luke dans le salon. À voir la cafetière vide et les masses de documents éparpillés sur la table basse, je devine qu'ils ont dû s'en donner à cœur joie.

— Songe à Shetland Shortbread en termes d'image de marque, dit Luke. Tu es assis sur quelque chose qui peut devenir un immense succès mondial, mais tu dois mieux le faire connaître. Trouve une histoire, une personnalité, un atout majeur, un angle. Montre en quoi ton produit est le meilleur.

Luke a les yeux qui brillent, un ton convaincant, un enthousiasme qui ne me trompent pas : il s'enflamme dès qu'il croit à un nouveau projet.

Tarquin, en revanche, a l'air paniqué d'un lièvre pris dans les phares d'une voiture.

— Tu as raison, admet-il nerveusement, l'image de marque. Tu sais, Suze, Luke m'a rendu un fier service. Je ne pourrai jamais suffisamment le remercier.

— Oh, ce n'est rien ! répond Luke avec une tape sur l'épaule. Mais, Tarquin, tu dois mettre de l'ordre dans tes affaires. Forme une équipe de direction efficace, élabore une stratégie, ça te servira de tremplin.

Je me retiens de ricaner. Même moi, je sais que Tarquin n'a rien d'un stratège.

— Je vais lire ces contrats et je te dirai ce que j'en pense, propose Luke en sortant son BlackBerry. Je sais que tes conseillers les ont approuvés, mais je pense qu'on peut faire mieux.

— Luke, mon vieux, proteste Tarquin à mi-voix, tu m'as déjà consacré beaucoup de temps et d'efforts…

— Laisse tomber !

Luke lui sourit et se plonge dans son BlackBerry.

Le visage anguleux de Tarquin vire au cramoisi. Jetant un coup d'œil implorant à Suze, il se tord les mains et se racle la gorge.

— Luke, je sais que tu as ta propre affaire, lance-t-il. Mais je serais enchanté de t'offrir un job. Directeur général de tous mes biens, de tout ce qui me concerne. Au salaire que tu veux. À tes conditions.

— Un job ? répète Luke, pris à froid.

— Oh, oui ! renchérit Suze en applaudissant. Quelle idée géniale ! Ce serait extraordinaire. On pourrait même les loger, n'est-ce pas, Tarquin ? Le petit château du Perthshire serait idéal. Pas aussi bien que votre maison de Maida Vale, ajoute-t-elle en bonne copine, mais comme résidence secondaire ?

— *N'importe* quelles conditions ? insiste Luke.

— Oui, acquiesce Tarquin après une seconde d'hésitation. Absolument.

— Je marche si j'ai 60 % des revenus bruts !

Lourd silence. Je n'en crois pas mes oreilles. Luke pense-t-il sérieusement à abandonner Brandon Communications pour s'occuper des affaires Cleath-Stuart ?

Alors on vivrait dans un château ?

Je gamberge. On serait un clan. On aurait nos propres couleurs de tartan. Rose vif, argent et noir. Ça serait le tartan « McBloomwood de Brandon ». On danserait la gigue écossaise. Luke porterait une aumônière, vous savez, ce petit sac noir de cuir que les hommes en kilt mettent à un endroit stratégique…

— Je… suis…, bafouille Tarquin en regardant Suze, les yeux écarquillés. Cela me paraît raisonnable…

— Tarquin ! explose Luke. Bien sûr que *60 %* n'est pas raisonnable ! C'est pour ça que tu as besoin d'un nouveau conseiller financier en qui tu auras confiance. Et c'est pour ça que j'organise une réunion avec des consultants que je te recommande chaudement. J'y assisterai pour m'assurer que tu piges tout…

Il tapote son BlackBerry, puis s'arrête quand la sonnerie retentit sans discontinuer.

— Désolé, dit-il à la ronde, des messages m'arrivent.

Il regarde l'écran de plus près, semble surpris et tape une réponse.

— J'avais deviné que Luke n'accepterait jamais, me confie Suze en faisant la grimace. Il n'abandonnera jamais sa propre affaire.

— Je sais, dis-je un peu déçue.

J'étais déjà prête à emménager dans un château sur la lande et à prénommer mon second enfant Morag.

— Laisse-moi au moins t'offrir un petit truc, propose Tarquin de sa voix distinguée. Je pourrais t'emmener déjeuner ? Ou t'inviter à un week-end de chasse ? Ou à passer l'été dans notre maison en France ? Ou...

— Pas possible ! s'exclame Luke soudain à voix basse.

Il semble bouleversé par ce qu'il découvre sur son écran.

— Qu'est-ce qui se passe ? je demande, inquiète.

Luke relève la tête, comme surpris.

— Rien !

Son sourire charmant m'apprend qu'il n'en dira pas plus.

— Becky, désolé, mais je dois partir. Je rentrerai sans doute tard ce soir.

— Mais tu ne peux pas t'en aller ! On va fêter le second Noël ! Que fais-tu de Jess et de Tom ?

— Embrasse-les de ma part ! s'écrie-t-il depuis l'entrée.

— Un problème ? je crie derrière lui. C'est grave ?

Il ne me répond pas et, quelques secondes plus tard, la porte claque.

— Qui était à la porte ? demande maman en avançant dans le couloir. Quelqu'un est arrivé ?

— Ce n'est que Luke. Il a dû aller travailler, un problème urgent...

— Mais si, c'est eux !

J'entends le verrou de la porte d'entrée que l'on tire, un bruit de pas, et la voix de papa :

— Jess ! Tom ! Soyez les bienvenus !

Jess est arrivée ! Formidable !

Je fonce dans le hall, suivie de Suze : ma sœur est bien là en chair et en os ! Toujours aussi grande, aussi mince, aussi en forme. Mais plus bronzée qu'avant, ses cheveux coupés court décolorés par le soleil, et vêtue d'un haut de jogging gris à capuche et d'un jean noir délavé.

— Becky !

Elle m'embrasse après avoir laissé tomber son sac à dos format XXL.

— Ravie de te revoir ! On vient de croiser Luke qui partait en courant. Bonjour, Suze.

— Bienvenue ! Salut, Tom !

— Quelqu'un a envoyé un texto à Janice ? demande maman qui sort la tête de la cuisine. Elle est prévenue ?

— Je vais l'appeler par-dessus la haie, dit papa. Bien plus rapide qu'un texto.

— Plus rapide qu'un texto ? réplique maman. Balivernes ! Les textos sont *instantanés* ! Ça s'appelle la technologie moderne !

— Je tiens le pari ! répond papa. Le temps que tu sortes ton portable...

— Le temps que tu traverses le jardin, j'aurai envoyé le message ! insiste maman qui a déjà en main son téléphone.

— Janice ! crie papa en descendant l'allée en courant. Janice ! Jess et Tom sont là !

Il se retourne vers maman d'un air triomphant.

— Tu vois comme ça marche, les vieux moyens de communication. La voix humaine !

— J'avais oublié à quel point tes parents se chamaillaient, plaisante Tom.

Il a l'air en forme. Moins mollasson qu'avant, pas rasé, un peu amaigri. Comme si son visage était finalement arrivé à maturité. Surtout, il mâche du chewing-gum et sa mauvaise haleine n'a plus l'air d'être un problème.

— Jane, dit-il à maman, je vais à la maison, de toute façon. Inutile donc d'envoyer un texto à ma mère...

Maman fait comme si elle ne l'avait pas entendu.

— Becky, ma puce, *tu* ne trouves pas que les S.M.S sont plus rapides ? affirme-t-elle en tapant son message. Dis à ton père de cesser de vivre au Moyen Âge !

Je ne lui réponds pas. Je suis hypnotisée par la main gauche de Jess qui ouvre la fermeture à zip de son blouson. Elle porte une bague de fiançailles ! À l'annulaire ! D'accord, ce n'est pas un solitaire de chez Cartier ! Elle est en bois, peut-être en os ou en n'importe quelle autre matière écolo, mais on dirait qu'elle est ornée d'un petit caillou gris.

Bref, c'est une bague ! À l'annulaire !

Je croise le regard de Suze : elle aussi l'a remarquée ! Fabuleux ! Encore un mariage en perspective ! Minnie sera la demoiselle d'honneur !

— Qu'est-ce qu'il y a ? demande maman en regardant Suze, puis moi. Qu'est-ce que vous... *Oh !*

Ça y est ! Elle aussi l'a repérée.

Tom a disparu, et Jess se penche sur son sac à dos, sans s'occuper de nous. Alors maman se lance silencieusement dans un long discours fumeux. Elle le répète plusieurs fois avec un air frustré, car nous ne pigeons rien à ce qu'elle essaie de nous faire comprendre. Quand elle commence à faire de grands gestes, j'ai carrément une crise de fou rire.

— Viens dans le salon, dis-je à Jess entre deux hoquets. Assieds-toi. Tu dois être crevée.

— Je vais faire du thé, propose maman.

Du Jess tout craché ! Elle se fiance et elle n'en dit rien à personne. À sa place, j'aurais crié depuis la porte : « Devinez ce qui m'arrive ! Regardez mon caillou ! »

— Jess ! s'exclame Janice de sa voix aiguë.

Elle a une nouvelle couleur de cheveux, auburn flamboyant, et de l'ombre à paupières mauve assortie à ses chaussures *et* à son bracelet.

— Alors, ma cocotte, tu es enfin de retour ! dit-elle, ravie.

Ses yeux tombent sur la bague de Jess. *Instantanément*. Elle retrousse ses babines, respire un grand coup et croise le regard de maman.

Il faut que je m'éloigne, sinon je vais exploser. De rire. Je suis maman dans la cuisine où les enfants regardent *La Petite Sirène*. Nous préparons le thé et de petits sandwichs au jambon pour les enfants, tout en discutant à voix basse de l'événement majeur de la journée : la bague et le moment où Jess et Tom vont enfin annoncer leurs fiançailles.

— On doit se comporter tout à fait *normalement*, décide maman, en mettant deux bouteilles de champagne dans le congélateur pour qu'elles refroidissent plus vite. Faisons comme si de rien n'était. Inutile de les presser comme des citrons.

Dans le salon, Jess s'est installée sur le canapé, sans se préoccuper de Janice, de Martin, de papa et de Suze assis en demi-cercle autour d'elle, leurs yeux rivés sur sa bague, comme si elle émettait des rayons radioactifs. Dehors, dans le jardin, je vois Ernie et son père jouer ensemble. Tarquin fait d'étranges mouvements de bras que son fils tente d'imiter. Je fais signe à Suze et lui demande tout bas :

— J'ignorais que Tarkie pratiquait le tai-chi ! Il est sacrément doué !

Suze se retourne pour observer la scène.

— Ça n'a rien à voir avec du tai-chi. Il lui apprend la pêche à la mouche !

Père et fils ont l'air totalement concentrés – en fait, ils sont charmants à regarder, tel un papa ours apprenant à son ourson à chasser sous l'œil d'un réalisateur de documentaires. (Sauf pour un détail : ils essaient d'attraper un poisson imaginaire. Avec des cannes à pêche virtuelles.)

— Tu sais, Ernie a déjà pêché une truite dans notre rivière, dit Suze fièrement. On l'a à peine aidé.

Vous voyez. Je *savais* que mon filleul était doué. Il n'est pas dans la bonne école, voilà tout.

— Bon, alors ! fait maman. Jess ? Un peu de thé ?

— Avec plaisir.

On sert le thé et on marque une pause. Une petite pause qui sous-entend : « Quelqu'un aurait-il quelque chose à annoncer ? » Mais Jess et Tom restent muets.

Janice porte sa tasse à ses lèvres, puis la repose, puis souffle profondément comme si elle était incapable de supporter la tension ambiante. À la fin son visage s'éclaircit.

— Jess, ton cadeau ! Je t'ai fait un petit truc...

Elle court jusqu'au pied du sapin, saisit un paquet dont elle arrache elle-même l'emballage.

— De la crème pour les mains à base de miel que j'ai confectionnée toute seule, dit-elle d'un trait. Je t'ai dit que j'ai commencé à fabriquer des produits de beauté à base d'ingrédients naturels... Vas-y, mets-en !

Janice lui lance le pot. Fascinés, nous ne manquons pas un geste de ma sœur qui enlève sa bague, applique un peu de crème sur sa main, remet la bague. Sans un mot.

Bien essayé, Janice, j'ai envie de dire. *Pas mal.*

— Formidable, juge Jess en reniflant sa main. Merci, Janice. Tu as bien raison de tout faire toi-même.

— Grâce à toi, nous sommes devenues très écolos, dit maman doucement. Comme toi, on utilise des teintures à base de chlore et des fibres naturelles. Ça a été toute une éducation, n'est-ce pas, Becky ?

— J'en suis heureuse, dit Jess en avalant une gorgée de thé. C'est fou ce que les consommateurs occidentaux sont mal informés.

— Tu as raison, je lance. Ils n'ont *aucune* notion.

— Ils se font avoir par tout ce qui se prétend « naturel » ou « bio », renchérit Jess en secouant la tête. Il existe même des sociétés assez ignobles et irresponsables pour vendre des tapis de yoga fabriqués à partir de pièces détachées d'ordinateurs qui sont toxiques. Ils prétendent qu'ils sont recyclés. Au Guatemala, des gosses attrapent de l'asthme en les fabriquant.

Elle tape sur le canapé.

— Comment peut-on être assez idiot pour croire à des choses pareilles !

— Tout à fait d'accord ! je renchéris, en rougissant, sans oser regarder maman. Comment peut-on être bête à ce point ? Bon, je vais ranger un peu...

Mine de rien, je me dirige vers le sapin et pousse du pied le tapis de yoga du Guatemala sous le rideau. C'est la dernière fois que je fais confiance à ce catalogue prétendument écoresponsable ! Ils clament qu'ils aident les gens, alors qu'ils leur collent des maladies ! Et maintenant, je n'ai plus de cadeau pour Jess !

— Mon cadeau n'est pas encore arrivé, lui dis-je en m'asseyant à ma place. Des... pommes de terre. Un gros sac. Je sais comme tu les aimes. Et tu pourras recycler le sac comme bagage bio.

— Ah ! fait Jess, plutôt surprise. Merci, Becky ! Au fait, où en sont les préparatifs du baptême ?

— Impecc' ! dis-je, ravie de changer de sujet. Le thème est russe. On aura des blinis, du caviar et de la vodka. J'ai choisi une robe fantastique pour Minnie...

— Tu as choisi un second prénom ? intervient maman. Ça devient urgent. Le révérend Parker a téléphoné hier pour savoir. Ma puce, il va falloir que tu te décides.

— Bien sûr. Mais c'est compliqué.

Quand nous avons déclaré la naissance de Minnie, on n'a pas réussi à se mettre d'accord sur un second prénom. (Pour dire la vérité, on s'est légèrement engueulés. Luke n'a rien voulu entendre pour Dior. Ni pour Temperley, une de mes marques favorites. J'ai refusé Gertrude tout net, même si c'est un personnage de Shakespeare.) On s'est contentés de l'inscrire sous le nom de Minnie Brandon et de reporter au moment du baptême le choix d'autres prénoms. Mais plus la date approche, plus le

74

choix devient difficile. Quand je soumets mes idées à Luke, il éclate de rire et rétorque : « Pourquoi aurait-elle besoin d'un second prénom ? » Ce ne qui ne fait *pas* avancer nos affaires.

— Tom, tu as des choses à nous dire ? demande soudain Janice qui n'y tient plus. Du nouveau ? Des petits riens ? N'importe quoi ? Vraiment n'importe quoi ?

Elle se penche sur sa chaise, tel un phoque prêt à attraper un poisson.

— Eh bien, oui ! répond Tom avec un sourire en coin.

Pour la première fois, il regarde Jess dans les yeux avec un air qui signifie : « Alors, on les met au courant ? »...

Mon Dieu !

Ça y est ! Ils sont fiancés !

Sur le canapé, maman et Janice sont maintenant raides comme des piquets. Janice semble carrément sur le point d'imploser. Suze me lance un clin d'œil et je lui souris. On va tellement s'amuser ! D'abord, on va acheter le magazine *Futures Mariées* et aider Jess à choisir sa robe, afin d'éviter qu'elle prenne un vieux truc en chanvre recyclé, même si c'est plus écolo...

— Jess et moi aimerions vous annoncer..., dit Tom en jetant un coup d'œil circulaire. Que nous nous sommes mariés !

4

La famille est en état de choc. Évidemment, on est tous enchantés que Tom et Jess aient convolé. C'est fabuleux. Mais on a l'impression d'avoir raté quelque chose.

Qui les a forcés à se marier au Chili, dans un bureau d'état civil minuscule, en présence de deux malheureux témoins ? Et sans même nous permettre de suivre la cérémonie sur Skype ! On aurait pu donner une fête. Boire à leur santé. Jess dit qu'ils n'ont pas eu de champagne. Ils se sont contentés de la bière locale.

De la *bière* !

Il y a certaines choses que je ne pige pas chez ma sœur, et ça ne va pas en s'améliorant. Pas de robe blanche. Pas de fleurs. Pas d'album de photos. Pas de champagne. Le seul bonus de son mariage ? Un mari !

(Soyons clairs : un époux est bien sûr la chose la plus importante dans un mariage. Ça va sans dire. Mais, quoi ? Pas même une nouvelle paire de chaussures pour témoigner de ce grand jour ?)

Et cette pauvre Janice ! J'ai cru qu'elle allait tomber en syncope en apprenant la nouvelle. Pourtant, elle a fait des efforts surhumains pour avoir l'air cool, comme si un mariage au bout du monde auquel elle n'avait pas été invitée comblait ses vœux les plus chers. Seule une minuscule larme au coin de son œil a trahi son désarroi. Surtout quand Jess a déclaré que, de toute façon, elle n'aurait pas voulu d'une réception au club de golf, qu'elle n'aurait pas déposé une liste chez John Lewis et qu'elle aurait refusé tout net de poser en robe de location pour des photos dans le jardin, avec Martin et Janice.

Janice était si malheureuse que j'ai failli lui dire que je me portais volontaire pour me re…. Hilarant comme idée, non ? Surtout que, l'autre jour, j'ai vu d'incroyables robes de mariée dans la vitrine de Liberty.

Bon, oublions.

Je finis de me mettre du gloss et recule pour juger de l'effet. J'espère que Janice aura le sourire. Car aujourd'hui, c'est la fête.

Je lisse ma robe, pivote sur moi-même devant le miroir en pied. Je porte une extraordinaire robe bleu foncé avec un ourlet en fausse fourrure, de hautes bottes à boutons et un manchon lui aussi en fausse fourrure. Plus un long manteau bordé d'un galon et une immense toque.

Assise sur mon lit, Minnie se livre à son occupation favorite : essayer mes chapeaux. Elle a une petite robe bordée de fourrure et d'adorables bottines blanches qui la font ressembler à une patineuse. Je suis tellement emballée par ce thème russe que je joue avec l'idée de demander au révérend Parker de la baptiser Minska.

Minska Katinka Karenina Brodsky Brandon.

— Viens, Minska, dis-je pour voir ce que ça donne. C'est l'heure du baptême. Enlève-moi ce chapeau !

— À moaa ! dit-elle en agrippant mon bibi Phillip Treacy, le rouge avec une grande plume. Chaapeau à *Minniiie* !

Elle est tellement mignonne que je n'ai pas le cœur de le lui enlever. Et je risquerais d'abîmer la plume. En fait, qu'est-ce que ça fait si elle le garde ?

— D'accord, chérie, tu peux le mettre. Mais allons-y.

Je lui tends la main.

— À Minniiie ! fait-elle en s'emparant d'un sac Balenciaga qui traînait sur le lit. À *moaaa.*

— Minnie, c'est le sac de maman. Allons, sois raisonnable. Tu as ton petit sac à toi. Où est-il ?

— À moaa ! Mon saaac ! crie-t-elle furieuse et en
s'écartant de moi.

Elle s'accroche au Balenciaga comme à une bouée de
sauvetage au milieu de l'océan déchaîné. Et pas question
de l'abandonner !

— Minnie…

À dire vrai, elle n'a pas tort. Le Balenciaga est beaucoup
plus joli que son petit sac, qui n'est qu'un jouet. Si c'était
moi qu'on baptisait, je *choisirais* le Balenciaga.

— Bon, tu as gagné ! Je vais prendre le Miu Miu. Mais
seulement pour la journée. Maintenant, rends-moi mes
lunettes de soleil.

— Non, à moaa ! À Minniiie !

Elle se cramponne à mes lunettes vintage années 1970
qu'elle a piquées sur ma coiffeuse. La monture rose en
forme de cœur ne cesse de lui glisser sur le nez.

— Minnie, tu ne peux pas aller à ton baptême avec des
lunettes de soleil. Ne sois pas bêta !

J'essaie de prendre un ton sévère.

Mais en fait, elle a un look extra avec son chapeau, ses
lunettes roses et son sac Balenciaga.

— Bon… D'accord, mais ne les casse pas !

En nous regardant dans le miroir, je me sens plutôt fière
de moi. Minnie est resplendissante. Suze a peut-être
raison : le baptême *pourrait* pousser Luke à changer d'avis.
Quand il verra sa fille, il va fondre et décider qu'il veut
une couvée d'une dizaine de poussins.

(Euh, il n'a pas intérêt ! Pas question que je ponde dix
fois. Deux, c'est déjà beaucoup demander. La seule façon
que j'aurais de mener à bien un second accouchement, ce
serait de me concentrer sur les bonnets à pompons.)

À propos de Luke, je me demande où il est fourré. Il est
parti ce matin en coup de vent pour son bureau, en jurant

qu'il serait de retour pour 11 heures. Il est déjà 10 heures !
Je lui envoie un texto :

Ça va ? J'espère que tu rentres rapido.

Je range mon portable dans mon sac et prends la main
de Minnie.

— Viens, dis-je tout sourires. C'est un grand jour pour
toi.

En descendant, j'entends les traiteurs s'activer et papa
chantonner en nouant sa cravate. Le hall déborde de
bouquets et de serveurs disposant les verres sur la table de
l'entrée.

— Je te téléphonerai depuis l'église..., dit maman en
sortant de la cuisine.

— Bonjour, maman !
Je la regarde, étonnée.
Elle porte le kimono japonais que Janice lui a rapporté
de Tokyo, ses cheveux sont tirés en chignon, ses pieds
emprisonnés dans des petites mules de soie.

— C'est quoi, cette tenue ? Tu n'es pas encore prête ?

— Je ne vais rien porter d'autre, ma puce, répond-elle
en caressant le tissu du kimono. Janice me l'a offert, tu te
rappelles ? Pure soie. Très belle qualité.

On m'a encore caché quelque chose ?

— Pas de doute, c'est très joli. Mais c'est japonais. On
avait décidé d'un thème russe, tu t'en souviens ?

— Ah... oui ! dit maman l'air de penser à autre chose.
Bah, ce n'est pas très grave, si ?

— Mais, si !

— Ma puce, objecte maman en faisant la grimace, tu
sais comme la fourrure me donne des boutons. Je meurs
d'envie de porter cet ensemble depuis des siècles. Tu vas
voir Janice : elle a un manteau de mariage japonais à
tomber. Tu vas l'adorer...

— Comment ? dis-je en l'interrompant. Janice va aussi
être en Japonaise ?

Bon sang, j'aurais dû m'en *douter*. Maman me rebat les oreilles avec un thème japonais depuis que Janice a passé des vacances à Tokyo et qu'elle a lancé les soirées sushis-bridge. Ce qui n'empêche que moi, Rebecca Brandon, je suis aux commandes et que j'ai choisi un thème russe.

— Madame Bloomwood, désolée de vous interrompre, fait une serveuse, mais où dois-je mettre les hors-d'œuvre asiatiques ?

Elle porte à bout de bras un plateau en argent.

Comment ?

Hors de moi, je fonce sur elle.

— Excusez-moi, mais j'ai commandé un buffet russe ! Caviar, saumon fumé, pirojki, vodka...

— Et aussi des plats japonais, des sushis, des sashimis, énumère la serveuse, affolée. Ce n'est pas une erreur, j'espère. Et du saké.

— Non, tout va bien, s'empresse de répondre maman. Mettez-les dans la cuisine. Merci.

Je croise les bras sur ma poitrine et fixe maman dans les yeux.

— Qui a commandé les sushis ?

— Oh, j'ai ajouté quelques petites choses au menu, avoue maman d'un ton vague. Pour avoir le choix.

— Mais c'est un thème russe !

J'ai envie de taper du pied. À quoi ça sert de convenir d'un thème si les gens n'en tiennent pas compte et décident autre chose, sans même vous prévenir !

— Ma puce ! On peut avoir deux thèmes !

— Sûrement pas !

— Une fusion russo-nipponne ! insiste maman. Toutes les célébrités donnent dans la fusion !

— Mais..., je commence, avant de stopper brusquement.

Une fusion russo-nipponne ! Pas mal ! Dommage de ne pas y avoir pensé la première !

— Tu pourrais te mettre des baguettes dans les cheveux. Tu serais jolie comme tout.

— Bon, d'accord ! dis-je en capitulant. Pourquoi pas ?

Je sors mon portable et texte à Suze et à Danny dans la foulée :

Salut ! Russo-nippon est le nouveau thème du jour. À +.

Suze me répond aussitôt :

Japonais ? Comment faire ???

Je réponds :

Des baguettes dans les cheveux !

Maman sort des baguettes de laque noire qu'elle tente de me fourrer sur la tête.

— On aurait besoin d'une pince à cheveux pour que ça tienne, grommelle-t-elle. Au fait, où en est Luke ?

— Il refusera de porter des baguettes dans les cheveux, je te le dis tout net. Quel que soit le thème !

— C'est malin ! Je veux juste savoir s'il est dans les parages.

D'un même geste, nous regardons nos montres. Luke m'a juré plus de cent fois qu'il ne serait pas en retard pour le baptême de Minnie.

Il tiendra parole. Sûr et certain.

Entre nous, c'est quoi ce mégaproblème de boulot ? Il est muet comme une carpe, refuse même de me révéler le nom de son client. Mais ça ne doit pas être du chiqué : ces deux derniers jours, il n'a fait que des apparitions à la maison et, quand on l'appelle au téléphone, il ne parle que trois secondes avant de raccrocher. Je lui envoie un nouveau texto.

T'es où ???

Quelques secondes plus tard, j'ai sa réponse :

Fais de mon mieux.

Fais de mon mieux ? C'est-à-dire ? Il est en voiture ou pas ? Il a quitté son bureau, oui ou non ? J'ai comme un coup à l'estomac. Il ne va quand même pas être en retard pour le baptême de sa fille ? *Inimaginable !*

— Où est Luke ? demande papa en passant. Sur le point d'arriver ?

— Pas encore.

— Ça va être ric-rac, commente-t-il en haussant les sourcils.

— Ne t'inquiète pas ! dis-je, sûre de moi. Il reste encore plein de temps.

Mais pas de Luke à l'horizon. Pas l'ombre de l'ombre de Luke. Les traiteurs ont terminé leurs préparatifs. Tout le monde est dans les starting-blocks. À 11 heures 40, je me tiens dans l'entrée avec Minnie, les yeux fixés sur l'allée. J'ai envoyé à Luke des textos toutes les cinq minutes, et puis j'ai renoncé. Je ne sais plus quoi penser. Où est-il ? Comment peut-il ne pas être là ?

— Ma puce, il faut partir pour l'église, me souffle maman à l'oreille. Les gens vont arriver pour la cérémonie.

Son visage est contrarié. Elle a raison. On ne peut pas décevoir nos amis.

— D'accord ! Allons-y !

En quittant la maison, je fais une dernière tentative. Mais j'ai les larmes aux yeux.

Cher Luke, on part pour l'église. Tu vas rater le baptême.

Je boucle Minnie dans son siège-auto et me glisse à côté d'elle. Je devine que les parents en veulent tellement à Luke qu'ils sont sur le point d'exploser.

— Il a sûrement une bonne raison, laisse enfin tomber papa en sortant de l'allée.

Silence, personne n'étant capable de formuler une raison plausible. Finalement, maman se hasarde à demander :

— Ma puce, tu parlais d'un problème ? C'est quoi ?

— Aucune idée, fais-je en regardant par la fenêtre. Mais sûrement un truc important. Je n'en sais pas plus.

Mon téléphone grésille.

Becky, désolé. Impossible de t'expliquer. Toujours bloqué. Prendrai l'hélicoptère dès que possible. Attendez-moi. L

Je considère mon téléphone sans trop y croire. Un hélicoptère. Il arrive en hélicoptère ?

Soudain, mon moral remonte d'un cran. Je lui pardonne même d'avoir disparu sans prévenir. Au moment où je vais mettre les parents au courant (sans trop insister) pour l'hélicoptère, mon portable sonne.

Ça risque de durer encore un peu. On est dans la merde.

Je retexte illico :

Quelle merde ? Qui « on » ?

Pas de réponse. Ce qu'il peut m'agacer ! Il faut toujours qu'il s'entoure de mystère. Je parie qu'il s'agit d'un fonds de gestion sans intérêt qui aura perdu quelques milliards. Vous parlez d'un drame !

En faisant un petit tour dans l'église, j'aperçois une foule d'amis. Je salue les partenaires de bridge de maman, dont la moitié est en tenue japonaise. (*Ça*, maman va m'entendre.) Je m'entends répéter plus de cinquante fois « le thème est une fusion russo-nipponne » et « Luke va arriver en hélicoptère », puis maman emmène Minnie par la main sous les commentaires attendris de l'assistance.

— Bex !

Suze porte un extraordinaire manteau brodé violet et des bottes fourrées. Son chignon est maintenu par des bâtonnets de bois de chez Starbucks, ceux qui servent d'habitude à touiller le sucre dans le café.

— Je n'ai pas pu faire mieux, grogne-t-elle. Tu m'avais dit russe ! Comment le japonais a-t-il pointé son nez ?

— La faute de maman !

Je m'apprête à lui raconter toute l'histoire quand le révérend Parker s'approche, impeccable dans une soutane blanche toute soyeuse qui bruit à chacun de ses pas.

— Bonjour ! Comment allez-vous ? dis-je avec un grand sourire.

Le révérend Parker n'a rien du très saint homme qui vous ferait détester les curés et autres pasteurs. Il est plutôt du genre « venez prendre un gin avant le déjeuner ». Il est toujours bronzé, conduit une Jaguar, et sa femme travaille à la Bourse.

— Je vais très bien, dit-il en me serrant la main affectueusement. Ravi de te voir, Rebecca. Puis-je te complimenter sur ce thème japonais ? Je suis un fan des sushis.

— En vérité, c'est une fusion russo-nipponne, je rectifie d'un ton ferme. Nous avons aussi des blinis et de la vodka.

— Intéressant ! Je présume que Luke a été retardé ?

— Oui, il sera là très bientôt, dis-je en croisant les doigts derrière mon dos. D'une minute à l'autre.

— Bon. Parce que je suis un peu pressé. Et je ne doute pas que tu aies choisi les autres prénoms de ta fille. Peux-tu me les inscrire sur un morceau de papier ?

Pitié !

— Presque, dis-je en faisant une horrible grimace. J'y suis presque...

— Voyons, Rebecca, ce n'est pas très sérieux. Je ne peux pas baptiser ta fille si je ne connais pas ses prénoms.

Il me met la pression, c'est sûr ! Je croyais que les prêtres étaient *compréhensifs* !

— J'ai l'intention d'arrêter mon choix pendant la cérémonie. Pendant les prières, bien entendu, j'ajoute en toute hâte en voyant son expression réfrigérée. Vous savez, je vais sans doute puiser mon inspiration dans la Bible.

Je saisis un exemplaire sur un banc, dans l'espoir de gagner un bon point, comme au catéchisme.

— Quelle merveilleuse source d'inspiration ! J'aime beaucoup Ève. Ou Marie.

Le révérend Parker a un défaut : il me connaît depuis trop longtemps. Il lève les yeux au ciel (bien sûr) et me demande :

— Les parrain et marraine sont là, au moins ? Des personnes convenables, j'espère.

— Bien sûr ! Voici la marraine, dis-je en poussant Suze en avant.

Elle lui serre la main et commence immédiatement à parler du plafond qui est « fin XIXe, n'est-ce pas ? ».

Suze est exceptionnelle. Elle sait toujours ce qu'il faut dire au bon moment. Voici maintenant qu'elle parle des vitraux. Où est-ce qu'elle a appris tout ça ? Probablement à l'école privée, après les cours sur l'art et la maîtrise de la meringue. Comme les vitraux ne me fascinent pas, je feuillette la Bible au hasard.

Ah ! Delilah ! En voilà un prénom cool.

— Bon Dieu de bois ! Becky, ma poule !

Derrière moi, je devine une certaine agitation parmi les amies de maman. L'une d'elle demande :

— Doux Jésus, qui est cet individu ?

Je ne vois qu'une personne au monde capable de sortir de telles horreurs avec cet accent américain terrifiant.

— Danny ! je m'exclame, folle de joie, en me retournant. Tu es venu !

Il y a longtemps que je n'ai pas vu Danny. Plus maigre que jamais dans son grand manteau de cuir à la mode cosaque, accompagné d'un pantalon de vinyle noir rentré dans des bottes d'officier. Comme accessoire : un minuscule chien blanc qu'il tient en laisse. Au moment où je m'apprête à l'embrasser, il lève la main, comme pour faire une déclaration d'une immense importance.

— Ce thème ? Une *fusion* russo-nipponne ! Bordel, mais où as-tu pêché une *inspiration* pareille ? C'est dément ! Tu es géniale ! Dommage que mon nouveau clebs ne soit qu'un putain de shih-tzu.

— Jeune homme, je vous en prie !

Miséricorde ! Le révérend Parker est planté à trente centimètres de nous.

— Euh, révérend, je vous présente Danny Kovitz, le parrain.

— Oh, Jésus ! bredouille Danny. Révérend, je vous demande pardon. Je suis dingue de votre église.

Avec force gesticulations, Danny ajoute :

— Et dingue de la déco. Qui vous a aidé à choisir ces couleurs divines ?

— Vous êtes trop aimable, répond le révérend, l'air ultracoincé. Mais vous serait-il possible d'utiliser un langage moins imagé pendant la messe ?

— Danny est un couturier célèbre, je m'empresse de dire.

— N'en rajoute pas, ma poule ! corrige Danny en riant. Pas célèbre. Mais réputé. Pour ma *mauvaise* réputation ! Mais où se planque Luke ? J'ai besoin de lui. Jarek m'appelle tous les jours. Il menace de *revenir*. Tu sais comme je n'aime pas ce genre de confrontation !

Jarek est l'ancien directeur commercial de Danny dont nous avons fait la connaissance l'année dernière. Un cloporte qui puisait largement dans la caisse, se tournait les pouces, mais s'habillait à l'œil et déjeunait uniquement en notes de frais. Luke, qui s'est occupé de son licenciement, a sermonné Danny : « Arrête d'engager des gens parce que tu aimes leur coupe de cheveux ! »

— Je croyais que tu avais changé tous tes numéros de téléphone, dis-je, étonnée. Et que tu ne répondais plus à ses appels.

— Oui, au début. Mais il avait des billets pour un festival à Bali, on y est allés ensemble, du coup il a eu mon numéro de portable…

— Danny ! Tu es allé à un festival avec *lui* ! Après l'avoir viré ?

Penaud, Danny baisse la tête.

— Je sais, j'ai déconné. Mais où est Luke ? fait-il en regardant autour de lui, l'air angoissé. Tu crois que Luke voudra bien lui parler ?

— Je ne sais pas où est Luke, je réplique sèchement. Il est quelque part en hélicoptère.

— En hélicoptère ? répète Danny en levant les sourcils. Quel homme d'action, ton chéri ! Il va descendre du ciel le long d'un câble comme les beaux gars des services spéciaux ?

— Ne dis pas de bêtises !

Quoique ! En y réfléchissant, ce n'est peut-être pas aussi idiot que ça. Car je voudrais bien savoir où son hélico va pouvoir se poser !

Je texte vite fait à Luke :

T'es dans l'hélico ? Tu te poseras où ? Sur le toit ?

Tarquin fait enfin son entrée, ce qui n'échappe pas à Danny.

— Ô joie ! s'exclame-t-il. Voilà Sa Seigneurie ? Oh, ma braguette, tiens-toi donc tranquille !

Danny a toujours eu un faible pour Tarquin. Aujourd'hui, il y a de quoi ! Milord porte une chemise ample, des hauts-de-chausses noirs et un lourd manteau d'officier. Le vent a ébouriffé ses cheveux – nette amélioration par rapport à sa coiffure habituelle – et, dans la pénombre de l'église, son visage de fouine semble finement ciselé.

— Voilà, j'ai ma prochaine collection sous les yeux ! constate Danny aux anges, en faisant une esquisse de la tenue de Tarquin. Un lord anglais rencontre un prince russe !

— Il est écossais, je précise.

— Encore mieux. J'ajouterai un kilt.

Le croquis me fait pouffer.

— Danny ! Tu ne peux pas dessiner ça dans une église !

Son esquisse n'a *rien* de convenable. Elle est franchement obscène ! Cela dit, comme j'ai entendu un jour la mère de Suze affirmer que tous les Cleath-Stuart étaient bien pourvus, il y a peut-être du vrai dans ce dessin.

— Où est ma filleule ? demande-t-il en arrachant la page, et en recommençant à crayonner.

— Quelque part avec maman...

Je regarde autour de moi et repère Minnie au centre d'un groupe d'amies de maman. Qu'est-ce qu'elle fabrique ? Elle a glissé cinq sacs autour de son bras et se bagarre avec une vieille dame pour en prendre un sixième. Bien entendu, elle glapit son habituel :

— À moaa ! À Minniiie !

— Elle est trop mignonne ! déclare la dame en riant. Tiens, prends-le, Minnie.

Elle lui passe la bandoulière autour du cou, et ma fille s'éloigne, emportant son butin d'un pas déterminé.

— Joli, ce Balenciaga ! apprécie Danny. L'accessoire idéal pour son baptême.

— Tu comprends pourquoi je le lui ai prêté ?

— Et tu t'es contentée du Miu Miu que tu as dans ton placard depuis plus d'un an, mon petit doigt me l'a *dit*, alors que le Balenciaga est nouveau...

Poussant un soupir de diva expirant sur scène, Danny ajoute :

— C'est le plus bel exemple d'amour maternel que je connaisse !

— Oh ! La ferme ! dis-je en lui donnant un coup de coude. Occupe-toi de ton dessin.

En le voyant à l'œuvre, je songe soudain à un truc épatant. Si Danny *base* vraiment sa collection sur Tarquin, ils pourraient unir leurs forces. Faire une promotion commune pour les Shetland Shortbread ! J'ai vraiment la bosse du business ! Luke n'en reviendra pas. Au moment où je me penche vers Suze pour lui faire part de mon idée, la voix du révérend Parker résonne.

— Pourriez-vous vous rendre à vos places, dit-il en nous poussant vers la nef. Il est temps de commencer le service.

Déjà ?

Quand il passe à côté de moi avec sa soutane froufroutante, je le retiens.

— Hum ! Révérend… Luke n'est pas encore là. Serait-il possible de patienter encore un peu ?

— Ma chère, nous avons déjà vingt minutes de retard. Si ton mari n'arrive pas…

— Bien sûr qu'il va arriver, je m'insurge. Il est en route. Il sera là…

— À moaa ! À Minniiie !

Je me fige en entendant ce cri de contentement suraigu. Je jette un coup d'œil vers le chœur et crois me trouver mal.

Minnie est accroupie au pied de l'autel où elle vide le contenu de tous les sacs à main par terre. Derrière moi fusent les cris de leurs propriétaires, mécontentes de voir leurs biens les plus secrets rouler sous les bancs.

— Minnie ! ARRÊTE ! je crie en remontant la nef.

— À moaa ! fait-elle en secouant un sac Burberry.

De la petite monnaie s'en échappe en cascade. Autour de l'autel, ce n'est plus qu'un amas de porte-monnaie, de poudriers, de tubes de rouge à lèvres, de brosses à cheveux.

— C'est le jour de ton baptême ! dis-je, furieuse, à l'oreille de Minnie. Tu dois être *sage* comme une image. Sinon, tu n'auras *jamais* de petit frère ou de petite sœur !

Minnie s'en fiche totalement. Elle n'a pas un regard pour les amies de maman qui, à genoux, essaient de récupérer leurs sacs, ce qu'ils contenaient, et l'argent éparpillé un peu partout.

Un point positif : grâce à cet incident, la cérémonie n'a toujours pas commencé. Le révérend Parker, lui, s'impatiente.

— Chers fidèles, veuillez regagner vos places. Il est temps de…

— Et Luke, alors ? demande maman en s'asseyant. Je m'inquiète !

— Il va arriver ! dis-je pour tenter de la rassurer.

Il faut que je fasse traîner les choses en longueur, voilà tout. Avec le sermon, les cantiques, les prières, ça devrait aller.

Bon, je vais écrire à l'archevêque de Canterbury. Lui dire que de nos jours les cérémonies de baptême sont expédiées !

Nous sommes assis au premier rang. On a marmonné deux prières et conjuré le Seigneur de nous tenir éloignés de Satan. On a chanté un cantique. Pendant que Minnie était occupée à déchirer deux livres de psaumes. (La seule façon de la faire tenir tranquille. Je ferai un don à l'église en dédommagement.) Maintenant, le révérend Parker nous demande de nous lever et de nous réunir autour des fonts baptismaux. Je panique.

Impossible qu'on en soit déjà à asperger Minnie. Luke ne peut pas rater ce grand moment.

Mais toujours aucun signe de lui. Il ne répond à aucun de mes textos. J'espère contre toute attente qu'il a coupé son portable à cause des interférences dans l'hélicoptère. Je vais attraper un torticolis à force de tendre le cou pour capter le moindre vrombissement.

— Minnie ? demande le révérend Parker en souriant, tu es prête ?

— Attendez une minute ! je crie avec la force du désespoir. Avant le baptême… euh… Susan Cleath-Stuart, la marraine de Minnie, désire réciter un poème pour l'occasion. N'est-ce pas, Suze ?

Suze se tortille sur sa chaise.

— *Quoi* ?

— Suze, *je t'en supplie*, je marmonne. Il faut gagner du temps, ou Luke va louper le baptême.

— Mais je ne connais pas de poème, réplique-t-elle en se levant.

— Tu n'as qu'à lire un extrait du livre de psaumes. Un truc bien long !

Les yeux au ciel, Suze se dirige vers l'autel, puis sourit à l'assistance.

— J'aimerais vous réciter…, dit-elle en feuilletant le livre. Ah oui, « Nous, les Rois Mages ».

Elle s'éclaircit la voix.

Nous sommes les trois Rois Mages venus d'Orient. Chargés de présents, nous…

Quelle star, ma copine ! Un escargot n'irait pas plus vite, et elle reprend chaque refrain à deux reprises.

— Très bien ! déclare le révérend Parker en bâillant à moitié. Et maintenant si vous voulez bien vous réunir autour des fonts…

— Une minute ! dis-je en levant le bras. Danny Kovitz, le parrain de Minnie, va…

J'implore Danny du regard.

— Il va également… dire un poème. *Je t'en prie*, dis-je en joignant les mains.

Il me répond par un clin d'œil.

— En l'honneur du baptême de ma filleule, je vais interpréter « The Real Slim Shady », composé par le roi du hip-hop, Eminem.

Horreur ! J'espère que le révérend ne va pas écouter les paroles !

Danny n'est pas le meilleur rappeur du monde, mais à la fin toute l'église tape des mains en chantant, même les copines bridgeuses de maman. Ensuite, Danny fait un bis avec « Stan », Suze chantant le refrain comme Dido. Après quoi, Tom et Jess contribuent à la fête en récitant une prière pour enfants tirée du folklore sud-américain et tout à fait émouvante. Et, pour finir, papa tient la vedette avec « Que Sera Sera », que l'assistance reprend en chœur, Martin dirigeant les opérations à l'aide d'une des baguettes japonaises de Janice.

Ce medley terminé, le révérend Parker est sur le point d'exploser.

— Merci pour vos remarquables prestations. Et maintenant, si vous voulez bien vous réunir autour des fonts…

— Attendez ! En tant que mère de Minnie, j'aimerais faire un petit discours.

— Rebecca ! s'écrie le révérend d'un ton sec, nous devons poursuivre.

— Juste quelques mots !

Je me précipite près de la chaire, au risque de me flanquer par terre. Il faut que je tienne le crachoir jusqu'à l'arrivée de Luke. C'est le seul moyen.

— Bienvenue, mes amis et vous, les membres de ma famille, dis-je en regardant autour de moi, tout en évitant l'œil courroucé du révérend. Aujourd'hui est à marquer d'une pierre blanche. Un jour exceptionnel, tout à fait exceptionnel : Minnie va être baptisée.

Je marque une pause, le temps que mon public s'imprègne de mes profondes pensées et que je vérifie mon portable. Rien.

— Mais quel en est le *sens* véritable ? je demande en pointant mon index vers le ciel comme le fait le révérend pendant ses sermons. Sommes-nous seulement là pour la tradition ?

L'assistance semble quelque peu secouée par ma question, et deux personnes se poussent même du coude en murmurant. Plutôt flatteur, non ? Je ne savais pas que mes paroles pouvaient faire autant d'effet.

— Car il est facile de mener sa vie sans même regarder les fleurs.

Je secoue la tête et de nombreuses personnes se mettent à chuchoter et à se pousser du coude.

J'avoue que tout le monde est subjugué ! La prédication, voilà une carrière que je n'avais pas envisagée. Mais je serais excellente, c'est sûr !

— Cela vous fait réfléchir, n'est-ce pas ? je poursuis. Mais que signifie le mot *réfléchir* ?

Voici que toute l'église bruit de commentaires étouffés. Les gens se passent leurs iPhone et désignent quelque chose sur l'écran. Qu'est-ce qui se passe ?

— Pourquoi sommes-nous réunis ? je demande.

Mais ma voix est noyée dans le brouhaha général.

— Qu'est-ce qui se passe ? je répète. Qu'est-ce que vous regardez ?

Même les parents sont collés au BlackBerry de maman !

— Becky, tu devrais jeter un coup d'œil là-dessus, dit papa d'une voix bizarre.

Il se lève, me passe le téléphone. Je me retrouve en face d'un des présentateurs de la B.B.C.

« ... Les dernières nouvelles indiquent que la Banque de Londres a accepté l'aide financière de la Banque d'Angleterre. Cette décision arrive après des jours de discussions, où les grands patrons se sont battus pour sauver la situation... »

Le journaliste continue son blabla, mais je ne l'écoute plus. Je suis captivée par les images : plusieurs hommes d'affaires quittent la Banque d'Angleterre, la mine défaite. Parmi eux, Luke ! Luke était en réunion à la Banque d'Angleterre ?

Misère ! Il y est peut-être encore ?

Un groupe de commentateurs autour d'une table ronde apparaît à l'écran, sous la houlette d'une présentatrice à lunettes qui interrompt tout le monde.

« En résumé, dit-elle de sa voix cassante, la Banque de Londres est en faillite, non ? »

— Faillite est peut-être un peu fort..., dit un des spécialistes.

Mais il y a un tel boucan dans l'église qu'il m'est impossible d'entendre ses commentaires.

— Le grand plongeon !

— La Banque de Londres est en cessation de paiements !

— Mais on a tout notre argent chez eux ! dit maman au bord de l'hystérie. Graham, fais quelque chose ! Sors notre argent ! Va le chercher !

— Nos économies pour nos voyages ! gémit Janice.

— Ma retraite, se plaint un vieux monsieur cloué sur sa chaise.

— Ne nous laissons pas gagner par la panique, dit Jess au-dessus du vacarme. Personne ne va rien perdre, les banques ont des fonds de garantie...

Mais personne ne l'écoute.

— Mon portefeuille de valeurs ! s'écrie le révérend.

Il arrache sa soutane et fonce vers la porte.

Je n'en crois pas mes yeux.

— Vous ne pouvez pas partir comme ça ! Sans baptiser Minnie !

Il m'ignore totalement et, comble du comble, maman lui emboîte le pas !

— Maman ! Reviens !

J'attrape Minnie par la main avant qu'elle ne s'enfuie. C'est la débandade. En quelques secondes, l'église est vide. Ne restent que Minnie, Suze, Jess, Tom et Danny. En silence, nous nous précipitons aussi vers la sortie et poussons la lourde porte de bois pour émerger sur le perron.

— Jésus à bicyclette ! soupire Danny.

La rue principale est noire de monde. Il doit y avoir deux cents, voire trois cents personnes en route vers la petite succursale de la Banque de Londres pour rejoindre la queue qui patiente devant l'entrée. Maman joue des coudes pour gagner quelques places, le révérend passe carrément devant une vieille dame, un jeune caissier en uniforme essaie de faire régner un semblant d'ordre.

Une silhouette vaguement familière sur le trottoir en face de l'église attire mon attention : casque de cheveux foncés, teint diaphane, lunettes à la Jackie O., tailleur pied-de-poule...

Non, ce n'est pas possible…

Elinor ?

Hélas, alors que je me concentre, elle – si c'est elle – disparaît dans la foule. Je me frotte les yeux et… je vois un flic, sorti de nulle part, qui demande aux gens de quitter la chaussée.

Bizarre. Mon imagination a dû me jouer un tour.

— Vise le flic, se réjouit Danny. Comme il est en position de faiblesse, il va être obligé de passer au Taser tous ces pékins.

— Regardez ! s'exclame Suze en pointant son doigt en l'air.

On est en plein délire. Des gens escaladent le toit de la banque ! Suze et moi nous regardons sidérées. On dirait une invasion d'extraterrestres, le début de la Troisième Guerre mondiale. En tout cas, c'est un chaos comme je n'en ai jamais vu.

5

Au moins, maintenant, les choses sont claires ! Et je peux excuser Luke. C'est la première fois qu'il a une « crise majeure » à son bureau, et ce n'est pas bidon. On ne parle que de ça. C'est le sujet numéro un à la radio et à la télé.

Luke m'a dit au téléphone qu'il rentrerait dès que possible. Mais il lui a été impossible de quitter sa réunion plus tôt. Il était avec les grands manitous de la Banque d'Angleterre, pour essayer de « gérer la crise » et de « limiter les dégâts ». Toutes les succursales de la Banque de Londres ont été prises d'assaut. Le Premier Ministre devrait faire une déclaration et demander aux épargnants de se calmer. (À mon avis, au cas où vous seriez intéressé, c'est une ânerie. Maman, elle, est persuadée qu'il s'agit d'un complot gouvernemental !)

— Un peu de thé ?

Papa entre dans le petit salon où nous sommes réunis, encore abasourdis. Nous, c'est Danny, Suze, Tarquin, Jess, Tom et moi. Sky News, la chaîne d'info en continu, passe en boucle la séquence où Luke, l'air grave, discute avec ses clients banquiers qui ont l'air aussi contrits que lui.

— Quel bazar ! fait papa en posant le plateau. Tu vas trouver une nouvelle date pour le baptême ?

— Je n'ai pas le choix, dis-je en regardant les autres. Quand êtes-vous libres ?

— Janvier est plutôt chargé, répond Danny en consultant son agenda. Mais je n'ai rien en janvier de l'année prochaine !

— On a tellement de rendez-vous de chasse, constate Suze en feuilletant son petit carnet Smythson.

— Et nous avons un voyage prévu dans la région des lacs, rappelle papa.

Incroyable ce que les gens peuvent être occupés ! Finalement, je leur demande à tous d'écrire noir sur blanc les dates qui leur conviendraient au cours des prochains mois. Puis Jess établit un tableau général des disponibilités de chacun.

— Il y a trois possibilités, annonce Jess après de savants calculs. Le 18 février, le 11 mars ou le 7 avril, qui est un vendredi.

— Le 7 avril ? je répète. Mais c'est l'anniversaire de Luke !

— Je ne savais pas, dit Suze, étonnée. J'ignorais même que Luke avait un anniversaire.

— Les fêtes ne l'intéressent pas. Chaque fois que je veux en organiser une pour lui, il annule sous prétexte d'un rendez-vous de boulot.

À n'y rien comprendre ! Les cadeaux le laissent à moitié froid. Il ne suggère jamais un truc qui lui ferait plaisir et ne coche pas les jours précédents sur le calendrier. Une année, quand je lui ai apporté un splendide petit déjeuner au lit, il m'a regardée, ahuri : il avait oublié que c'était son anniversaire. Comment peut-on oublier une date aussi capitale ?

Je regarde l'écran. Encore Luke qui sort de la Banque d'Angleterre, le front encore plus soucieux que d'habitude. Un élan de tendresse me saisit. Il vient de passer une année tellement merdique qu'il mérite une récompense. Je vais lui organiser une soirée. Même s'il n'en veut pas. Même s'il tente de l'annuler.

Tout à coup, un éclair de génie.

— Écoutez ! Et si je donnais une fête-surprise pour Luke ? Il croira que c'est pour le baptême de Minnie que j'ai tout réorganisé... Mais en fait ce sera aussi pour son anniversaire !

J'imagine Luke arrivant dans une pièce sans lumière et toute une foule criant « Joyeux anniversaire ! ». Lui, bouche bée, incapable de dire un mot...

Voilà ! Je dois le faire !

— Bex, c'est génial, s'écrie Suze, l'œil brillant.

— Impressionnant ! jubile Danny tout en envoyant un texto. T'as pensé à un thème ?

— Pas encore, mais il faut un truc vraiment cool. Qui plaira à Luke.

Je n'ai jamais donné de fête-surprise, mais ça ne doit pas être sorcier. C'est comme une soirée normale, sauf que ça doit rester secret. Fastoche.

— Becky, fait Jess en fronçant les sourcils, tu es sûre que c'est le moment de donner une soirée ? Surtout si ce qu'ils racontent à la télé est vrai. Si on est au début d'une catastrophe financière ?

Sacrée Jess ! Elle n'en manque pas une ! Parler de « catastrophe financière » alors qu'on évoque une soirée super en perspective.

— Eh bien, les gens auront plus que jamais besoin de s'amuser, dis-je en la défiant.

Jess ne s'estime pas vaincue.

— Je crois qu'il faut être prudent, c'est tout ce que je voulais dire. Tu as l'argent pour organiser une soirée ?

Franchement ! De quoi je me mêle ? Qui a besoin d'une sœur aînée aussi inquisitrice ?

— Et pourquoi pas ? Et si j'ai fait des économies dans ce but ?

Personne ne pipe mot. Sauf Danny qui pouffe. Tom, qui affiche un sourire narquois, a droit à un regard noir de ma part. Non, mais ! Est-ce que je me suis moquée de ses projets ? Est-ce que je me suis gondolée de rire quand il a construit ce pavillon ridicule à deux étages dans le jardin de Janice ? (Sans doute. Mais ce n'est pas le propos. Entre soirée et pavillon, rien à voir.)

Plus grave est l'attitude de Suze. Elle prend un air affligé, même si dans le fond elle a envie de rire. Elle me regarde et je la vois rougir.

— En fait, rien ne t'oblige à organiser une soirée hors de prix. Tu pourrais faire quelque chose de plus intime, suggère-t-elle. Une fête à l'économie.

— Exact, commente Jess. Tom préparera du vin de pêche. Il le réussit bien. Et moi, je serai contente de cuisiner.

Du vin de pêche maison ?

— Et pour la musique on pourrait se servir d'un iPod, propose Tom.

— Je me charge de l'iPod ! se réveille Danny.

— On aurait des guirlandes en papier...

Je les regarde, horrifiée ! Une banque de quartier fait faillite et, tout à coup, on est en période de rationnement, à manger des conserves bas de gamme et à se teindre les jambes car on n'a plus les moyens de s'offrir des bas.

— Je refuse d'offrir à Luke une soirée merdique à base de vin de pêche et de musique d'iPod ! Je veux une soirée *fan-tas-ti-que* ! Je veux une grande tente, un orchestre, des lumières féeriques et des attractions ! Oui, des jongleurs et des cracheurs de feu !

— Tu peux donner une fête très sympa sans être obligée d'avoir des cracheurs de feu..., commence Suze.

— Je ne veux pas d'une fête *sympa*, fais-je, désespérée. Si c'est une fête-surprise, je veux que Luke en ait le souffle coupé. Je veux l'épater, l'époustoufler ! Je veux qu'il entre et qu'il ne puisse pas dire un mot pendant... une minute. Au moins.

Mes amis se regardent, consternés.

— Et alors ? Ça ne vous va pas ?

— Allons, Becky, ça va te coûter une fortune, dit Jess sans prendre de gants. Où vas-tu trouver l'argent ?

— Je... ne sais pas. En travaillant ultradur...

— Tu crois vraiment que Luke ne s'apercevra de rien ? demande Tom. Ça m'étonnerait bien !

Quel imbécile ! Au fait, ils sont tous idiots ou quoi ? Même Suze ! Quel besoin ont-ils de me gâcher mon plaisir ?

— J'irai jusqu'au bout ! je m'exclame, furieuse. Vous verrez ce que vous verrez. Je vais organiser une fête formidable qui restera un secret pour Luke jusqu'au dernier moment...

— Qu'est-ce qui sera un secret pour Luke ? demande mon mari depuis l'entrée.

Je saute en l'air ! Tout est fichu ! Voilà deux minutes que j'envisage cette soirée secrète et je me suis déjà trahie. À peine ai-je le temps de jeter un coup d'œil paniqué à Suze que Luke fait son entrée avec Minnie dans les bras. Il rayonne de bonheur.

— Tu es déjà rentré ? je demande en l'embrassant. C'est fini ?

— Non, je suis juste passé prendre des affaires propres. On est encore loin d'en voir la fin.

— Oh, Luke, tu as dû m'entendre dire que « ce sera un secret pour Luke ». Et tu te demandes sans doute ce que ça signifie ?

— Ça m'a traversé l'esprit, répond-il en haussant un sourcil.

— Eh bien... C'est simple... Je ne voulais pas te parler de la folie de la foule. Oui, devant la Banque de Londres. Le chaos total. J'ai pensé que tu étais assez stressé comme ça. Je demandais aux autres de tenir leur langue. *N'est-ce pas ?*

Je regarde autour de la table. Suze acquiesce immédiatement.

— Vrai de vrai !

— Ne t'en fais pas, répond Luke avec un petit sourire ironique. J'ai déjà vu le pire.

Il ébouriffe les cheveux de Minnie.

— J'imagine qu'elle a raté la grande célébration.

— Le vicaire s'est enfui de l'église en même temps que les autres ! Mais ce n'est pas trop grave. On va choisir une autre date pour le baptême. Un peu plus tard.

Pour le moment, pas la peine d'être plus précise.

— Très bien, dit Luke machinalement. Il reste quelque chose à grignoter ?

— Des tonnes !

Au moment où je me lève pour aller lui chercher des blinis, maman fait irruption, légèrement congestionnée par l'abus de saké.

— Écoutez, mes chéris, annonce-t-elle à Luke et à moi. Le révérend Parker vient d'arriver. Il désire vous voir. Je le fais entrer ?

— Bien sûr ! Quelle surprise !

Je n'ai jamais vu le révérend l'air aussi penaud. Non seulement il n'arbore pas son éternel sourire, mais il évite même nos regards.

— Rebecca et Luke, je vous prie de m'excuser. C'est la première fois que je ne termine pas un service. J'ignore ce qui m'a pris !

Le moment ou jamais de me montrer magnanime.

— Ne vous faites pas de souci, mon révérend. On va s'arranger.

— J'aime à penser que vous désirez toujours que votre fille soit baptisée ?

— Évidemment, dis-je, enthousiaste. Nous en parlions justement. On a tout prévu.

— J'en suis ravi.

Il jette un coup d'œil à la ronde.

— Puisque nous sommes tous présents, alors...

Avant que nous ne puissions anticiper, il sort un petit flacon de sa poche, en dévisse la capsule et asperge légèrement le front de Minnie.

— Minnie, je te baptise au nom du Père, du Fils et du Saint-Esprit. Amen.

— Quoi ? je proteste.

Mais il ne m'entend pas. Il fait le signe de croix sur le front de ma fille.

— Bienvenue au sein de l'Église, mon enfant. Que le Seigneur te bénisse et te protège.

Il fouille dans sa poche et me tend une bougie.

— Félicitations, Rebecca.

Il se tourne vers maman.

— Vous ne m'aviez pas parlé de sushis ?

Il ne manque pas d'air !

Alors, comme ça, ma poupette s'appelle Minnie ? Seulement *Minnie* ?

— Mon révérend, vous voulez dire que c'est fait ? Elle est baptisée ?

— En vérité, je te le dis, elle l'est, fait-il d'un ton sentencieux. Quand je commence quelque chose, j'aime le finir. Mais je vous demande encore pardon pour cette interruption. Bonsoir à tous.

Furibarde, je le suis des yeux. Il ne m'a même pas demandé quels étaient les autres prénoms. Alors que j'étais presque décidée !

— Minnie Brandon ! Quel beau nom ! fait remarquer Luke en prenant Minnie sur ses épaules. Je vais manger un morceau. À tout'.

Je lui jette mon regard le plus noir.

Quand il referme la porte derrière lui, je me dégonfle tel un ballon crevé. Les autres sont tout aussi choqués.

— Pour du rapide, c'est du rapide ! déclare Tom.

— Bon, alors, la date du 7 avril ne tient plus ? demande Danny.

— C'est sans doute mieux ainsi, fait Jess. Becky, je regrette d'avoir à te le dire, mais tu n'aurais jamais réussi à organiser cette soirée.

— Bien sûr que si !

— De toute façon, se dépêche d'intervenir Suze, cela n'a plus d'importance car l'occasion est tombée à l'eau.

J'ai envie de les étriper ! Ils croient tous que je vais renoncer ? Que je suis incapable de mener cette fête à bien ? Ils se disent mes amis ? Ils sont là pour me soutenir ?

Eh bien, ils vont voir ce dont je suis capable !

— Bien sûr que la soirée aura lieu ! dis-je en les dévisageant l'un après l'autre, de plus en plus déterminée. Je ne vais pas laisser cet idiot de révérend foutre en l'air mes projets. Je veux absolument donner cette fête-surprise pour Luke. Je vais établir un budget, faire en sorte que Luke n'en sache rien *et*, croyez-moi, il en sera baba !

Je parviens à grand-peine à ne pas ajouter : et *vous aussi*, vous l'aurez tous dans le baba !

— Bex…, se lance Suze, nous sommes persuadés que tu *peux* réussir…

— Non, vous n'en pensez pas un mot ! Eh bien, je vais vous montrer !

— Bon, alors, qu'est-ce qui se passe ?

Danny lève le nez de son téléphone sur lequel il envoie des textos depuis cinq bonnes minutes. Il n'a même pas dû s'apercevoir qu'on baptisait Minnie !

— Alors ? La fête a lieu ou pas ?

— Elle a lieu ! Plutôt deux fois qu'une !

Personnes au courant de la fête :

Moi
Suze
Tarquin
Danny
Jess
Tom

Total = 6

6

Les préparatifs pour la fête avancent – en fait, je suis assez fière de moi, vu que je ne suis pas une professionnelle de l'événementiel. Sur la couverture du carnet que j'ai acheté spécialement, j'ai écrit : « Bottes à hauts talons : choix possibles », histoire d'égarer les curieux. Et j'ai déjà dressé une liste assez exhaustive des choses à faire :

Liste pour la soirée :

Grande tente : où la trouver ? Où la monter ? Taille ?

Cracheurs de feu : où les trouver ?

Jongleurs : où les trouver ?

Thème : à choisir

Buffet : quoi ? Comment ? (Une fontaine à chocolat ?)

Boissons : PAS de vin de pêche.

Danse : besoin d'une piste. Brillante ? Ou noir et blanc ? Avec éclairage comme dans La Fièvre du samedi soir ?

Invités : qui ? Récupérer de vieux amis ? (Mais certainement PAS Venetia Carter NI Sacha de Bonneville !)

Tenue : robe à sequins, sandales Balmain à cristaux Zanotti et bracelet Philippe Audibert ? Robe turquoise Roland Mouret et sandales à lanières Prada ?

Minirobe rouge Azzaro et Louboutin noires ?

Bon, tout n'est pas encore définitif. Mais une chose est *urgentissime* : m'assurer que Luke sera libre le 7 avril et non pas en voyage d'affaires. J'ai donc besoin d'une complice.

J'attends d'être seule dans la cuisine pour téléphoner à son bureau.

— Bureau de Luke Brandon, à votre service, répond une voix parfaitement harmonieuse.

Bonnie, l'assistante personnelle de Luke, travaille avec lui depuis un an. Elle a une quarantaine d'années et des cheveux blond foncé qu'elle porte toujours en chignon. Ses robes de tweed sont toujours discrètes, ses chaussures austères, sa voix parfaitement mesurée. Quand le bureau donne une soirée, elle reste à l'écart, un verre d'eau à la main, se contentant de regarder les autres s'amuser. Chaque fois que j'essaie de lui faire la conversation, elle se ferme comme une huître.

Ce qui ne l'empêche pas d'être une perle. Avant Bonnie, les assistantes de Luke étaient de vraies catastrophes ambulantes. Puis Bonnie est arrivée dans sa vie, et l'enthousiasme de celle-ci n'a jamais faibli. Apparemment, elle est d'une efficacité incroyable, en même temps que d'une discrétion exemplaire, et possède un don télépathique : elle devine ce que Luke veut avant même qu'il ouvre la bouche. Bref, j'aurais peut-être de quoi me faire du souci si elle n'avait pas tout du remède contre l'amour !

— Bonjour, Bonnie ! Becky à l'appareil. La femme de Luke.

— Bonjour, comment allez-vous ?

Encore une chose à son sujet. Elle a toujours l'air heureuse de m'entendre alors qu'elle doit penser : « Encore cette emmerdeuse ! »

— Très bien, merci. Et vous ?

— Très bien. Vous voulez que je vous passe Luke ?

— Non ! C'est à vous que je veux parler. J'organise pour Luke une...

Je pile net, soudain parano. Et si Luke rentrait plus tôt pour me faire une surprise ? Et s'il avançait sur la pointe des pieds, bras ouverts, pour m'embrasser ? Mais, non, il n'est pas là.

Maintenant que j'y pense, il pourrait faire ça de temps en temps, tout de même !

Pour plus de précaution, je ferme la porte de la cuisine et coince une chaise sous la poignée pour la verrouiller. Un vrai roman d'espionnage ! Avec l'impression d'être l'opératrice de *Allô, allô*, la sitcom de la B.B.C. sur la Résistance ?

— Becky, vous êtes toujours en ligne ? Becky ?

— Écoutez-moi attentivement, car je ne me répéterai pas, je murmure d'une voix d'outre-tombe. J'organise une fête pour l'anniversaire de Luke. Information top secret. Six personnes au monde seulement sont au courant, et vous êtes la septième.

J'ai envie de conclure par : « Et ensuite je serai obligée de vous éliminer ! »

— Becky, je suis désolée... mais je vous entends mal. Pourriez-vous parler plus fort ?

Quelle tarte, alors !

— Une soirée ! je reprends d'une voix normale. Une soirée le 7 avril prochain pour l'anniversaire de Luke. Je veux que ce soit une surprise. J'ai besoin de vous pour m'assurer qu'il ne prendra pas d'autres engagements ce soir-là. Au besoin, inventez un truc !

— Le 7 avril ? Ça ne devrait pas poser de problème.

Vous voyez ? C'est pour ça que Bonnie est une parfaite assistante de direction. On dirait qu'elle a fait ce genre de chose toute sa vie.

— Je veux inviter également tous ses amis du bureau. Arrangez-vous pour qu'ils soient libres eux aussi. Mais il faut que tout ait l'air naturel. Motus et bouche cousue pour le moment. Si vous cherchez une excuse, vous pourriez peut-être parler d'un exercice d'évacuation en cas d'incendie.

Je pense soudain à un bon tour de passe-passe.

— Et vous pourriez faire signer une carte d'anniversaire à tout le personnel, comme pour noyer le poisson, quand on approchera de la date. Si Luke mentionne son anniversaire, ce qu'il ne fera pas, mais si jamais ça *arrivait*, dites-lui simplement...

Bonnie m'interrompt d'une voix suave.

— Becky, et si nous en discutions de vive voix ?

Bravo ! J'ai fait un grand pas ! me dis-je en raccrochant. Tout se met en place. Bonnie m'a proposé de dresser une liste d'invités et nous avons fixé une date pour déjeuner ensemble la semaine prochaine. Il me faut encore décider du lieu de la fête.

Je regarde par la fenêtre. Le jardin serait idéal. Mais Luke serait automatiquement au courant.

— Tu connais la nouvelle ? demande maman.

Elle vient d'arriver dans la cuisine, rouge et essoufflée, suivie de Minnie.

— Il n'y a pas que la Banque de Londres ! Toutes les banques sont percées comme du gruyère ! Graham, tu as entendu ? demande-t-elle à papa qui vient d'entrer. Tout le système bancaire est en train de s'écrouler !

— La situation est délicate, dit papa en mettant la bouilloire sur le feu.

Les nouvelles sont tellement déprimantes que je ne regarde plus la télé. Quant à la Banque de Londres, on dirait un mauvais feuilleton. Ils ont fermé les distributeurs de billets et les gens balancent des pierres contre les vitres des succursales. Hier soir, le Premier Ministre a fait une apparition sur la B.B.C. pour demander aux gens de ne plus retirer leur argent. Résultat ? Une panique générale. (Je le savais. Je l'avais même prévu. On devrait me nommer conseillère au 10 Downing Street.)

J'interviens à mon tour :

— Luke dit qu'on ne va pas perdre tout notre argent.

— Ah, c'est ce que dit Luke, hein ? fait maman. Et serait-il assez aimable pour nous dire si d'autres institutions financières sont sur le point de capoter ? Ou serait-ce trop lui demander ?

Elle ne va donc jamais lui pardonner !

— Maman, je répète encore et encore. Luke n'avait pas le *droit* de nous en parler. C'était ultraconfidentiel. D'ailleurs, tu en aurais parlé à tout Oxshott !

— *Pas du tout* ! s'indigne-t-elle. J'aurais seulement prévenu Janice et Martin et quelques amies proches. Pas plus. Maintenant, on risque de tout perdre. On va se retrouver fauchés.

Elle me regarde d'un œil mauvais comme si c'était ma faute !

Je lui oppose un visage serein.

— Maman, bien sûr qu'on ne va pas tout perdre !

— Ce matin, un commentateur de la radio a prédit le chaos ! L'anarchie totale ! La guerre !

— Allons, Jane, n'exagère pas, dit papa en lui tapotant l'épaule. Il va juste falloir nous serrer un peu la ceinture. Faire attention. Ça nous concerne tous, Becky.

Là, il me jette un regard lourd de sens.

Qu'est-ce qui lui prend ? Il me fait la morale maintenant ? Il oublie que je suis adulte ? Et *mère de famille* ? Vous emménagez à nouveau chez vos parents et ils vous traitent en ado qui dépense son argent pour le bus en jambières.

Bon, ça m'est arrivé, mais juste une fois !

Maman baisse la voix, comme si elle avait peur que Janice nous entende.

— Janice est stressée au point qu'elle est au lit. Déjà que le mariage de Tom et Jess l'a sacrément secouée.

— Pauvre Janice ! nous exclamons-nous en chœur.

Mais maman ne se laisse pas distraire.

— Elle y avait mis tout son cœur. Je sais que la nouvelle génération n'en fait qu'à sa tête, mais est-il si difficile de se marier en grande pompe à l'église ? Janice avait prévu la décoration des tables *et* même les banderoles. Qu'est-ce qu'elle va faire de tout ce tissu argent ?

Pendant que maman continue à blablater, une idée me traverse l'esprit.

Le jardin de Janice ! Bien sûr ! On pourrait y dresser une tente sans que Luke en sache rien. Il croira que Martin et Janice donnent une fête !

— ... et pas une seule photo de mariage pour mettre sur la cheminée..., continue maman, furieuse.

— Écoute, je la coupe. N'en parle pas à Luke, mais je vais donner une fête-surprise en son honneur. Et j'ai pensé : tu crois que Janice me prêterait son jardin ?

Silence. Les parents me dévisagent.

— Une soirée, ma puce ? Tu veux dire inviter quelques amis ?

— Non ! Une vraie soirée ! Avec une tente et tout et tout !

Les parents échangent un regard.

— Qu'est-ce qui cloche ?

— Tu parles d'une très grande soirée, non ?

— Oui, une très grande fête, j'insiste. Étincelante. Avec une piste de danse éclairée par en dessous, des cracheurs de feu, de quoi bluffer Luke.

J'y pense tous les soirs. Avec toujours la même image qui s'impose : Luke, subjugué, totalement sous le choc. Je voudrais que ça se passe *demain* !

— Des cracheurs de feu ? insiste maman, choquée. Becky, ma puce...

— Elle va nous refaire le coup de George Michael ! murmure papa à l'intention de maman.

Je respire à fond. Selon le règlement familial, il est interdit de prononcer le nom du chanteur. Pour toujours.

110

On éteint même la radio quand elle diffuse « Careless Whisper ».

— Papa, je t'ai entendu ! je réplique, hors de moi. Et ne te fais pas de souci, ça ne va *pas* se reproduire.

L'épisode George Michael est si douloureux que je préfère en oublier les détails. Enfin, presque tous. J'allais fêter mes treize ans, et toute ma classe a cru que George Michael viendrait chanter à mon anniversaire. C'est ce que j'avais raconté aux copines. Elles sont venues avec leurs carnets d'autographes et leurs appareils photos...

J'ai mal au cœur rien que d'y penser.

Les filles de treize ans sont de sales punaises.

Et je n'avais rien inventé, comme on l'a prétendu. Juré ! J'avais téléphoné à son fan-club et un type m'avait assuré que George aurait été ravi de venir... J'avais dû mal comprendre.

— Graham, tu te souviens des fées ? demande maman en se frappant le front. Et toutes ces gamines en larmes, au bord de l'hystérie.

Décidément, les parents prennent un malin plaisir à vous rappeler tout le temps des événements désagréables. D'accord, je n'aurais pas dû promettre à mes meilleures amies du C.P. qu'il y aurait de vraies fées dans notre jardin. Qu'elles apparaîtraient à l'anniversaire de mes six ans et que tout le monde pourrait faire un vœu. Et c'est vrai que je n'aurais pas dû dire que finalement les fées n'étaient pas venues parce que personne ne m'avait fait un assez beau cadeau.

Mais j'avais *six* ans ! À cet âge on fait des bêtises qu'on ne fait plus à vingt-huit ans !

— Il y a d'autres souvenirs que vous voulez sortir du placard ? je demande, blessée.

— Ma puce, ne le prends pas mal. Je voulais seulement dire que les anniversaires ne sont pas ton fort.

— Celui-ci sera réussi, tu peux en être sûre.

— Oui, mais ne *t'avance* pas trop.

Au tour de papa de mettre son grain de sel.

— Emmène donc Luke dîner. Le King's Arms a un excellent menu.

Génial ! Je laisse tomber ma famille et mes amis. Pour le King's Arms ?

— Pas question d'un dîner triste dans un café morbide ! Je veux organiser une grande fête. Et j'y arriverai, même si vous croyez que je cours au désastre...

— Pas du tout ! me coupe maman. On ne voulait rien dire de tel. On peut même te donner un coup de main...

— Inutile ! J'ai tout ce qu'il me faut, mais merci quand même !

Et je m'enfuis de la cuisine sans attendre leur réponse. Une réaction de gamine ou, à la rigueur, d'adolescente. Mais franchement ! Les parents sont tellement *casse-pieds* par moment. Et je suis polie !

En tout cas, ils ont tort. Organiser une fête-surprise est un jeu d'enfant. Je devrais m'y coller plus souvent. Ce soir, toute l'organisation sera bouclée. La tente sera dressée dans le jardin de Janice pour le 7 avril. Janice et Martin sont plus que d'accord, et je leur ai fait jurer le secret absolu. (Ainsi qu'au plombier qui était en train de réparer un robinet et qui a entendu toute notre conversation.)

Tout n'est pas rose pourtant. Maman devient de plus en plus hystérique. Elle a entendu à la radio que la dette nationale était un immense trou noir, que les retraites ne seraient plus versées, que l'argent allait disparaître. Des trucs de ce genre. Nous organisons donc une conférence au sommet. Minnie est couchée, une bouteille de vin est posée sur la table de la cuisine où nous nous tenons.

— Certes, attaque papa, le monde est un peu détraqué.

— J'ai inspecté la cave, intervient maman d'une voix chevrotante. Nous avons toujours l'eau minérale que nous avions achetée pour le bug de l'an 2000. Et huit cartons de boîtes de conserve, ainsi que le stock de bougies. On pourra tenir trois mois, je crois, sauf que je ne sais pas quoi faire pour Minnie...

— Jane, nous ne sommes pas en état de siège. Le supermarché Waitrose est toujours ouvert.

— On ne sait jamais ! Il faut se préparer. Le *Daily World* disait...

— Il est probable que nous allons traverser des difficultés financières, interrompt papa, la mine grave. Nous tous, sans exception. Je suggère donc que nous envisagions des E.T.P.

Silence lugubre autour de la table. Personne n'aime les E.T.P., les redoutables initiales inventées par papa pour désigner les économies en temps de pénurie.

— Je sais où l'argent disparaît, clame maman, hors d'elle. Graham, tu devrais cesser de te goinfrer de cacahouètes grillées de chez Marks & Spencer. Elles coûtent une fortune. Et tu te vautres devant la télé à en manger par poignées...

— Balivernes ! s'indigne papa. Tu sais où file l'argent ? En confitures ! Tu as besoin de combien de pots à la fois ? Qui mange de la...

Il ouvre un placard et attrape un pot au hasard.

— ... gelée de groseille aux fleurs de sureau ?

Aïe ! C'est moi la coupable. Je l'ai achetée sur un marché bio.

— Tu t'attends à quoi ? crie maman. Que j'ingurgite de la mélasse de navet bon marché et bourrée de colorants ?

— Pourquoi pas ? On devrait faire nos courses dans les discounts. Jane, nous sommes à la retraite. On n'a plus les moyens de jeter l'argent par les fenêtres.

— C'est comme le *café*, explose maman. Tu sais, ces capsules de Becky. Les... Nespresso !

— Absolument ! acquiesce papa avec enthousiasme. Un gâchis total. Combien est-ce qu'elles coûtent ?

Je suis l'accusée. Eux sont les juges, bien sûr.

— J'ai besoin d'un bon café ! je m'insurge. C'est mon seul luxe !

M'en passer serait le bouquet ! Vivre chez mes parents et boire du jus de chaussettes !

— À mon avis, c'est la télé qui est une pompe à fric, je rétorque. Le son est trop fort. Elle consomme trop d'énergie.

— Ne sois pas ridicule ! fait maman d'un ton acerbe.

— En tout cas, le café n'y est pour rien !

— On pourrait supprimer la confiture dès demain, suggère papa. Et toutes les pâtes à tartiner.

— Si tu fais ça, je supprime tous les repas ! s'écrie maman. Oui, Graham, on va arrêter de manger, puisque c'est du gaspillage…

— De toute façon, un Nespresso à la maison est mille fois moins cher qu'un café pris dehors, au café ou au restau. Et vous ne le payez pas, c'est moi qui l'achète sur Internet. Alors…

On discute sec. Si sec qu'il me faut un moment pour m'apercevoir que Luke se tient sur le seuil, un petit sourire aux lèvres.

— Bonsoir ! dis-je en bondissant de ma chaise, ravie de cette diversion. Comment vas-tu ?

— Très bien. Je suis juste passé embrasser Minnie, mais elle dormait.

Pauvre amour ! Il a un sourire las. Il est tellement débordé qu'il n'a plus le temps de voir sa fille.

— Elle a encore mis tous ses jouets dans son lit, tu as vu ? Même sa maison de poupées.

— Encore ? fait-il en riant.

— Sa dernière manie ! Je suis remontée la border tout à l'heure. Elle était tellement enfouie sous son poney à roulettes, une vingtaine de peluches et sa maison de poupées, qu'elle n'avait presque plus de place.

— Luke !

Maman a enfin remarqué la présence de son gendre et interrompu sa tirade sur le fait que papa n'y connaissait rien en confiture puisqu'il ne prenait pas de toast pour son petit déjeuner.

— Nous discutions justement de la situation, lui dit-elle.

— Quelle situation ? me demande-t-il en me regardant.

— Nous cherchions des façons de faire des économies, j'explique, en espérant qu'il va me répondre que c'est une idée idiote, que tout baigne et qu'il faut déboucher du champagne.

Au lieu de ça, il hoche la tête gravement.

— Une bonne idée, vu l'état des choses.

— Mais justement, comment vont les choses ? insiste maman. Luke, toi, tu es au courant. Dis-moi si le *Daily World* a raison ou pas ? Un type à la radio disait que la crise allait déclencher d'autres crises. Il parlait d'un effet de dominos. Et nous sommes les dominos !

— Pas du tout, intervient papa. Ce sont les banques !

— Dans ce cas-là, on est quoi ? fait maman. Des dés ?

— Jane, répond Luke gentiment, ne crois pas tout ce que les médias racontent. Certains exagèrent beaucoup. La vérité ? Personne n'en sait rien encore. Je peux dire en revanche que la confiance s'est écroulée et que la panique règne. Pas seulement dans le secteur bancaire, mais un peu partout. Est-ce justifié ? Voilà la question !

Maman est loin d'être satisfaite, ça se voit. Elle revient à la charge.

— Mais les *experts*, ils disent quoi ?

— Luke *est* un expert ! je fais, vexée.

— Les gourous de l'économie ne sont pas des diseurs de bonne aventure, fait Luke en haussant les épaules. Et ils sont rarement d'accord entre eux. Je pense donc que la prudence est de mise.

— Tout à fait d'accord, approuve papa. Je viens de dire la même chose. Jane, crise ou pas crise, nous ne maîtrisons plus nos dépenses. Regarde ce pot de gelée de groseille ! *Quatre* livres ! Du vol manifeste !

— Très bien ! conclut maman en jetant un coup d'œil courroucé à papa. Dorénavant, je n'irai plus que dans les discounts « Tout à une livre ».

— Moi aussi ! je m'exclame.

Je n'ai jamais fourré les pieds dans ces magasins bon marché, mais après tout, ils sont peut-être très bien. Et d'abord, tout y est à une livre.

— Chérie, *nous* ne sommes pas pauvres à ce point-là, dit Luke en m'embrassant sur le front. La façon la plus simple de faire des économies serait que tu portes tes vêtements plus d'une fois.

Et allez, toujours la même rengaine !

— Tu exagères ! Je les mets plusieurs fois...

— Tiens, par exemple, ce cardigan avec le bouton rouge, tu l'as porté combien de fois ?

Là, je suis coincée.

— J'ai... j'ai...

Misère ! J'aurais pu le porter plus souvent, ce fichu cardigan. En fait, je ne sais même pas où je l'ai fourré. Je l'ai peut-être oublié quelque part pendant les fêtes.

Luke a l'air de s'amuser comme un petit fou.

— Cent fois ? C'est ça que tu m'as dit, non ?

— J'ai *l'intention* de le porter cent fois ! Je n'ai pas spécifié dans quel laps de temps !

Na !

— Combien d'affaires as-tu dans tes placards ?

— Je... Euh...

— Tu en as la moindre idée ?

— Bien trop ! grogne papa. Sans compter les bottes qui encombrent mon garage !

— Alors, Becky, tu en as une vague idée ? insiste Luke.

— Je ne sais pas... Non...

Quelle monstrueuse question ! « Combien as-tu d'affaires ? » N'importe quoi !

116

— Et *toi* ? Tu en as combien ? je riposte.

Luke ne réfléchit qu'un quart de seconde avant d'énumérer :

— Neuf costumes, dont certains usés jusqu'à la corde. Une trentaine de chemises. Une cinquantaine de cravates. Je devrais en jeter quelques-unes. Un smoking. Je n'ai rien besoin d'acheter pendant au moins un an. Sauf des chaussettes.

Il hausse les épaules avant de poursuivre :

— Je n'ai pas l'intention d'acheter quoi que ce soit. Dans le climat actuel, il serait malséant d'arriver au bureau avec un costume fait sur mesure.

Luke a réponse à tout. Toujours.

— Évidemment, tu es un *homme*. C'est différent. Moi, je travaille dans la mode, souviens-t'en !

— Je sais, dit-il gentiment. Simplement, si tu mettais tes affaires un peu plus souvent, notre facture « shopping » baisserait nettement. Après tout, tu voulais des idées pour faire des économies.

Ce genre d'idée ne m'intéresse pas. Mais alors, pas du tout. Je voulais des suggestions sur des sujets qui ne me touchent pas, genre les assurances ou l'essence. Maintenant je suis coincée.

Je croise les bras.

— Parfait ! Je vais mettre chacune de mes affaires un minimum de trois fois avant d'en racheter d'autres. Tu es content ?

— Oui ! répond Luke avec un grand sourire. Et moi, je renonce à acheter une nouvelle voiture. Pour l'instant.

— Vraiment ?

— Oui ! Ce n'est pas le moment.

Voilà qui me cloue le bec ! Pourtant, Luke voulait une nouvelle voiture pour célébrer sa victoire sur Arcodas. C'était sa récompense. On l'avait même essayée.

Bon, s'il fait ce genre de sacrifice, je peux mettre mes affaires trois fois de suite. Ce n'est pas trop terrible.

Après tout, je n'ai pas *autant* de fringues que ça. J'essaie de visualiser ma garde-robe. Juste quelques hauts, des jeans et des robes. Et des trucs enfouis dans le fond. En quinze jours, j'aurai tout mis.

Soudain, j'ai des sueurs froides.

— On continuera quand même à acheter des vêtements pour Minnie ? Et elle touchera toujours son argent de poche ?

Quand nous nous promenons toutes les deux, j'ai pris l'habitude que Minnie ait son argent de poche. Elle a dépensé une autre avance de six mois en achetant d'adorables petites bottes brillantes à moitié prix aux supersoldes de Bambino. De plus, ça lui apprend à établir un budget, car j'inscris tout dans un petit carnet.

Luke éclate de rire.

— Bien sûr, Minnie touchera sa semaine ! Et si elle a besoin de nouveaux vêtements, eh bien, elle les aura ! C'est une petite fille en pleine croissance.

— Très bien, dis-je en lui cachant que je suis un peu jalouse.

Ils en ont de la chance, les enfants ! Ce que j'aimerais pouvoir renouveler ma garde-robe tous les trois mois sous prétexte que tout est trop petit !

Luke s'assied et se verse un verre de vin.

— Au fait, Becky, je croyais que la devise Bloomwood c'était « Gagner plus » ! dit-il. Tu devrais te remettre à travailler à plein temps, maintenant que Minnie va avoir une nounou.

Horreur ! C'est comme s'il avait tiré un coup de revolver en l'air sans prévenir. Je fais un bond sur ma chaise. Quelle idée de mentionner la nounou tout à coup ! Moi qui voulais prendre maman en douceur, en commençant par évoquer les filles au pair avant de....

— Une nounou ? sursaute maman. Quelle nounou ? Tu parles de qui ?

118

Elle prononce le mot nounou comme s'il s'agissait d'un tueur en série.

Je n'ose pas la regarder.

— On a pensé... Ça serait bien d'avoir une aide professionnelle... Je veux dire, euh...

Mais Luke met carrément les pieds dans le plat.

— Minnie est trop gâtée. Elle a besoin de discipline et de règles.

Maman est mortellement vexée.

— Maman, personne ne *t'*accuse. Ce n'est pas toi qui la gâtes. Mais il y a des filles extraordinaires, les Top Nounous, qui transforment les gamins en enfants accomplis et équilibrés. Et puis, elles peuvent enseigner les arts martiaux et plein d'autres choses.

— Les *arts martiaux* ? répète maman qui n'en croit pas ses oreilles. À quoi ça lui servira, à ma pauvre petite puce ?

— Elles les éduquent d'une façon rationnelle et s'occupent de leur développement...

J'implore Luke du regard pour qu'il me vienne en aide.

— Minnie en a besoin, dit-il d'un ton ferme. Nous allons faire passer un entretien à différentes candidates la semaine prochaine et, vous verrez, nous nous entendrons tous à merveille.

— Ça alors ! fait maman à court de mots.

Elle avale une gorgée de vin.

— Ça alors, le monde change !

— De toute façon, reprend Luke, il va y avoir des tas de changements, étant donné que... Aïe !

Un bon coup de pied dans les chevilles, et il se tait.

Incroyable de manquer de tact à ce point ! Monsieur allait tout dévoiler d'un coup, sans ménagement.

Impossible de dire à maman que nous partons. En plus de tout le reste, ça serait la goutte d'eau qui ferait déborder le vase. Elle ne s'en remettrait pas. Elle déprimerait ou, pire, tomberait dans une neurasthénie profonde dont elle ne se relèverait jamais.

— Quoi ? demande maman, l'air inquiet. Etant donné que quoi ?

— Rien du tout ! je m'empresse de dire. Et si on allait regarder la télé ?

— Becky ? Qu'est-ce qu'il y a ? Qu'est-ce que vous nous cachez ?

Mon Dieu, je suis tiraillée ! Si on ne lui dit pas la vérité, elle va imaginer le pire. Et, après tout, nous sommes assis pour discuter en famille. C'est peut-être le moment de lui annoncer notre départ.

— Bon ! dis-je en avalant une bonne rasade de vin pour me donner du courage. Voilà toute l'affaire. Luke et moi avons trouvé une merveilleuse maison à Maida Vale. Notre offre a été acceptée. On devrait donc l'avoir. Ce qui signifie que...

Je respire à fond avant de continuer.

— ... que nous allons déménager.

Silence. Stupéfaction. Doute. Personne n'ose parler.

— Vous... partez ? demande enfin maman d'une voix incertaine. Vous nous quittez vraiment ?

Évident qu'elle est anéantie. Les larmes me montent aux yeux.

— Exact. Dans un mois, à peu près. Nous avons besoin d'espace à nous. Maman, il faut que tu le comprennes. Mais on se rendra souvent visite, et tu verras Minnie, je te le promets...

Maman n'a plus l'air de m'écouter.

— Graham, ils partent ! Ils *partent* ! hurle-t-elle en agrippant le bras de papa. Tu as entendu ?

Attendez ! On peut rembobiner, s'il vous plaît ? Je ne comprends pas bien ! Elle n'a pas l'air aussi anéantie que ça. En fait, maman frise... l'extase !!!

— C'est vrai ? insiste papa.

— Ça en a tout l'air, acquiesce Luke.

— On va pouvoir recevoir à dîner, de nouveau ! s'exclame maman tout de go. Utiliser notre table de salle à manger ! Avoir des invités pour le week-end !

— Je pourrai utiliser mon atelier, renchérit papa. Enfin !

— Et moi, récupérer mes armoires. Et ma buanderie !

Je n'ai jamais vu maman aussi excitée ! Elle plante un gros baiser sur la joue de papa.

— Oh ! Graham ! Il faut que je téléphone à Janice pour lui annoncer la bonne nouvelle.

La *bonne nouvelle* ! Et le syndrome du nid, elle en fait quoi ? Et sa neurasthénie profonde ?

Je suis outrée. Et pas question que je le cache.

— Mais tu m'as répété que tu ne voulais pas qu'on s'en aille. Tu avais l'air ravie chaque fois qu'une maison nous passait sous le nez. Tu disais qu'on te manquerait terriblement.

— Rien que des *mensonges*, ma puce ! Je ne voulais pas te faire de la peine.

Elle se tourne vers son portable.

— Allô, Janice ! Ils s'en vont ! Oui, dans un mois ! Préviens tout le monde !

Ah bon ? Tout le *voisinage* attendait notre départ ? Alors là, c'est l'humiliation suprême !

Jeans (suite) :
J Brand — pantacourt.
J Brand — droit, bas évasé.
Goldsign — slim foncé.
7 For All Mankind — déchiré (deux tailles trop petit).
Balmain (noir, déchiré).
Notify — noir.
Notify — noir (toujours dans le sac du magasin, jamais porté)
Theory — slim en strech.
7 For All Mankind — clouté.
7 For All Mankind — découpé.
Acne — élimé au genou.
Acne — déchiré (avec encore son étiquette).
Cavalli — élimé avec des sequins (toujours dans le sac du magasin).
Paige Premium Denim — coupe boyfriend.
True Religion — gris et large.

Tenues de gym :
Stella McCartney — pantalon de yoga.
Stella McCartney — débardeur.
Justaucorps noir (jamais porté).
Chaussons de danse roses (jamais mis).
Sweaty Betty — leggings noirs.
Nike — leggings gris (encore dans leur boîte d'origine avec l'étiquette et le ticket de caisse).
Leggings noirs « anticellulite » (encore dans le sac).
American Apparel — leggings gris.
Hip Hop Graffiti — collants de danse (jamais portés).
Robe à sequins de patineuse.
Tenue de football américain (pour une fête de Halloween).
Fred Perry — robe de tennis blanche.
Fred Perry — robe de tennis bleu pâle.
Combinaison de coureur automobile (toujours dans sa boîte).

Voir suite page suivante...

SERVICE CENTRAL
DE POLITIQUE MONÉTAIRE

5e étage
180, Whitehall Place
Londres SW1

Madame Rebecca Brandon
The Pines
43, Elton Road
Oxshott
Surrey

18 janvier 2006

Chère Rebecca,

Je vous remercie de votre lettre adressée au ministre des Finances,
qui m'a été transmise.
En son nom, je vous sais gré de comprendre « ce qu'il peut
ressentir » et de nous faire part de vos idées pour « sortir de ce
bourbier ». Les principes « E.T.P. » de votre père sont judicieux,
ainsi que vos conseils suggérant de « regarder autour de soi et de
vendre ce qui est inutile ».
Merci encore pour l'ouvrage *Contrôlez vos actifs*, de David
E. Barton – que je ne connaissais pas. J'ignore si le ministre en
possède un exemplaire, mais je le transmettrai au Trésor public
accompagné de votre suggestion de « noter tout ce qu'on
dépense ».
Merci encore pour l'intérêt que vous portez aux affaires financières
du Royaume-Uni.

Bien à vous,

Edwin Tredwell
Directeur des recherches financières

7

Quel déluge de fringues ! Pourquoi j'en ai autant ? Oui, pourquoi ?

J'ai fait le tour de la maison et je les ai réunies pour en faire l'inventaire. La cata ! Impossible de tout porter en quinze jours. Il me faudra plutôt deux ans !

Pourquoi autant de jeans ? Et autant de tee-shirts ? Et de vieux cardigans que j'avais oubliés ?

Points positifs : j'ai retrouvé un manteau Whistles qui aura l'air super avec une ceinture. Et un jean True Religion encore dans son emballage plastique enfoui sous une pile de coffrets-cadeaux Lancôme.

Points négatifs : dix-huit tee-shirts gris, tous moches et informes. Il n'y en a pas *un* que je me rappelle avoir acheté. Et des soldes atroces dont j'ai honte. Plus horrible encore : Luke a dit à Jess que j'allais faire un inventaire de mes affaires et elle a décidé de m'aider. Impossible donc de mettre mon plan à exécution, c'est-à-dire cacher toutes les fringues que je déteste dans un sac et aller les jeter en secret dans une poubelle.

Jess est infatigable. J'ai dû tout inscrire, sans rien omettre. Ni cette horrible culotte coquine, ni cet immonde gilet de cuir marron (J'étais *folle* ou quoi ?), ni la tonne de vieux tee-shirts publicitaires, ni ces chaussures gagnées dans un concours de magazine. Et ça, c'était avant de tomber sur les étranges vêtements indiens achetés pendant notre voyage de noces.

Si je dois porter cet abominable gilet de cuir marron trois fois de suite, je *meurs* !

L'œil morne, je me regarde. Je porte l'une de mes millions de chemises blanches encore neuves, un pantalon noir, un gilet sur un cardigan long. Ma seule survie possible : empiler sur ma personne autant de vêtements que je le peux pour faire diminuer le tas. Chaque jour ! Malgré ce traitement inhumain, Jess a calculé que je n'aurai rien à acheter avant le 23 octobre. Et nous ne sommes qu'en janvier ! J'ai envie de *pleurer*. La faute à ces idiotes de banques !

En secret, j'espérais que la crise financière ne durerait qu'un éclair, tout le monde concluant : « Ah ! Ah ! on s'est fait peur pour rien ! » Comme le jour où on a raconté qu'un tigre se baladait en liberté dans Oxshott. Un grand moment d'hystérie collective jusqu'à ce qu'on attrape... un chat du voisinage.

Mais personne ne fait « Ah ! Ah ! ». Les journaux ne parlent que de la crise et les gens se rongent les sangs. Ce matin, dans un geste théâtral, maman a mangé son toast sans confiture, sans masquer sa fureur à papa. Moi, j'étais sinistre et j'essayais de ne pas regarder la publicité Dior en dernière page du journal de papa. Même Minnie se tient tranquille.

Quand j'arrive au Look, c'est encore plus déprimant. Je suis responsable des conseillères de mode de ce grand magasin d'Oxford Street. Quand il a ouvert, les affaires ont été moroses, mais ensuite, ça a été le grand boum ! Nous avons multiplié les événements spéciaux, la presse nous a cités sans arrêt, les bénéfices ont augmenté, ainsi que nos bonus !

Aujourd'hui, l'endroit est désert. L'étage de la mode féminine est complètement silencieux, et tous les rendez-vous du bureau des conseillères de mode ont été annulés. Rien de plus déprimant que la vue des noms des clientes barrés sur l'agenda.

— Toutes les bonnes femmes prétendent qu'elles ont un rhume, m'annonce Jasmine, ma collaboratrice, tandis que je feuillette le carnet. Elles pourraient se fendre un peu et trouver un truc plus original.

— Quoi, par exemple ?

Jasmine tapote le comptoir de ses ongles vert pâle qui jurent avec le violet de ses yeux tigrés. (Les lentilles de couleur sont devenues sa dernière lubie. En réalité, comme elle a un œil bleu et l'autre vert, elle a l'habitude de voir les gens la dévisager en se demandant s'ils sont vrais.)

— Elles pourraient dire qu'elles vont en cure de désintox. Ou que leurs drogués de maris les ont tabassées et qu'elles ont filé dans un centre pour femmes battues. C'est ce que je dirais.

Par moments, Jasmine disjoncte. Nous sommes totalement différentes. Elle a l'air de se ficher de tout, y compris de ses clientes. Elle leur dit qu'elles ont l'air merdiques, qu'elles n'ont aucun style, que leurs fringues sont à jeter aux ordures… Puis elle leur balance un vêtement en haussant les épaules. Elles l'enfilent et les voilà métamorphosées. Alors, évidemment, elles l'achètent. Parfois, elles sont tellement contentes qu'elles veulent l'embrasser, mais Jasmine les repousse en marmonnant : « Ça va pas, non ? »

— Pourquoi elles nous disent pas la vérité ? continue Jasmine en secouant sa longue chevelure blond platine. Avouer que les salauds à la banque ont perdu tout leur argent et qu'elles sont fauchées.

Elle ajoute avec de grands gestes :

— Tu te rends compte que le magasin va fermer ? D'ailleurs, ce pays est foutu, ajoute-t-elle presque joyeusement. Quel sombre bordel ! Je vais sans doute aller vivre au Maroc.

Elle scrute ma chemise.

— C'est une Chloé d'il y a deux ans, non ?

Je peux lui faire confiance pour ne rien laisser passer. J'hésite à lui répondre : « Non, ça vient d'une petite maison que tu ne connais pas » ou « Oui, c'est un classique » quand j'entends :

— Becky ?

Je tourne la tête et reste bouche bée. Davina, une de mes clientes régulières, se tient à la porte. À peine reconnaissable avec ses lunettes de soleil, son écharpe et son imperméable.

— Davina ! Vous êtes venue ! Je suis ravie de vous voir !

Davina, une trentaine d'années, est ophtalmo au Guy's Hospital. C'est une spécialiste mondialement connue et une grande experte en matière de chaussures Prada, qu'elle collectionne depuis l'âge de dix-huit ans. Elle devait venir pour choisir une robe du soir, mais, d'après l'agenda, elle a annulé.

— Je ne devrais pas être là, dit-elle prudemment. J'ai dit à mon mari que j'avais décommandé. Il... se fait du souci.

— Il n'est pas le seul ! Voulez-vous retirer votre imperméable ?

Elle ne bouge pas. Je la sens torturée.

— Je ne sais pas. Je n'aurais pas dû venir. On s'est querellés à ce sujet. « Pourquoi as-tu besoin d'une nouvelle robe ? m'a-t-il demandé. Ce n'est pas le moment de jeter l'argent par les fenêtres ! » Mais j'ai été élue membre de la Taylor Research. Mon département donne une réception pour célébrer l'événement. C'est un immense honneur pour moi, continue-t-elle. J'ai beaucoup travaillé pour en arriver là, et l'occasion ne se représentera pas. En plus, j'ai l'argent. Je l'ai économisé et il est bien au chaud. Nous ne sommes même pas clients de la Banque de Londres.

Elle a l'air tellement embêtée que j'ai envie de la consoler. Davina ne fait rien à la légère, c'est son problème. Elle réfléchit à tout ce qu'elle achète et ne choisit que la meilleure qualité, très classique. Voilà sans doute des siècles qu'elle songe à cette robe.

Son mari est un vrai goujat ! Alors qu'il devrait être *fier* d'elle.

— Entrez donc, dis-je en la voyant hésiter. Puis-je vous offrir un café ?

— Je ne sais pas. La situation est compliquée. Je n'aurais pas dû venir.

— Mais vous êtes bel et bien là. Quand a lieu la réception ?

— Vendredi soir.

Elle retire ses lunettes noires, se masse le front. Soudain, son regard se pose sur un portant de mon salon d'essayage. Sont accrochées sur la tringle les robes que j'ai sélectionnées pour elle la semaine dernière. J'avais dit à Jasmine de les préparer pour ce matin.

Certaines sont de pures beautés. Davina serait éblouissante dans n'importe laquelle. La convoitise envahit ses yeux.

— Est-ce que… ?

— Un petit choix.

— Impossible ! Il m'est impossible d'arriver dans une robe neuve.

— Mais votre mari va vraiment se rendre compte qu'elle est nouvelle ?

Elle réfléchit à ma question.

— Peut-être pas !

Son front s'éclaircit puis se ride à nouveau.

— Je ne peux pas rentrer à la maison chargée de paquets. Ni me faire livrer chez moi. Ni à l'hôpital. Ça cancanerait, les infirmières voudraient voir ce que j'ai acheté, et mon mari serait au courant. L'inconvénient de travailler au même endroit…

— Alors, vous allez faire comment ? demande Jasmine tout à trac.

— Je ne sais pas. Oh, c'est fichu ! Je vais m'en aller.

— Mais, non ! dis-je d'un ton ferme. On n'a pas l'habitude d'abandonner la partie. Prenez un café, regardez les robes, et on trouvera bien une solution !

À l'instant où Davina enfile un modèle de la ligne Philosophie d'Alberta Ferretti, l'évidence saute aux yeux. Elle *doit* l'acheter. C'est un fourreau noir et chocolat avec une traîne de mousseline de soie qui ne coûte que 500 livres. Presque un cadeau !

À moi maintenant de trouver la clé de l'énigme. Quand elle a fini de se rhabiller et de manger les sandwichs que je lui ai commandés, j'ai la réponse. Le Look va inaugurer un nouveau service rattaché au salon des conseillères de mode : le S.D.A. ou Shopping Discrétion Assurée. J'ai également eu le temps de tout organiser pour Davina et de songer à quelques innovations. J'ai même tapé un mail qui commence ainsi : « Vous sentez-vous coupable de faire des achats par ces temps difficiles ? Avez-vous besoin d'un surcroît de discrétion ? »

Sans vouloir me vanter, je suis fière de mes idées. Nos clientes pourront venir dans notre salon, essayer leurs vêtements puis, pour s'assurer une discrétion absolue, choisir entre plusieurs options :

1. Mettre leurs achats en dépôt jusqu'à ce qu'un coursier les livre à domicile à l'heure précise qui leur convient (c'est-à-dire quand leur maison est déserte).

2. Faire livrer leurs achats dans un carton marqué « Papier d'imprimante » ou « Produits sanitaires ».

3. Demander à une conseillère de mode (c'est-à-dire moi ou Jasmine) de se faire passer pour une amie et d'apporter « des vêtements dont elle ne veut plus ».

4. Demander à une conseillère de mode (encore moi ou Jasmine) de se faire passer pour une femme de ménage et déposer les achats dans une cachette choisie à l'avance.

5. Pour un supplément substantiel, demander à une conseillère de mode (toujours moi ou Jasmine) d'organiser une vente de charité*, où la cliente pourra acheter les vêtements choisis préalablement, au vu et au su de son époux ou compagnon.

* Cette option est particulièrement recommandée pour des achats groupés.

Davina choisit l'option carton marqué « Papier d'imprimante ». Quand elle quitte le salon, ses yeux brillent et elle m'étreint, me remercie cent mille fois en me promettant de m'envoyer des photos de la réception. En me rendant à mon déjeuner avec Bonnie, je suis moi-même supercontente.

Sauf que. Sauf que je n'ai pas soumis mon idée de S.D.A. à mes directeurs, ce qui me cause quelques petites angoisses. En principe, j'aurais dû obtenir leur approbation avant de lancer ce nouveau service. Mais voilà, tous les chefs sont des *mecs* et ils n'auraient pas compris. Ils auraient fait des tas d'objections, l'heure aurait tourné et le département aurait perdu toutes nos clientes.

J'ai donc agi pour le mieux. Oui, j'en suis sûre.

Quand j'arrive dans un restaurant proche des bureaux de Brandon Communications, Bonnie est déjà installée à une table, comme une petite souris en tailleur de tweed beige et escarpins vernis.

Chaque fois que je l'ai vue, elle m'a paru distante et impeccable. Presque inhumaine. Mais je sais qu'elle a un côté caché, je l'ai découvert. À la dernière fête de Noël de Brandon Communications, alors que nous étions tous sur la piste de danse à chanter « Dancing Queen », je l'ai remarquée : assise seule à une table, elle avalait les chocolats à la noisette des assiettes de friandises. L'un après l'autre. Elle tournait autour de la table, faisant le nettoyage par le vide, pliant même les petites coupelles en papier et les rangeant dans son sac du soir. Je n'en ai parlé à personne, surtout pas à Luke, car j'ai deviné qu'elle aurait été morte de honte. Sans parler des taquineries qui auraient suivi.

— Becky, dit-elle de sa voix bien modulée, quel plaisir de vous voir. J'ai commandé de l'eau gazeuse...

— Parfait ! Et mille mercis de m'aider.

— C'est avec plaisir. Regardez ce que j'ai préparé.

Sortant une chemise en plastique, elle en éparpille les papiers sur la table.

— Les invités... Les personnes à contacter... La nourriture à commander...

Je suis ahurie ! Luke a raison : Bonnie est fantastique ! Elle a dressé une liste des invités d'après les carnets d'adresses personnel et professionnel de Luke, a relevé leurs coordonnées, et écrit un petit laïus sur chacun d'entre eux.

— Tout le personnel de la société a retenu son 7 avril, dit-elle. J'ai mis Gary dans la confidence, et nous avons inventé un stage obligatoire. Tenez...

Je reste pantoise en prenant le papier qu'elle me tend. C'est l'emploi du temps pour un stage commençant à 17 heures et durant une partie de la soirée avec boissons, activités de groupe et cercles de discussion. Ça semble tellement réel. En bas de page figure même une liste des sociétés participantes.

— Formidable, Bonnie ! Vraiment fantastique. Comment vous remercier ?...

— Grâce à ça, vous n'aurez pas à dévoiler vos plans pour le moment, fait-elle en souriant. Ce genre de chose, mieux vaut le garder sous cape le plus longtemps possible.

— Tout à fait. Moins il y a de gens au courant, mieux c'est. J'ai la liste exacte des personnes dans le secret et je la maintiens au strict minimum.

— Vous semblez avoir les choses bien en main. Et où en sont les préparatifs proprement dits ?

— Très bien, je réponds automatiquement. Je n'ai... pas *tout* finalisé...

— Vous avez pensé à engager les services d'un organisateur d'événements ? Je peux vous recommander une société, appelée Le Service, dont le taux de réussite est remarquable.

Elle sort un carnet et inscrit un numéro.

— Ils pourront vous aider dans bien des domaines. Bien sûr, ce n'est qu'une suggestion.

— Merci !

Je plie le papier, que je glisse dans mon sac. C'est sans doute une bonne idée. Non pas que j'aie besoin d'aide. Ce serait juste histoire de peaufiner deux ou trois détails.

Le serveur arrive. Nous lui commandons deux salades, il remplit nos verres d'eau. J'épie Bonnie pendant qu'elle boit. Pas de doute : elle est L'Autre Femme de la Vie de Luke. (Pas dans le sens de Camilla Parker-Bowles avec le prince Charles. Sûrement pas. Je ne vais pas tomber encore dans le piège de croire que Luke couche avec une autre fille, engager un détective privé, me mettre la rate au court-bouillon pour rien du tout.)

— Becky, vous désirez un peu de vin ? Moi, je dois m'abstenir dans l'exercice de mes fonctions, ajoute-t-elle avec un petit sourire contraint.

— Moi aussi, je réponds, toujours obsédée par Bonnie.

Elle passe plus de temps avec Luke que moi. Elle est au courant de pans entiers de sa vie dont il ne me parle jamais. Elle doit avoir un aperçu de sa personnalité des plus passionnants.

— Dites-moi... Comme patron, Luke est quel genre ?

— Admirable.

Elle sourit et prend un morceau de pain dans la corbeille.

Admirable ! Typique comme réponse. Discrète, passe-partout, peu explicite.

— Comment ça ?

Elle me jette un coup d'œil bizarre. Et je comprends soudain que j'ai l'air de chercher des compliments.

Je m'empresse de rectifier le tir.

— En tout cas, ce n'est pas M. Parfait ! Il a sûrement bien des côtés qui vous irritent ?

— Je n'irais pas jusque-là.

Nouveau sourire. Nouvelle gorgée d'eau.

Est-ce qu'elle va éluder toutes mes questions ? Je crève soudain d'envie d'aller voir ce qu'elle cache sous son vernis. Et si je la soudoyais avec un chocolat à la noisette ?

— Allons, Bonnie ! Il doit bien y avoir *quelque chose* qui vous agace chez lui. Moi, par exemple, je ne supporte pas qu'il réponde sur son BlackBerry au milieu d'une conversation !

— Vraiment ! fait-elle en contrôlant un petit rire. Je ne sais pas !

Je me penche au-dessus de la table.

— Mais, si ! Je sais que vous êtes une vraie pro et je vous respecte pour ça. Moi aussi. Mais cette conversation est confidentielle. Entre nous, désormais, la franchise totale est de mise. Je ne quitterai pas ce restaurant sans avoir obtenu une réponse à ma question !

Bonnie rougit et regarde la sortie comme la seule issue possible.

— Écoutez, j'insiste, en essayant de retenir son attention, nous sommes les deux femmes qui passons le plus de temps avec Luke. Nous le connaissons mieux que quiconque. On devrait profiter chacune de l'expérience de l'autre.

Soudain je m'aperçois que je dois la rassurer.

— Bien sûr, je ne lui *répéterai* rien ! Cela est totalement entre nous. Je vous le jure !

Silence. Pendant un bon moment. À l'évidence la chère Bonnie est en train de peser le pour et le contre.

— Je vous demande juste un détail, une toute petite chose...

Elle avale une nouvelle gorgée d'eau, comme pour se donner du courage.

— Eh bien, la façon dont il gère les cartes d'anniversaire est *un peu* frustrante !

— La gestion des cartes d'anniversaire ?

— Les cartes d'anniversaire pour le personnel. J'en ai un paquet pour toute l'année et j'attends sa signature, mais il remet toujours ça au lendemain. Je le comprends, il a tellement de travail…

— Je m'en occupe, je décrète. Vous pouvez compter sur moi.

Bonnie pâlit.

— Non, ce n'est pas ce que je voulais dire…

— Ne vous inquiétez pas, je serai très subtile.

Elle n'est qu'à moitié rassurée.

— Je ne veux pas vous impliquer…

— Mais je suis impliquée ! Je suis sa femme ! C'est monstrueux qu'il néglige de signer les cartes de son personnel. Et vous savez pourquoi ? Comme son propre anniversaire ne l'intéresse pas, il croit que tout le monde est pareil. Il ne lui vient même pas *à l'esprit* que certaines personnes y attachent de l'importance.

Bonnie approuve lentement.

— Oui, je comprends.

— Alors, quel est le prochain anniversaire ? Le prochain sur la liste.

Bonnie hésite, rougit un peu.

— C'est le mien, dans quinze jours…

— Très bien, je vais m'assurer qu'il signera votre carte à temps.

Une nouvelle idée me traverse l'esprit.

— Au fait, qu'est-ce qu'il va vous offrir ? Et pour Noël, il vous a donné quoi ? Un chouette truc, j'espère.

— Bien sûr ! répond-elle d'un ton pas très naturel. Un ravissant cadeau. Ce magnifique bracelet !

Elle secoue le bras. Apparaît de sous sa manche une gourmette en or. Je la regarde, stupéfiée. Il lui a donné *ça* ?

Non pas que le bracelet soit moche. Mais c'est tellement pas son style, ni sa couleur. Normal qu'elle le camoufle sous sa manche. Et en plus, la pauvre, elle doit s'obliger à le porter tous les jours au bureau.

Où l'a-t-il déniché ? Sur le Web ? Sur toutpourlasecrétaire.com ? Il aurait pu *me* demander conseil !

Tout s'éclaire. On doit coordonner nos efforts, Bonnie et moi. Travailler en équipe.

Je réfléchis un instant.

— Bonnie, qu'est-ce que vous diriez d'un *vrai* verre ?

— Oh ! Non...

— Allons, un verre de vin au déjeuner ne va pas briser votre carrière. Je vous promets de tenir ma langue.

Elle fléchit.

— Bon, je prendrai alors un petit martini avec des glaçons.

Ouais ! Vas-y Bonnie !

Le temps de finir nos salades et d'attaquer nos cafés, nous nous sentons dix fois plus relax. J'ai fait rire Bonnie en lui racontant des histoires sur Luke et ses exercices de yoga pendant notre voyage de noces. Elle m'a raconté l'aventure d'un de ses précédents patrons qui, voulant faire le lotus, s'est retrouvé à l'hosto. (Trop discrète pour me donner son nom, il va falloir que je cherche sur Google !) Surtout, j'ai mis mon plan au point.

— Bonnie, dis-je en prenant l'addition des mains du serveur, je veux vous remercier une fois encore de votre aide pour ma soirée.

— Vraiment, ce n'est rien...

— Une chose me semble maintenant évidente. Nous pouvons nous entraider. Mettre nos atouts en commun. Songez à ce que nous allons accomplir en travaillant en partenariat. Luke n'a pas à être au courant. Ce sera notre petite combine.

En entendant l'expression « petite combine », Bonnie se raidit.

— Becky, j'ai été ravie de déjeuner avec vous et je vous remercie de me proposer votre collaboration, cependant...

Je ne la laisse pas continuer.

— Bon, restons en contact, d'accord ? Gardez mon numéro de portable sous la main. Si vous désirez un coup de pouce, petit ou grand, avec Luke, passez-moi un coup de fil. Je ferai ce que je pourrai.

Elle ouvre la bouche pour protester. Elle ne va quand même pas reculer !

— Bonnie, je vous en prie. Je suis très attachée à Brandon Communications, j'ajoute avec un maximum de conviction dans la voix. Je peux sans doute faire avancer les choses. Mais à la condition que vous me teniez au courant ! Sinon, je suis coincée. Luke essaie de me protéger mais, en fait, il me tient à l'écart. Je vous en prie, permettez-moi de vous aider.

Mon petit discours semble affecter Bonnie, mais je n'ai rien inventé. Luke me tient à l'écart depuis qu'il m'a empêché d'assister au procès. (O.K., d'accord, c'était une audience, pas un procès.)

— Évidemment, je ne voyais pas les choses ainsi. Mais je serai heureuse de vous tenir au courant si je vois que vous pouvez... m'apporter votre contribution.

— Extra ! En échange, vous pourriez peut-être me rendre un petit service ?

— Avec plaisir, dit-elle, l'air totalement perdue. Vous avez quelque chose de précis à me demander ?

J'avale un peu de mon cappuccino.

— Oui, une petite requête.

— Au sujet de la fête ? demande-t-elle en sortant son carnet.

— Non, pas précisément.

Je me penche à nouveau au-dessus de la table.

— Pourriez-vous souffler à Luke qu'une salle de gym est bien plus utile qu'une cave à vin ?

Bonnie me dévisage, ahurie.

— Pardon ?

— Voilà. Dans la maison que nous achetons, Luke veut aménager une cave à vin au sous-sol, alors que moi, j'aimerais une salle de gym. Pourriez-vous le convaincre que j'ai raison ?

— Becky, je ne crois *vraiment* pas que cela fasse partie de mes fonctions...

— Je vous en supplie ! Vous savez à quel point Luke tient compte de votre avis. Il vous écoute. Vous pouvez l'influencer.

Bonnie cherche un argument à m'opposer.

— Mais comment diable vais-je aborder le sujet ?

— Enfantin ! Vous faites mine de lire un article et vous déclarez que vous n'achèteriez *jamais* une maison dont le sous-sol serait aménagé en cave et non en salle de gym. Et vous ajoutez que rien n'est plus ennuyeux et surfait que les séances de dégustation.

— Mais, Becky...

— Ainsi on s'entraiderait vraiment. Entre filles.

Je lui souris de toutes mes forces.

— En sœurs !

— Bon, je ferai de mon mieux, dit-elle enfin. Mais je ne vous promets rien.

— Vous êtes super ! Tout ce que vous voulez que je dise à Luke ou que je fasse, il vous suffit de m'envoyer un texto. Tout et n'importe quoi.

Je lui tends une assiette de chocolats à la menthe en lançant un tonitruant :

— À nous deux ! À l'équipe Becky et Bonnie !

8

Après le déjeuner, je déambule dans la rue, comme sur un nuage. Bonnie est extraordinaire, une assistante hors pair pour Luke. Elle et moi, nous allons former un duo d'enfer. J'appelle la société qu'elle m'a recommandée, Le Service, qui organise des événements. On me passe aussitôt le département Soirées. Tout est si facile.

D'après l'enregistrement automatique qui vous fait patienter, ils peuvent vraiment tout obtenir : des billets pour des théâtres complets, un avion privé au dernier moment, un thé servi à 17 heures au milieu du désert navajo. Au cas où vous en auriez envie.

Si seulement j'avais eu leurs coordonnées plus tôt ! Ils ont l'air tellement aimables et professionnels, rien ne leur pose problème. Cette société est un *passage obligé* pour les gens qui organisent une fête, c'est évident.

Un être humain prend mon appel. Voix enjouée :

— Bonjour, Rupert au téléphone. Harry m'a expliqué la situation : vous désirez donner une fête-surprise qui éblouira votre mari.

— Oui ! avec des cracheurs de feu et des jongleurs, une grande tente et une sono à tout casser.

— Bien, voyons voir ce que nous avons dans ce registre.

J'entends le dénommé Rupert feuilleter un dossier.

— Récemment, nous avons organisé un anniversaire pour trois cents personnes dans des tentes de bédouins.

Avec cracheurs de feu, jongleurs, trois buffets internationaux, une piste de danse lumineuse. La fille pour laquelle était donnée la fête est arrivée à dos d'éléphant, des cameramen de grand niveau ont filmé l'événement...

Rien qu'à l'écouter, j'ai le souffle coupé.

— Je veux la même fête. Exactement la même. C'est super.

Rupert se met à rire.

— Parfait ! Nous devrions nous voir pour mettre au point les derniers détails, vous permettre de prendre connaissance des autres activités que nous avons en catalogue...

— Quelle bonne idée ! Je m'appelle Becky, je vais vous donner mon numéro de téléphone...

— Juste un détail. Le Service fonctionne comme un club. Pour bénéficier de ses prestations, il faut être membre. Inutile de dire que nous pouvons accélérer votre inscription...

— Avec plaisir. En fait, j'y pense depuis un moment. Quel plaisir de pouvoir obtenir les meilleures chambres dans un hôtel, les meilleures places pour un concert, et d'avoir ses entrées dans les clubs les plus fermés. Il y a des années que j'aurais dû m'inscrire.

— Je vous envoie le bulletin d'adhésion par mail cet après-midi même...

Soudain, un détail me traverse l'esprit.

— Formidable ! Mais ça coûte combien ?

— L'abonnement annuel est un forfait. Nous ne facturons aucun supplément comme le font certains de nos concurrents. Pour votre mari et vous, il faut compter six unités.

— Je vois... Vous voulez dire 600 livres ?

Il rit de nouveau.

— 6 000 !

6 000 livres ? Juste pour l'abonnement ? Pitié !

Cela en vaut sûrement la peine, mais tout de même...

J'ose à peine poser la question suivante.

— Et cette soirée fabuleuse dont vous venez de me parler ? C'était dans les combien ?

— Vous serez heureuse d'apprendre que nous avons dépensé *moins* que le budget initialement prévu. Le total s'est élevé à 230 000 livres.

Je vacille sur mes jambes. 230 000 livres ?

— Becky ? Vous êtes encore là ? Bien sûr, on peut opérer avec des sommes bien moindres, dit-il gaiement. 100 000 livres est notre minimum habituel...

J'ai du mal à ne pas glapir.

— Je vois ! En fait, j'en suis juste à un stade conceptuel. Mieux vaut que je vous rappelle pour prendre un rendez-vous à une date ultérieure. Je vous remercie. Au revoir.

J'ai les joues en feu quand je coupe la communication. 230 000 livres pour une soirée ? J'aime Luke de tout mon cœur, mais 230 000 livres !!!

— Becky ?

Je saute en l'air ! C'est Luke. Qu'est-ce qu'il fait là ? Il est planté à trois mètres de moi, l'air sidéré. Et moi, je m'évanouis à moitié en m'apercevant que je tiens le dossier en plastique transparent qui contient les listes des invités, les détails du stage, etc. Je risque de dévoiler le pot aux roses !

— En voilà une surprise !

Luke s'avance et m'embrasse. Dans ma panique, en essayant de cacher le dossier, je le laisse tomber sur le trottoir.

Luke se penche.

— Je vais le ramasser.

— Non ! C'est personnel ! Je veux dire : confidentiel. La liste de shopping d'un membre de la famille royale d'Arabie Saoudite. Ultrasecret.

Je ramasse en vitesse les feuillets épars et les fourre dans mon sac.

— Et voilà ! L'affaire est dans le sac ! je m'exclame en rigolant. Alors… Comment vas-tu ?

Sans me répondre Luke me dévisage de son air inquisiteur. Un air qui signifie « Qu'est-ce qu'elle mijote encore ? »

— Becky, qu'est-ce qui se passe ? Tu venais me voir ?

— Mais, non ! Quelle idée !

— Dans ce cas, tu fabriques quoi dans le quartier ?

Erreur fatale ! Bien sûr que j'aurais dû lui dire que je *venais* le voir.

Je gamberge à toute vitesse pour trouver une excuse plausible.

— J'explore la ville. Quartier par quartier. Aujourd'hui, c'est la City. Tu devrais voir les rives de la Tamise vers l'ouest, c'est exceptionnel.

Silence.

Il passe ses deux mains dans ses cheveux.

— Becky, sois franche. As-tu des ennuis… financiers ? Tu avais rendez-vous dans une banque ?

Comment ?

— Mais, non ! fais-je, vexée. Bien sûr que non. Enfin, pas plus que d'habitude, j'ajoute avec une pointe d'honnêteté. Luke, tu ne changeras jamais ! Tu tombes sur moi dans la rue et immédiatement tu imagines que je suis à découvert !

Ce qui est la stricte vérité. Mais parfaitement hors de propos.

— Et alors ? Je *devrais* penser quoi à ton avis ? Tu es bizarre, tu me caches des papiers, c'est évident qu'il se passe quelque chose….

Misère de moi ! Il faut que je change très vite de conversation. Je me creuse les méninges.

— Bon, tu as gagné ! Voilà, je… On me fait des injections de Botox !

Le visage de Luke s'allonge, et j'en profite pour fermer mon sac.

— Quoi ? Du Botox ?

— Oui, dis-je en le fixant dans les yeux. Du Botox. Je voulais te le cacher. C'est pour cette raison que tu me trouves bizarre.

Voilà. L'excuse parfaite.

— Du Botox ! répète-t-il.

— Oui !

Tout à coup je m'aperçois que je grimace trop en parlant, alors que je suis censée être figée, genre poupée de cire. Vite ! Je m'efforce d'arborer le visage de statue qu'ont certaines célébrités en mal de rajeunissement. Trop tard ! Luke m'inspecte de près.

— Montre-moi où on t'a fait les piqûres ?

— Euh… là, sur mes tempes et là… et là…

— Mais… je ne comprends pas ! Tes rides auraient dû disparaître, non ?

Non, mais quel culot ! Je n'ai pas de rides ! Ou alors peut-être une *toute petite*, tellement insignifiante qu'elle est invisible.

— C'est la nouvelle technique ! Tout en douceur. Moins on en fait, plus c'est naturel.

Gros soupir de Luke.

— Becky, ça t'a coûté combien ? Où es-tu allée ? Au bureau, il y a des filles qui l'ont fait, et j'avoue que…

Mon Dieu ! Il est urgent qu'on laisse tomber le sujet. Sinon, dans une seconde, il va me dire : « Allons dans cette clinique pour te faire rembourser ! »

— On ne m'en a fait qu'un tout petit peu ! En fait, j'étais là pour autre chose…

— Quoi donc ? Allez, raconte !

Quel enfer ! Mon cerveau tourne à vide. Allez, Becky, trouve un truc ! En général, les filles prennent rendez-vous chez le chirurgien esthétique pour faire quoi ?

— Pour mes seins, je me surprends à dire. Pour une opération des seins.

Vu sa tête, j'aurais dû trouver mieux !

— Tu t'es fait opérer les *seins* ? Tu as...

— Mais non, pas du tout... C'était juste une idée.

— Quelle horreur ! Becky, allons discuter de tout ça au calme. Allons quelque part.

Il me prend par le bras et m'entraîne vers un bar. Une fois à l'intérieur, il se tourne vers moi et m'attrape si fort par les épaules que je pousse un cri de surprise.

— Becky, je t'aime ! Telle que tu es, quelles que soient tes formes. Que tu aies décidé en secret de te faire trafiquer... me tue. Je t'en prie, je t'en supplie à genoux, ne recommence jamais !

Je ne m'attendais vraiment pas à ce genre de réaction. Il a l'air tellement bouleversé que je m'en veux. Pourquoi avoir inventé une telle idiotie ? Il aurait été si simple de lui dire que j'avais rendez-vous avec une de mes clientes, dans son bureau de la City ! Évidemment je trouve maintenant mille excellentes excuses où il n'est question ni d'injections, ni d'opération des seins.

Je bégaie presque.

— Luke, je suis navrée. C'est tellement idiot de ma part. Je ne voulais pas t'inquiéter...

— Tu es parfaite. Nul besoin de changer un iota. Pas une tache de rousseur. Pas un doigt de pied. Et si c'est *moi* qui t'ai poussée à... Alors je suis un malade mental.

Jamais, au grand jamais, Luke ne m'a sorti quelque chose d'aussi tendre. Les larmes me montent aux yeux.

— Ça n'a rien à voir avec toi. Mais, tu sais, la pression de la société, des copines...

— Tu es sûre, au moins, que cette clinique est sérieuse ? dit-il en essayant d'attraper mon sac. Laisse-moi voir. Certains de ces soi-disant chirurgiens esthétiques sont souvent de dangereux bouchers. Je vais prendre contact avec le médecin de la société...

Instinctivement, je presse mon sac contre ma poitrine.

— Ne t'en fais pas, Luke. Je sais que je ne risque rien...

— Tu n'en sais rien du tout ! crie-t-il, hors de lui. C'est une sacrée opération, tu t'en rends compte ? Et dire que tu allais te faire charcuter en secret, au risque de ta vie, sans penser à moi ni à Minnie...

— Je ne risquais pas ma vie ! je m'insurge. Et je t'en aurais parlé avant. De toute façon, ce devait être une mini-intervention, une simple piqûre à l'heure du déjeuner...

— Ça ne me rassure pas du tout. Au contraire, je trouve ça de plus en plus louche. Explique-moi en quoi ça consiste !

J'ai lu un article dans *Marie Claire* sur le sujet. Ouais, mais j'ai oublié les détails.

— Écoute, Luke, il s'agit d'une intervention minime. Qui ne présente aucun risque.

Je me gratte le nez pour gagner du temps.

— Une fois l'endroit déterminé, ils injectent une mousse spéciale dans les... capillaires. Et ils gonflent...

— Comme des *ballons* ?

— Oui, à peu près. Mais pas de beaucoup. Juste d'un ou deux bonnets.

Je mime la chose d'une façon aussi réaliste que possible.

— Il faut attendre longtemps ?

Je réfléchis à un délai qui pourrait être convaincant.

— Une semaine.

— Tes seins gonflent pendant une semaine ?

Je vois qu'il a du mal à se faire à cette idée. Merde ! J'aurais dû dire une heure ! Je m'empresse donc de recti-fier le tir.

— Tout dépend de ton corps et... du métabolisme de tes seins. Parfois, il ne faut que cinq minutes. Tout le monde est différent. De toute façon, je ne le ferai pas. Tu as raison, je ne l'aurais jamais fait en cachette.

Je le regarde de mon air le plus amoureux.

— Luke, pardonne-moi. J'aurais couru un risque idiot. Heureusement, il y a Minnie et toi. Voilà, j'ai appris ma leçon.

144

J'espérais que Luke m'embrasserait et me dirait que j'étais parfaite ainsi. Mais son expression change. Il est moins fâché, moins bouleversé. Par contre, follement méfiant !

— Comment s'appelle cette clinique ? demande-t-il d'un ton léger.

— Je ne sais plus. Oh, Luke, arrêtons d'en parler ! Je me sens si coupable.

— Tu pourrais au moins regarder ton dossier.

— Plus tard, oui, plus tard. Quand j'aurai digéré tout l'énervement que je t'ai causé.

Luke n'a pas l'air de vouloir lâcher le morceau.

Mon Dieu ! Il a pigé ! Il a en tout cas compris que l'histoire de l'opération des seins était du pipeau.

— Tu veux boire quelque chose ? demande-t-il soudain.

— Oui, si tu veux. Tu as le temps ?

Il consulte sa montre.

— Je peux voler encore un quart d'heure. Mais n'en dis rien à mon assistante.

J'émets un petit rire pas très naturel.

— Bien sûr que non. Je ne la connais pas.

— Mais, si ! dit-il en me regardant d'un drôle d'air et en se dirigeant vers le bar. Bonnie. Tu as fait sa connaissance.

— Ah, oui ! J'avais oublié !

Je m'enfonce dans un fauteuil et lâche mon sac. Cette histoire de fête-surprise m'épuise déjà, et dire que je n'en suis qu'au tout début.

— À la tienne !

Luke est revenu du bar avec deux verres de vin et nous trinquons.

Silence pendant que nous buvons. Luke continue à me dévisager par-dessus son verre. Puis, ayant pris sa décision, il le pose sur la table.

— J'ai de bonnes nouvelles. Nous avons deux nouveaux clients. Ni l'un ni l'autre dans le domaine financier.

— Oh ! dis-je, intéressée ? Qui ?

Pourvu que ce soit Gucci, pourvu que ce soit Gucci...

— Le premier est une société de technologie climatique. Ils font campagne pour le contrôle des émissions de carbone et nous demandent de les piloter. Des perspectives multiples.

Les émissions de carbone, hein ? Bof !

— Bravo ! Bien joué ! Et l'autre ?

— C'est un sacré coup…, commence-t-il, l'œil brillant. Puis il hésite, me regarde, boit une gorgée.

— Ce n'est pas encore signé. Je t'en parlerai dès que ce sera fait. Je suis superstitieux.

— En tout cas, mes félicitations ! dis-je en levant mon verre. Je pense que tu as besoin en ce moment de nouveaux contrats.

— Il faut dire que les affaires ne sont pas brillantes. Et toi, au magasin ? C'est plus que calme, non ?

Je suis tentée de lui raconter ma fabuleuse invention pour permettre aux femmes de dissimuler leurs achats à leur mari, mais je me tais. Prudence ! Prudence !

— On se maintient, dis-je seulement.

Luke hoche la tête et se détend.

— Quel plaisir de se retrouver tous les deux, en tête à tête. Tu devrais venir dans le quartier plus souvent. Mais sans te rendre dans une clinique de chirurgie esthétique !

De nouveau une mine sceptique.

Il va remettre ça sur le tapis ? Oui ? Non ?

Je change de sujet illico :

— Tu as vu les mails des nounous ? Elles ont l'air fantastiques, non ?

— Oui, très impressionnant !

Nous avons déjà reçu plein de C.V. de Top Nounous, chacun plus sensationnel que le suivant. Une des nounous parle cinq langues, une autre a traversé l'Atlantique à la voile, la troisième a deux mastères en histoire de l'art. Si

146

ces filles ne peuvent pas faire de Minnie une enfant accomplie et équilibrée, qui y arrivera ?

— Il faut que j'y aille, annonce Luke en se levant.

Je prends mon sac et le suis dans la rue.

— Becky, à plus tard.

— Ouais, à plus.

Ouf ! Je l'ai échappé belle ! Il a laissé tomber. Sans avoir cru une nanoseconde à mon histoire de seins refaits.

J'aimerais lui envoyer un message télépathique qui dirait : « Merci de m'avoir fait confiance. Je te promets, je ne faisais rien de mal. Juré. »

Je recommence à respirer dès qu'il a tourné le coin de la rue. Ensuite, je m'écroule sur un banc et sors mon miroir de poche. J'ai besoin de vérifier quelque chose.

Bon, Luke n'y connaît strictement rien. On croirait vraiment que j'ai eu une injection de Botox. Regardez cette surface parfaitement lisse, à la naissance de mes cheveux. Il est aveugle ou quoi ?

Quand je suis de retour au Look, Jasmine est au téléphone :

— Oui, 14 heures, c'est parfait. À demain.

Elle raccroche et me lance un regard triomphant. (C'est-à-dire qu'elle retrousse un coin de sa lèvre dans une ébauche de sourire. Je la connais, ma Jasmine !)

— Ton plan marche ! Trois bonnes femmes ont annulé leur annulation !

— Génial !

— Il y a une cliente pour toi. Sans rendez-vous. Elle veut te voir, toi et personne d'autre. Elle arpente les rayons en t'attendant.

— Bon, je la prends dans une minute.

Je fonce vers mon vestiaire, range mon sac, rafraîchis mon maquillage, tout en me demandant qui ça peut être. Elle n'est pas un cas unique. Bien des clientes passent ainsi sans crier gare. J'espère seulement que ce n'est pas cette fille qui veut ressembler à Jennifer Aniston ! Elle aura beau acheter trois tonnes de débardeurs, elle n'y arrivera jamais…

— Rebecca !

Une voix hautaine et familière interrompt mes pensées. Je reste un instant sans réagir. J'hallucine ou quoi ? Quand finalement je me retourne en frissonnant, je constate que j'ai bien deviné. C'est elle. Impeccable dans un ensemble pistache, les cheveux archilaqués, le visage figé, un Birkin en croco au bout de son bras tout maigre.

C'était donc *elle* ! *Elle* que j'ai vue devant l'église !

— Elinor ! j'arrive tout juste à articuler : Quelle surprise !

C'est le moins qu'on puisse dire !

— Bonjour, Rebecca !

Elle jette un regard méprisant sur le salon comme pour insinuer « je ne m'attendais pas à mieux » ! Vu qu'il vient d'être refait à neuf, elle ne manque pas d'audace.

— Que puis-je faire pour vous ?

— J'aimerais…

Long silence glacial. J'ai l'impression que nous sommes sur scène et que nous avons oublié notre texte. Qu'est-ce que vous foutez là ? ai-je envie de dire. Ou, surtout, grrrrrr !

Cette pause muette tourne au ridicule. On ne peut pas se dévisager en chiens de faïence éternellement. Bon, puisque Elinor s'est présentée à Jasmine comme une cliente, je vais la traiter en cliente.

Je sors mon calepin et lui demande :

— Vous cherchez quelque chose de précis ? Pour la journée ? Nous avons reçu de nouveaux modèles Chanel qui seraient bien dans votre style.

— Très bien, murmure-t-elle après une longue pause.

Comment ? Elle est vraiment venue pour acheter ? Sérieusement ?

— Bien, installez-vous dans le salon d'essayage. Je vais sélectionner quelques pièces qui devraient vous convenir.

Je fais le tour du rayon et reviens les bras chargés de vêtements que j'accroche dans la cabine.

— Elinor, essayez tous ceux que vous voulez. Je reste à votre disposition si vous avez besoin d'aide ou de conseil.

Je referme doucement la porte de la cabine et me retiens de pousser un cri à la Tarzan ! Elinor ! Au Look ! Pour quelle raison ? C'est totalement *dément* ! Dois-je mettre Luke au courant ? J'aurais dû lui demander ce qui s'était réellement passé entre eux, ce qu'elle avait dit de tellement ignoble ? Question : est-ce qu'il faut que je vire Elinor du rayon en lui interdisant de remettre les pieds au Look ?

Dans ce cas, c'est moi qui risque d'être virée !

Une minute plus tard, Elinor émerge de la cabine, avec toutes les affaires dans ses bras. Elle n'a pas eu le temps de tout essayer, c'est certain !

Je prends ma voix la plus suave.

— Vous désirez garder tous les modèles ?

— Oui, c'est parfait.

— Vous voulez... vraiment les garder tous ? Les acheter ?

Ça me paraît tellement incroyable que je crois avoir mal compris.

— Oui.

Elle fronce les sourcils comme pour montrer que cette conversation l'agace au plus haut point.

8 000 livres de fringues ! En un clin d'œil ? Quel beau bonus en perspective !

— Parfait ! Vous désirez des retouches ?

Elinor refuse d'un imperceptible signe de tête. Je n'ai jamais eu pareille cliente. En général, quand elles dépensent de telles sommes, elles aiment parader des heures dans leurs nouveaux atours et me demander : « Qu'est-ce que vous en pensez ? »

Jasmine, qui passe en tirant un portant, la regarde d'un air étonné. Il y a de quoi. Avec sa peau pâle, parcheminée et tendue à mort, son maquillage exagéré, ses mains veinées ornées de pierres précieuses et son regard glacial, elle a de quoi vous flanquer la chair de poule. Soudain, je m'aperçois qu'elle a vieilli. Quelques mèches de cheveux gris ont été oubliées sur ses tempes. (Nul doute que son coiffeur sera fusillé à l'aube.)

— Désirez-vous voir autre chose ? Des robes du soir ? Des accessoires ?

Elinor ouvre la bouche. La referme. L'ouvre à nouveau. Je sens qu'elle voudrait dire quelque chose. J'ai la trouille qu'elle me parle de Luke. Ou qu'elle ait une mauvaise nouvelle à m'annoncer. Si elle est ici, ce n'est pas l'effet du hasard !

— Des robes du soir, finit-elle par articuler.

Tu parles, Charles !

Je lui présente six robes, elle en choisit trois. Puis deux sacs. Et une étole. Ça tourne à la farce ! Elle a déjà claqué 20 000 livres sans même me regarder dans les yeux. *Sans* me dire ce qu'elle est venue chercher ici.

— Aimeriez-vous quelque chose à boire ? Un cappuccino ? Une tasse de thé ? Une coupe de champagne ?

Nous avons passé en revue tout le rayon. Elle ne peut rien acheter d'autre. Ni tergiverser plus longtemps.

Elle reste plantée, agrippée à son sac, la tête légèrement penchée sur le côté. Son calme est presque effrayant. En plus, contrairement à son habitude, elle ne m'a pas lancé une seule pique ! Elle ne m'a pas dit que mes chaussures étaient de la camelote ou que mon vernis était vulgaire. Quelque chose ne tourne pas rond. Elle est peut-être *malade*, qui sait ?

Enfin, au prix d'un énorme effort, elle redresse la tête.

— Rebecca ?

— Oui ?

Quand elle parle, c'est dans un murmure :
— Je désire voir ma petite-fille.

Maintenant que faire ? Je suis salement coincée.

Sur le chemin du retour, j'ai la tête en ébullition. Comment imaginer un instant qu'Elinor *s'intéresse* à Minnie ?

Après la naissance de sa petite-fille, Elinor a mis trois mois à nous rendre visite. Elle est arrivée un jour, son chauffeur restant dans la voiture, a jeté un coup d'œil au berceau, a demandé : « Est-elle normale ? » Quand nous avons répondu que oui, elle est repartie. Après avoir abandonné non pas une jolie peluche ou de mignonnes bottines, mais une affreuse poupée ancienne avec des anglaises et des yeux opaques sortis tout droit d'un film d'horreur. Elle était si effrayante que maman n'en voulait pas chez elle. Finalement, je l'ai vendue sur eBay. (Espérons qu'Elinor ne va pas demander à la voir !)

Et encore, c'était avant la grosse dispute entre Luke et elle : depuis, son nom est tabou. Ainsi, deux mois avant Noël, quand j'ai osé demander à Luke si je devais lui acheter un cadeau, j'ai cru qu'il allait m'étriper.

Bien sûr, je pourrais m'en tirer facilement. En jetant sa carte de visite à la poubelle et en prétendant que je ne l'ai jamais vue. Oublier sa visite au magasin. Qu'est-ce qu'elle ferait ? Rien du tout.

Mais... je ne m'y résous pas. Elle n'a jamais été aussi vulnérable qu'aujourd'hui. Pendant qu'elle attendait ma réponse, je ne voyais plus en elle la méchante reine glaciale, mais une vieille femme solitaire aux mains parcheminées.

Mais dès que je lui ai dit : « D'accord, je vais en parler à Luke ! », elle a repris son air réfrigérant et commencé son cinéma habituel.

— Le Look n'est rien comparé aux élégantes boutiques de Manhattan. Vraiment, les Anglais n'ont aucune notion du service ! Ces taches sur la moquette de la cabine d'essayage, c'est honteux !

Pourtant, même si elle m'horripile, je ne peux me décider à jeter sa carte. Elle a beau être une sacrée garce, elle est tout de même la grand-mère de Minnie. Elles sont du même sang (à supposer qu'Elinor en ait).

Qui sait ? Luke s'est peut-être calmé. Il me suffira d'aborder le sujet avec diplomatie. Tout doucement, comme si j'agitais une branche d'olivier, le rameau de la paix. Et voir sa réaction.

Quand Luke rentre à la maison, j'attends qu'il ait embrassé Minnie, puis qu'il ait bu un whisky et se soit déshabillé, pour aborder le sujet.

— Luke, à propos de ta mère.

Son visage s'adoucit.

— Justement, j'ai pensé à Annabel cet après-midi. Papa m'a envoyé par mail de vieilles photos d'elle. Je te les montrerai.

Sacré début, Becky !

J'aurais dû spécifier de *quelle* mère je parlais ! Maintenant, je vais avoir un mal de chien pour passer d'Annabel à Elinor. Mission impossible, en fait.

J'essaie une autre approche :

— Je pensais... aux liens familiaux, aux traits qui passent d'une génération à la suivante. À propos, Minnie tient de qui, à ton avis ? Elle a le caractère emporté de maman, tes yeux, en fait elle a hérité d'un peu tout le monde, même...

J'ajoute, le cœur battant :

— ... même de ta mère biologique. Elinor.

Luke claque un tiroir.

— J'espère bien que non.

O.K., la hache de guerre n'est pas enterrée.

J'insiste pourtant :

— C'est quand même sa grand-mère. Minnie a sûrement pris quelque chose d'elle.

— Ça ne m'a pas frappé. L'important, c'est la façon dont on est élevé. J'ai toujours été le fils d'Annabel, jamais de cette femme.

Oh, merde ! *Cette femme*, il a dit ! C'est pire que je ne le pensais.

— Je vois, dis-je faiblement.

Ce n'est pas le moment de lui sortir : « Et si nous emmenions Minnie voir Elinor ? » Il faut que j'attende des jours meilleurs. Et que je change de sujet.

— Alors, le reste de ta journée, c'était comment ?

— Pas mal. Et toi, tu es bien rentrée ?

— Oui. J'ai sauté dans un taxi.

— J'ai pensé que c'était quand même un quartier bizarre pour une clinique de chirurgie esthétique. En plein dans la City.

Je fais l'erreur de croiser son regard : ses yeux brillent d'une lueur révélatrice. Je me doutais qu'il ne me lâcherait pas.

L'attaque étant la meilleure défense, j'y vais sec.

— Tu n'y connais rien. Au contraire, il n'y a rien de plus normal. Regarde ces pauvres cadres de la City et leur air hagard. Un magazine a publié récemment une étude qui montre que les gens de la finance vieillissent 20 % plus vite.

Je viens de l'inventer, mais comment Luke le saurait-il ? En plus, je parie que c'est vrai !

Une autre idée me traverse l'esprit.

— Tu sais, la même enquête disait que les employés qui se sentent aimés par leur patron vieillissent moins vite. *Et* travaillent mieux.

— Ça ne m'étonne pas, dit Luke, absorbé par ses mails.

— On expliquait aussi que les patrons pouvaient manifester leur affection en envoyant à leurs employés des cartes d'anniversaire personnalisées. Tu fais ça dans ta boîte ?

— Ouais, marmonne Luke.

Quel bobard !

J'ai envie de lui répliquer : « Tu parles ! Il y a une pile de cartes qui attendent ta signature sur ton bureau ! »

— Bravo ! L'important, c'est la signature du patron. Cela augmente leur taux d'endorphine de 15 %.

Luke lève le nez. J'ai enfin retenu son attention !

— Becky, tu lis vraiment des trucs merdiques !

Merdiques ?

— Tu n'y es pas ! C'est une enquête des plus sérieuses. Elle montre comment un petit geste comme une carte de vœux peut tout changer. Car la plupart des patrons oublient. Heureusement, pas toi !

Tiens, prends ça dans les dents, monsieur le Débordé !

Luke se tait pendant un moment.

— Fascinant, marmonne-t-il.

Puis il griffonne quelque chose sur le carnet qui ne le quitte jamais. Je fais mine de ne m'apercevoir de rien, tout en souriant dans ma barbe.

Bon, j'en ai terminé sur le sujet des cartes. Et, comme je ne veux pas qu'on reparte sur le Botox, j'enfonce ma tête dans les oreillers après avoir bâillé ostensiblement.

Mais l'image d'Elinor continue à m'obséder. Je me sens *coupable* à son égard. Un sentiment bizarre et tout à fait nouveau. Il faut que je réfléchisse au problème.

Oui, mais demain.

De : Bonnie Seabright
À : Becky Brandon
Sujet : Cartes
Date : 23 janvier 2006

Luke a signé toutes les cartes d'anniversaire. Merci mille fois.
Bonnie

De : Becky Brandon
À : Bonnie Seabright
Sujet : Re : Cartes
Date : 24 janvier 2006

Pas de quoi ! Faites-moi savoir si vous avez encore un problème.
Becky

P.-S. Avez-vous réussi à parler de la salle de gym ?

5e étage
180, Whitehall Place
Londres SW1

Madame Rebecca Brandon
The Pines
43, Elton Road
Oxshott
Surrey

6 février 2006

Chère Rebecca,

Je vous remercie de votre lettre du 1er février.

En effet, dans une allocution récente, le ministre a insisté sur l'importance du commerce de détail pour l'économie britannique.

Malheureusement, il n'existe pas encore d'ordre de l'Empire britannique, ni d'anoblissement pour « hauts faits de shopping ». Si un tel honneur venait à être créé, je ne manquerais pas de soumettre votre candidature.

Je vous renvoie donc votre paquet de reçus et de contremarques que j'ai examinés avec intérêt, en convenant avec vous qu'ils témoignent de votre « véritable engagement à soutenir l'économie ».

Bien à vous,

Edwin Tredwell
Directeur des recherches financières

9

Une semaine plus tard, je n'ai toujours pas décidé quoi faire au sujet d'Elinor. En vérité, j'ai été tellement débordée que je n'y ai pas pensé. Une foule de clientes emballées par notre service secret de livraison se sont bousculées au Look. Les journaux télé n'arrêtent pas de proclamer la mort du prêt-à-porter et montrent des magasins déserts. Mais ils devraient venir chez nous. Notre département bouillonne d'activité.

Aujourd'hui, je suis encore plus préoccupée que d'habitude, car notre nouvelle Top Nounou commence chez nous. Elle est diplômée de Harvard, titulaire d'un mastère en éducation, habilitée à enseigner le mandarin, le tennis, la flûte, la guitare, le chant et un autre truc que j'ai oublié. La harpe, peut-être. Arrivée en Angleterre avec une famille américaine qui est repartie plus tard pour Boston, elle a décidé de rester pour suivre des cours à mi-temps à l'université de Londres. Elle ne veut travailler pour nous que trois jours par semaine, ce qui nous convient parfaitement.

Plus important que tout : elle a énormément de dents et elles sont très longues.

Vraiment immenses. Des dents de cheval.

Non pas que j'attache de l'importance au physique. Je n'ai pas ce genre de préjugé. Je l'aurais engagée même si elle avait eu un sourire à damner un saint.

Mais enfin ! Ses dents m'ont en quelque sorte... séduite. Avouons, en outre, que sa chevelure est tout sauf soyeuse !

Sur la liste des informations à vérifier du questionnaire, ce point n'était pas primordial. Quand j'ai inscrit « pas de coiffure cascadante » (et naturellement Luke s'est cru obligé de se moquer de moi), ce n'est pas du tout ça que j'avais en tête. En fait, la coiffure de Kyla vient tout juste d'attirer mon attention – une coupe hyperclassique au carré et des cheveux ternes !

Je vous le dis, elle est parfaite !

— Julie Andrews arrive bientôt ? demande maman en entrant dans la cuisine, où Minnie joue avec de la pâte à modeler pendant que je navigue sur eBay.

— Ah, tu fais encore du shopping ? constate-t-elle furieuse.

— Pas du tout !

Ce n'est pas parce que je suis sur eBay que je vais acheter un truc ! Je n'ai nul besoin de chaussures turquoise de chez Chloé, portées seulement une fois. Tout ce que je fais, c'est me tenir au courant. C'est exactement comme regarder le journal télé.

— J'espère que tu as préparé les culottes tyroliennes de Minnie et son sifflet !

— Très drôle, dis-je poliment.

Maman n'a toujours pas digéré l'arrivée de la nounou. Et la situation ne s'est pas arrangée quand Luke et moi l'avons empêchée d'assister aux entretiens. Elle rôdait devant la porte en produisant des claquements de langue déplaisants et en toisant les candidates d'un air mauvais quand elle les croisait dans le couloir. Lorsqu'elle a lu le C.V. de Kyla et découvert ses talents pour le chant et la guitare, elle s'est lâchée. Elle l'a surnommée Julie Andrews, en référence au film *La Mélodie du bonheur*, et ne cesse depuis de lancer des blagues idiotes. Janice, qui s'est mise de la partie, appelle maintenant Luke le

« capitaine von Trapp ». Ce qui m'énerve *prodigieuse-ment*. Du coup, moi, je suis qui ? L'épouse morte ou la baronne ?

— Si elle veut utiliser les rideaux pour faire des vêtements, dis-lui de prendre ceux de la chambre bleue !

Je fais semblant de ne pas avoir entendu. D'ailleurs, mon téléphone sonne. Le nom de Luke s'affiche à l'écran – il doit vouloir savoir comment ça se passe.

— Salut ! Elle n'est pas encore là !

Des parasites sur la ligne m'indiquent qu'il est en voiture.

— Parfait ! Je voulais te dire une chose avant son arrivée. Becky, je t'en supplie, sois *franche* avec elle !

Il divague ou quoi ?

— Je suis toujours franche ! Tu le sais bien.

— La nounou doit connaître l'étendue du problème. Nous l'avons engagée dans un but précis. Inutile de prétendre que Minnie est une petite sainte. On doit lui décrire par le menu ses deux premières années, lui expliquer les ennuis qu'on a eus…

— D'accord, Luke, pas besoin d'un sermon. Je lui dirai tout.

Tout ça parce que, pendant l'entretien, je n'ai pas été *totalement* honnête. Mais est-ce le rôle d'une mère de débiner sa fille ? J'ai donc enjolivé les choses, prétendant que Minnie avait obtenu le premier prix de conduite à la garderie pendant six semaines de suite. Luke me l'a reproché, et nous nous sommes querellés plus qu'un peu.

La sonnette de la porte retentit.

— Ah ! La voici ! Il faut que j'y aille. À plus tard !

J'ouvre. Kyla se tient sur le seuil, sa guitare à la main. Je retiens un fou rire. Notre Top Nounou est le sosie de Julie Andrews, sauf qu'elle est en jean. À croire qu'elle est arrivée en dansant sur le toit en fredonnant un air de *La Mélodie du bonheur* !

159

— Bonjour, madame ! dit-elle en découvrant ses dents de cheval.

— Appelez-moi donc Becky ! Entrez ! Minnie est tellement impatiente de vous voir. Elle est en train de s'amuser avec de la pâte à modeler.

D'un air sentencieux, j'ajoute en la précédant à la cuisine :

— Dès le matin, il est bon qu'elle fasse quelque chose de constructif.

Kyla m'approuve avec force hochements de tête.

— Vous avez bien raison. Je faisais faire beaucoup de pâte à modeler à Eloise, l'enfant dont j'avais la charge auparavant. Elle était très douée. Elle a même remporté un prix dans un concours pour une de ses créations. Nous étions si fiers d'elle.

— Parfait ! Nous y voilà...

J'ouvre la porte d'un mouvement ample.

Horreur ! Minnie a changé d'activité. Elle a abandonné ses pots de pâte à modeler pour pianoter de toutes ses forces sur mon ordinateur portable.

— Minnie ! Qu'est-ce que tu fais ? C'est l'ordinateur de maman !

Je fonce pour le lui retirer des mains – et m'aperçois avec stupéfaction qu'elle a fait une enchère de 2 673 333 333 livres pour les chaussures Chloé.

— À Minniie ! crie-t-elle furieuse. Mes chaussuuures !

— Minnie crée des tableaux sur votre portable ? demande Kyla avec un grand sourire.

Je planque aussitôt mon portable derrière mon dos.

— Non, non, elle fait du calcul ! Vous désirez un café ? Minnie, tu te souviens de Kyla ?

Minnie la regarde du haut de ses deux ans et se met à cogner les pots de pâte les uns contre les autres.

— Dorénavant, madame Brandon, je ferai ma propre pâte à modeler, si ça ne vous dérange pas. Je préfère utiliser de la farine bio.

160

Waouh ! De la pâte à modeler faite maison et bio ! C'est l'avantage d'engager une Top Nounou. Vivement que je me retrouve au travail pour fanfaronner un brin !

— Vous commencerez quand les leçons de mandarin ? je demande, car je sais que Luke me posera la question.

Luke tient essentiellement à ce que Minnie apprenne le mandarin. Il ne cesse de me répéter que cela lui sera formidablement utile plus tard. Sûr que c'est cool, mais ça me fait un peu peur. Que va-t-il arriver quand elle parlera couramment et que je ne la comprendrai plus ? Est-ce qu'il faut que, moi aussi, je prenne des leçons ? J'imagine Minnie en ado, m'insultant en mandarin, et moi en train de feuilleter fiévreusement un dictionnaire !

— Tout dépendra de ses dispositions. Avec Eloise, nous avons commencé à dix-huit mois, mais c'était une enfant exceptionnelle. Brillante et comprenant vite. Et déterminée à faire plaisir.

— Elle devait être merveilleuse, dis-je sans enthousiasme.

— Oh ! Absolument. Elle continue à m'appeler tous les jours sur Skype pour sa leçon d'arithmétique et de mandarin. Avant de partir faire sa gymnastique. Car Eloise est également une athlète.

Bon, ras le bol de son Eloise. Arithmétique, mandarin *et* sport. Quelle frimeuse !

Au fait, moi aussi, je peux être excellente à ce petit jeu.

— Oh, vous savez, Minnie est assez surprenante dans son genre. L'autre jour, elle a écrit son premier poème.

Kyla semble enfin impressionnée. Enfoncée, son Eloise !

— Elle a *écrit* un poème ? Elle sait déjà écrire ?

— Elle me l'a récité et je l'ai mis par écrit. C'est un poème de tradition orale.

Kyla se tourne vers Minnie.

— Dis-moi ton poème ! Il est comment ?

Mais Minnie prend son air renfrogné tout en se fourrant de la pâte à modeler dans les narines.

— Elle ne s'en souvient sans doute pas, j'interviens vite. Il était tout simple et très beau.

Sur ce, je m'éclaircis la voix avant de déclamer : « Pourquoi les gouttes de pluie doivent-elles tomber ? »

— Oh ! Magnifique. Déjà plusieurs niveaux de compréhension.

Je fais ma modeste.

— Oui ! Nous allons l'imprimer sur nos cartes de Noël.

— Quelle bonne idée. Au fait, Eloise créait tellement de cartes de Noël qu'elle les vendait au profit d'une œuvre de charité. Elle a remporté le prix de la Philanthropie de son école. Vous connaissez Saint Cuthbert's, à Chelsea ?

C'est l'école où va Ernie. Si sa classe est pleine de petites Eloise, pas étonnant qu'il soit malheureux.

— Fantastique ! Y-a-t-il par hasard quelque chose qu'Eloise ne maîtrise pas ?

L'ironie de ma question semble échapper à Kyla. Elle tapote le menton de Minnie.

— Bon, je pense qu'on va rester ensemble, Minnie et moi, pour mieux faire connaissance. Elle m'a l'air tout à fait vive, mais vous pouvez peut-être me dire si elle a des points faibles. Des petits problèmes.

Pendant un moment je la regarde avec un sourire figé. Je sais ce que Luke m'a dit. Mais il n'est pas *question* que je lui confie : « Oui, on l'a exclue de quatre Grottes du Père Noël, tout le monde pense qu'elle est intenable, et mon mari ne veut pas d'autre enfant à cause d'elle. » Pas après toutes ces louanges sur sainte Éloise.

De toute façon, je ne vais pas dire du mal de Minnie ! Si cette nounou est vraiment top, elle découvrira ses points faibles et les corrigera. Après tout, c'est son boulot.

— Non, fais-je enfin. Pas de problèmes particuliers. Minnie est une enfant adorable et affectueuse, et nous sommes très fiers d'être ses parents.

— Bravo ! s'exclame Kyla en découvrant ses dents de cheval. Et elle mange de tout ? Des légumes ? Des petits pois, des carottes, des brocolis ? Eloise adorait m'aider à préparer un risotto avec les légumes du jardin.

Ben voyons ! Cette gamine doit même avoir une étoile au Michelin !

— Mais oui, je réponds imperturbable. Minnie *adore* les légumes. N'est-ce pas, ma poupinette ?

Minnie n'a jamais avalé une carotte de sa vie. Le jour où j'ai essayé d'en cacher dans un hachis Parmentier, elle a tout mangé, sauf les carottes qu'elle a recrachées une par une à l'autre bout de la cuisine.

Mais pas question de l'avouer à Miss Perfection. En un tour de main, elle va lui faire *adorer* les carottes !

— Vous avez sans doute envie d'aller faire un tour pendant que nous faisons plus ample connaissance, me suggère Kyla. Minnie, tu me montres ta pâte à modeler ?

— Bien, à plus tard.

Je quitte la cuisine, ma tasse de café à la main, et manque de renverser maman qui traîne dans le couloir.

— Maman ! Tu nous *espionnais* ?

— Alors, elle sait chanter « Edelweiss » ? Ou bien elle en est toujours au stade de « Do-ré-mi » ?

Pauvre maman ! Il faut que je lui remonte le moral.

— Écoute, si on allait faire du shopping ? Kyla et Minnie ont leur premier tête-à-tête, et papa reste à la maison en cas de problème.

— Sûrement pas ! Nous sommes ruinés. J'ai été obligée d'annuler ma dernière commande au supermarché en ligne Ocado. Ton père est inflexible : fini les bonnes quiches, fini le saumon fumé… Il nous rationne. Si je vais quelque part, ça sera dans un discount Tout à une livre.

En entendant la voix de maman trembler, je ressens un grand élan de tendresse. Elle est vraiment malheureuse en ce moment. Je vais essayer de lui changer les idées.

— Pourquoi ne pas essayer ce discount ? Ça peut être amusant !

Pendant que j'enfile un manteau, maman téléphone à Janice, qui décide de se joindre à nous. Sur le pas de la porte, je tombe sur Jess, qui nous attend, attifée d'un vieil anorak de ski et d'un jean.

— Salut, Jess ! dis-je en commençant à marcher. Comment va la vie ?

Je ne l'ai pas vue depuis des siècles. Tom et elle sont allés passer la semaine dans le nord-ouest du pays, en Cumbria, et j'ignorais qu'ils étaient rentrés.

— Je deviens folle, râle-t-elle. C'est infernal. Tu as déjà vécu avec Janice et Martin ?

— Euh… Non.

Mais je ne suis pas surprise. Je vois mal Jess et Janice s'entendre.

— Qu'est-ce qui ne va pas ?

— D'abord, elle voulait nous forcer à nous remarier. Maintenant qu'elle a laissé tomber, elle veut que nous ayons un bébé.

— Déjà ? dis-je en me retenant de rire. Vous n'êtes mariés que depuis cinq minutes !

— Oui, mais ça n'empêche pas Janice de nous bombarder d'allusions. Le soir, elle tricote un truc jaune et douillet, en faisant des tas de mystères. Mais j'ai deviné ce que c'est ! Une couverture de bébé !

— Nous voici arrivées, signale maman en atteignant le coin de la rue principale.

À notre droite le discount Tout à une livre, en face le superdiscount Tout à 99 pence. Nous examinons leur façade sans dire un mot.

— On choisit lequel ? demande Janice. Le super est sans doute *légèrement* meilleur marché…

L'œil de maman est irrésistiblement attiré par la boutique Emma Jane Gifts, un de nos magasins favoris, qui vend de somptueux cachemires et des poteries artisanales. À l'intérieur, deux de ses copines bridgeuses nous font de petits signes de la main.

Mais maman résiste à la tentation et, d'un pas de militaire avant la bataille, se dirige vers le magasin discount.

— Janice, j'ai encore quelques exigences, annonce-t-elle du ton digne d'un général qui met son plus bel uniforme pour dîner malgré les bombes qui pleuvent autour de lui. Inutile de nous abaisser jusqu'au superdiscount.

— Comme tu veux ! murmure Janice avec nervosité.

— Tu sais, Becky, je n'ai pas honte qu'on me voie dans cet endroit, me déclare maman. Pourquoi en aurais-je ? Nous inaugurons une nouvelle vie, autant nous y habituer. Si ton père veut que nous survivions en mangeant de la confiture de navets, obéissons !

— Il n'a jamais rien dit de tel !

Maman ne m'écoute pas. La tête haute, elle pénètre dans le magasin. Je regarde Jess, lève les yeux au ciel et lui emboîte le pas.

C'est géant ! Bien plus grand que je ne l'imaginais. Et que de choix ! Maman prend un caddie et le remplit ostensiblement de conserves de viande au rabais.

— Ton père devra adapter ses papilles à son portefeuille ! Une alimentation saine n'est plus dans nos moyens. Les vitamines sont désormais réservées aux super-riches.

— Oh ! Des chocolats au whisky ! Prends-en, maman ! Et du Toblerone !

Tiens ! Une étagère pleine de cotons à démaquiller. Ce serait idiot de ne pas en stocker. Sur le plan des économies, je précise. Il y a aussi des pinceaux à maquillage et des pinces à recourber les cils. Pour une livre ! Je prends un caddie et commence mon shopping.

— Jane ! s'écrie Janice cramponnée à une boîte de lampes solaires de jardin, tu as vu ça ? *Impossible* que ça ne coûte qu'une livre. Je vais demander.

— Janice, tous les articles sont à une livre, je lui rappelle.

Trop tard. Elle a déjà attiré l'attention d'une vendeuse.

— Mademoiselle, quel est le prix de cette boîte, s'il vous plaît ?

La fille lui lance un regard plus que méprisant.

— Une livre !

Janice lui montre un tuyau d'arrosage.

— Et ça ?

— Une livre. Tout est à une livre ici. Au cas où vous n'auriez pas remarqué, le magasin s'appelle Tout à une livre !

Janice semble sur le point de s'évanouir de bonheur.

— Mais, mais... c'est incroyable ! Vous savez ce que ça coûterait chez John Lewis ?

Un cri retentit dans l'allée d'à côté. C'est maman qui brandit une série de boîtes en plastique. Son air de martyre a disparu et ses yeux brillent d'excitation.

— Janice ! Des Tupperware !

Je suis sur le point de les suivre quand je repère un présentoir de ceintures en peau de serpent. À tomber à la renverse ! Des ceintures à une livre ! Ce serait un crime de ne pas en profiter. À côté, une étagère entière de postiches et perruques... Bref, le *paradis* sur terre ! Pourquoi ai-je attendu tout ce temps avant de franchir la porte de cet endroit de rêve ?

Je fourre cinq ceintures et un choix de perruques dans mon caddie, ainsi qu'une sélection de produits de beauté dits de marques célèbres (quoique parfaitement inconnues de moi). En continuant à fouiner, je découvre une gondole intitulée Fournitures d'occasion pour fêtes – Arrivage traiteurs professionnels.

Waouh ! Quelle aubaine ! Il y a un tas de marque-places, de décorations de table amusantes, de trucs en papier. Parfait pour ma fête-surprise.

Plantée devant la gondole, je réfléchis à toute allure. D'accord, faire mes courses pour la fête de Luke dans un discount, c'est moche et radin.

Mais pour *une* livre ? Une seule petite livre. En plus, tout semble en parfait état. Et puis, à mon avis, Luke se moquera pas mal de la provenance.

Autre avantage : moins je dépense pour la décoration et plus il me restera de sous pour le champagne.

L'affaire est entendue ! Je bourre mon panier de tout ce qui me tombe sous la main, marque-places, confettis, distributeur à serviettes, accessoires divers. Au lieu de dire que mes fournitures viennent d'un discount, je vais raconter que je me les suis procurées auprès d'un organisateur de fêtes.

— Tu as besoin d'un second caddie ? demande Jess qui vient de faire son apparition.

— Merci, c'est gentil.

J'ajoute des bougeoirs en carton. Un peu cradingues, c'est vrai, mais personne ne s'en apercevra si les lumières sont tamisées.

— C'est pour la soirée de Luke ? demande Jess en inspectant le contenu de mon caddie. Les préparatifs avancent ?

Malédiction ! Je ne peux pas laisser Jess crier sur tous les toits que les décorations viennent d'un discount.

— Mais, non ! Tu n'y penses pas ! Je cherche juste… des idées. Et toi, tu n'achètes rien ? Pas même des enveloppes recyclées ?

J'aurais pensé que ce discount était l'endroit idéal pour Jess. Elle ne cesse de me faire la morale, de me reprocher de trop claquer, de ne pas acheter en gros, et de ne pas me nourrir d'épluchures de pommes de terre.

— Non, je n'achète plus rien, répond Jess du tac au tac.

Rien ? J'ai dû mal percuter.

— Que veux-tu dire ? Tu fais bien un peu de shopping, non ? Tout le monde achète des trucs.

— Pas moi ! Depuis notre séjour au Chili, Tom et moi avons décidé d'être des non-consommateurs ou presque. Nous vivons uniquement de troc.

167

— De *troc* ? Avec des perles de verre et des zinzins en bois ?

Jess ricane.

— Non, Becky. Tout peut faire l'objet de troc : la nourriture, les vêtements, le chauffage. Si je ne peux pas faire un échange, je m'en passe.

— Mais… avec qui ? Plus personne ne fait de troc. On n'est plus au Moyen Âge !

— Tu serais étonnée. Il y a beaucoup de gens comme nous. Nous avons nos réseaux, nos sites. La semaine dernière, j'ai monnayé six heures de jardinage contre un billet de train. Ainsi, j'ai pu aller à Scully sans rien débourser.

Je la regarde, perplexe. En fait, je suis un peu vexée sur les bords. Nous sommes venues dans ce discount par souci d'économie, et Jess nous fait le coup du mépris en n'achetant rien. *Typique* de sa part ! Bientôt, elle inventera l'antishopping, comme il existe l'antimatière ou l'antigravité !

J'ai soudain une de mes formidables idées.

— Alors… Moi aussi, je pourrais faire du troc ?

— Et comment ! Bien sûr que tu *devrais* ! Tu peux vraiment tout te procurer. Vêtements, nourriture, jouets… Je t'enverrai les adresses des sites que j'utilise le plus.

— Merci !

Ouais ! Folle de joie, je continue à remplir mon panier. Voilà la solution. Je vais utiliser le troc pour la soirée de Luke. Fastoche ! Et ces organisateurs d'événements si chics peuvent aller se faire voir avec leurs budgets astronomiques. Nul besoin de cette engeance quand on dispose d'un discount et d'un site de troc !

Que vois-je ? Les lumières féeriques de *La Guerre des étoiles* ? Deux guirlandes pour une livre ? Et des verres à l'effigie de Yoda ?

Je marque une pause. Et si la soirée avait pour thème *La Guerre des étoiles* ? J'ignore si Luke est un fan de la république galactique, mais je pourrais l'initier. En louant des

D.V.D. et en nous inscrivant au fan-club, je parie qu'il sera au point pour le 7 avril !

Sauf qu'un peu plus loin je tombe sur des guirlandes disco absolument fabuleuses. Et des plateaux en étain à l'effigie du roi Arthur avec gobelets assortis. Me voici tiraillée !

Et si le thème de la soirée était une fusion disco années 1970-roi Arthur ?

Jess me voit prendre des guirlandes disco.

— Tu pourrais en troquer. Ou fabriquer tes propres décorations avec des matériaux recyclés. C'est meilleur pour l'environnement.

— Je vois, dis-je sans perdre ma bonne humeur. De tristes guirlandes en papier journal.

— Pas du tout ! s'exclame-t-elle vexée. Sur le Web, tu trouveras des tas d'idées créatives. Pour recycler du papier d'alu, des bouteilles en plastique...

Du papier d'alu ? Des bouteilles en plastique ? Elle me prend pour qui ? Pour une gamine de six ans ?

— Jess, regarde !

La voix claironnante de Janice nous interrompt. Elle apparaît, un petit paquet à la main.

— Je viens de trouver des vitamines ! De l'acide folique ! C'est recommandé pour les jeunes femmes, si je ne me trompe.

— Seulement si elles ont l'intention d'avoir un bébé, réplique Jess d'un ton glacial.

— Bon, je vais quand même les prendre, fait Janice d'un air décontracté qui ne dupe personne. Oh, incroyable ! Un guide des prénoms ! Mille prénoms pour seulement une livre ! Des noms de garçons et de filles !

— Elle est impayable ! maugrée Jess en croisant ses bras sur sa poitrine, comme pour se protéger.

— Janice, à quoi va te servir un guide des prénoms ? je demande.

169

— Euh, fait-elle en rougissant et en nous regardant Jess et moi à tour de rôle, on ne sait jamais…

— Moi, je *sais* ! explose Jess. Écoute, Janice, je ne suis pas enceinte. Et je ne *vais* pas tomber enceinte. Tom et moi avons décidé que le jour où nous fonderons une famille, nous adopterons un enfant défavorisé d'Amérique du Sud. Ce ne sera plus un bébé et il portera le prénom de son pays. Alors tu peux garder ton acide folique et ton guide de prénoms !

Elle sort du magasin comme une furie, nous laissant, Janice et moi, comme deux ronds de flan.

Un gamin sud-américain, voilà qui est cool !

— Est-ce qu'elle a dit… *adopter* ? demande Janice d'une voix chevrotante.

— Je trouve que c'est une idée fabuleuse.

Et, m'adressant à maman qui remplit son caddie de fleurs séchées, je m'exclame :

— Maman, tu entends ? Jess va adopter un enfant sud-américain.

— Oh, fait maman. C'est merveilleux.

— Et tout ce que j'ai tricoté, alors ? dit Janice au bord des larmes. Toute cette layette jaune et blanc qui va aussi bien pour un garçon que pour une fille. Et les petits costumes de Noël de la taille trois mois à six ans ?

Une chose est sûre : Janice est raide dingue.

— Janice, personne ne t'a rien demandé ! Tu peux tout offrir à une œuvre de bienfaisance.

En lui balançant ma remarque, j'ai l'impression d'être aussi vache que Jess. Enfin, franchement ! Il n'y a que Janice pour avoir commencé à tricoter de la layette avant même que Tom et Jess soient fiancés !

— Je vais parler à Tom, décide Janice sur-le-champ. Pour faire plaisir à Jess, il lui passe tous ses caprices. Mais je suis persuadée qu'il voudra un enfant à lui. Pour transmettre les gènes ancestraux. Tu sais, la famille de Martin date de l'époque de Cromwell. Il a fait établir son arbre généalogique.

— Janice, si j'étais toi, je ne m'en mêlerais *vraiment* pas...

À cet instant son regard zoome sur un présentoir.

— Des gants de jardinage matelassés ! Pour une livre !

La bonne humeur règne sur le chemin du retour. Bien sûr, nous avons été obligées de prendre un taxi à cause du nombre de paquets – mais on a économisé tellement d'argent qu'on pouvait s'offrir la course. Mathématique !

Au lieu de nous parler de bébés et de gènes ancestraux Janice exhibe tous ses achats.

— Un kit dentaire avec un miroir : une livre ! Un billard miniature : une livre !

Inutile de dire que nous sommes supposées nous exclamer en chœur.

Maman, elle, a fait une razzia sur le stock de Tupperware, d'ustensiles de cuisine, de casseroles géantes, de bouteilles de shampoing l'Oréal (étiquettes en polonais), de fleurs artificielles. Sans oublier une énorme boîte de cartes d'anniversaire et un balai-éponge ultracool avec son manche à rayures roses, que Minnie va adorer.

Moi, au dernier moment, je suis tombée sur une cargaison de cintres en bois vraiment chouettes. Trois pour une livre, ça, c'est une affaire. Partout ailleurs, ils coûtent au moins deux livres pièce. J'en ai acheté cent.

Le chauffeur de taxi nous aide à décharger et à tout poser dans l'entrée.

— Eh bien, après ce dur labeur, je suis crevée ! s'exclame maman. Tu veux une tasse de thé, ma puce ? Avec une gaufrette ?

Elle fouille dans un des nombreux paquets au moment où papa sort de son bureau. Il se fige, l'air ahuri.

Voir dix-sept paquets d'un coup à de quoi surprendre. Surtout quand on ne s'y attend pas.

— C'est quoi tout ce bazar ? demande-t-il enfin.

— On vient du discount Tout à une livre, je réponds toute contente. On a fait du bon boulot !

Papa lève les yeux au ciel.

— Jane, on doit *économiser* l'argent, pas le jeter par les fenêtres.

Maman se redresse, les joues en feu.

— J'ai économisé de l'argent ! Nous venons du magasin discount, tu as entendu ?

— Je vois que tu as dévalisé l'endroit ! Il leur reste quelque chose en rayon, au moins ?

Maman laisse échapper un énorme soupir genre « jamais de toute ma vie je n'ai autant été insultée ».

— Graham, s'énerve-t-elle, j'ai acheté du hachis Parmentier en boîte et des biscuits en promotion, puisqu'on ne peut plus se permettre de commander en ligne chez Ocado.

Elle lui fourre une gaufrette sous le nez.

— Tu sais combien elles coûtent ? Cinq paquets pour une livre ! Tu appelles ça gaspiller l'argent ?

— Jane, je ne t'ai pas interdit d'aller chez Ocado. Tout ce que j'ai dit…

— La prochaine fois, j'irai au superdiscount Tout à 99 pence ! Ou, encore mieux, à l'hyper discount Tout à dix pence ! Ce jour-là, tu seras content ! Mais, au fond, peut-être que tu préfères te charger des courses ? Tu verras comme c'est facile de se débrouiller avec rien pour nourrir et vêtir une famille.

Papa laisse échapper un ricanement.

— Nourrir et vêtir ? Dis-moi en quoi cet objet participe à la survie de notre famille ? dit-il en s'emparant du balai-éponge à manche rose.

— On ne peut donc plus se soucier de l'hygiène de la maison ? Ni se permettre de laver les sols ?

— On peut les laver avec les centaines de balais de toutes sortes qui sont rangés dans ce placard. Si jamais je vois un autre de ces gadgets inutiles...

Bien. Très bien. Il est temps que je prenne la poudre d'escampette pour échapper à ce duel où chaque participant commence par dire : « D'ailleurs, Becky est d'accord avec moi, hein, ma puce ? »

Surtout, je meurs d'envie de voir comment Kyla et Minnie s'entendent.

Voilà deux heures qu'elles sont ensemble. Kyla a eu le temps d'avoir une influence positive sur Minnie. Elle a peut-être commencé le mandarin ou le français. Ou la broderie au petit point !

J'avance sur la pointe des pieds, espérant entendre Minnie chanter un madrigal, ou compter « un, deux, trois » en français avec un accent parfait, ou même se livrer à un exercice de calcul mental. Rien de tout ça. Derrière la porte, Kyla ne cesse de répéter : « Allez, Minnie. *Allez*, Minnie. »

On dirait qu'elle est un peu lasse. Bizarre. Je l'avais cataloguée parmi ces gens nourris de jus de brocoli au pep inépuisable.

— Salut ! dis-je en entrant. Je suis de retour.

Oh-oh ! Qu'est-ce qui se passe ? Kyla a perdu son dynamisme. Elle a le cheveu défait, les joues cramoisies, et sa blouse est maculée de purée.

En revanche, Minnie trône dans sa chaise haute, une assiette devant elle, avec une mine plus que réjouie.

— Alors ? La matinée a été bonne ?

— Excellente.

Kyla sourit, mais d'un sourire automatique, sans aucune joie dans le regard. Si ses yeux pouvaient parler, ils diraient : « Enlevez-moi d'ici, tout de suite ! »

Je préfère ne pas comprendre. Ni le langage de ses yeux. Ni celui de ses mains qui agrippent le dossier de la chaise.

— Alors, vous avez commencé les langues étrangères ?

— Pas encore, répond-elle, toute denture dehors. En fait, j'aimerais bien vous parler un instant.

J'ai envie de lui répliquer : « Non, commencez plutôt le mandarin ! » et de décamper à toutes jambes. Mais ce serait fuir mes responsabilités.

— Bien sûr, je réponds de mon sourire le plus charmeur, qu'est-ce qui se passe ?

— Madame Brandon, attaque Kyla en s'avançant vers moi, Minnie est une enfant intelligente et pleine de charme. Mais nous avons eu quelques... problèmes.

— Vraiment ? dis-je de mon air le plus innocent. Quel genre de problème ?

— Par moments, Minnie se montre rebelle. C'est normal chez elle ?

Je me frotte le nez pour gagner du temps. Si j'admets qu'il n'y a pas plus rebelle que Minnie, je donne à Kyla toutes les excuses du monde de ne pas avoir réussi. Alors qu'elle est là pour la mater. D'ailleurs, pourquoi n'est-ce pas déjà fait ?

De plus, tout le monde sait qu'on ne doit pas mettre des étiquettes sur les enfants ! Ça leur donne des complexes.

— Rebelle ? Non, ce n'est pas du tout le genre de Minnie. Avec moi elle est d'une facilité extraordinaire, je précise pour enfoncer le clou. Minnie, tu es un petit ange avec maman, n'est-ce pas ?

— Je vois, dit Kyla, plus dépassée que jamais. Bon, c'est encore trop tôt, n'est-ce pas, Minnie ? Autre chose, ajoute-t-elle en baissant la voix, elle refuse de manger des carottes. Je suis sûre que c'est un jeu. Vous m'avez dit qu'elle mangeait des carottes, si je me souviens bien.

J'hésite une fraction de seconde.

— Oh, absolument. Toujours. Allons, Minnie, mange tes carottes !

Je m'approche de Minnie et regarde dans son assiette. Le poulet et la purée ont à peu près disparu, mais reste un

174

beau tas de carottes cuites à point. Minnie les regarde comme si elles étaient porteuses de la peste noire !

— Je ne comprends pas où j'ai dérapé, avoue Kyla, l'air très embêtée. Je n'ai jamais eu ce genre de difficulté avec Eloise…

— Pourriez-vous m'attraper une tasse dans le vaisselier ? je demande à Kyla.

Profitant de ce qu'elle a le dos tourné, je fourre une carotte dans ma bouche et l'avale d'un coup.

— Minnie vient d'en manger une !

— *Vraiment ?* dit Kyla en se retournant aussitôt. Mais j'essaie en vain depuis un quart d'heure.

— Vous y arriverez, j'en suis sûre. Oh, pourriez-vous me descendre aussi une carafe ?

J'engouffre aussitôt une autre carotte. Hum ! Délicieuse.

— Elle en a mangé encore une ? demande Kyla en comptant ce qui reste dans l'assiette.

Heureusement, je mastique vite !

— Oui, je réponds en déglutissant. Bravo, Minnie ! Allons, mange le reste pour faire plaisir à Kyla !

Je me dépêche d'aller à l'autre bout de la cuisine pour préparer du café. Derrière moi, j'entends la voix encourageante de Kyla.

— Allons, Minnie. Y'a bon les carottes ! Tu en as déjà mangé deux ! Voyons à quelle vitesse tu peux finir ton assiette !

— Noooon ! hurle Minnie en envoyant valser sa fourchette. Pas caroooottes !

L'enfer ! Dans une seconde elle va se mettre à lancer les morceaux dans toute la pièce !

Une intervention d'urgence s'impose.

— Kyla, soyez gentille et montez les paquets dans ma chambre, s'il vous plaît. Ils sont dans l'entrée. Je vais surveiller Minnie.

— Avec plaisir, fait-elle en s'essuyant le front.

Dès qu'elle a disparu, je me précipite auprès de ma fille et j'enfourne toutes les carottes dans ma bouche. Bon sang ! Qu'est-ce qui lui a pris d'en préparer une *tonne* ? Je peux à peine fermer mes mâchoires et pas question de mâcher.

— Becky ?

Je me fige en entendant Kyla derrière moi.

— Votre mère m'a demandé d'apporter ces sacs dans la cuisine, vous êtes d'accord ?

Que faire ? J'ai la bouche archipleine.

Heureusement, je lui tourne le dos. Elle ne peut pas voir mon visage.

— Hummmmm, je bredouille.

Kyla laisse tomber tous les sacs.

— Mon Dieu ! Elle a tout mangé ! Si rapidement ! Comment elle a fait ? Elle les a englouties ?

— Meuuuuuuuu, je grogne en détournant la tête.

Comme Kyla s'approche maintenant de la chaise haute, je m'éloigne vivement vers la fenêtre et fais comme si j'étais fascinée par le jardin. Quel calvaire ! J'étouffe, je suffoque, je m'asphyxie. Je tente d'avaler une petite bouchée, puis une autre...

— *Impossible !*

Kyla se manifeste à cinquante centimètres de moi. Elle inspecte mon visage. Comment a-t-elle réussi à rappliquer sans attirer mon attention ? Je jette un rapide coup d'œil à mon reflet dans le frigo.

Aïe ! J'ai un gros bout de carotte collé sur ma lèvre !

Kyla et moi, nous nous dévisageons en silence. Je n'ose rien faire.

— Minnie n'a pas mangé ses carottes, n'est-ce pas ?

Son ton est poli, mais je la sens agacée.

Que dire ? Si j'ouvre la bouche, les carottes vont fuser partout.

— Peut-être que je l'ai aidée. Juste un peu.

Kyla se tourne vers Minnie puis revient vers moi. Son ton est nettement plus sarcastique.

— J'ai la nette impression qu'elle n'a pas non plus écrit de poème. Madame Brandon, si vous voulez que je sois efficace dans cette maison, il faut me dire la vérité. Être honnête avec moi. Mais visiblement, c'est trop demander. Navrée, Minnie. J'espère que tu trouveras une nounou avec qui tu t'entendras bien.

Consternée, je commence à balbutier.

— Vous ne pouvez pas *partir*...

Mais trois carottes jaillissent de ma bouche pour atterrir sur le carrelage.

La honte !

De : cathy@topnounous.co.uk
À : Becky Brandon
Sujet : Re : Petit service
Date : 8 février 2006

Chère madame Brandon,

Merci pour votre message téléphonique. Nous sommes désolées que vous ne vous soyez pas entendue avec Kyla.

Nous sommes au regret de vous dire qu'il nous est impossible d'accéder à votre demande. En effet, fournir aux membres de notre personnel des Post-it pour leur rappeler que, au cas où votre mari téléphonerait, Kyla « s'est cassé une jambe » paraît peu réalisable.

Il nous est également difficile de vous envoyer une autre nounou qui « ressemble à s'y méprendre à Kyla » dans les meilleurs délais.

Appelez-moi si vous désirez plus d'informations sur le sujet.

Cordialement,

Cathy Ferris
Directrice Top Nounous

OXSHOTTMARKETPLACE.COM

Le site officiel des habitants d'Oxshott qui aiment le troc
C'est gratuit, c'est amusant, c'est pour tous !!!

ARTICLES DIVERS :

Ref10057 :

Recherche : Grande tente pour 200 personnes (location d'une nuit).

Offre : Deux sacs à main Marc Jacobs, très cool, excellent état.

Contact : Becky B.

Cliquer pour plus de renseignements et photos.

Ref10058 :

Recherche : Piste de danse lumineuse (location pour une soirée).

Offre : 20 trousses d'échantillons : Clarins, Lancôme, Estée Lauder. État neuf.

Contact : Becky B.

Cliquer pour plus de renseignements et photos.

Ref10059 :

Recherche : Sac de couchage en lin bio et tente.

Offre : 16 bouteilles de vin de pêche fait maison.

Contact : Jess Webster.

Cliquer pour plus de renseignements. Photos non disponibles.

Ref10060 :

Recherche : 100 bouteilles de champagne.

Offre : Machine Power Plate, neuve, jamais essayée et appareil abdominal Fitness Stepper complet avec corde à sauter + D.V.D. et méthode Être en forme en trois jours.

Contact : Becky B.
Cliquer pour plus de renseignements et photos.

Ref10061 :

Recherche : feu d'artifice (avec bouquet final comprenant l'inscription « Joyeux anniversaire Luke » dans le ciel).

Offre : Authentique bar Arts déco, provenance antiquaire de Manhattan, shakers inclus.

Contact : Becky B.
Cliquer pour plus de renseignements et photos.

Voir 5 pages suivantes.

SERVICE CENTRAL
DE POLITIQUE MONÉTAIRE

5e étage
180, Whitehall Place
Londres SW1

Madame Rebecca Brandon
The Pines
43, Elton Road
Oxshott
Surrey

10 février 2006

Chère Rebecca,

Merci pour votre lettre du 8 février, ainsi que pour toutes vos suggestions.

La pratique du troc pourrait en effet aider l'économie nationale. J'ignore cependant comment le ministre pourrait échanger des « vieilleries qui traînent dans nos musées » contre des « tonnes de fromages français que nous pourrions tous partager ».

Je pense également qu'il serait impraticable d'échanger un « membre éloigné de la famille royale » contre des vêtements de J. Crew pour tous.

Je vous remercie néanmoins du vif intérêt que vous portez aux finances du Royaume-Uni.

Bien à vous,

Edwin Tredwell
Directeur des recherches financières

10

Quelle horrible agence ! J'ai envie de me plaindre auprès du médiateur des nounous. Ces agences devraient garder leurs informations *confidentielles*. Être tenues au secret. Alors qu'apparemment l'histoire de la maman et de ses carottes a été relayée auprès de tous les organismes de nounous du pays. Effondrée, Suze m'a téléphoné pour me dire qu'à St Cuthbert's tout le monde en parle et que d'ailleurs la ville entière cancane sur le sujet. Avec un changement à la fin : dans la nouvelle version, Kyla et moi nous nous jetons des carottes à la figure.

Luke n'est toujours pas convaincu. Pourtant je lui ai seriné que Kyla n'était pas pour nous. Et comme Top Nounous a « du mal » à trouver une remplaçante, j'ai été forcée de demander à maman de nous donner un coup de main. Elle a pris un air vexé pour me répondre : « Tiens, tout à coup, je suis assez bien pour vous ! »

Ce n'est pas tout ! Le cycle infernal continue. Hier, j'ai déballé mes bonnes affaires du magasin discount. D'abord les marque-places. Pour découvrir qu'ils portaient l'inscription : *Joyeux Anniversaire, Mike* ! Les deux cents marque-places, sans exception !

Alors j'ai envisagé de donner à Luke un surnom. Ce serait Mike. Après tout, pourquoi mon mari n'aurait-il pas de petit nom ? Mike, c'est mignon, non ? Si je lui envoyais des petits mails gentils commençant par « Mikey chéri », si je demandais aux parents de l'appeler Mike, si je poussais des petits « Oh, Mike ! Oh, Mike ! » en faisant l'amour, je pourrais l'habituer d'ici à la soirée.

Mais comme *tous* les porte-serviettes sont marqués *Félicitations, Lorraine*, j'ai laissé tomber.

Il y a quand même certains événements positifs dans ma vie. Mon troc marche du feu de Dieu ! Incroyable ! Jess a raison. Pourquoi acheter dans les magasins, alors qu'on peut tout échanger ? Mes annonces m'ont valu une flopée de réponses et, ce soir, j'ai plusieurs rendez-vous. À ce train, l'organisation de ma soirée sera bouclée vite fait et sans me coûter un penny !

Jess m'a envoyé des adresses de sites de décoration écologique : parmi un fatras d'idées plutôt nulles, j'ai trouvé un truc assez cool. On découpe des sacs en plastique en fines lanières pour en faire des pompons. Et ça a de l'allure ! En plus d'être gratuit ! Chaque fois que Luke n'est plus dans les parages, je me lance dans leur fabrication. Heureusement, je dispose d'un grand stock de sacs. Les pompons de Selfridges, blanc et jaune clair, sont épatants. Les verts de Harrods ont une classe folle. Mais il m'en faudrait des blancs. (Je vais devoir faire des courses à l'épicerie de Harvey Nichols. Plus cher qu'ailleurs, mais c'est le prix à payer pour être écolo.)

Autre raison de me réjouir : notre nouveau projet de maison avance. Je profite de mon heure de déjeuner pour emmener Suze la visiter. Première constatation : elle est encore plus belle que dans mon souvenir.

— Bex, je l'adore ! crie Suze en descendant l'escalier à toute vitesse. Elle est si lumineuse ! Et le premier étage est si vaste ! Avec toutes ces chambres ! On dirait qu'il en sort de partout.

— Incroyable, non ? dis-je fièrement.

— Les architectes font parfois des miracles. Alors, aucun pépin, aucun problème ?

Pauvre Suze ! Je lui ai raconté au détail près toutes nos péripéties concernant les précédentes maisons.

— Tout baigne ! On signe un compromis la semaine prochaine et quinze jours plus tard l'acte de vente. On a déjà retenu les déménageurs. Cette fois-ci est la bonne.

— Tu dois être tellement soulagée, dit-elle en me prenant dans ses bras. Je n'arrive pas à croire que vous allez enfin avoir un chez-vous !

— Tu peux le dire ! Allez ! Viens dehors !

Nous traversons la pelouse pour nous rendre au fond du jardin où s'élève un immense chêne. Il y a également une balançoire et un portique d'agrès au-dessus d'un parterre d'écorces.

Suze s'assied sur la balançoire et commence à bouger d'avant en arrière.

— Tes enfants seront ravis de venir jouer ici !

— Ils vont adorer.

Ce qui me fait penser à mon filleul.

— Comment ça va avec Ernie ? La fameuse réunion ?

— Elle n'a pas encore eu lieu, grimace Suze. J'ai la pétoche. La semaine prochaine, je dois me rendre à l'école pour une expo et je sens que la directrice va me mettre le grappin dessus...

Après une pause, elle reprend.

— Oh, Bex, j'ai une idée ! Viens avec moi ! Tu feras tampon. Si tu es présente, elle ne pourra pas y aller trop fort.

— Pas de problème !

Franchement, j'ai hâte de me colleter avec cette bonne femme !

— Il s'agit d'une exposition d'art. Les œuvres des élèves. On les regardera en buvant un café. Avant de faire une donation à l'école.

— Mais tu paies déjà des frais de scolarité. On te demande de l'argent en plus ?

Suze décide de m'expliquer le processus de A à Z !

184

— Ça *commence* par les frais de scolarité. Suivent différentes contributions à des œuvres de bienfaisance et des collectes pour les professeurs. Je passe ma vie à signer des chèques.

— Et en plus, ils ne sont pas sympa avec toi !

Suze prend une mine dépitée.

— Oui, mais c'est une très bonne école.

Toutes ces histoires de scolarité me hérissent le poil. Pour Minnie, j'espère trouver une autre solution. Peut-être faire son instruction à la maison. En fait, pas à la maison proprement dite, ce serait d'un ennui mortel. Je lui donnerais ses leçons chez… Harvey Nicks ! Génial ! Je me vois déjà assise à une petite table, dégustant un cappuccino en lisant à Minnie les articles culturels des journaux. On ferait des additions avec les morceaux de sucre et de la géographie dans les stands d'ameublement international. On m'appellerait La Fille qui Éduque son Enfant chez Harvey Nicks et je lancerais la mode de la « scolarisation dans les magasins »…

— Bex !

Suze a cessé de se balancer et examine mon haut en velours d'un air soupçonneux.

— C'est mon haut, non ? Celui que je t'ai prêté quand on a emménagé ensemble ?

Elle quitte la balançoire.

— Quand je t'ai demandé de me le rendre, tu m'as dit qu'il avait brûlé accidentellement dans un feu de jardin ?

— Euh…, fais-je en reculant.

L'histoire me rappelle vaguement quelque chose. Pourquoi lui avoir dit qu'il avait brûlé ? Ah, oui ! Mais c'est si vieux !

Suze s'approche de moi pour le toucher.

— Je le reconnais, un haut Monsoon ! Fenny me l'a prêté, et je te l'ai prêté, et tu as prétendu que tu ne le trouvais plus et puis tu as dit qu'il avait brûlé ! Si tu savais le cirque que Fenny m'a fait.

— Je vais te le rendre ! je m'empresse de proposer.
Désolée.

Elle me dévisage, incrédule.

— Je n'en veux plus ! Au fait, pourquoi est-ce que tu
l'as mis ?

— Il était dans mon placard. J'ai accepté de porter
toutes mes affaires trois fois avant d'acheter de nouvelles
fringues.

— *Quoi ?* s'étonne Suze. Mais… pour quelle raison ?

— Après la faillite de la banque. J'ai conclu un marché
avec Luke. Il ne s'offre pas de nouvelle voiture et moi,
je ne m'offre pas de nouvelles affaires. Pas avant octobre
prochain !

Suze a l'air inquiète.

— Mais Bex, c'est très mauvais pour ta santé ! N'est-ce
pas *dangereux* d'être en manque ? J'ai vu ça à la télé. Les
gens se mettent à trembler et ils ont des trous de mémoire.
Tu t'es déjà sentie bizarre ?

Je suis sidérée.

— Absolument ! L'autre jour, en passant devant les
soldes de Fenwick, j'ai titubé.

Miséricorde ! J'ignorais que, en renonçant à faire des
courses, je mettais ma santé en jeu. Je devrais peut-être
consulter un médecin.

— Et pour la soirée de Luke ?

— Chut ! dis-je, soudain parano en inspectant les alen-
tours. N'en parle à personne ! Qu'est-ce que tu veux
savoir ?

— Tu ne vas pas t'acheter une nouvelle robe ?
murmure Suze.

— Bien sûr que si…

Et je stoppe net.

Je n'y avais même pas pensé. C'est vrai que je n'ai pas
le droit de m'acheter une nouvelle robe pour la soirée de
Luke. Ce serait rompre notre accord.

— Non. Il faudra que je mette un truc que j'ai déjà. Une promesse est une promesse.

J'ai soudain un coup de déprime. Non pas que je donne une soirée juste pour avoir une nouvelle robe. Mais quand même !

— Alors… Les préparatifs avancent ?

— Impecc' ! dis-je d'un ton un peu sec. Je t'enverrai une invitation dès qu'elles seront prêtes.

— Parfait ! Et… tu as besoin d'un coup de main ?

— Pas du tout ! Pourquoi aurais-je besoin d'aide ? Je maîtrise parfaitement la situation.

Tu vas être bluffée, ma petite Suze ! je pense. *Attends un peu de voir mes pompons !*

— Je suis ravie, tout sera sûrement extra.

Elle recommence à se balancer, en évitant mon regard.

Elle ne me croit pas ! C'est évident ! Je suis sur le point de la défier quand j'entends un cri.

— Les voilà ! Les voilà, les diables !

Un homme entre deux âges, le visage rouge, sort de la maison voisine en gesticulant.

— C'est qui ? demande Suze.

— Aucune idée. On n'a pas encore rencontré nos voisins. L'agent immobilier nous a parlé d'un vieux. Il paraît qu'il est malade et ne sort jamais de chez lui.

— Vous désirez ? je demande d'une voix forte.

— Ce que je désire ? répète-t-il l'œil brillant. Je désire que vous m'expliquiez ce que vous avez fait à ma maison ! Je vais appeler la police !

Suze et moi nous regardons, interloquées. Vais-je emménager avec ma famille à côté d'un malade mental ?

— Je n'ai pas touché à votre maison !

— Alors qui a volé mes chambres ?

Quoi ?

En faisant irruption dans le jardin, notre agent immobilier m'évite de répondre. Il s'appelle Magnus, porte un costume à rayures blanches et parle toujours à voix basse sur un ton de conspirateur.

— Madame Brandon, je m'occupe de lui. Quelque chose ne va pas, monsieur... ?

— ... Evans.

Il s'avance vers Magnus, et les deux hommes entament une conversation au-dessus de la haie dont je ne saisis pas grand-chose. Si ce n'est quelques mots au hasard comme *procès, scandaleux, vol manifeste.*

Atterrée, je demande à Suze :

— Tu crois qu'il y a un gros problème ?

Elle tente de me rassurer.

— Mais non ! Juste un malentendu entre voisins. Le genre qui s'arrange autour d'une tasse de thé. Il est peut-être question de... la haie, ajoute-t-elle vivement en voyant Evans menacer Magnus de son poing.

— Tu crois qu'il ferait autant de ramdam pour une histoire de haie ?

Evans se met à crier plus fort, et des bribes de phrases me parviennent.

— ... *Je vais prendre un gros marteau... Ces satanés diables doivent être punis...*

— Très bien.

Magnus, blanc comme un linge, s'avance en courant vers nous.

— Madame Brandon, il y a un petit malentendu au sujet des chambres de votre propriété. D'après votre voisin, plusieurs d'entre elles ont... été enlevées de sa propriété.

Quelque chose m'échappe, c'est évident.

— Vous pouvez m'expliquer ?

— Il pense qu'on a percé le mur adjacent et... dérobé ses chambres. Trois, pour être précis.

— Je *savais* que c'était trop grand, commente Suze.

— Mais vous nous avez dit qu'il y avait huit chambres ! C'était inscrit dans la brochure.

Magnus a l'air de plus en plus mal à l'aise.

— Effectivement. Le promoteur nous a assuré qu'il y avait huit chambres et nous n'avons pas cru bon de le mettre en doute...

— Vous voulez dire qu'il a défoncé les murs du voisin et s'est approprié les chambres sans que personne vérifie ?

— À mon avis, le promoteur a obtenu les autorisations nécessaires de la municipalité...

— Bien sûr ! l'interrompt Evans en surgissant soudain, furieux d'être exclu de notre conciliabule. En faisant des faux et en graissant des pattes ! Je reviens des États-Unis, monte au premier pour piquer un roupillon et qu'est-ce que je vois ? La moitié de l'étage a disparu ! Condamné ! On est venu et on m'a volé mon bien !

— Personne n'a rien remarqué ? demande Suze d'un ton accusateur. Vous les avez laissés faire sans réagir ?

Evans devient écarlate, ses yeux tournent au jaune moutarde. Il en est effrayant.

— Mon père est sourd et presque aveugle. Son infirmier ne fait que passer, un point, c'est tout. Ces gens sont des vautours.

— Je n'y suis pour rien ! je m'exclame. Je n'étais pas au courant ! Reprenez vos chambres si ça vous chante ! Ou alors... on pourrait vous les racheter. Je suis pressée par le temps, très pressée, voyez-vous. Nous vivons chez mes parents et nous avons une petite fille de deux ans...

Je fais les yeux doux à Evans en espérant l'attendrir, mais ne réussis qu'à le rendre encore plus fou furieux.

— Je vais appeler mon avocat.

Il fait demi-tour et fonce chez lui.

— Et maintenant, qu'est-ce qui va se passer ?

Magnus n'a pas le courage de me faire face. Il regarde ses souliers boueux.

— Ça risque d'être compliqué. Nous devrons consulter les actes notariés, prendre un conseil juridique, la maison devra sans doute être remise dans son état d'origine, ou bien nous trouverons un compromis avec M. Evans. Vous gagneriez certainement un procès contre le vendeur, vous pourriez le poursuivre pour fraude...

Je suis accablée. Je me fiche bien de poursuivre le vendeur pour fraude. Ce que je veux, c'est une maison.

— On ne signera donc rien la semaine prochaine ?

— Non, tout est annulé pour le moment.

— Mais il nous faut une maison ! C'est la cinquième fois que les choses se passent mal.

Magnus sort son portable.

— Excusez-moi, je dois prévenir notre service juridique.

Tandis qu'il s'éloigne, je regarde Suze. Pendant quelques instants, nous nous taisons.

— Incroyable ! Nous avons vraiment la *poisse*.

Suze tente d'être optimiste.

— Ça va s'arranger. Tout le monde va se faire des procès et tu récupéreras la maison. Pense au bon côté, Bex : si tu es *obligée* de rester avec ta mère un peu plus longtemps, elle va être folle de joie.

— Au contraire ! Elle va être furieuse. Contrairement à ce que je pensais, le syndrome du nid vide ne la touche pas du tout.

— Comment ? Je croyais que vous alliez lui manquer affreusement et qu'elle serait au bord du suicide.

— De la comédie, oui ! Elle n'espère qu'une chose : qu'on déguerpisse ! Tout le voisinage attend notre départ.

Je me prends la tête dans les mains.

— Comment m'en sortir ?

Nous nous taisons en contemplant le jardin aux couleurs hivernales.

On pourrait squatter quelque part. Ou dresser une grande tente dans le jardin en espérant que personne ne nous remarquera. Ou vivre selon le mode alternatif dans une yourte. Retour à une nature très nature. Je m'appellerais Arc-en-ciel, Luke serait Le Loup et Minnie, Roule-sur-l'herbe-en-chaussures-à-brides.

— Alors, qu'est-ce que tu vas faire ? demande Suze.

Elle interrompt ma rêverie – moi assise près d'un feu de bois, Luke fendant des bûches, vêtu d'un vieux pantalon de cuir avec Le Loup tatoué sur ses phalanges.

— Je ne sais pas, je réponds. Je trouverai bien une idée.

Quand je rentre à la maison, maman et Minnie sont en tablier dans la cuisine, occupées à glacer des cupcakes. (Maman a trouvé le nécessaire à glaçage au discount. Ainsi que les gâteaux.) Elles sont tellement absorbées qu'elles ne me remarquent pas. Alors, j'ai le plus étrange des flash-back : Elinor dans la cabine d'essayage, vieille, triste, me demandant de lui amener sa petite-fille.

Elle n'a pas vu Minnie depuis qu'elle était dans son berceau. Elle a raté la *majeure* partie de la vie de notre poupinette. C'est sa faute, et je sais qu'elle n'est qu'une garce. Mais quand même...

Je ne sais quoi faire. Minnie a-t-elle intérêt à la connaître ? Non pas qu'Elinor soit du genre grand-mère gâteau. Mais elles pourraient passer du temps ensemble. S'occuper. Feuilleter les catalogues Chanel, par exemple.

Saupoudrer les cupcakdes de vermicelles en sucre absorbe tellement l'attention de Minnie que je n'ose pas la déranger. Son petit nez est plissé, ses joues sont rosies par l'effort et couvertes de vermicelles et de crème. Je fonds en la regardant. Je pourrais passer des heures à l'observer. Soudain, elle m'aperçoit et son petit visage s'illumine.

— Maman ! Des vamicelles ! crie-t-elle en agitant le pot.

— Bravo, Minnie ! Tu en as fait, des jolis gâteaux !

Je la prends dans mes bras pour l'embrasser. Un baiser gourmand, vu la couche de sucre glace répandue sur tout son visage... et dans toute la cuisine.

— Mange ! m'ordonne-t-elle en m'offrant un gâteau. Mange vamicelles !

Elle le fourre dans ma bouche.

— Miam-miam ! dis-je en riant.

Maman lève le nez de sa poche à douille.

— Alors, Becky, comment était la maison ?

— Oh ! Superbe !

Ce qui est relativement vrai. Elle est superbe, sauf qu'une moitié a été volée !

— Vous êtes toujours prêts à déménager ?

Je me frotte le nez, et quelques vermicelles tombent par terre.

— Il risque d'y avoir un *peu* de retard.

Maman se fige.

— Un retard ? Beaucoup de retard ?

— Oh, je ne sais pas encore. Sans doute rien du tout.

J'observe la réaction de maman. Ses épaules se raidissent, ce qui n'est pas bon signe.

— Bien sûr, s'il *devait* y avoir un retard, vous resteriez ici. C'est évident.

Mon Dieu ! Sainte et martyre ! Je ne supporte pas son attitude.

— J'espère ne pas en arriver là. Mais si c'est le cas… on pourra toujours… louer un truc.

J'ai eu tort de prononcer le mot. Elle se jette dessus tel un requin flairant du sang.

— *Louer* ? Pas question ! Tu ne vas pas dépenser de l'argent pour rien !

Maman est l'ennemie des locations. C'est une maladie chez elle. Chaque fois que Luke et moi avons voulu louer une maison, elle a pris ça pour une insulte personnelle. Et quand je fais remarquer qu'« en Europe, louer est banal », elle renifle et laisse tomber : un « Ah ! L'Europe ! » tonitruant.

Délaissant ses gâteaux, elle me regarde droit dans les yeux.

— Becky, tu as un problème ? Tu déménages, oui ou non ?

Impossible de lui avouer la vérité. Il va falloir qu'on bouge. D'une façon ou d'une autre.

— Bien sûr que nous partons d'ici ! J'ai seulement dit qu'il y aurait *peut-être* un peu de retard. Mais tu verras : dans trois semaines on sera loin.

Je me précipite hors de la cuisine sans lui laisser le temps de me poser d'autres questions.

Bon. Je dispose de trois semaines pour trouver une solution. Ou acheter une yourte.

Elles sont chères, ces fichues yourtes ! J'ai cherché sur le Web : des milliers de livres juste pour de la toile goudronnée. Je ne suis pas sûre que ce soit une bonne idée. En fait, je ne suis *sûre* de rien.

Mais ce n'est pas le moment d'y penser, car je vais me livrer à mon premier troc. Les parents sont sortis, Luke a un dîner d'affaires, Minnie est couchée, la voie est donc libre. Je suis excitée comme une puce. Une nouvelle vie commence. Consommation zéro, écolo, troc dans le voisinage. Une vie *modèle*. Je n'irai sans doute plus jamais faire des courses. On me surnommera La Fille qui ne fait jamais de Courses.

Ma première « cliente », Nicole Taylor, doit venir à 19 heures avec une tente en échange de deux sacs Marc Jacobs. Un troc équitable, vu que je ne les utilise plus. Je les ai emballés dans du papier de soie, replacés dans leur boîte d'origine et, pour me montrer généreuse, j'ai ajouté un porte-clés Marc Jacobs. Seul nuage à l'horizon : comment ranger la tente dans le garage si elle est trop volumineuse ? Mais bon, on se débrouillera.

Ensuite, j'ai Daryl, un cracheur de feu qui troque ses talents contre une pochette Luella. (Bizarre, non ? Mais c'est peut-être pour sa petite amie.) Et un jongleur qui veut ma paire de sandales Gina. Et puis une femme qui préparera des petits sandwichs en échange d'un manteau Missoni (je regretterai de le voir partir, mais le manteau

Banana Republic que j'avais proposé en premier n'a rencontré aucun succès).

C'est le cracheur de feu que j'attends avec le plus d'impatience. Il m'a promis de me faire une démonstration. Va-t-il venir dans un costume à paillettes ? On sonne, et je me précipite à la porte, le cœur battant. Ça doit être la tente !

— Salut ! dis-je en ouvrant grand la porte, comptant voir une immense tente de mariage déployée sur la pelouse et brillamment éclairée.

— Salut !

Plantée sur le perron, une fille maigrichonne me regarde du coin de l'œil. Le cheveu plat lui tombant des deux côtés du visage, le teint pâle, elle doit avoir tout juste seize ans. Aucune tente dans ses bras, à moins qu'elle ne soit vraiment très pliée.

— Tu es Nicole ?

— Ouais, dit-elle dans une émanation de chewing-gum à la menthe verte.

— Tu es venue pour troquer les deux sacs Marc Jacobs ?

Pas de réponse, comme si elle ruminait quelque chose dans sa tête.

— J'peux les voir ?

Rien ne se passe comme prévu.

— Oui, mais j'aimerais voir la tente. Elle est grande ? Pour deux cents personnes ? Avec des rayures ?

Nouveau silence.

— Mon père possède une société de location de tentes. Je peux vous en avoir une, juré !

M'en avoir une ? C'est quoi ce troc à la noix ?

— Tu devais me l'apporter.

On dirait qu'elle va bouder.

— Ouais, eh ben, j'ai pas pu, c'est tout. Mais je vous en aurai une. Vous la voulez pour quand ? C'est ça, les Marc

Jacobs ? demande-t-elle en dévorant des yeux les deux boîtes posées à mes pieds.

— Oui.

— Je peux les voir ?

— Pourquoi pas ?

Elle déballe le premier, un fourre-tout gris, et elle en a le souffle coupé. Tout à coup, elle m'est sympathique : une vraie adoratrice d'accessoires. Comme moi !

— Oh, génial ! Il me le faut !

Le sac sur l'épaule, elle parade de gauche, de droite.

— Où est l'autre ?

— Tu ne les auras que si tu me fournis la tente…

— Salut, Daryl !

Nicole salue de la main un ado tout aussi maigrelet qui se dirige vers la maison.

Il a des jambes comme des allumettes, les cheveux teints en noir et un sac à dos.

C'est *lui*, le cracheur de feu ?

— Tu le connais ? je demande à la fille.

— Nous sommes dans la même classe au collège technique, on étudie le stylisme. On a vu vos annonces en ligne.

— Salut ! Je m'appelle Daryl !

Il lève une main molle en ma direction.

— C'est toi, le cracheur de feu ? dis-je sceptique.

J'imaginais une sorte de macho bronzé aux U.V., avec des dents blanc lavabo et un slip pailleté. Mais ce n'est pas à moi de juger. Ce gamin a sans doute été élevé dans un cirque.

— Ouais ! dit-il en hochant la tête plusieurs fois, l'air réticent.

— Et tu désires la pochette Luella en échange ?

— Je collectionne tout ce qui est Luella. J'adore.

— Daryl crée des sacs, précise Nicole. Il est genre *bourré* de talent.

Elle tend le doigt vers le Marc Jacobs.

195

— Vous l'avez acheté où ? dit-elle fascinée.

— Chez Barneys, à New York.

— Barneys ? Pas possible ! C'est comment ?

— En fait, j'ai travaillé là-bas.

— *Trop pas !* s'exclame Daryl en me dévisageant. Je fais des économies pour m'acheter un billet d'avion.

— On ira tous les deux, intervient Nicole. J'avais mis de côté 60 livres avant Noël. Et puis il y a eu les soldes. Je suis allée chez Vivienne Westwood.

— Et moi chez Paul Smith, soupire Daryl. Je suis à moins 30 livres.

— Et moi à moins 80 ! Je les dois à mon père, avoue Nicole d'une voix lugubre. Il m'a dit : « Tu n'as pas besoin d'une nouvelle veste ! », et moi, je lui ai dit : « Mais papa, c'est une *Vivienne Westwood* ! » Eh ben, il a pas percuté !

— Je sais exactement ce que tu ressens, j'acquiesce. Les hommes ne pigent rien. C'était quelle veste ? La rouge divine avec la doublure ?

— Ouais ! dit-elle soudain, tout sourires. Celle-là ! Avec ces chaussures fantastiques… Je dois avoir une photo.

Elle fait défiler les clichés sur son portable.

Elle me ressemble. Moi aussi, j'ai des photos de mes fringues favorites.

— Je peux tenir la Luella ? demande Daryl pendant que j'admire les chaussures Westwood de Nicole.

— Bien sûr ! Tiens !

Il la regarde avec dévotion.

— Bon, il serait temps de parler affaires, dis-je. Tu peux me montrer ton numéro de cracheur de feu ? C'est pour une fête. Je veux une démonstration vraiment top.

Il pose son sac à dos par terre, fouille dedans et en extirpe un long bout de bois qu'il allume avec un briquet Zippo.

Rien à voir avec l'accessoire habituel des cracheurs de feu. Cette tige ressemble plus à un simple bambou de jardin.

Nicole l'observe avec attention.

— Allez, Daryl, tu peux le faire.

Il rejette sa tête en arrière, tend son long cou et lève son bâton. Tremblant, il l'approche de sa bouche, puis prenant peur, il l'écarte.

— Désolé, bredouille-t-il, il est un peu chaud.

— Tu peux le faire ! l'encourage Nicole. Pense *Luella* !

— D'acc'.

Il ferme les yeux comme pour se préparer mentalement.

— Je peux le faire ! Je peux le faire !

Maintenant, son bout de bois est à moitié consumé. Si ce gosse est un cracheur de feu, moi, je suis la nouvelle papesse du Vatican !

— Minute ! j'interviens alors qu'il approche la flamme de ses lèvres, tu as déjà craché le feu ?

— J'ai appris sur YouTube, dit-il en transpirant. Je réussirai !

YouTube ?

— Daryl, souffle ! crie Nicole de plus en plus anxieuse. Souffle !

Tremblant, il porte le bâton à hauteur de son visage. Des flammes orange montent vers le plafond. C'est l'enfer. Dans une minute, la maison va brûler.

— Vas-y, Daryl ! marmonne-t-il pour s'encourager. Vas-y !

Je suis trop horrifiée pour le laisser poursuivre.

— Arrête ! Tu vas te blesser. Écoute, je t'offre la pochette Luella ! Vu ? Inutile de cramer !

— Vraiment ?

Livide et affolé, il écarte le bâton, puis sursaute quand une flamme lèche sa main.

— Oh, merde ! dit-il en le laissant tomber.

La flamme se consume par terre.

— Tu n'es pas un cracheur de feu, hein ? je demande.

— Non, je voulais juste la pochette. Je peux vraiment la garder ?

Je ne peux pas lui en vouloir. À sa place, voyant une annonce pour un sac de créateur en échange d'une séance de cracheur de feu, j'aurais prétendu la même chose. N'empêche ! Voilà qui n'arrange pas mes affaires.

— D'accord, tu peux l'avoir.

Je regarde Nicole : elle a toujours le Marc Jacobs gris sur l'épaule, et le visage plein d'espoir. En vérité, je n'ai plus l'usage de ces sacs, et mon petit doigt me dit que jamais je ne les échangerai contre une grande tente.

— Nicole, tu peux garder les deux sacs si tu en as envie.

— *Cool !* explose-t-elle de joie. Vous blaguez pas ? Vous voulez que... je lave votre voiture ou autre chose ?

— Non, merci, dis-je en riant.

Nicole rayonne.

— C'est épatant. Tiens, y a Julie qui arrive.

— C'est pas vrai ! Encore une de vos copines ?

Une ado blonde remonte l'allée, trois balles de couleur à la main.

— Bonjour ! fait-elle avec un sourire timide, je suis la jongleuse. Pour les sandales Gina.

— Vous savez jongler ?

Elle jette un coup d'œil embêté à Nicole qui fait la grimace et hoche la tête.

— Euh... J'apprends vite !

Assise sur le haut du perron, je regarde les trois artistes s'éloigner. Pas de quoi se réjouir. Quelle arnaque, ce troc ! Je ne regrette pas d'avoir donné mes affaires. En fait, je suis plutôt heureuse qu'elles profitent à des gosses qui les apprécient. Ils semblaient tellement reconnaissants.

Mais on ne peut pas dire que ma transaction ait été fructueuse. Croyez-moi, ces histoires de troc, quelle foutaise. Quelle idée d'avoir fait confiance à Jess ! Résumons : j'ai eu quoi en échange de trois sacs de créateurs et d'une paire de sandales ? Rien ! Que dalle ! Zéro ! L'organisation de la soirée n'a pas avancé d'un poil... Nous n'avons pas de maison... Il faut qu'on déménage... J'ai le tournis et c'est après un certain temps que je me rends compte qu'une voix suave m'appelle.

— Rebecca ?

Je lève la tête : une femme en joli tailleur de tweed me tend un plateau plein de bonnes choses.

— Je m'appelle Erica ! Oxshottmarketplace.com. Le troc des petites bouchées contre un manteau Missoni. Je vous ai apporté des échantillons, vous pourrez faire votre choix.

Méfiante, je l'examine des pieds à la tête.

— Vous savez cuisiner ?

Erica se met à rire.

— Goûtez et vous m'en direz des nouvelles !

Je me lève en silence, choisis un canapé, mords dedans. Crevette au chili sur une pâte croustillante. Absolument délicieux. Tout comme la bouchée à l'avocat et à la mozzarella.

Une fois le plateau liquidé, je me sens mille fois mieux. Il s'est confirmé qu'Erica est un véritable traiteur. Elle va choisir les assortiments et les servir elle-même. Le Missoni lui va à merveille, surtout que j'ai ajouté une ceinture d'une grande marque et des bottes Prada qui montent aux genoux (comme elles me coupaient les mollets, je ne les portais plus). Et j'ai stylisé sa coiffure.

— Si vous désirez servir un vrai dîner, je suis à votre disposition pour continuer encore un peu le troc.

Je suis folle de joie. Un succès total ! Me voici, dans mon quartier, 100 % écolo, utilisant des ressources de la terre à *bon escient*. Sans argent, sans carte bancaire, sans gaspillage. Il faut que je mette Jess au courant le plus vite possible.

Tout heureuse, je rentre dans la maison, vérifie que Minnie dort bien. Ensuite, j'allume mon portable et, par curiosité, je vais regarder le site d'Erica. Rien à dire ! Élégante et très pro, elle figure en tablier blanc sur la page d'accueil. Suivent une liste de témoignages de clients satisfaits et une d'idées de menus et...

Quoi ? Comment ?

Je n'en crois pas mes yeux !

Entre le manteau Missoni, les bottes Prada, la ceinture, il y en avait au moins pour 1 600 livres. Or, si j'en crois le prix « spécial dégustation » qui s'affiche sur l'écran, les canapés que j'ai commandés ne coûtent que 1 200 livres !

J'ai dépensé 400 livres de trop ! Pas étonnant qu'elle ait été aux anges !

En fermant mon portable, je suis furibarde. J'avais raison tout à l'heure. Le troc, c'est de l'arnaque ! Normal que cette pratique soit complètement démodée. Quoi de mieux que *l'argent* ? Je vous le demande.

Rebecca Brandon
The Pines
43, Elton Street
Oxshott
Surrey

17 février 2006

Chère Rebecca,

Je vous remercie de votre lettre du 15 février.

Étant effectivement un spécialiste du cœur et des poumons, j'ai lu avec attention la description de vos symptômes. Mon diagnostic est le suivant : ces troubles ne peuvent en aucun cas résulter d'un « état de manque de shopping ».

Laissez-moi vous dire qu'il est parfaitement inutile que vous « fassiez quelques achats par souci de santé ». Et je me refuse à vous délivrer une ordonnance « pour faire des courses ».

Si vos symptômes persévèrent, je vous conseille de consulter votre généraliste habituel.

Cordialement,

James Linfoot

SERVICE CENTRAL
DE POLITIQUE MONÉTAIRE

5e étage
180, Whitehall Place
Londres SW1

Madame Rebecca Brandon
The Pines
43, Elton Road
Oxshott
Surrey

20 février 2006

Chère Rebecca,

Je vous remercie de votre lettre du 16 février.

Je comprends que vous ayez été déçue par votre récente tentative
de troc. Je ne me manquerai pas, dès que j'en aurai l'occasion,
d'avertir le ministre que « le troc n'est pas la meilleure solution ».
Mais ne vous faites pas de souci. Il n'a pas encore commencé « à
tout échanger avec la France ».

Si cela peut vous consoler, l'inefficacité des instruments financiers
non liquides a toujours été une source de frustration pour les inves-
tisseurs. Il se trouve que je rédige actuellement un article intitulé
« Histoire de l'évaluation des investissements non liquides » pour
The British Journal of Monetary Economics. Avec votre permission, j'aimerais utiliser votre expérience malheureuse de troc pour
pimenter cet article. Je vous citerai bien sûr en note, si vous le
désirez.

Bien à vous

Edwin Tredwell
Directeur des recherches financières

ÉDITIONS ALARIS
Boîte postale 45
Londres E16 4JK

Madame Rebecca Brandon
The Pines
43, Elton Road
Oxshott
Surrey

27 février 2006

Chère Rebecca,

Je vous remercie de votre C.D. de démonstration *Discours inspirés de Becky*. Ils sont très vivants, et certaines anecdotes sont particulièrement amusantes.

Vous nous assurez qu'un « profond message spirituel se fait clairement entendre ». Hélas, après les avoir passés plusieurs fois, nous avons été incapables de déceler le fondement des messages, tant ils sont nombreux et parfois contradictoires.

En conséquence, et en dépit de votre suggestion, nous ne les diffuserons pas en douze parties et nous nous abstiendrons de toute publicité à la télévision.

Sincèrement,

Celia Hereford
Directrice (Intelligence-Corps-Esprit)

11

Ça y est ! C'est parti ! Les invitations pour la soirée sont envoyées. Désormais, impossible de faire marche arrière.

Hier, Bonnie m'a transmis la dernière liste des invités sur mon adresse mail secrète. En la parcourant, je suis un peu nerveuse. J'avais oublié combien Luke avait de relations importantes. Des superpatrons comme le P.-D.G. de Foreland Investments ou les membres du conseil de la Banque de Londres. Figure même un certain révérend St John Gardner-Stone dont le nom me pétrifie tellement que je doute qu'il soit un ami de Luke. (J'ai vérifié sur Google. Il porte une immense barbe embroussaillée, ce qui renforce mes soupçons.)

Deux cents personnalités vont donc venir à ma soirée. Et je n'ai toujours pas de tente ! Personne d'autre n'a répondu à mon offre de troc, et je n'ai pas les moyens d'en louer une auprès d'un vrai spécialiste. Quand j'y pense, mon estomac fait des siennes. Pourtant, je ne dois pas me laisser abattre. J'en trouverai bien une. *Obligé.* J'ai déjà les sandwichs, les confettis et j'ai confectionné quarante pompons...

Et si je *fabriquais* une tente ? En utilisant des sacs de shopping ?

J'imagine une magnifique tente faite d'un patchwork de centaines de sacs de grandes marques...

Non, absolument pas réaliste. Je vais me limiter aux pompons.

Côté positif, ma dernière idée géniale est de faire sponsoriser ma soirée. J'ai écrit un paquet de lettres aux directeurs du marketing de firmes comme Dom Pérignon ou Bacardi, en vantant le bénéfice qu'elles retireraient à participer à une soirée aussi prestigieuse. Si seulement un petit nombre m'envoie des échantillons, je serai sortie d'affaire. (Bien sûr, j'exige d'eux le secret absolu. Si l'un d'eux blablate, je le *tue* !)

J'enlève une poussière sur le manteau de tweed rose de Minnie. Nous descendons Piccadilly, et je suis dans un état de nervosité avancé. Deux cents mètres nous séparent du Ritz, le Ritz où Elinor nous attend dans sa suite.

Incroyable mais vrai : j'ai osé. J'ai organisé un rendez-vous secret, sans rien en dire à Luke. Une immense trahison. Pourtant... pourtant, j'ai l'impression que je n'avais pas le choix. Je dois donner à Elinor une chance de voir sa petite-fille. Au moins une fois.

Si la rencontre tourne au désastre, ou si Elinor se montre odieuse, je déguerpirai avec Minnie et ferai comme si rien ne s'était passé.

Le Ritz est, comme toujours, resplendissant et majestueux. Je me souviens d'y être venue avec Luke lors d'une de nos premières sorties, avant même qu'il ne se passe quoi que ce soit. Comment imaginer alors que je l'épouserais et que nous aurions une fille ? Et que je le trahirais en voyant sa mère en cachette ?

Arrête, Becky ! Inutile d'y penser !

Dans le hall de l'hôtel se tient une mariée brune, vêtue d'un fourreau extraordinaire, d'un long voile chatoyant et d'une tiare. J'ai un coup au cœur : ah, si je pouvais me remarier !

Avec Luke, évidemment.

— Piin-cesse ! s'exclame Minnie en tendant un doigt potelé vers la mariée, Piin-cesse !

La jeune femme fait un charmant sourire à Minnie. Prenant un bouton de rose de son bouquet, elle s'avance et le lui offre. Ma fille rit aux éclats et tente d'accaparer la rose la plus grosse et la plus odorante.

— Minnie ! Non ! dis-je en la stoppant à temps.

Je m'adresse à la mariée.

— Merci beaucoup. Vous êtes ravissante. Ma fille pense que vous êtes une princesse.

— Piince ? demande Minnie en regardant autour d'elle. Piince ?

La mariée croise mon regard et éclate de rire.

— Tiens, ma chérie, voici mon prince !

Elle nous désigne un homme en jaquette qui s'avance vers nous sur la moquette à motifs.

Beurk ! Petit, trapu, à moitié chauve, il a bien cinquante ans. En fait de prince il ressemble plus à un crapaud. Minnie n'a pas l'air sous le charme.

— Piince ? insiste-t-elle. Où piince ?

— Mes félicitations et tous mes vœux, je débite, avant de m'éloigner avec Minnie qui continue à demander où est le « piince ».

J'espère presque que le réceptionniste me dira : « Désolé, Mme Elinor Sherman est sortie pour l'après-midi » et que je pourrai aller faire un tour chez Hamleys, le grand magasin de jouets. Mais Elinor a dû donner des instructions, car il se met presque au garde-à-vous pour m'accueillir.

— Ah, oui, Mme Sherman vous attend.

Il nous conduit lui-même jusqu'à l'ascenseur.

Et me voilà, sans vraiment en être consciente, dans un élégant couloir richement moquetté, puis devant une lourde porte. Je sonne d'une main tremblante.

C'était peut-être une mauvaise idée. Vraiment saugrenue, nulle, absurde...

— Rebecca !

La porte s'ouvre si soudainement que je pousse un petit cri. Je me reprends pour dire :

— Bonjour !

Je presse fort la main de Minnie dans la mienne et pendant quelques secondes nous nous dévisageons. Elinor porte un tailleur blanc de laine bouclée et un collier de perles géantes. Elle semble encore plus maigre que d'habitude. En regardant Minnie, elle a les yeux curieusement écarquillés.

Elle a *peur* !

Le monde à l'envers. Auparavant, elle me pétrifiait !

— Entrez.

Elle s'écarte, et je pousse Minnie devant moi. Le salon est magnifique, le mobilier prestigieux, la vue sur Green Park prodigieuse. Sur une table, un service à café et un présentoir à petits fours nous attendent. Je fais grimper Minnie sur un canapé raide. Elinor s'assied à son tour. Le silence est si pesant que j'ai envie de crier. Enfin, Elinor demande à Minnie :

— Tu aimerais une tasse de thé ?

Minnie ne pipe mot. Elinor l'intimide, c'est certain.

— C'est de l'Earl Grey, mais je peux commander une autre variété si tu préfères ?

Elle demande à une gamine de *deux ans* sa variété de thé favorite ! À croire qu'elle n'a jamais vu d'enfant de cet âge !

Sans doute.

J'interviens gentiment.

— Elinor, elle ne boit pas de thé. Elle ignore ce que c'est. Attention, Minnie ! C'est très chaud ! je m'exclame en la voyant sur le point d'agripper la théière.

— Oh ! fait Elinor, étonnée et déçue.

— Par contre, elle peut avoir un petit gâteau.

Miam ! Les petits fours ont l'air divin. Et ces mini-éclairs !

Du bout des doigts, Elinor place un gâteau sur une petite assiette aux armes du Ritz et la donne à Minnie. Elle est folle ou quoi ? Une assiette de porcelaine dans les mains d'un bambin ? Je suis sur le point de fermer les yeux pour ne pas voir le désastre qui va suivre : Minnie jetant la soucoupe par terre, réduisant le gâteau en miettes, l'écrasant sous ses pieds…

Pas du tout. Minnie reste assise bien droite, l'assiette sur ses genoux. Sans toucher à la friandise, elle fixe Elinor. Comme hypnotisée. Et réciproquement !

— Minnie, je suis ta grand-mère, fait Elinor d'un ton sévère. Tu peux m'appeler grand-maman.

— Grand-man, répète Minnie en hésitant.

Soudain je panique. Impossible de laisser Minnie dire « grand-man » à tout bout de champ. Luke voudra savoir qui est cette « grand-man » !

Et je ne pourrai pas prétendre qu'elle parle de maman, étant donné qu'elle l'appelle Grana, ce qui est tout à fait différent.

J'interviens très vite.

— Non ! Elle ne peut pas vous appeler grand-mère ou grand-maman. Elle le répétera à la maison, et Luke découvrira la vérité. Il ignore que je vous rends visite. Et il ne doit pas le savoir, c'est compris ?

Elinor se tait. Elle attend la suite. C'est donc moi qui suis aux commandes !

— Elle peut vous appeler…

Je cherche quelque chose d'inoffensif et d'impersonnel.

— … Madame ! Minnie, cette dame s'appelle Madame. Tu peux dire Madame, ma poupinette ?

— Madaame, répète Minnie en regardant Elinor.

— Je suis Madame, dit Elinor à son tour.

Je me sens triste pour elle, ce qui est ridicule, car tout est sa faute. Si seulement elle n'était pas cette garce glaciale. Malgré tout, ce n'est pas drôle d'être dans sa suite luxueuse et de se faire appeler « Madame » par sa petite-fille.

— J'ai acheté quelque chose pour te distraire.

Elinor se lève brusquement et va dans sa chambre. J'en profite pour brosser la jupe de Minnie et fourrer un éclair dans ma bouche. Quel délice !

— Voilà ! fait Elinor en revenant avec une grande boîte.

C'est un puzzle de deux cents pièces représentant un tableau impressionniste !

C'est clair : Minnie est bien incapable de faire un puzzle de cette taille. Elle risque plutôt de le manger !

— Charmant ! dis-je. On devrait le faire ensemble.

— J'aime beaucoup les puzzles, avoue Elinor.

J'en ai le souffle coupé. Jamais, au grand jamais, Elinor n'a confié qu'elle *aimait* quelque chose.

J'ouvre la boîte et étale les pièces sur la table, m'attendant à ce que Minnie les prenne et les jette dans la théière.

— Pour faire un puzzle, dit Elinor à Minnie, il faut être méthodique. On commence par mettre toutes les pièces à l'endroit.

Elle montre l'exemple et Minnie en saisit une poignée.

— Non ! Pas comme ça ! corrige Elinor en lançant à la petite un de ses regards de glace qui autrefois me ratatinaient.

Minnie se fige, garde les pièces dans sa main. Il est clair qu'elle se demande si Elinor est sérieuse ou pas. Leurs yeux ne se quittent pas, et toutes deux semblent bien déterminées à…

Mon Dieu ! C'est fou ce qu'elles se ressemblent !

Je crois que je vais tourner de l'œil. Je ne l'ai jamais remarqué, mais Minnie a les yeux d'Elinor, son menton, son regard impérieux.

Ce que je craignais le plus s'est produit : j'ai mis au monde une mini-Elinor ! Vite, j'avale une meringue : j'ai besoin de sucre pour amortir le choc.

— Donne-moi ces pièces, exige Elinor.

Après un instant de réflexion, Minnie obéit.

Pourquoi Minnie se conduit-elle aussi bien ? Qu'est-ce qu'elle mijote ?

Sans perdre un instant, Elinor commence à organiser les pièces. Autour d'elle, le monde pourrait s'écrouler. Quand elle dit qu'elle aime les puzzles, ce n'est pas pour plaisanter.

— Comment va Luke ? demande-t-elle sans lever le nez.

— Il est... Il va bien, je réponds en me raidissant.

J'avale une gorgée de thé, regrettant que ce ne soit pas une rasade de rhum. Le seul fait de mentionner Luke me rend nerveuse. Je n'ai rien à faire ici. Minnie ne devrait pas être ici. Si jamais Luke l'apprenait...

— Il va falloir qu'on parte bientôt. Minnie, encore cinq minutes !

Mon autorité me surprend. Avant, Elinor faisait la pluie et le beau temps, et nous obéissions comme des petits soldats.

— Luke et moi avons eu... un désaccord, fait-elle sans lever la tête.

Qu'est-ce qui lui prend ? Généralement elle ne parle jamais des sujets épineux qui concernent sa famille.

— Je suis au courant !

— Certains éléments du caractère de Luke me sont... J'ai du mal à les comprendre.

Je me sens de plus en plus mal à l'aise.

— Elinor, je ne veux pas m'en mêler. Ni en parler. C'est entre vous et Luke. Je ne sais pas exactement ce qui est arrivé, sauf que vous avez dit des choses au sujet d'Annabel...

Je rêve ou elle se crispe ? Elle classe toujours les morceaux du puzzle, mais son regard est ailleurs.

— Luke était très attaché à... cette femme.

Encore cette femme ! Si vous saviez que c'est ainsi que Luke vous appelle, ai-je envie de lui jeter à la figure !

210

Bien sûr je n'en fais rien. Je bois mon thé en l'observant d'un œil de plus en plus curieux. Qu'est-ce qui se passe sous ce casque de cheveux laqués ? Est-ce que, pendant tout ce temps, elle a ruminé sa querelle avec son fils ? A-t-elle enfin compris qu'elle avait pris le problème à l'envers ? Se rend-elle compte *finalement* qu'elle se prive de bien des joies ?

Elinor a toujours été un mystère pour moi. Comme j'aimerais entrer dans son crâne et voir ce qui l'anime !

— Je ne l'ai vue qu'une fois, dit Elinor en relevant enfin la tête. Elle ne m'a pas paru très raffinée. Ni très élégante.

— Vous avez dit ça à Luke ? je rétorque sans pouvoir m'en empêcher. Qu'Annabel n'était ni raffinée ni élégante ? Je comprends qu'il soit parti. Elle est *morte* ! Et il ne s'en remet pas !

Je remarque un léger tressaillement sous l'œil gauche d'Elinor, sans doute le seul endroit où elle n'a pas eu de piqûre de Botox.

— Non, je ne lui ai rien dit de tel ! nie-t-elle. J'essaie de comprendre pourquoi il a réagi avec une telle violence.

— Il n'est jamais violent, je réplique, furieuse.

Ce qui n'est pas tout à fait vrai. Parfois, il dramatise à outrance. Mais franchement ! J'ai envie d'assommer Elinor à coups de théière en argent.

— Il l'adorait, dit-elle, et j'ignore si c'est une affirmation ou une question.

— Et comment ! L'évidence même !

— Pourquoi ?

Est-ce qu'elle se fiche de moi ? Elle cherche à marquer des points. Mais non, je me rends compte que sa question est sérieuse.

— *Comment* ça ? *Comment* pouvez-vous même me le demander ? Elle était sa *maman* !

Silence pesant. Mes mots restent suspendus en l'air. Une sensation désagréable m'envahit.

Le temps de me rendre compte qu'Annabel n'était pas sa vraie mère. Que c'est Elinor qui a mis Luke au monde. Sauf qu'Annabel, elle, se *conduisait* en véritable maman.

Elinor ignore totalement ce que cela signifie. Sinon, elle n'aurait pas abandonné Luke et son père quand Luke était encore tout petit. Sinon, elle ne lui aurait pas tourné le dos quand, à quatorze ans, il est venu à New York pour la voir. Je n'oublierai jamais la façon dont il m'a raconté qu'il l'avait attendue en bas de son immeuble, impatient de rencontrer enfin cette femme si mythique, si glamour. Elle était sortie, aussi belle et immaculée qu'une reine. Elle l'avait aperçu de l'autre côté de la rue, sachant parfaitement qui il était... mais faisant mine du contraire. Elle avait sauté dans un taxi et disparu. Et Luke a dû attendre d'être parvenu à l'âge adulte pour la voir de nouveau.

Normal qu'Elinor soit devenue son obsession. Pourtant, elle a continué à le décevoir encore et encore. Annabel l'avait compris et se montrait toujours patiente et d'un grand soutien – même quand Luke était devenu l'esclave d'Elinor qu'il portait aux nues. Sachant qu'elle le ferait souffrir, la gentille Annabel l'avait protégé de toutes ses forces. Comme une mère doit le faire.

Alors qu'Elinor... ne connaît rien à rien.

D'un côté j'ai envie de lui dire : « N'essayez pas, vous ne le comprendrez jamais », de l'autre, j'ai envie de tenter le coup, de tâcher de lui *faire* comprendre. Même si c'est mission impossible. Je respire à fond, le temps de m'organiser dans ma tête. C'est comme si je lui parlais dans une langue étrangère.

— Annabel aimait Luke, j'explique tout en pliant ma serviette avec soin. D'un amour inconditionnel. Elle aimait ses qualités comme ses défauts. Et n'attendait rien en retour.

Depuis que je suis avec Luke, Elinor ne s'est pas inté-ressée à lui que dans la mesure où il pouvait l'aider, lever des fonds pour ses stupides œuvres de charité ou la faire profiter de son succès. Lors de la réception qu'elle a organisée pour notre mariage au Plaza, elle s'est arrangée pour être le personnage principal ! La *vedette* parmi tout ce beau monde !

Je poursuis, les yeux fixés sur ma serviette.

— Annabel aurait fait n'importe quoi pour Luke, sans jamais rien attendre de lui. Elle était fière de ses succès, mais elle l'aurait aimé même s'il avait échoué. Luke était le fils qu'elle adorait. Sans jamais faillir.

J'avoue être émue. Même si je voyais peu Annabel, sa mort m'a touchée. Parfois, j'ai du mal à croire qu'elle n'est plus là.

Du coup, je rajoute une touche pas spécialement aimable :

— Au fait, juste pour votre information, elle *était* élégante et raffinée. Quand Luke s'est mis à passer plus de temps à New York et à vous voir plus souvent, elle ne s'est pas plainte, elle ne vous a pas dénigrée. Elle aimait trop Luke pour lui montrer qu'elle avait de la peine. Ce qui, d'après *moi*, est une attitude élégante et raffinée.

Horreur ! J'ai les larmes aux yeux. Quel besoin de lui faire la leçon ? Je m'essuie vigoureusement et saisis la main de Minnie.

— On doit partir, ma poupette. Elinor, merci pour le thé.

Je récupère mon sac en vitesse. Il faut que je me sauve. Sans me donner la peine d'enfiler le manteau de Minnie, nous filons. Au moment où nous passons la porte, la voix d'Elinor me cloue sur place.

— J'aimerais revoir Minnie.

Malgré moi, je me retourne. Elle est assise, raide comme un piquet, son visage pâle dénué d'expression. A-t-elle entendu ce que j'ai dit ? A-t-elle compris ?

— Je vous serais reconnaissante, articule Elinor avec difficulté, d'être assez gentille pour organiser une nouvelle rencontre entre Minnie et moi.

Reconnaissante ! C'est une première, ça !

— Je ne sais pas. Peut-être.

Des millions de pensées dansent furieusement dans ma tête. Cette visite devait être unique et certainement pas la première d'une longue série. J'ai déjà l'impression d'avoir trahi Luke. Et Annabel. Et tout le monde. Et d'abord, pourquoi je suis là ?

Pourtant, une scène me hante : Minnie et Elinor se regardant droit dans les yeux, comme hypnotisées l'une par l'autre.

Si je refuse, je ne fais que répéter ce qui s'est passé avec Luke. Minnie pourrait me reprocher un jour de lui avoir interdit de voir sa grand-mère.

Trop compliqué ! Je jette l'éponge. Je veux une famille normale, où les grands-mères sont d'aimables mamies qui tricotent au coin du feu.

— Je ne sais pas, je dis à nouveau. On doit partir.

Elinor lève la main en un geste royal.

— Au revoir, Minnie !

— Au revoir, madaame ! gazouille Minnie.

Je remarque soudain que la petite poche de sa robe est pleine de pièces de puzzle. Je devrais les donner à Elinor pour éviter qu'elle ne les cherche pendant des heures et qu'elle ne soit agacée. Oui, si j'étais une personne adulte, mûre, je les rendrais.

— Au revoir ! je lance depuis le seuil de la porte.

Sur le chemin du retour, je n'en mène pas large. La parano me guette. Impossible de dire à *qui que ce soit* d'où je viens. Personne ne comprendrait. Luke serait anéanti. Ou furax. Certainement les deux.

En pénétrant dans la cuisine, je m'attends au feu nourri des questions de ma mère. Mais rien. Assise à la table, elle lève le nez le temps de dire :

— Bonjour, ma puce.

Sa voix anormalement haut perchée m'intrigue. Ses joues roses également. Qu'est-ce qu'elle me cache ?

— Bonjour, maman. Tout va bien ?

Je m'aperçois alors qu'elle tient une chaussette bleu marine.

— Qu'est-ce que tu fais ?

Visiblement elle n'attendait que ma question !

— C'est évident, non ? Je reprise les chaussettes de ton père ! Puisque nous sommes *impécunieux* au point de ne plus rien pouvoir acheter de neuf...

— Je n'ai jamais dit ça ! proteste papa qui entre à l'instant dans la cuisine.

Maman tient à finir sa phrase :

— ... et maintenant il les trouve « immettables ». D'ailleurs, Becky est d'accord avec moi, hein, ma puce ?

— Euh...

J'examine la chaussette qu'elle m'a lancée. Des gros points avec de la laine bleu clair ! Sans vouloir critiquer le travail de maman, ce n'est pas joli, joli. Moi, en tout cas, je ne les mettrais pas. J'ose une suggestion.

— Pourquoi tu n'en as pas acheté des neuves au discount ?

— Et qui les aurait payées, je te demande ? rétorque maman piquée au vif.

J'aurais proposé des chaussettes à monogrammes de la meilleure boutique de Jermyn Street, sa réaction n'aurait pas été plus vive.

— Mais elles ne coûtent qu'une livre...

— J'en ai commandé chez John Lewis, finit par avouer papa.

Maman va avoir une crise.

— John Lewis ! rugit-elle. Tout à coup on peut s'offrir John Lewis ! Je vois. Il y a un traitement de faveur pour toi, Graham, mais moi, je n'y ai pas droit. Enfin, du moment que je suis prévenue...

215

— Jane, ne sois pas ridicule ! Tu sais aussi bien que moi qu'une paire de chaussettes ne va pas nous ruiner...

Minnie et moi, nous sortons de la cuisine sur la pointe des pieds.

Les parents sont à couteaux tirés en ce moment. Maman surtout est hypernerveuse. Par bonheur, Minnie ayant dîné à Pizza Express avant de rentrer, je n'ai plus qu'à lui donner un verre de lait et un bain. Dès qu'elle sera couchée, je pourrai aller sur ma boîte de réception secrète voir où en sont les réponses...

— Becky !

La voix de Luke me fait sursauter. Il est dans l'escalier. Qu'est-ce qu'il fabrique aussi tôt à la maison ? Il sait pour Elinor ? Il a des doutes ?

Becky, arrête ton cinéma ! Du calme ! Il rentre d'une réunion avec un client à Brighton, c'est tout.

— Oh ! Salut ! Minnie et moi étions... sorties.

Il me jette un coup d'œil bizarre.

— Je comprends. Comment va ma poupinette chérie ?

Il prend Minnie dans ses bras et la berce.

— Madaame, lance Minnie avec sérieux.

— Madame ? répète Luke. Quelle madame, ma poupée ?

— Madaame ! insiste-t-elle en ouvrant grand ses yeux. Puzz-elle !

C'est malin ! Quand est-ce que Minnie a appris à dire « puzzle » ? Pourquoi faut-il qu'elle améliore son vocabulaire juste maintenant ! Elle va sortir quoi d'autre, comme mots ? Elinor ? Ritz ? Et pourquoi pas « Au fait, papa, je suis allée voir mon autre grand-mère » ?

Elle sort des pièces de puzzle de sa poche et les offre à Luke.

— Puzz-elle ! Madaaame !

J'interviens en quatrième vitesse.

— Ah, oui ! C'est marrant ! On a vu des puzzles dans un magasin de jouets. Il y en avait un représentant la

216

Joconde. C'est pour *ça* que Minnie dit « Madame » et « puzzle ».

— Thé ! ajoute Minnie.

— Et on a pris le thé ! Juste nous ! Juste nous deux !

S'il te plaît, ne dis pas Grandman, ne dis pas Grandman !

— Ça devait être sympa, dit Luke en reposant Minnie par terre. Au fait, je viens d'avoir un message de l'assistante de Michael.

— Michael ! je répète, l'air absente. Comment va-t-il ?

Michael, un de nos plus vieux amis, vit aux États-Unis. Longtemps associé de Luke, il est maintenant plus ou moins à la retraite.

— Je ne sais pas. C'était assez bizarre.

Il sort un Post-it qu'il lit en fronçant les sourcils.

— La communication était mauvaise, mais je crois que l'assistante a parlé du 7 avril. Ça concernait une soirée.

Une soirée ?

Une soirée ?

Les mots gèlent dans mon esprit. Et moi, je suis un bloc de glace. Mon cœur joue de la grosse caisse. L'horreur !

Quelle idée de téléphoner ! L'assistante devait répondre par mail. Ça devait rester secret. Je l'ai pourtant écrit en gros caractères. Noir sur blanc.

— Il nous a invités à un truc ? demande Luke. Si ma mémoire est bonne, je n'ai rien reçu.

— Moi… non plus, je bredouille avec peine. Il doit y avoir une erreur.

— De toute façon, on n'aurait pas pu aller aux States. J'ai quelque chose ce jour-là. Une conférence sur la sécurité, je crois.

Je saisis le Post-it en essayant de ne pas le lui arracher des mains !

— Bien sûr ! Je vais rappeler Michael et tirer l'affaire au clair. Laisse-moi me débrouiller. Je veux lui demander des nouvelles de sa fille. Elle vient parfois au Look quand elle est en ville.

Luke me fait un grand sourire que je n'ai pas la force de lui rendre :

— Évidemment ! dit-il. Où pourrait-elle aller, sinon au Look ?

— Tiens, sois gentil, tu veux bien donner son bain à Minnie ? Il faut que je passe un coup de fil.

Dès qu'ils sont arrivés au palier du second, je fonce dans l'allée pour appeler Bonnie.

— La cata ! Le désastre ! j'attaque sans même lui dire bonjour. Une assistante d'un des invités a téléphoné à Luke au sujet de la soirée. J'ai réussi à sauver la situation… mais c'était chaud.

— Mon Dieu, compatit Bonnie. Quel drame !

Je suis proche de l'hystérie.

— J'ai pourtant bien spécifié sur l'invitation « Pas de réponse par téléphone ! ». Impossible d'être plus explicite. Et si d'autres gens appellent ? Que faire ?

— Becky, pas de panique ! Je vais y réfléchir. Et si nous prenions un petit déjeuner ensemble demain matin pour élaborer un plan de bataille ? Je préviendrai Luke que j'arriverai en retard.

— Bonnie, merci beaucoup. À demain.

Peu à peu mon pouls revient à la normale. Organiser une fête-surprise, c'est courir un cent mètres sans préparation. Pas besoin de coach personnel.

Tiens, peut-être que je finirai en superforme, sans m'être fatiguée à faire du jogging. Un sacré bonus.

Je suis en train de regagner la maison quand j'entends un bruit de moteur. Un camion blanc s'arrête devant notre allée. Étrange !

Je m'approche par curiosité.

— Bonjour ! Vous cherchez quelque chose ?

Un type d'une quarantaine d'années, marcel et biceps tatoués, se penche à la vitre.

— C'est vous, la femme du troc ? Becky ?

— Comment ?

Qu'est-ce qui se passe ? Je n'ai pas passé de petites annonces récemment. À moins que ce type ne veuille troquer le dernier modèle des lunettes de soleil Prada contre une écharpe Missoni.

Ce qui m'étonnerait.

— Ma fille vous a promis une tente. Nicole. Seize ans.

Le père de Nicole ? Je remarque soudain un vilain pli entre ses yeux. Merde. Il n'a pas l'air commode. Il va me faire un souk pour avoir voulu faire du troc avec une mineure ?

— Oui... Mais...

— On a découvert l'histoire seulement hier. Ma femme voulait savoir où elle a eu les sacs que vous lui avez donnés. Nicole n'aurait jamais dû accepter.

— Je ne me suis pas aperçue qu'elle était aussi jeune. Désolée.

— Vous croyez qu'une tente coûte le même prix que deux sacs ?

Merde et remerde. Il s'imagine sans doute que j'ai cherché à arnaquer sa fille.

— Écoutez, je n'en ai aucune idée, dis-je un peu tremblante. J'espérais seulement que quelqu'un aurait une tente inutile, dont il n'aurait pas besoin, quoi !

Je me tais. Pourvu que ma voix ne porte pas jusqu'à la salle de bains.

— On peut baisser le ton ? je demande en me rapprochant du camion. Il s'agit d'une fête que j'organise en secret. Si mon mari apparaît... Disons que... je vous achète des fruits, d'accord ?

Le père de Nicole me dévisage comme si je tombais de la lune avant de me demander :

— Ces sacs, ils vont chercher dans les combien ?

— Neufs, ils valent dans les 1 000 livres. Enfin, tout dépend si vous aimez Marc Jacobs un peu, beaucoup...

— 1 000 livres ! Elle perd la *boule* !

Je me garde bien de tout commentaire. En y réfléchissant, peut-être qu'il parle de moi après tout !

— Bon, lance-t-il soudain, si ma fille vous a promis une tente, je vous fournirai une tente. Mais pas la main-d'œuvre. Vous devrez la monter vous-même. Comme c'est plutôt calme en ce moment, je trouverai des types.

Je rêve ? Il me faut un moment pour m'apercevoir qu'il est sérieux.

— Vous me donnez une tente ? Mon Dieu ! Vous venez de me sauver la vie !

Il se met à rigoler en me tendant sa carte.

— Un de mes gars vous contactera. Donnez-lui la date, dites-lui que Cliff est au courant, il vous arrangera tout.

Il passe la marche arrière et redescend l'allée.

Je lui crie après.

— Merci, Cliff ! Dites à Nicole de bien profiter des sacs !

J'ai envie de danser. De crier de joie. J'ai ma tente ! Gratos. Je *savais* que j'y arriverais.

SERVICE CENTRAL
DE POLITIQUE MONÉTAIRE

5e étage
180, Whitehall Place
Londres SW1

Madame Rebecca Brandon
The Pines
43, Elton Road
Oxshott
Surrey

28 février 2006

Chère Rebecca,

Je vous remercie de m'avoir répondu aussi promptement. C'est très généreux de votre part de me donner votre autorisation.

Malheureusement, *The British Journal of Monetary Economics* n'est pas illustré, n'a pas de « directeur artistique » ni de « maquettiste ». Je suis par conséquent dans l'incapacité d'utiliser les photographies du manteau Missoni, de la ceinture et des bottes que vous avez incluses et que je vous retourne.

Bien à vous,

Edwin Tredwell
Directeur des recherches financières

12

Cette fois, nous avons choisi un café au centre de Londres, loin du bureau de Luke. Bonnie m'attend, impeccable dans un tailleur couleur corail, avec des boucles d'oreilles ornées de semences de perles que j'ai forcé Luke à lui offrir pour son anniversaire. Très à l'aise, pas gênée du tout d'être seule à une table, elle sirote tranquillement son thé. Comme si elle avait passé toute sa vie à être assise seule dans des restaurants.

— Les boucles sont superbes sur vous ! dis-je en m'installant en face d'elle.

— Elles sont exquises. J'espère que vous avez reçu mon mot de remerciement. Comment vous y êtes-vous prise ?

Je me rengorge.

— J'ai joué très finement. Après les avoir repérées sur le Web, j'ai dit à Luke que j'aimerais les avoir. Puis j'ai rectifié : « Non, elles iraient mieux à une femme avec un teint différent. Quelqu'un comme ton assistante ! »

Inutile de préciser à Bonnie que j'ai dû le lui seriner cinq fois avant qu'il ait enregistré !

— Très ingénieux de votre part. Je n'ai pas eu autant de succès avec votre salle de gym. J'ai bien *essayé* d'en parler, mais...

— Ne vous inquiétez pas, la maison n'est plus à l'ordre du jour.

Je consulte vaguement la carte avant de la poser.

— La soirée m'inquiète beaucoup plus. C'est incroyable ce qui s'est passé hier.

— Les gens ne lisent jamais vraiment ce qui figure sur les invitations, déplore Bonnie. Surtout les instructions.

— Alors, comment faire ?

En venant, j'espérais que Bonnie aurait une solution toute prête. Effectivement, elle hoche la tête. Le calme incarné.

— J'ai une suggestion, dit-elle. Contacter chaque personne une par une et insister sur le côté secret de la soirée. Cela évitera bien des gaffes.

— Bonne idée ! Demain, j'apporterai la liste à mon bureau.

— Non, je vous propose de m'en occuper. Si vous téléphonez, vous donnerez l'impression que vous êtes leur point de contact. Ce serait une erreur. Nous devons vous tenir à l'écart des invités, autant que possible.

— Mais c'est un énorme travail ! Vous n'aurez pas le temps !

— Pas du tout. Je suis ravie de m'en charger. Ça sera même amusant !

— Eh bien… Merci mille fois.

Un serveur tournicote autour de nous. Je lui commande un double cappuccino. J'ai besoin de caféine. L'organisation de la soirée est plus fatigante que je ne le pensais. À force de découper des sacs en plastique pour en faire des pompons (j'en suis à 72), j'ai les muscles des mains en capilotade. Et je vis dans la terreur que Luke ne tombe sur mon dossier de notes. La nuit dernière, j'ai rêvé qu'il me surprenait en train de confectionner un gâteau d'anniversaire dans un moule géant. Je lui affirmais que c'était pour le petit déjeuner, et lui répétait comme un perroquet « Je ne mange pas de gâteau au petit déjeuner ! ».

Quel rêve idiot ! *Jamais* dans la vie réelle je ne me lancerais dans la fabrication d'un gâteau pour deux cents personnes !

À propos ! Je dois ajouter « *commander gâteau d'anniversaire* » à ma liste.

— Becky, je vous en prie, détendez-vous ! dit Bonnie, comme si elle lisait dans mes pensées. Les petits contretemps sont inévitables. Mais je trouve que vous maîtrisez parfaitement la situation. Et puis, les gens qui travaillent avec Luke lui sont très dévoués. Ils seront enchantés de cette occasion de lui manifester leur attachement.

— Oh ! J'en suis ravie.

— Aucun de mes anciens patrons n'a soutenu ses employés avec autant de détermination. En cas de problème ou de réclamation, il s'en occupe personnellement. « L'entreprise porte mon nom, dit-il, c'est normal que je sois en première ligne. » L'ennui, c'est qu'il a du mal à déléguer.

J'observe Bonnie de plus près. Elle doit en connaître, des secrets, à rester seule dans son coin en observant les gens et les choses.

Pour la faire parler, je lui lance :

— Ce nouveau client dont je ne sais plus le nom, oui, celui dans le carbone, ça marche ?

— Oui, Luke est très satisfait. Au début, il a essayé de ne pas le montrer... mais je sais toujours quand il a une réunion importante en perspective.

Bonnie me fait un petit sourire avant d'ajouter :

— Il refait son nœud de cravate !

J'éclate de rire, soudain complice.

— Je sais ! Il fait la même chose à la maison !

J'avale un peu de mon cappuccino. Ça me paraît étrange de jacasser sur Luke derrière son dos. D'un autre côté, je trouve sympa de pouvoir parler de lui. Bonnie et moi connaissons si bien ses différents traits de caractère.

Autre chose me turlupine.

— En général, vous faisiez amie-amie avec les femmes de vos boss ? Ou les maris de vos patronnes ?

Ma question a l'air de l'amuser.

— Non ! Ces personnes ne pensaient pas que j'avais l'étoffe suffisante.

J'ai vu des photos de lady Zara Forrest, l'épouse du précédent patron de Bonnie. Elle dirige un spa à Notting Hill, le quartier ultrabranché de Londres, et donne sans cesse des interviews. Je l'imagine mal papoter avec Bonnie.

Je rectifie le tir.

— Je pense que vous comptez de nombreuses amies parmi les membres du personnel. L'ambiance a l'air plutôt relax...

— Bien sûr. Pourtant, étant l'assistante de Luke, je suis dans une position délicate. Je dois être prudente sur certains sujets. Il existe donc une certaine distance entre les autres et moi.

Elle est terriblement seule !

Ça me frappe soudain. Certes, elle a peut-être une vie sociale très chargée, mais ça m'étonnerait. D'après Luke, elle est souvent disponible pendant les week-ends et passe ses dimanches devant son ordinateur à répondre aux mails. Ce qui lui est bien utile à lui. Mais elle, ça lui fait une belle jambe !

Je prends mon ton le plus chaleureux.

— Je suis contente qu'on se connaisse mieux. Je savais qu'on ferait une bonne équipe. À propos, je m'occupe du problème de la climatisation.

On gèle dans le bureau de Luke. Cette pauvre Bonnie ne cesse de grelotter.

— Merci ! Je peux faire quelque chose d'autre pour vous ?

— Oui, sûrement. Voyons...

Je réfléchis avant de confier :

— Oui ! Vous savez, le nouveau gel que Luke utilise pour sa douche ? Vous ne trouvez pas qu'il sent horriblement mauvais ?

— Son gel douche ? Je n'oserais pas faire de commentaires...

— Mais vous l'avez *sûrement* senti ! Une odeur de romarin et de ginseng ! Je le hais, mais il prétend que ça le réveille. Si vous lui disiez que vous le détestez, il en changerait sans doute.

— Ma chère Becky, je ne pourrais jamais lui faire une réflexion sur quelque chose d'aussi intime que du *gel douche* !

— Mais si ! Évidemment que vous le pouvez ! Croyez-moi, Luke a le plus grand respect pour votre avis. Il ne se vexerait pas. Quant à cette cravate bleue avec les voitures dessus ? Elle craint, non ?

— Becky, je vous en prie...

— Allons, fais-je en l'enrobant d'un regard complice, je suis *sûre* que, vous aussi, vous la trouvez hideuse !

— Oh...

Bonnie semble soudain mal à l'aise. Un signe qu'elle déteste cette cravate. Je déballe un petit biscuit et le croque. Le temps de cogiter.

Une idée *géniale* me traverse l'esprit. Bonnie pourrait influencer Luke dans un domaine vraiment important. Sait-on jamais ?

— Bonnie... vous êtes enfant unique ?

— Non, j'ai un frère.

Parfait !

— Bon, si l'occasion se présente, pourriez-vous parler de votre frère à Luke ? Lui dire à quel point c'est important pour vous de ne pas être enfant unique. Lui demander s'il désire d'autres enfants en plus de Minnie et lui assurer combien ce serait agréable. Et puis le persuader qu'il devrait s'y mettre !

Bonnie prend un air épouvanté.

— Becky, ça n'est vraiment pas mon domaine ! Il me serait impossible...

— Mais si ! J'ai tellement envie d'un autre bébé. Et je sais qu'il serait d'accord. Qu'il vous écouterait.

— Mais...

— Vous verrez, si l'occasion se présente, si la conversation vient sur ce sujet. Bon, on demande l'addition ?

En quittant le restaurant, j'embrasse Bonnie. Spontanément.

Il y a des siècles que j'aurais dû m'en faire une amie. La prochaine fois, je lui demanderai de dire à Luke que nous devons aller à l'île Maurice.

— Merci vraiment pour tout, Bonnie. Vous êtes irremplaçable.

— Ne vous inquiétez pas pour la soirée, dit-elle, encore un peu étonnée par tout cet étalage d'affection. Luke ne se doute de rien.

— Je n'en suis pas si sûre.

Soudain parano, je scrute la rue à gauche et à droite.

— J'ai oublié de vous dire que je suis tombée sur lui en sortant de notre déjeuner. J'ai prétendu revenir d'une séance de Botox, mais il ne m'a pas crue. Depuis, il ne cesse de m'épier, comme si je manigançais quelque chose.

Bonnie pouffe.

— Quoi donc ?

— Ah, je comprends ! s'exclame-t-elle. Ce jour-là, en rentrant au bureau, il m'a demandé si un créateur avait ouvert une boutique dans le quartier. J'ai pensé qu'il faisait une enquête pour un client. Mais maintenant, tout s'explique. Il pensait que vous faisiez du...

Pleine de tact, Bonnie s'interrompt.

— Du *shopping* ? Il croyait vraiment ça ?

— C'est possible, non ? Et ce serait une excellente couverture.

— Mais... je lui ai promis de ne plus rien acheter. On a cet accord depuis la faillite de la banque. Et je m'y tiens !

Quel ignoble individu ! Il a cru que mon histoire de Botox cachait une séance de shopping. C'est pour cette raison qu'il regardait mon sac d'un air méfiant.

J'ai envie de foncer à son bureau, de lui jeter mon sac à la figure à la manière d'un gant tout en clamant : « Sachez, monsieur, que Rebecca Brandon, née Bloomwood, tient toujours parole ! » Et de le provoquer en duel !

— Becky, ajoute Bonnie, très embêtée, ce n'est qu'une supposition...

— Non, non, vous avez raison. Eh bien, qu'il continue à *croire* que je fais des achats derrière son dos ! Je vais m'en servir comme d'un leurre.

Après tout, plus longtemps il le croira, et moins il devinera la vérité sur la fête. Ah ! Il est persuadé que je continue à acheter des fringues ? Eh bien, il va être servi !

Ce soir-là, quand j'entends sa clé dans la serrure, je suis prête à le recevoir. J'ai enfilé une robe en tricot couleur citron vert jamais portée. (Une grave erreur : à quoi je *pensais* en l'achetant ?) L'étiquette du magasin est bien visible dans le dos. J'inaugure également une veste de cuir que j'ai achetée en solde (j'ai rattaché l'étiquette de Whistles qui pend bien en évidence), plus une écharpe, un collier et une ceinture orange vif. Le tout flambant neuf.

À vrai dire, j'avais l'intention de les mettre. Mais à ma convenance.

J'ai descendu du haut d'une armoire des sacs de grandes marques que j'ai empilés sous la table de la cuisine, en m'arrangeant pour qu'ils dépassent un peu. Bourré la poubelle de papier de soie Prada. Et caché à moitié quelques vieux reçus derrière le four à micro-ondes.

Minnie, en pyjama et robe de chambre, me suit partout sans me quitter des yeux. Et sans cesser de grignoter une énorme tartine au miel. En entendant Luke approcher, je lui fais « Chut ! », au cas où.

— Chuut ! répète-t-elle en mettant un doigt devant sa bouche. Chuut, maman !

Elle dit ça si sérieusement que j'éclate de rire. Ensuite, après avoir vérifié ma tenue, je prends la pose la plus fashion possible, genre photo de magazine. Quand Luke entre, je sursaute de surprise.

— Oh, Luke ! tu m'as fait peur ! je m'exclame en retirant ma veste vite fait, tout en m'assurant que l'étiquette Whistles reste bien visible. J'étais en train... Euh... Rien... Rien du tout !

J'en fais une boule que je cache derrière mon dos. Interloqué, Luke prend une bière dans le frigo.

Zut ! J'aurais peut-être dû planquer les reçus derrière les boissons.

Non ! Trop évident !

— Chuut, papa ! chantonne Minnie, le doigt devant la bouche, avec des airs de conspirateur. Joue caache-caache !

C'est donc ça qu'elle a compris ! (Jouer à cache-cache est le jeu favori de Minnie. Sauf que ses règles sont très particulières. Il faut lui dire où on va se cacher et on ne compte que jusqu'à trois. Quand c'est son tour, elle se cache toujours au même endroit : en plein milieu de la pièce !)

— On joue dans une minute, poupinette !

Il lève les sourcils en m'inspectant de la tête aux pieds.

— Intéressante, cette robe !

Réflexion fort à propos, puisque j'ai l'air d'un sucre d'orge vert citron.

— Un vieux machin ! Acheté il y a cent sept ans. Demande à Suze. Appelle-la, si tu ne me crois pas ! Allez !

Luke lâche un petit rire.

— Je n'ai jamais dit que je ne te croyais pas. Pourquoi tu es aussi parano ?

— Parce que... Pour rien !

Discrètement, je pousse du pied les emballages de grandes marques sous la table, tout en m'assurant que Luke suit chacun de mes mouvements.

Voilà qui est finement joué !

— Alors, tu as fait quoi de ta journée ? demande-t-il d'un air décontracté.

— Rien ! Je ne suis allée nulle part ! Pitié ! Arrête de me fliquer sans arrêt.

Là-dessus, je glisse mon collier sous mon pull, comme si je voulais le cacher.

Luke ouvre la bouche, puis se ravise et porte son attention sur la capsule de sa bouteille de bière.

Jette la capsule à la poubelle, je prie en silence. *Vas-y ! À la poubelle !*

Bravo !

Pas de doute, j'aurais dû être chorégraphe. À l'instant où Luke soulève le couvercle, je pose ma main sur la poignée pour l'en empêcher.

— Laisse ! Je vais m'en occuper.

Luke semble perplexe.

— Qu'est-ce qui te prend ?

Il insiste, et j'ai juste le temps de faire dépasser de la poubelle un peu de papier de soie Prada.

— Je t'ai dit que je m'en occupais.

— Becky, je peux me débrouiller !

D'un mouvement vif, il soulève le couvercle. Apparaît alors le papier de soie Prada dans un joli bruissement comme pour dire : « Oui, c'est moi ! Prada ! Regarde-moi ! »

Silence !

Je suis la première à m'étonner.

— Tiens, qu'est-ce que ça fait là ?

Je fais mine de l'enfouir en continuant mon numéro :

— C'est vraiment un vieil emballage. Je ne me souviens même plus quand j'ai mis les pieds chez Prada pour la dernière fois. Encore moins y avoir acheté quoi que ce soit !

Je bafouille à moitié, comme si j'étais coupable d'un horrible forfait.

En réalité, je commence à me *sentir* coupable. J'ai comme l'impression d'avoir fait chauffer ma carte bancaire et d'avoir dissimulé tous mes achats sous mon lit. Pour de vrai.

— Becky ? Tu mijotes quoi au juste ?

— Rien !

D'après son regard, il ne me croit pas.

— Rien ?

— Rien du tout, j'affirme tranquillement.

Pourtant, je sens que j'en ai trop fait. Des tonnes.

Peut-être qu'il m'a percée à jour. Qu'il pense : « Elle n'est *pas* allée faire des courses, alors elle essaie de dissimuler quelque chose. Quoi ? Ah, je sais ! Elle organise une soirée ! »

Nous nous dévisageons pendant un instant. Je respire fort tout en agrippant la poignée de la poubelle.

— Troouvée ?

Le gazouillis de Minnie nous fait sursauter. Elle se tient au milieu de la pièce, les mains appuyées très fort contre ses yeux.

Mon père passe une tête.

— Becky ! Viens ! Tu as une livraison !

— J'arrive !

Je n'attends rien. Qu'est-ce que ça peut être ?

— Trouuvée ! crie Minnie. *Troouvée ?*

Luke et moi crions à l'unisson.

— Trouvée ! Bravo, Minnie ! Quelle belle cachette !

— Papa, c'est quoi ce paquet ?

— Une camionnette marquée fashionforwardgirl.com, me répond papa en m'entraînant vers le hall. Tu dois en avoir pour ton argent !

— Je ne comprends pas. Je ne leur ai rien commandé. En tout cas, pas récemment.

Luke me regarde d'un air dubitatif.

— Rien de rien, je répète. D'accord ? Ce doit être une erreur.

Sur le perron, un livreur patiente.

— Pour Rebecca Brandon. Veuillez signer ici.

Il me tend un boîtier électronique et un stylet.

— Minute ! Je refuse de signer quoi que ce soit. Je n'ai rien commandé chez vous. En tout cas, je ne me *souviens* de rien…

— Mais, si ! insiste-t-il du ton du gars à qui on ne la fait pas. Seize articles.

— *Seize ?* je répète, ahurie.

Bon, ça devient insensé. Comment ai-je pu commander seize articles et ne plus me rappeler de rien ? Alzheimer me guette, sûr et certain.

— Je vous montre le bon de commande, si vous voulez, fait le livreur en retournant vers sa camionnette.

Quelle galère ! Il y a une minute, je faisais semblant de me culpabiliser par excès de shopping, et voilà que la réalité dépasse la fiction. Un vrai cauchemar.

Luke et papa échangent des regards de connivence au-dessus de ma tête. Un comble !

— Je n'ai rien commandé ! j'aboie. Ça doit être une erreur informatique.

— Becky, trouve une autre excuse, réplique Luke d'un ton las.

— C'est la pure vérité, pourtant. Je ne leur ai rien commandé.

— Pourtant, quelqu'un l'a fait….

— On m'a peut-être volé mon identité. Ou alors je suis une consommatrice somnambule !

Dieu du ciel. Voilà qui explique tout ! Je suis une consommatrice somnambule qui s'ignore. Oui, c'est ça. Je me lève en silence, je descends l'escalier l'œil vitreux, j'allume mon ordinateur, j'entre les codes de mes cartes bancaires…

Mais alors, qu'est-ce qui m'a empêchée de m'offrir ce fabuleux sac sur le site Net-a-porter qui me fait tellement envie ? Une seule explication : ma moitié consommatrice somnambule n'a pas le sens de la mode.

Il faut absolument que j'écrive une note à mon moi nocturne.

— *Consommatrice somnambule ?* C'est nouveau, se moque Luke. Ça vient de sortir, Becky ?

— Pas du tout ! Le somnambulisme est une maladie très courante. Tout comme le somnambulisme de consommation. Tu vois, Luke, je t'apprends quelque chose.

Plus j'y pense et plus j'y crois. Cet état expliquerait beaucoup de mes comportements. En fait, je commence à en vouloir à tous les gens qui se moquent de moi depuis des années. Ils changeraient d'attitude s'ils savaient que je souffre d'un mal très spécial.

Du coup, je donne quelques conseils à Luke.

— Surtout ne pas réveiller une personne en transe. Au risque de provoquer une crise cardiaque. Laisser la personne tranquille.

— Je vois ! Si je te surprends en pyjama, en train de commander toute la collection de chaussures Jimmy Choo en ligne, je dois te laisser faire, sinon tu mourras d'un arrêt du cœur ?

— Seulement si c'est le milieu de la nuit et que j'aie l'œil vitreux.

Luke ose ricaner.

— C'est *toujours* au milieu de la nuit et tu as *toujours* l'œil vitreux !

— Je n'ai jamais l'œil vitreux ! je m'écrie, tandis que le livreur revient de son camion.

— Tenez ! Lisez vous-même ! Seize manteaux Miu Miu en vert.

Je n'en crois pas mes yeux.

— Seize manteaux ! Qu'est-ce que je ferais de seize manteaux de la même couleur et de la même taille ?

À vrai dire, j'ai effectivement regardé ce manteau en ligne et je l'ai mis dans mon panier mais je n'ai jamais...

Soudain, tout devient clair. Et l'image n'est pas très jolie à voir. Mon portable ouvert sur la table de la cuisine. La page Miu Miu bien en évidence. Minnie escaladant une chaise...

Misère de moi ! Ce n'est pas possible. Je me tourne vers ma fille.

— Minnie, tu as appuyé sur les touches de l'ordinateur de maman ?

Mais Luke intervient.

— Tu rigoles ! Elle en serait bien incapable !

— Mais, si ! Elle sait utiliser ma souris. Et avec Fashionforwardgirl, il suffit de cliquer une seule fois. Si elle a enfoncé les touches suffisamment de fois...

Papa est tout aussi surpris que Luke.

— Tu prétends que Minnie a commandé tout ça ?

— Comme ce n'est ni moi, ni Luke...

Le livreur n'attend pas la fin de ma phrase.

— Je les mets où ? Dans le hall ?

— Non ! Je les refuse. Vous devez les remporter.

— Impossible. Si vous voulez les retourner, vous devez en prendre livraison et utiliser le formulaire de réexpédition.

— C'est ridicule, toute cette procédure, puisque je n'en veux pas.

S'ensuit un cours de morale du chauffeur-livreur.

— La prochaine fois, si vous ne voulez pas d'un article, évitez donc de le commander.

Sans attendre, il sort de l'arrière de son camion un carton de la taille de papa.

— C'est tout ? je demande. Je pensais que ce serait pire.

— Non, ce n'est que le premier. Chaque manteau est livré individuellement sur un portant.

Et de sortir le suivant.

L'horreur absolue ! Qu'est-ce que je vais faire de seize énormes cartons ?

Je passe ma colère sur Minnie.

— Tu es une vilaine, une très vilaine petite fille. C'est interdit de commander des manteaux Miu Miu sur Internet. Je vais te... te... priver d'argent de poche pour la semaine !

— Ma boîte ! À Minniiie ! crie Minnie en enlaçant un carton, avec toujours sa tartine de miel dans la main.

Maman apparaît sur le perron.

— C'est quoi ce tintouin ? Et ces boîtes ?

On dirait des cercueils placés sur la tête en rang d'oignons ! J'interviens immédiatement.

— Il y a eu une erreur. Ils ne restent pas. Je vais les renvoyer dès que je peux.

— Et de huit ! fait le livreur, tout heureux du mauvais tour qu'il me joue.

— Il y en aura seize en tout, précise papa. On va essayer d'en entreposer dans le garage.

— Mais il est plein ! lui rappelle maman.

— Ou dans la salle à manger...

J'ai l'impression que maman va disjoncter !

— Non, Becky. J'en ai plus qu'assez. Tu m'écoutes ? Ça suffit ! On en a marre de toutes tes affaires qui nous envahissent !

— Ce n'est qu'une question d'un ou deux jours !

— J'ai déjà entendu cette rengaine des dizaines de fois. Tu me l'as sortie quand tu as emménagé ici. On n'en peut plus ! Fini ! *Terminé !*

Papa tente de la calmer en la prenant par les épaules.

— Allons, Jane, plus que deux semaines. On peut y arriver. On va compter les jours un par un. Un par un. D'accord ?

On dirait qu'il l'aide à accoucher ou à survivre dans un camp de prisonniers. À croire que notre présence chez eux est aussi intenable que la vie dans un tel camp.

Soudain, je m'en veux à mort. Impossible de faire subir à maman une telle torture. Il nous faut partir. Tout de suite, avant qu'elle ne perde la boule.

— Ce n'est pas une question de deux semaines, mais de… deux jours ! Voilà ce que je voulais t'annoncer. Nous déménageons dans deux jours.

Luke est le premier surpris.

— *Deux* jours, vraiment ?

— Oui, deux jours, je répète en évitant son regard.

Un délai suffisant pour emballer nos affaires. Et trouver une location.

Maman s'écarte de papa.

— Deux jours ?

— Oui, les choses se sont arrangées pour notre maison. Je voulais t'en parler.

— Vous partez vraiment dans deux jours ? insiste maman, incrédule.

— Promis, juré !

— Alléluia ! raille le livreur. Madame, veuillez signer ici !

Une seconde après, il jette un œil vers son camion et s'écrie :

— Ohé, petite demoiselle !

Oh, nooon ! Minnie est montée à l'avant.

— Condouis ! chante-t-elle gaiement, les deux mains sur le volant. Minnie condouit !

Je me dépêche de la faire descendre.

— Minnie ! Qu'est-ce que tu as fabriqué… ?

Quel désastre ! À vous couper le sifflet.

Il y a du miel plein le volant. Des miettes de pain sont collées sur le siège du conducteur, la vitre et le levier de vitesse.

— Minnie, je dis entre mes dents, Minnie, tu es très vilaine. Qu'est-ce que tu as *fait* ?

Une affreuse pensée me traverse l'esprit.

— Où est ta tartine ? Qu'est-ce que tu en as fait ?

236

Puis mes yeux tombent sur le lecteur de cassettes.
Enfer et damnation !

Étant donné qu'il venait de livrer seize manteaux à quelqu'un qui n'en voulait pas et dont la fille avait enfourné une tartine au miel dans son lecteur de cassettes, le chauffeur s'est montré très compréhensif. Il n'a fallu qu'une demi-heure pour tout nettoyer, en promettant de remplacer son lecteur par un modèle dernier cri.

Dès que le camion s'éloigne, papa emmène maman boire une tasse de thé dans la cuisine ; Luke, lui, m'entraîne manu militari dans notre chambre.

— Deux jours ? On va déménager dans deux jours ? demande-t-il à voix basse.

— On n'a pas le choix. Écoute, j'ai tout prévu. On va trouver une location, mais je dirai à maman que nous emménageons dans notre maison, et tout le monde sera content.

Luke me dévisage comme s'il me manquait une case.

— Elle va vouloir nous rendre visite ! Tu y as pensé ?

— On refusera ! Tant que nous ne serons pas installés, nous prétexterons qu'on veut que tout soit impeccable. Luke, on ne peut pas faire autrement. Si on reste ici, elle va faire une dépression nerveuse.

Luke marmonne dans sa barbe un truc du genre : « Si tu continues, *moi* aussi, j'aurai une dépression ! »

— Bon, tu as une meilleure idée ?

Luke se tait un instant avant de me demander :

— Et Minnie, dans tout ça ?

— Comment ça, Minnie ? Elle vient avec nous, bien sûr !

— Je ne parle pas de ça. Je veux dire : qu'est-ce qu'on va faire à son sujet ? Tu es aussi inquiète que moi, non ?

— À cause de la tartine ? Voyons, Luke, relax ! Tous les gosses font ça...

— Regarde la vérité en face, Becky ! Minnie devient chaque jour plus intenable. Il faut que nous prenions des mesures draconiennes. Tu es d'accord avec moi, je suppose.

Des mesures draconiennes ? Ça veut dire quoi ?

— Pas du tout, je réplique en frissonnant. Cela me semble tout à fait inutile.

— Moi pas ! dit-il d'un ton grave sans me regarder. Je vais passer quelques coups de fil.

Des coups de fil ?

Ma voix vire à l'aigu.

— Minnie n'a aucun *problème*. D'ailleurs, qui veux-tu appeler ? Tu pourrais au moins me mettre au courant !

— Tu ne serais pas d'accord ! fait-il, exaspéré. Becky, l'un de nous doit faire quelque chose. Je vais demander leur avis à deux ou trois spécialistes de l'enfance.

Il sort son BlackBerry et vérifie ses messages. Dans deux secondes, je pète un plomb !

Je lui arrache son cher portable des mains.

— Quels experts ? Qu'est-ce que tu manigances ? Dis-moi !

— Rends-le-moi ! hurle-t-il.

Il le récupère brutalement.

Je le regarde, furieuse. Il ne plaisante pas. Il ne veut vraiment pas que je lise ce qu'il y a sur son écran. C'est au sujet de Minnie ? Ou... de quelqu'un d'autre ?

— Tu as un secret ? je demande au bout d'un instant. Luke, qu'est-ce que tu me caches ?

— Rien ! Nous sommes en pleine discussion d'affaires. Des points de la plus grande importance. Ultraconfidentiels.

Tu parles ! Il ne quitte pas son maudit engin des yeux. Il ment. Je le sais.

— Luke, tu me dissimules quelque chose. J'en suis persuadée. Je te rappelle que nous formons un couple. Pas de secrets l'un pour l'autre. En principe.

Il rejette la tête en arrière et éclate de rire.

— La paille et la poutre ! Moi, j'ignore si *tu* dépenses des fortunes dans les magasins, si *tu* es couverte de dettes ou si on *te* fait du Botox… Mais il est évident que tu me caches quelque chose. Je me trompe ou pas ?

Merde !

— Rien ! Absolument rien !

S'il vous plaît, faites qu'il croie que c'est du shopping, faites qu'il croie que c'est du shopping !

Silence. Chargé d'hostilité. Finalement, Luke hausse les épaules.

— Parfait ! Alors nous sommes tous les deux blancs comme neige.

— Exactement. Ainsi soit-il !

13

Le lendemain matin, dès que je suis debout, je laisse un message à Bonnie en lui demandant de me rappeler d'urgence. Je compte sur elle pour me dire ce qui se passe. Au petit déjeuner, l'atmosphère est tendue : Luke me regarde avec l'air du type qui ne sait pas sur quel pied danser. Puis, d'un ton faussement guilleret, il m'annonce :

— Aujourd'hui est un grand jour. J'essaie d'avoir un rendez-vous avec Christian Scott-Hughes, le bras droit de sir Bernard Cross. Nous avons dans l'idée que sir Bernard est favorable aux nouvelles techniques climatiques.

Il se donne du mal pour rien, mon mari ! Comme il refuse de me dévoiler qui est l'expéditeur des messages sur son BlackBerry, il me raconte une vieille histoire éventée sur le climat. S'il s'imagine que je vais tomber dans le panneau !

— Formidable ! j'acquiesce.

À dire vrai, je suis *assez* impressionnée. Sir Bernard est un personnage de poids. (Dans les deux sens : milliardaire, philanthrope, extravagant, il est le chouchou des médias. Et il pèse cent soixante kilos.)

— En tant que directeur de cabinet de sir Bernard, Christian Scott-Hughes a énormément d'influence, reprend Luke. Si je peux l'amener à partager nos vues, alors nous sommes bien partis.

— Pourquoi ne pas voir sir Bernard directement ? je demande à Luke qui s'esclaffe.

— Sir Bernard n'est pas un homme qu'on « voit » facilement. C'est comme dire : « Pourquoi ne vois-tu pas la reine directement ? » Ça ne se passe pas comme ça. Il faut suivre une certaine hiérarchie.

Je ne suis pas d'accord. Si je voulais voir la reine, je ferais en sorte de la voir. Bah, inutile de gaspiller ma salive. Si je l'expliquais à Luke, j'aurais droit à un sermon sur la complexité de ses affaires. Comme le jour où je lui ai suggéré de faire se rencontrer tous ses clients célibataires.

Finalement, je me fiche bien de Bernie-le-gros-bide.

Luke finit sa tasse de café.

— Et toi ? Ton boulot, ça marche ?

— Du feu de dieu ! Notre carnet de rendez-vous déborde, et le directeur général vient de m'envoyer un mail pour me dire à quel point j'étais un brillant élément.

Petit ricanement de Luke.

— J'ignore comment tu te débrouilles. Rien ne marche nulle part, mais tu arrives à vendre des vêtements hors de prix...

Soudain, il pâlit.

— Becky, jure-moi que tu n'es pas ta principale cliente !

Quelle claque ! D'abord, je lui ai fait une promesse à laquelle je me tiens. Ensuite, si c'était vrai, pourquoi est-ce que je porterais cette jupe achetée chez Barneys il y a cinq ans ?

Je prends mon ton de duchesse pour lui rétorquer :

— Si tu veux *tout* savoir, nous, au Look, avons trouvé un argument de vente original qui nous permet de survivre.

Je ne vais pas lui dévoiler que « original » signifie que nous emballons les vêtements dans du papier

d'imprimante. Luke n'a pas à connaître les détails fasti-
dieux de ma vie professionnelle.

— Eh bien, bravo ! commente Luke avec un charmant sourire. Bon, je dois m'en aller. Mes respectueux
hommages à Suze.

Je dois retrouver Suze à l'école d'Ernie pour admirer
les œuvres d'art de sa classe et, je l'espère, tomber sur la
directrice. (Pour l'occasion, j'ai concocté quelques
remarques cinglantes qui devraient la faire rentrer sous
terre.) Ensuite, Suze et moi irons au Look assister à une
réunion consacrée aux ventes promotionnelles associées.

Mes actions au Look sont au plus haut en ce moment.
Grâce à mon idée de partenariat entre la nouvelle collection de Danny et les Shetland Shortbread. L'association
a l'air de fonctionner à merveille. Danny a créé tous ses
modèles autour du thème écossais. Les deux marques ont
lancé une offre promotionnelle et une campagne de pub
commune sous le patronage de la Woolmark. Quant aux
prises de vues, elles se sont déroulées dans la ferme de
Tarkie : quelques mannequins hyperminces gambadant au
milieu de ses troupeaux de moutons. Inutile de dire que
tout le monde est très impressionné par mon concept.

D'après Jasmine, il y a des chances que je sois nommée
au conseil d'administration. Bien sûr, quand elle m'a sorti
ça, j'ai laissé échapper un petit rire modeste, accompagné
d'un « N'importe quoi ! » bien senti. Mais, à tout hasard,
j'ai prévu une tenue de choc pour ma première réunion au
sommet : veste jaune de la collection Burberry Prorsum
sur pantalon gris foncé à fines rayures. (On a bien le droit
de s'acheter de nouvelles fringues quand on accède au rang
d'*administratrice*. Même Luke pourrait comprendre ça.)

Tandis que je me rends à l'école, deux mails s'affichent sur mon portable. De quoi sauter de joie ! Le
premier a été envoyé hier soir par Bonnie. Elle me dit que
quarante-trois personnes ont déjà accepté l'invitation à la

fête. Quarante-trois ! Jamais je n'aurais cru que Luke avait autant d'amis.

Non, c'est faux ! Bien sûr, je le crois. Mais quand même, quarante-trois réponses positives en deux jours, sans compter le personnel de Brandon Communications qui s'imagine toujours que le jour J sera consacré à un séminaire.

Le second mail vient des Vins Pétillants Kentish. Cette société anglaise propose de fournir les boissons pour la fête. Cinquante bouteilles gratuites. En échange, ils diffuseront un communiqué de presse avec des photos de Luke et de ses invités en train de déguster leur mousseux. Je n'ai jamais avalé une seule goutte de Vin Pétillant Kentish mais, pas de problème, je parie qu'il est délicieux.

En pensant à l'organisation de la soirée, je ne suis pas peu fière de moi. Il y a de quoi ! J'ai déjà la tente, les boissons, les canapés, les pompons *et* je viens de retenir un cracheur de feu du nom d'Alonzo, qui peut aussi, sur demande, se transformer en chanteur country. Précision : il ne chante pas *pendant* qu'il crache les flammes. Non, il se change et devient Alvin, du Tennessee.

L'école St Cuthbert's est un de ces grands bâtiments chics avec stuc et grilles. Au moment où j'arrive, mon portable sonne. C'est Suze.

— Salut. Je suis là dans une seconde. Où es-tu ?

— Je ne suis pas à l'école, mais chez le médecin. Ernie a une otite carabinée. On n'a pas fermé l'œil de la nuit. Et je ne vais pas pouvoir aller au Look.

Suze a un ton désespéré.

— Ma pauvre ! Écoute, je ne vais pas y aller non plus.

— Mais si ! Va voir l'expo et mange un gâteau. Ils sont sûrement divins, vu que la moitié des mères des élèves ont assisté aux cours de cuisine Cordon Bleu. Et puis tu peux éventuellement jeter un coup d'œil au chef-d'œuvre d'Ernie, ajoute-t-elle après coup.

243

— Évidemment ! Et voyons-nous quand il ira mieux, d'acc' ?

— D'acc'. Au fait, comment ça va, les préparatifs et tout ?

— Ça roule, merci.

— Parce que, avec Tarkie, on a pensé que quand tu serviras le café...

Elle m'énerve, ma copine ! Visiblement, elle – et tout le monde, d'ailleurs – pense que je suis incapable d'organiser une soirée, que je suis incompétente au point de ne pas servir le café dans les règles.

— Écoute, Suze, je n'ai pas besoin de tes conseils, et c'est la dernière fois que je te le dis. Alors, laisse-moi tranquille !

Les mots ont jailli de ma bouche avant que je puisse les arrêter.

Silence au bout de la ligne. Je pique un fard.

— Oh, Suze, je ne voulais pas...

Mais Suze me coupe, la voix tremblante.

— Tu sais, Bex, quelquefois les amis *veulent* seulement donner un coup de main. Tout ne tourne pas autour de toi, O.K. ? On sait que tu es capable d'y arriver toute seule. Simplement, Luke n'est pas seulement ton mari. Il est aussi notre ami, et nous avons envie de faire quelque chose de sympa pour lui. Tarkie suggérait de faire créer spécialement pour Luke une recette de petit biscuit que tu aurais pu servir avec le café. Mais puisque tu le prends mal, on ne le fera pas. Laisse tomber. Bon, il faut que je file.

— Suze, je...

Trop tard. Elle a raccroché. Quand j'essaie de la rappeler, sa ligne est occupée.

Pauvre Suze ! Je l'ai sûrement blessée avec mon agressivité. Mais bon, comment j'aurais pu être au courant de cette histoire de biscuits spéciaux ?

Je suis tendue, désemparée. Et si je lui envoyais un texto ? Non, pour l'instant, elle m'en veut beaucoup trop. Je vais attendre qu'elle se calme. Et qu'elle ait passé une bonne nuit.

Puisque je ne peux rien faire, autant entrer dans l'école. Et déguster un de ces bons gâteaux.

Je dépasse les grilles, longe un groupe de mères en train de papoter et suis les flèches pour me rendre à l'exposition, qui se tient dans un vaste hall avec un sol en parquet. Suze ne m'a pas raconté de bobards au sujet des gâteaux. Une table à tréteaux, couverte de macarons, de cupcakes multicolores et de brownies au chocolat, se dresse au milieu de la pièce. Un troupeau de mères en jean taille basse boit du café et monte la garde autour de leurs trophées, sans en manger un seul. Drôle d'idée de ne toucher à aucun de ces délices après s'être donné autant de mal !

J'accoste une grande blonde impeccablement coiffée, sans doute préposée à la vente.

— Bonjour ! J'aimerais un brownie au chocolat, s'il vous plaît.

La fille me tend un petit gâteau enrobé dans du papier d'argent et une serviette.

— Voilà ! Ça fera 5 livres !

5 livres ! Pour deux bouchées !

— Tout est reversé à l'école ! précise-t-elle d'une voix glaciale et haut perchée.

Elle fait disparaître mon billet dans une petite caisse recouverte de tissu vichy avant de me demander :

— Êtes-vous une des nouvelles mamans du comité des réceptions ? En principe, nous aimerions recevoir les maisons en pain d'épice la semaine prochaine mais, pour le moment, nous n'*avons* pas beaucoup de volontaires.

— Je ne suis pas une mère d'élève. C'est-à-dire, pas encore. Je suis venue voir l'expo. Ma fille n'est pas en âge scolaire.

— Ah, très bien, fait-elle avec une baisse d'intérêt manifeste. Et dans quelle école va aller votre fille ?

— Je ne sais pas, je réponds, la bouche pleine du brownie absolument et divinement fondant. Elle n'a que deux...

— Deux mois ? Vous avez intérêt à vous dépêcher.

— Non, deux ans, je précise après avoir avalé la fin du brownie.

La fille semble fascinée.

— Deux ans et elle n'est inscrite *nulle part* ?

— Euh, non !

— Vous ne savez pas dans quelle école elle va aller ? reprend-elle en papillonnant de ses yeux écarquillés.

O.K., cette blonde commence à m'énerver avec ses dents à la blancheur parfaite et ses commentaires absurdes. Je sais bien que les bonnes écoles privées sont prises d'assaut, mais soyons raisonnables. L'attente pour entrer dans un établissement top niveau ne peut pas être plus longue que l'attente pour un sac Prada de la nouvelle collection. Car rien n'est plus exclusif et difficile à obtenir qu'un Prada, n'est-ce pas ?

— Merci beaucoup pour le brownie, dis-je en m'éloignant.

Et merci d'avoir réussi à m'angoisser. Tout à coup, j'ai l'impression d'avoir raté le coche sans savoir qu'il y en avait un. Bon, il devrait y avoir un *Vogue* consacré aux écoles. Avec une liste des endroits branchés et les derniers trucs pour obtenir une inscription. Voilà qui serait utile.

N'importe comment, je ne vais pas commencer à m'inquiéter au sujet de la scolarité de Minnie. Elle ira dans une bonne école, j'en ai la conviction.

Tiens, j'aimerais bien savoir où Madonna envoie ses gamins. Comme ça, en passant. Car loin de moi, bien sûr, l'idée de mettre Minnie dans une école pleine d'enfants people.

Mais quand même, je vais regarder sur Internet. Par pure curiosité.

Je m'achète un café et je me dirige vers l'exposition des œuvres d'art des chérubins de St Cuthbert's. La plupart sont des peintures de fleurs. Celle d'Ernie accrochée dans un coin me fait sursauter. Sa vision picturale est différente, c'est le moins qu'on puisse dire. Il a produit un barbouillage marronnasse qui représente un mouton sur un fond de paysage désolé genre lande écossaise.

En regardant de plus près, je vois que le mouton a l'air mort.

A priori, peindre un mouton mort n'a rien de *bizarre*. Et le filet de sang qui s'écoule de sa bouche n'est qu'une touche réaliste. C'est ce que je dirai à Suze quand nous serons réconciliées. Oui, je lui dirai que j'ai adoré ce tableau, tellement… vivant !

— Complètement immonde !

— Dégoûtant !

Une bande de gamines examine le tableau d'Ernie en faisant des commentaires. L'une d'elles, avec des cheveux lisses impeccablement tressés, tient sa main devant sa bouche.

— Beurk, je vais être malade, s'écrie-t-elle. Qui a peint cette horreur ? *Ernest !*

— Il dessine *toujours* des moutons, ricane une autre fille. C'est le seul truc qu'il sache faire.

La bande s'esclaffe méchamment. Je les regarde, horrifiée : des garces en herbe. Heureusement la cloche qui sonne les fait déguerpir. Sinon je me serais sans doute laissée aller à les traiter d'ignobles pestouilles, entre autres insultes indignes de mon âge et de ma situation.

Soudain, je remarque une femme qui arbore un chignon brun et une attitude quasi royale. Elle traverse l'exposition en distribuant de grands sourires et des paroles aimables. Enfin elle s'approche de moi ! Je n'y tenais plus.

247

C'est bien ce que je pensais ! Un badge sur le revers de son cardigan annonce : « HARRIET GRAYSON, DIRECTRICE ». La tortionnaire d'Ernie !

À son tour de passer un sale quart d'heure. Surtout que je m'en veux encore d'avoir enguirlandé Suze.

La Grayson me sourit en me tendant la main.

— Bonjour, chère madame ! Rafraîchissez ma mémoire : vous faites partie du comité des réceptions ?

— Non, je n'ai pas d'enfant à l'école. Je suis…

Je suis sur le point d'attaquer : « … la marraine d'Ernest Cleath-Stuart et j'ai deux mots à vous dire » quand une meilleure idée me traverse l'esprit. Puisque ici personne ne me connaît, autant en profiter.

— En fait… Je suis une dénicheuse de talents dans le domaine de l'art.

— Vraiment ?

— Je me présente, professeur Rebecca Bloomwood, du département Junior du musée Guggenheim. Je regrette de ne pas avoir de carte de visite, j'ajoute d'un ton ultrapro. Je suis ici en service commandé. Nous nous rendons incognito dans des expositions afin de dénicher de jeunes talents. Et j'en ai découvert un ici même !

Et je pointe mon doigt vers le barbouillage maronnasse d'Ernie, au grand étonnement de Mme la directrice.

— Le travail d'Ernest Cleath-Stuart, lâche-t-elle, un enfant intéressant, cet Ernest…

— *Incroyablement* doué en fait, mais je n'ai pas besoin de vous le préciser. Voyez comme il véhicule son message avec subtilité, regardez l'expression de ce mouton. Bien sûr, il serait facile de passer à côté d'une telle virtuosité. Mais, en tant que professionnelle, je l'ai remarquée au premier coup d'œil.

Le front de la directrice se ride tandis qu'elle examine la peinture.

— Certainement, approuve-t-elle.

248

— Une école de votre standing encourage sûrement cet enfant exceptionnel, n'est-ce pas ? Car, croyez-moi, il le mérite. Reçoit-il une bourse de votre part ?

— Ernest ? Une *bourse* ? fait-elle abasourdie. Non...

— Parce que je pense que d'autres écoles seraient heureuses d'attirer un tel talent.

Je la regarde droit dans les yeux et, après un coup d'œil à ma montre, je conclus.

— Malheureusement, je dois partir. Je vous remercie de m'avoir accordé un peu de votre temps...

— Permettez-moi de vous montrer le travail d'autres élèves ! propose la directrice en m'escortant jusqu'à la porte. Tenez ! Cette peinture est l'œuvre d'une fillette très douée du nom d'Eloise Gibbons, qui nous a quittés...

Elle me désigne un champ de coquelicots qui ressemble vaguement à un Van Gogh.

— Pas très original, je dis sans m'arrêter. Merci beaucoup et au revoir !

En traversant la cour, je dois me pincer les lèvres pour ne pas éclater de rire. Et voilà ! Mission accomplie. Désormais, Ernie va être apprécié. Et il le mérite. Car, bien que sa peinture soit un peu bizarre, c'est quand même, et de loin, ce qu'il y a de mieux dans l'exposition.

Devant l'entrée du Look, je vois une immense limousine ainsi qu'une cohorte de gamines excitées qui comparent des autographes griffonnés sur leurs tee-shirts. Pas de doute, Danny est déjà là.

Je monte au dernier étage où se trouve la salle de conférences. La réunion est déjà commencée. Il y a des assiettes de Shetland Shortbread disposées un peu partout, des photos de la nouvelle collection sur les murs et une foule de gens autour de la table. Danny, qui avec sa veste vert vif et bleu électrique ressemble à un paon, me fait signe de venir m'asseoir à côté de lui.

Tous les membres de la direction du Look sont présents, ainsi que de nouvelles têtes – probablement des gens de chez Shetland Shortbread – et Damian, l'ami de Luke, qui est maintenant le conseiller de Tarkie. Brenda, de notre département marketing, est au beau milieu d'une présentation PowerPoint, et montre les précommandes de la collection Danny Kovitz, comparées à celles de l'année dernière.

— Tellement excitant ! fait-elle. Jamais nous n'avons enregistré de réactions aussi positives. Merci donc, Danny Kovitz, pour votre formidable partenariat et merci, Shetland Shortbread, pour avoir rejoint notre directoire. Et maintenant, unissons nos efforts !

Au tour de Danny d'intervenir.

— Vous en avez fait un boulot formidable ! Becky, tu aurais dû venir en Écosse pour les prises de vue. Quel pied !

Il se tourne vers un garçon aux cheveux teints en roux qui se balance derrière lui. À coup sûr, un de ses milliers d'assistants.

— Zane, mes cornemuses ? Elles sont arrivées ?

— Euh… Je vais vérifier.

Il commence à pianoter furieusement sur son portable. J'éclate de rire.

— Ne me dis pas que tu as acheté des cornemuses ! Tu sais en jouer ?

— Comme accessoires ! Le biniou va être le nouveau sac dans le coup. Un *must have* ! Un malheur ! Vous devriez en mettre plein les vitrines.

Kathy, directrice du merchandising, note cette suggestion comme parole d'Évangile.

Brenda reprend sa présentation.

— Nous sommes ravis de la publicité gratuite que nous avons déjà obtenue. *Vogue* et *The Telegraph* ont fait des prépapiers et lord Cleath-Stuart vient d'accorder une interview au magazine *Style Central*.

250

Une autre raison de pouffer.

— Brenda, c'est sérieux ? Tarkie dans *Style Central* !

C'est la revue hyperbranchée, la bible des créateurs d'avant-garde et des journalistes de mode qui vivent à Howton, le quartier über-excentrique de Londres. Alors que Tarkie... Tarkie porte toujours le pull de cricket qu'il mettait à Eton.

— T'inquiète, ma poule ! J'étais présent, me rassure Danny. Et j'ai parlé presque tout le temps. Mais il a fait des photos extra. Sans peur d'aller jusqu'au bout. Tu sais que notre lord a un côté innovateur ?

Vraiment ?

Est-ce qu'on parle bien du même Tarkie ? Celui qui préfère le savon de Marseille aux lotions de grandes marques que Suze lui achète ?

C'est au tour de Trevor, notre directeur général, de prendre la parole et nous sommes tout ouïe.

— Puisque nous sommes réunis au complet, je profite de l'occasion pour féliciter particulièrement une des personnes présentes à cette table : Rebecca Brandon, qui a eu l'idée de cette collaboration. D'abord, en faisant venir Danny Kovitz au Look et ensuite en nouant des liens avec Shetland Shortbread. Bien joué, Becky !

Je commence à rougir sous les salves d'applaudissements, mais Trevor lève la main pour ramener le calme.

— Ce n'est pas tout. Comme nous le savons, les temps sont durs pour le commerce de luxe. Pourtant, le département de Becky a enregistré une hausse de ses ventes de 17 % au cours du mois dernier !

Il marque une pause pour faire son petit effet, tandis que l'on me regarde avec respect, mais aussi avec haine ! Gavin, le directeur du département hommes, est rouge comme un coq et fronce les sourcils d'un air courroucé.

Trevor poursuit :

— Nous avons reçu un flot de lettres de clientes, toutes plus élogieuses les unes que les autres. Jamie, pourriez-vous en lire quelques-unes à haute voix ?

— Avec plaisir ! fait Jamie du service clientèle. En voici une du Dr Davina Rogers :

« Cher Monsieur,

« J'aimerais vous féliciter pour l'efficacité du personnel de votre département de shopping personnel et, en particulier, pour le professionnalisme de Rebecca Brandon. Son approche commerciale clairvoyante et discrète en ces temps difficiles a retenu mon attention. Je puis vous assurer que ma fidélité vous est acquise pour longtemps. »

Je rayonne de plaisir. Davina m'a envoyé une photo d'elle – fabuleuse dans sa robe Alberta Ferretti – prise à la réception, mais j'ignorais qu'elle écrirait à la direction.

— Encore une autre, annonce Jamie.

« Enfin quelqu'un qui comprend les besoins et les achats des femmes. Merci mille fois. Signé : Chloe Hill. »

Je me souviens d'elle. La fille qui a acheté dix modèles Marc Jacobs que nous lui avons livrés le lendemain soir dans des sacs-poubelle. Jasmine a fait semblant d'être une voisine qui, retournant en Nouvelle-Zélande, voulait alléger sa garde-robe. Apparemment le mari, qui était présent, n'y a vu que du feu. (Il n'y a eu qu'une seule anicroche : quand il a traité sa femme d'idiote imprudente, parce qu'elle refusait tout net de donner certains vêtements à nettoyer.)

Trevor reprend.

— Chère Becky, nous sommes tous curieux de savoir comment vous vous y êtes prise. Mais j'oubliais ! Avant tout, je tiens à ce que vous acceptiez ce petit témoignage de notre immense reconnaissance.

À ma grande surprise, il sort un bouquet de fleurs de dessous la table et me le présente sous un tonnerre d'applaudissements.

— Vous ne serez pas étonnée d'apprendre que vous allez être nommée « Meilleure Employée de l'année », ajoute le patron avec un clin d'œil. Félicitations, Becky.

— Merci beaucoup.

Waouh ! Je ne peux pas m'empêcher de rougir. Meilleure Employée de l'année ! Vraiment cool ! Et je vais avoir une prime !

— Alors, sérieusement, continue Trevor sur sa lancée, c'est maintenant, je crois, le moment de nous confier votre secret.

Les applaudissements se calment. L'assemblée entière a l'air sur le qui-vive. Ils attendent une réponse, tandis que j'enfouis mon visage dans les fleurs, feignant de les sentir, afin de gagner du temps.

En fait... Bon, je ne suis pas *certaine* d'avoir envie de dévoiler mes petites astuces au grand jour. Qui peut comprendre le bien-fondé de mon système de livraison dans des sacs-poubelle ? Personne. Et, si certaines personnes pigeaient, cela donnerait lieu à un déluge de questions embarrassantes, genre « Quand avez-vous commencé ? » et « Qui vous a donné l'autorisation ? » ou « Est-ce conforme aux règlements de notre société ? ».

— Qui sait ? je réponds avec un grand sourire. Peut-être que mes clientes ont décidé tout simplement de soutenir l'économie de notre pays.

— Mais pourquoi seulement dans votre département ? s'enquiert Trevor, manifestement déçu par ma réponse. Becky, nous aimerions exploiter vos méthodes, les appliquer dans tous nos départements, que ce soit une technique de vente ou l'impact d'un seul produit...

— Peut-être est-ce l'agencement du rayon ? suggère un jeune type à lunettes.

— Oui, c'est ça, je rétorque.

Mais Brenda fait non de la tête. Elle est maligne, Brenda, voilà le problème.

— D'après moi, la clé du succès se trouve dans le service clientèle, fait-elle. À l'évidence, vous avez actionné la bonne manette au bon moment. J'aimerais bien passer quelques jours dans votre département pour observer votre manière de faire.

Pitié ! Pas question que cette Brenda pointe son museau fouineur chez nous. Elle se rendrait compte tout de suite de nos petites combines et irait rapporter illico à Trevor.

— Ce n'est pas possible, je riposte. Jasmine et moi fonctionnons en équipe soudée. En chamboulant notre système, nous risquons de compromettre notre réussite.

J'ai frappé juste. Visiblement Trevor est impressionné par le mot « compromettre ».

— Bien, nous allons en rester là, déclare-t-il. Continuez comme ça, Becky. Et, vous autres, je vous souhaite beaucoup de succès.

Il repousse sa chaise en se levant.

— Que diriez-vous d'un petit gueuleton, Becky et Danny ? Déjeuner chez Gordon Ramsay, le célèbre chef, ça vous dirait ?

— Et comment !

À table chez Gordon Ramsay avec le big boss ! Meilleure Employée de l'année ! Pas de doute, je suis en route vers le conseil d'administration.

Alors que Trevor prend un appel sur son portable, Danny me glisse à l'oreille :

— Et ta fête, ma poule ? Ça roule comme tu veux ?

— Chut ! Pas si fort !

— La semaine dernière, j'étais à Shoreditch pour un raout de la fashion et j'ai pensé à toi, fait-il en m'offrant un chewing-gum. Je ne sais pas quelle boîte de sécurité tu vas utiliser mais, crois-moi, Fifteen Stars Security est *archinulle*. Les videurs étaient genre totalement agressifs et les voituriers vraiment bordéliques. Réfléchis avant de les booker.

L'espace d'un instant, je reste sans voix.

Des *videurs* ? Des *voituriers* ? Je n'y avais même pas pensé.

— *Certainement* ! je réplique avec toute la conviction dont je suis capable.

— Super, fait Danny en mettant ses pieds sur une chaise. Tu prends qui ?

— Euh, je suis en train de faire le point.

O.K. Pas de panique. Il suffit d'ajouter videurs et voituriers à ma liste de préparatifs.

— Par contre, leurs toilettes étaient très bien, s'enthousiasme Danny. C'était sous une tente où on pouvait se faire masser les pieds. Tu vas engager des masseurs-réflexologues ?

Horreur ! Je suis trop paralysée pour répondre.

Les toilettes ! Et merde ! Comment ai-je pu oublier les toilettes ? Je croyais quoi, franchement ? Que deux cents invités allaient utiliser la salle de bains de Janice ?

Subrepticement, je note « toilettes » au marqueur sur ma main.

— Bien sûr, j'aurai des masseurs-réflexologues. *Et* aussi des masseurs-manucures. Et puis des... spécialistes de la méthode reiki.

Je ne vais quand même pas laisser une stupide fête de créateurs de mode supplanter ma fête à moi.

— Excellent ! Luke ne sait toujours rien ?

— Non ! Et baisse la voix, s'il te plaît.

— Ça ne va pas durer. Impossible de donner une fête-surprise qui reste une surprise.

— Mais, si !

Danny fait non de la tête avant d'ajouter :

— Tu peux me faire confiance, Becky. Il y a toujours un connard qui cancane. Tiens, regarde ce que j'ai créé pour ma filleule.

Il me montre un petit tee-shirt écossais avec « *Elle est géniale, Minnie* » écrit en lettres rose vif.

C'est toujours la même chose avec Danny. Au moment où on a envie de lui fracasser le crâne tellement il est énervant, il devient adorable et on se remet à l'adorer. Je ne peux pas m'empêcher de le serrer dans mes bras.

Oui, mais s'il avait raison ?

Au moment où j'arrive à la maison, mon portable sonne : Bonnie me rappelle *enfin*.

— Comment ça va ? je demande en me cachant derrière des buissons.

— Très bien, merci, tout va bien.

Sa voix tendue la contredit.

— Bonnie, qu'est-ce qui ne va pas ? Vous n'avez pas l'air dans votre assiette !

Elle pousse un petit soupir.

— À dire vrai, Luke n'a pas bien réagi quand j'ai tenté de lui parler de son gel douche. En fait, il m'a presque envoyée promener.

— Désolée, c'est ma faute. Mais ne vous en faites pas. Ça valait la peine d'essayer. De votre côté, comment va la soirée ?

— Aujourd'hui encore une foule de gens ont accepté. J'ai fait la liste et ouvert un dossier des exigences particulières.

— Des quoi ?

— On nous demande de la nourriture végétarienne, casher, sans gluten... Vos traiteurs vont s'en occuper, je pense. Ce n'est pas tout. Un invité réclame un salon d'attente pour son chauffeur, une autre veut un endroit discret pour allaiter son bébé, un ministre du gouvernement exige de faire inspecter les lieux par une équipe de sécurité...

— D'accord ! Pas de souci !

Je tente de paraître relax mais, dans le fond, je n'en mène pas large. Depuis quand les anniversaires sont-ils devenus de tels casse-tête ?

— Becky ?

— Pardon, Bonnie, mais un truc me tracasse.

Je reprends mon souffle avant de continuer.

— Est-ce que Luke me cache quelque chose ?

Silence. J'ai le cœur dans les talons. Je le savais !

— C'est au sujet de Minnie ? Dites-moi franchement.

— Mais, non ! Pas du tout ! Luke n'a pas mentionné votre fille.

— Ah ! Alors c'est au sujet de son boulot ?

Nouveau silence. La réponse est donc « oui ». J'ai comme un mauvais pressentiment.

— Bonnie, je croyais que vous étiez mon *amie*. Pourquoi ne pas me dire ce qui se passe ? C'est trop horrible ? Encore un procès ?

Je passe mentalement en revue toutes les possibilités.

— Luke a de graves ennuis ? Il est en faillite ?

Bonnie s'empresse de m'interrompre.

— Mais, non, Becky ! Absolument rien de tout ça !

— Alors, que dois-je penser ? Je sais que Luke veut m'éviter tout ce qui pourrait me chambouler. Mais comment l'aider si je ne suis au courant de rien ?

— Je vous en prie, ne vous fâchez pas ! Tout va bien… Mais Luke a un nouveau client.

— Ah bon ?

J'ai l'impression de me dégonfler comme une baudruche. Je ne m'y attendais pas. Quoique ! Je me rappelle soudain que Luke m'a vaguement parlé d'un nouveau client. Mais pourquoi est-ce un secret d'État ?

J'ai besoin d'éclaircir ce mystère.

— Qui est-ce ?

Il est évident que Bonnie me répond à contrecœur.

— Malheureusement, il m'est impossible de divulguer son identité. Luke a été très clair à ce sujet. Il craint votre… réaction et veut attendre que le contrat soit entériné.

— Ma réaction ? je répète furieuse. Bonnie, vous *devez* me donner son nom !

— Impossible !

— Mais, si ! Souvenez-vous, nous formons une équipe !

Bonnie semble écartelée.

— Non, impossible. Becky, vous devez vous rendre compte que Luke est mon boss...

— Et moi votre amie ! Les amies passent avant les patrons ! C'est de notoriété publique.

Encore un silence.

— Becky, je dois raccrocher, murmure Bonnie. Je vous reparle demain.

Elle coupe la communication. J'avance lentement jusqu'au saule au milieu de la pelouse et je m'assieds sur le vieux banc en bois. Franchement, je ne sais plus où j'en suis. Luke me fait des cachotteries. De plus, alors que j'étais si fière de mes talents d'organisatrice, voilà que la mise au point de la soirée tourne au délire. Maintenant, je panique.

Gardes du corps. Voituriers. Nourriture casher. Toilettes. Masseurs-réflexologues. Dieu du ciel ! Comment vais-je financer tout ça ? Pourquoi avoir perdu du temps à faire ces stupides pompons ? Qu'est-ce que j'ai oublié d'*autre* ?

Suze pourrait me renseigner. Elle va tout le temps dans des soirées ultrasophistiquées. Mais je ne peux pas l'appeler. C'est trop tôt.

J'ouvre machinalement mon BlackBerry et je consulte la liste des invités qui ont déjà accepté. Mon moral en prend un sacré coup. Pourquoi les amis de Luke ne sont-ils pas comme tout le monde ? Pourquoi sont-ils habitués à des fêtes princières, dans des endroits divins, avec colonnes de marbre, orchestre de chambre et serveurs en blanc... ?

Maman apparaît sur le perron, l'air inquiète.

— Becky ? Ça va, ma puce ?

— Absolument... J'étais en train de réfléchir.

Plutôt mourir sous la torture que de lui avouer à quel point la fête me tracasse.

Elle disparaît à l'intérieur, et je me mets à ronger l'ongle de mon pouce. Bon, je n'ai pas le choix ! Je dois commander des toilettes de luxe, engager des videurs, des masseurs et tout le bastringue. Et m'arranger pour les payer !

Or l'état de mes finances n'est guère réjouissant. Je ne peux rien sortir de notre compte commun sans que Luke s'en aperçoive. Et mon compte perso est à sec. Pas question de demander un découvert à ma banque. Pas en ce moment. Et je suis déjà limite sur mes cartes de crédit. Là encore, par ces temps difficiles, ils ne les lâchent pas facilement.

Quel enfer ! Et si je me jetais aux pieds de Derek Smeath, mon ancien banquier, en implorant un découvert exceptionnel pour la fête ? Il comprendrait, c'est sûr ! Il a sympathisé avec Luke, et je l'inviterais à la soirée…

Soudain, je relève la tête. Non ! J'ai trouvé mieux ! Je vais demander à Trevor une avance sur ma prime de Meilleure Employée de l'année. Comment pourrait-il me la refuser, surtout après toutes ses amabilités ?

Pendant que j'y suis, autant lui demander une augmentation.

Je suis tellement soulagée que j'ai envie d'éclater de rire. J'aurais pu y penser plus tôt. Il m'a offert des fleurs. Mon département marche du feu de Dieu. Il est complètement tendance. Pas de doute : je *mérite* une augmentation. Je m'arrangerai pour le voir en tête à tête et je lui demanderai une grosse avance et un joli supplément de salaire. Voilà qui couvrira tous les extra.

Une belle et forte augmentation serait encore mieux.

En attendant je vais chercher sur Google « *organisation de fêtes luxueuses* » pour voir ce que j'ai oublié.

Le moral au plus haut, je quitte mon banc et m'apprête à rentrer quand un mail de Bonnie m'arrive.

Chère Becky.

Je me sens atrocement coupable. Vous aviez 100 % raison. Votre amitié m'est précieuse et que serait l'amitié sans confiance ? C'est donc en toute confiance que je vous envoie, par texto, le nom de notre nouveau client, que Luke refuse de vous dévoiler (il a sûrement d'excellentes raisons pour agir ainsi).

Supprimez ce message après l'avoir lu. J'espère que vous vous rendez compte du risque que je prends. Surtout, cachez à Luke que vous êtes désormais au courant. Je vous suggère de faire preuve de retenue.

Affectueusement,

Votre amie,

Bonnie

Son mail me va droit au cœur. Bonnie est mon amie. Et réciproquement. Voilà le plus important. Maintenant, je me fiche bien du nom de ce client. Sans doute un homme d'affaires rasoir dont je n'ai jamais entendu parler.

Quant à son appel à la retenue… Quelle ânerie ! Par moment, les gens des relations publiques se mettent à croire à leurs salades.

J'appuie sur la touche Répondre.

Chère Bonnie. Vous êtes une véritable amie. Ne vous en faites pas, je ne laisserai rien paraître devant Luke et ferai preuve d'une totale retenue…

Mon portable clignote : sans doute un texto de Bonnie. Autant le lire avant de continuer. Je patiente un instant, le temps qu'il s'affiche sur mon écran.

Deux mots seulement. En les lisant, je suis dans un tel état de choc que j'ai du mal à percuter.

Sage Seymour

Sage Seymour, la star de cinéma ? C'est *elle*, la nouvelle cliente ? Comment se fait-il… ?

Non, mais quelle blague ! Luke ne s'occupe pas de vedettes de l'écran.

Pourtant Bonnie n'est pas du genre mytho…

Sage Seymour ?

Comment est-ce arrivé ? Quand donc mon mari a-t-il quitté le monde ennuyeux de la finance pour s'intéresser aux superstars ? Et pourquoi tant de cachotteries ?

Je frise l'hyperventilation. Pour m'assurer que je ne rêve pas, je relis vingt fois ces deux mots.

Sage Seymour est la *plus* cool des actrices. Elle vient de tourner dans un film sur les nazis. À la cérémonie des Oscars, elle portait une robe incroyable. Elle avait l'air d'être nue avec le corps couvert de perles ! Je meurs d'envie de faire sa connaissance depuis des siècles.

Et Luke la *connaît* ! Il *bosse* avec elle !

Pourquoi ne m'a-t-il RIEN DIT ?

Sage Seymour – Recherche Google :

Suggestions :

Google Earth
Google Maps
Google.com
Google Traduction
Google Chrome
Google Voice

Recherches récentes :
sage seymour luke brandon
sage seymour luke brandon nouvel attaché de presse
sage seymour becky brandon
sage seymour fashion
jimmy choo 50 % de remise
madonna école des enfants
claudia schiffer école des enfants
organisation soirée de luxe hors de prix
organisation soirée de luxe bon marché
voiturier oxshott
alexander wang sac à main
alexander wang sac à main en solde
venetia carter discréditée et ruinée
sage seymour piscine rose
sage seymour nouveau petit ami

14

Je n'arrive toujours pas à croire que Luke m'ait caché ses pourparlers avec Sage Seymour.

Si ça avait été moi, *jamais*, au grand jamais, je ne lui aurais dissimulé un tel secret. En fait, je suis sous le choc. C'est ça, les liens sacrés du mariage ? Un mari s'occupant d'une mégastar de cinéma et ne le disant pas à sa femme ?

Impossible évidemment de lui faire savoir que je sais : je ne veux pas trahir la confiance de Bonnie. Par contre, rien ne m'empêche de lui lancer quelques coups d'œil lourds de sens, du genre « Quelqu'un que je connais ne me cacherait pas quelque chose, par hasard ? ».

— Becky, ça ne va pas ?

En passant devant moi, Luke me dévisage. Il trimbale deux énormes sacs vers le camion de déménagement. Après plus d'une heure de travail, les déménageurs ont presque fini d'emballer.

— Mais si, tout va bien, je rétorque d'un ton acerbe.

Luke m'examine pendant une minute avant de laisser échapper un soupir.

— Je sais ce qui se passe dans ta tête, ma Becky.

Sur ce, il pose les sacs et m'enlace.

— Aujourd'hui est un jour difficile pour toi. Bien sûr, c'est merveilleux de se retrouver tous les trois. Mais, d'un autre côté, nous avons été heureux chez tes parents. C'est un peu la fin d'une époque, une page qui se tourne.

J'ai envie de répliquer : Rien à voir avec « la fin d'une époque » ! Je m'en moque bien. Ce qui m'importe, c'est plutôt : « Pourquoi tu ne me présentes pas à ta fameuse star de cinéma ? »

Quel temps perdu, quand j'y pense ! Si j'avais rencontré Sage Seymour, aujourd'hui on dînerait souvent ensemble. On aurait échangé nos numéros de portable et on serait les meilleures copines du monde. On s'entendrait probablement comme larrons en foire. Je serais invitée chez elle à Malibu et je nagerais dans sa piscine toute carrelée de mosaïque rose pâle qui, entre nous, est fabuleuse en photo.

Je nous imagine toutes les deux, allongées sur des matelas pneumatiques, sirotant des smoothies tout en discutant des choses de la vie. Elle me confierait les secrets de l'incroyable couleur miel de ses cheveux, et je lui expliquerais les erreurs qu'elle a commises avec son dernier copain. (Au fait, je suis en total désaccord avec le journaliste de *Heat* : d'après moi, la séparation n'était *pas* inévitable.) Ensuite, on ferait des courses et on serait cernées par des paparazzi. Du coup, on lancerait une nouvelle mode de foulards ou autre qui deviendrait instantanément le truc *tendance* copié par les filles du monde entier.

Mais, à cause de Luke, toute cette félicité m'échappe. Il a fait exprès de me tenir à l'écart. À vrai dire, il ne mérite pas une fête-surprise. Je suis tellement en pétard que je suis sur le point de tout lui balancer.

— Becky ?

Jess arrive dans l'allée.

— Bonne chance avec ta nouvelle maison, fait-elle, aussi prosaïque que d'habitude. Tiens, j'ai un cadeau pour ta pendaison de crémaillère.

Elle me tend un gros paquet emballé dans du papier kraft. Je regarde à l'intérieur. Nom d'un stiletto ! Qu'est-ce que ça peut bien être ?

— Waouh ! Merci ! C'est de la barbe à papa ?

— Du revêtement isolant. Il est choquant de voir à quel point les maisons de ce pays sont thermiquement nulles. Tapisses-en ton grenier, tu économiseras de l'énergie.

— Génial ! Et toi, comment vas-tu, Jess ? Je t'ai à peine vue ces temps-ci.

— Oh, je suis pas mal allée chez des amis. Je ne passe qu'une nuit de temps à autre chez Janice, murmure Jess. Elle me prend la tête. Pareil pour Tom.

— Toujours au sujet du bébé ? je réponds sur le même ton.

— Pire. Comme Tom lui interdit de m'embêter avec ça, elle a changé de tactique.

— Et quelle est la nouvelle ?

— L'autre jour elle m'a donné une boisson aux herbes, prétendument pour me « remonter ». Mais en vérifiant en ligne, j'ai découvert qu'il s'agissait d'un complément alimentaire destiné à favoriser la fertilité et à augmenter la libido.

La mine indignée, Jess poursuit.

— Tom a déjà bu trois verres de cette mixture.

— Non ?

Une terrible envie de rigoler me saisit, mais je me retiens. Inutile de faire de la peine à Jess.

— Dommage que ça ne soient pas nos affaires qui partent, soupire-t-elle en regardant le camion.

— Pourquoi vous ne déménagez pas ?

— Nous allons retourner en Amérique du Sud dans quelques semaines, grommelle-t-elle. Ce n'est donc pas la peine. Et, de toute façon, nous n'avons pas mis d'argent de côté. Mais, crois-moi, si elle s'avise de recommencer...

— Installez-vous chez nous, je lance, en serrant son bras. Ça sera fantastique, et je ne te ferai pas boire de potion magique, promis !

— Tu es sûre ? s'étonne Jesse. Mais tes parents m'ont dit que tu ne voulais personne chez toi avant que tout soit prêt.

— Euh, c'est presque vrai, je bafouille.

Je n'ai pas eu l'occasion de mettre Jess au courant de la situation. Je l'appellerai plus tard, quand nous serons arrivés.

— Prête à partir ? demande Luke.

Comme il a laissé la voiture là-bas, nous allons faire le chemin dans le camion. Cool de chez cool ! Le camion comporte plusieurs places à l'avant. Il y a largement de la place pour le déménageur, nous et Minnie qui, déjà sanglée dans son siège-auto, distribue un à un les raisins secs de son goûter au chauffeur (un type prénommé Alf qui semble être d'une patience d'ange).

On devrait vraiment s'acheter un beau et grand camion... Oui, c'est le véhicule familial par excellence. Dans ce genre d'engin, on n'est jamais à court d'espace pour caser son shopping. Et puis, je nous vois tous les trois assis devant. Les gens nous surnommeraient La Famille au Camion supercool et...

— *Becky ?*

Oups ! Tout le monde m'attend.

Je m'approche de maman et la serre dans mes bras.

— Au revoir, maman, et merci pour ton formidable accueil.

— Oh, ma puce, ne sois pas bête.

Elle se tourne vers papa et ajoute :

— Graham, c'est le moment de...

Papa acquiesce et s'éclaircit la voix.

— Avant que tu partes, ma chérie, j'aimerais dire quelques mots.

Luke, qui est descendu du camion, a l'air aussi surpris que moi. Papa va faire un discours ? Première nouvelle.

— Je pensais que ce jour n'arriverait jamais, commence papa d'une voix qui résonne dans le jardin. Mais c'est arrivé : notre fille a acheté une maison.

Il fait une pause, puis continue :

— Nous sommes très, très fiers. N'est-ce pas, Jane ?

— Nous nous demandions toujours qui pourrait bien accorder un crédit à notre petite Becky, se lance maman. Nous étions inquiets, ma puce. Et aujourd'hui te voilà propriétaire d'une ravissante maison à Maida Vale.

Impossible de regarder Luke. Je reste plantée là, en silence, me mordillant les lèvres et de plus en plus mal à l'aise. Bien sûr qu'on aura une maison bientôt. Donc *techniquement* je n'ai pas menti. Mais quand même !

— Et pour marquer l'événement, reprend papa en s'étranglant d'émotion, nous sommes heureux, ta mère et moi, de t'offrir ceci.

Papa me tend un cadeau empaqueté dans du papier de soie.

— Oh, vous n'auriez pas dû ! je m'exclame en retirant le papier.

C'est le tableau de la dame avec des fleurs. Le tableau qui est accroché dans le palier du premier étage depuis des siècles.

— Quoi ? Comment ? dis-je, sidérée. Je ne peux pas l'accepter. Cette peinture fait partie de votre maison.

Maman a des larmes dans les yeux.

— Quand tu étais petite, tu disais toujours que tu voulais ce tableau dans ta chambre. Et je te répondais : « Becky, ma puce, tu l'auras quand tu seras grande et que tu habiteras dans ta propre maison. »

Elle se tamponne les yeux.

— Tu es maintenant une vraie dame sur le point d'emménager dans sa maison.

Jamais je ne me suis sentie aussi minable.

— Merci, maman, je bredouille. Je suis comblée. Nous allons accrocher ce tableau à la place d'honneur.

— Dans ton salon, suggère maman. Qu'en penses-tu ? Ça serait magnifique au-dessus de la cheminée.

— Peut-être, oui.

Mes joues virent à l'écarlate.

La honte ! C'est intolérable. Il faut que l'avocat fasse avancer les choses. Et, *dès* que nous nous installerons dans notre maison « bien à nous », nous inviterons les parents, nous accrocherons le tableau, et tout ira pour le mieux dans le meilleur des mondes.

— Tu nous diras quand on pourra vous faire une visite.

— Écoute… Nous allons revenir vous voir très bientôt, j'annonce, sans répondre directement. Je t'appelle très vite, maman.

Nous grimpons dans la cabine du camion. Alf nous observe. Il est si parcheminé qu'il a l'air d'avoir cent trois ans alors qu'il n'en a sans doute que la moitié. Il nous a déjà raconté qu'il avait une hanche en compote, une épaule déglinguée, une faiblesse aux poumons et besoin de l'assistance de ses camarades pour transporter les caisses.

— On y va ? grimace-t-il en montrant sa dent en or.

— Oui, allons-y.

— La petite demoiselle désire que je lui rende ses raisins ? demande-t-il à Minnie.

Je sursaute en voyant qu'il en a plein la main et qu'une bonne moitié est mâchouillée !

Du Minnie tout craché !

— Excusez-nous, dis-je au chauffeur, permettez-moi de vous en débarrasser.

Je les fourre dans le petit panier de Minnie et pousse un immense soupir de soulagement quand le camion démarre.

— Alors, Madame la Propriétaire est fière d'elle ? ironise Luke.

— La ferme ! je m'exclame en me prenant la tête dans les mains. Tout va s'arranger ! Dans deux jours, je téléphonerai aux parents et leur raconterai une histoire. Que la maison a besoin de petits travaux, et qu'il nous faut louer ailleurs. Ça marchera. Et quand nous serons enfin chez nous, je donnerai un grand dîner où j'inviterai tout le monde.

— Le dîner de Noël ! L'année prochaine !

— Ne sois pas ridicule ! Nous aurons la maison bien *plus* vite. L'avocat a dit qu'il réglerait le problème dans les meilleurs délais.

— Ce qui veut dire, dans le jargon des avocats : à Noël de l'année prochaine !

— Ne crois pas...

Alf m'interrompt.

— C'est votre mère derrière nous ?

— Comment ?

— Dans la Volvo bleu qui nous suit, dit-il en me désignant un des rétroviseurs.

Effectivement ! La voiture des parents est juste derrière nous. Pitié ! Mais qu'est-ce qu'ils fabriquent ?

Je sors mon portable et compose son numéro.

— Maman, j'attaque sec, qu'est-ce que vous faites exactement ?

— Oh, Becky ! Quel dommage ! On voulait te faire la surprise ! Graham, je t'avais dit de ne pas les coller ! Ils nous ont repérés.

— Maman, écoute-moi ! dis-je, très énervée. Il n'était pas question que vous nous accompagniez, je te l'ai dit et répété. On vous invitera quand nous serons prêts.

— Becky, ma puce ! dit maman en riant. C'est ta première maison ! Ton premier nid ! On se fiche bien que ce ne soit pas impeccable !

— Mais...

— Ma pupuce, je n'ai pas oublié ce que tu m'as dit. Et franchement on avait l'intention de vous laisser en paix. Mais la tentation a été trop forte. On ne peut pas vous laisser vous échapper sans vous donner un coup de main. J'ai apporté des gâteaux pour le thé, et papa a pris ses outils. En deux temps trois mouvements, la maison...

Mon cœur s'emballe. Pas question de les laisser pénétrer dans une location cradingue. Surtout pas après le discours de papa.

— On pourrait même faire la tournée de vos voisins ! continue maman avec le même entrain. Ils feront bientôt partie de vos amis proches, qui sait ? Regarde Janice et moi : amies depuis plus de trente ans ! Je me rappelle le jour où nous avons emménagé. Janice nous a rendu visite, une bouteille de sherry à la main… Ah ! Papa voudrait l'adresse, au cas où on vous perdrait.

Comment sortir de cette impasse ?

— Maman, je t'entends mal… La ligne va couper…

Je frotte mon portable contre mon sac pour être plus convaincante et stoppe la communication.

— Tout va bien. Ils ne connaissent pas l'adresse, dis-je à Luke. Il va falloir les semer, Alf.

— Les *semer* ?

— Oui, comme dans les films policiers. Planquez-vous dans une ruelle.

— Une ruelle ? Quelle ruelle ? fait-il, interloqué.

— Je n'en sais rien. Trouvez-en une ! Comme dans les courses-poursuites.

Il ne va jamais au cinéma, cet Alf ?

Très pince-sans-rire, Luke intervient.

— Pour faire plaisir à ma femme, foncez à contresens dans une rue à sens unique, renversez une charrette de fruits, faites hurler de peur une centaine de passants, puis effectuez un tonneau, afin de *semer* mes beaux-parents. Je suis sûr que vous êtes un cascadeur-né.

Je lui donne un coup de coude dans les côtes.

— Boucle-la, Luke ! On a un vrai problème, là, tu t'en rends compte ou pas ?

— Écoute, Becky, si j'avais pris les choses en main, nous n'en serions pas là. Dès le début, j'aurais dit la vérité à tes parents.

Un feu rouge nous arrête. Les parents s'immobilisent à côté de nous en nous faisant de grands signes. Je n'arrive qu'à produire une triste grimace.

— Alf, dès que le feu passe au vert, foncez !

— Ma petite dame, je conduis un camion, pas une Ferrari !

Au vert, je crie : « Allez ! Allez, démarrez ! », mais Alf prend tout son temps pour enclencher la première.

Quel abruti ! Et si je prenais le volant ?

— Je m'excuse, les amis ! J'ai besoin d'essence !

Alf s'arrête dans une station-service et, comme de bien entendu, la Volvo des parents nous suit. Maman en sort précipitamment, portable à la main, et vient tambouriner à la porte du camion.

— Tout va bien ?

— Bien sûr ! je réponds en baissant ma vitre. Juste besoin d'essence.

— Au fait, j'ai Janice au bout du fil. Ma puce, ça ne te dérange pas si elle vient avec nous ?

Quoi ?

Sans me laisser le temps de répondre, maman reprend sa conversation.

— Oui, on est à la station B.P., celle avec le café. À tout de suite !

Maman se fend d'une explication.

— Janice et Martin revenaient en voiture de leur cours de yoga. Tiens, les voilà !

Elle fait de grands signes frénétiques à une Audi noire qui entre dans l'enceinte de la station-service.

— Hou ! Hou !

— Becky, s'écrie Janice par la fenêtre ouverte, j'espère que ça ne t'ennuie pas si on vient. Ta mère nous a donné *tellement* de détails sur la maison qu'on a vraiment envie de la voir.

— Nous, on suit le camion, et toi, tu n'as qu'à nous suivre, explique maman à Martin.

Nous formons un convoi ! Je rêve !

— Martin, tape Maida Vale sur ton G.P.S., recommande maman. Comme ça, si *on* se perd… Becky, quelle est l'adresse exacte ?

— Euh... Je t'envoie un texto.

Il faut que je leur dise la vérité. Oui, absolument. Sans plus attendre.

— Maman, en fait...

J'avale ma salive et je regarde vers Luke pour qu'il vienne à la rescousse. Malheureusement il est descendu du camion et parle dans son portable.

— *Non, pas question, bordel !* fait-il à son interlocuteur. Horreur ! Il a l'air fou de rage. Qu'est-ce qui se passe ?

— Becky !

Je sursaute à la vue de Janice qui se profile dans l'encadrement de la vitre du camion. Sa tenue de yoga rose fluo avec socquettes et sabots assortis fait mal aux yeux. Un look qu'un top model de dix-neuf ans hyperbranchouille pourrait à la rigueur porter.

— Je profite de ce que Luke est occupé, susurre-t-elle. C'est au sujet de la F-Ê-T-E. L'autre jour, dans *Hello*, ils parlaient de la soirée donnée par la marque de prêt-à-porter Royal Party. Tu as lu l'article ?

Je confirme machinalement, tout en observant Luke. Bien qu'il soit hors de portée d'oreille, je devine qu'il est toujours au cœur d'une discussion houleuse. Employant des mots que je ne voudrais pas que Minnie entende. Qu'est-ce qui se passe ? Il se dispute avec Sage Seymour ? Il termine sa collaboration avec elle avant même que je l'ai rencontrée et sois devenue son amie ? Si c'est le cas, je le *tue*.

— ... et il y avait un espace retouche maquillage pour les people, conclut Janice, tout à son affaire. Tu vois ce que je veux dire ?

Je ne vois rien du tout.

— Excuse-moi, Janice, mais j'avais l'esprit ailleurs.

— Comme je suis une *spécialiste du maquillage*, j'ai pensé que je pourrais m'occuper d'un espace retouche. Je maquillerais tous les invités. Ce serait mon cadeau d'anniversaire à Luke.

Je reste sans voix. Janice n'est *pas* une spécialiste du make-up. Elle a assisté à un seul cours du soir pour adultes, où elle a appris à appliquer du blush pêche et de l'anticernes clair sur un mannequin en plastique ! Et voilà qu'elle se croit capable de maquiller l'assistance !

— Janice, tu es trop gentille ! Mais tu vas manquer la fête.

Janice me répond du tac au tac :

— On se relaierait ! Tu sais, j'ai toute une bande de copines. On était au même cours, on a donc la même technique.

C'est pire qu'un film d'horreur ! J'imagine une équipe de plusieurs Janice, badigeonnant de l'ombre à paupières nacrée de toutes les couleurs à qui mieux mieux !

— Excellent ! Ça va être quelque chose !

Bon. Voici une priorité à ajouter en tête de ma liste : *NE PAS laisser Janice maquiller les invités* !

— Luke s'approche. Je dois retourner à la voiture, fait-elle avec emphase.

Avant d'avoir pu dire quoi que ce soit, elle s'esquive et Luke arrive.

— Incroyable, fait-il, les dents serrées. *In-cro-ya-ble !*

— Quoi ? Et s'il te plaît, ne jure pas devant Minnie.

— Becky, les nouvelles sont mauvaises, annonce-t-il en me regardant droit dans les yeux. La maison, ça ne marche plus. On ne pourra pas l'avoir.

Pendant une nanoseconde je pense qu'il plaisante. Mais son visage est atrocement sérieux.

— Un connard de l'agence l'a louée à quelqu'un d'autre. La personne qui s'occupe de nous vient de découvrir que les gens ont déjà emménagé.

— Mais c'est la nôtre, je m'exclame, proche de l'hystérie. On a *besoin* de cette maison.

— Je sais et, crois-moi, ils le savent aussi. Ils nous fournissent une solution de rechange d'ici à une heure,

273

autrement nous nous installons à l'hôtel à leurs frais. Quel merdier !

C'est surréaliste ! La tête me tourne.

— Il vaut mieux prévenir tes parents, dit Luke.

— Non, impossible !

— Alors tu suggères quoi ?

J'aperçois maman qui me fait des signes. Une seconde après, je reçois un texto.

Alors on y va, ma puce ?

— On n'a qu'à aller à Maida Vale, je suggère en humectant mes lèvres. C'est la solution. Avec un peu de chance, les types de l'agence vont nous rappeler pendant qu'on sera en chemin. On trouvera bien un truc.

Alf se hisse dans la cabine.

— Prêts ?

— Oui, je réplique, prenant Luke de vitesse. Allez-y, démarrez !

Le trajet va nous prendre au moins une heure. Entretemps, ils se seront débrouillés pour nous dégotter une autre maison. On s'installera, et tout ira bien. Obligé !

Malheureusement, on arrive à Maida Vale en quarante minutes. Quelle poisse ! D'habitude, il y a une circulation d'enfer. Le sort est contre nous, je ne vois que ça.

Nous sommes maintenant dans la rue principale et toujours pas la moindre proposition de maison. Mon cœur galope à une allure folle, mais je n'en laisse rien paraître. Du moment qu'on continue notre chemin, c'est O.K.

— Ralentissez, je dis à Alf. Prenez des rues sinueuses. Tenez, par là !

Je lui désigne une rue particulièrement étroite.

— Interdit de tourner à gauche !

Nous avons tout raconté à Alf. Ou du moins il a reconstitué ce qui s'était passé en entendant la conversation plus qu'animée entre Luke et l'agent immobilier. (Heureusement, Minnie s'était assoupie. Les enfants de deux ans peuvent dormir malgré *tout* !) Luke a tenté d'appeler d'autres agences, mais personne ne dispose d'une maison prête à accueillir une famille dans les vingt prochaines minutes. J'en ai marre ! Et marre ! Et marre de chez marre ! Où sont donc les maisons disponibles ? Où sont les embouteillages ?

Dans l'espoir d'avoir semé les parents, je regarde dans le rétroviseur. Hélas, ils sont toujours là, aussi collants qu'un troupeau de sangsues. Luke prend un appel. Du neuf ? Non, toujours rien, indique-t-il d'un mouvement de tête.

Alf stoppe à un croisement, pose ses bras sur son volant et me regarde.

— Et maintenant ? On va où ?

— Je ne sais pas ! Si vous faisiez des... *cercles* ?

Il demande d'un air sardonique :

— Vous me prenez pour un avion ?

— S'il vous plaît. Juste un petit moment.

Alf met son clignotant à gauche et s'engage dans une avenue résidentielle. Nous longeons un canal, empruntons une autre voie élégante et quelques instants plus tard nous voici revenus à notre point de départ !

Je gémis une fois encore.

— On est allés trop vite !

Et, comme de bien entendu, je reçois ce texto de maman :

Ma puce, ton chauffeur a perdu le nord ? On a déjà pris cette rue. Papa te demande l'adresse, il va se repérer sur son G.P.S.

— Impossible de continuer à tourner en rond dans Maida Vale en attendant d'avoir une maison, dit Luke en raccrochant.

— Ça a marché, monsieur ? s'enquiert Alf.

Depuis qu'il a entendu Luke engueuler l'agent immobilier, Alf le traite avec beaucoup de respect. En fait, malgré ses petits airs ironiques, il semble s'amuser beaucoup.

— Pas du tout. Becky, il faut qu'on les mette au courant.

— Non... Non... Pas encore... Déjeunons d'abord !
On va bien trouver un café dans le coin. Luke, voici ce
que j'ai décidé. Pendant que je distrais les parents, tu vas
voir l'agence immobilière et tu les *obliges* à nous donner
une maison.

S'attendant au pire, Alf lève les yeux au ciel et
manœuvre pour se garer devant un des Café Rouge de la
chaîne du même nom. Les autres nous imitent. Janice sort
de l'Audi pour guider son mari avec force recommandations, encouragements et « Martin, attention ! ».

J'enlève la ceinture de Minnie et nous descendons du
camion, heureuses de nous dégourdir les jambes. J'ai
l'impression d'avoir fait la moitié du tour du monde.

De mon air le plus joyeux, le plus décontracté, je salue
les autres. Pour bien leur montrer que cette escale était
prévue.

Maman fonce la première sur moi.

— Qu'est-ce qui se passe, ma puce ? On est arrivés ?

Elle inspecte les appartements au-dessus des boutiques,
comme s'ils allaient se transformer en ravissantes villas
avec sous-sol, jardin et deux garages.

— Fais confiance à Becky pour habiter dans une rue
commerçante !

Et Martin, tout fier de sa remarque, se met à rigoler.

— Non, ce n'est pas mon futur quartier. On s'arrête
seulement pour déjeuner, je réplique vivement.

Silence étonné.

— Déjeuner ? répète Janice. Mais il n'est que
10 heures 20 !

Je dois trouver une explication sensée.

— Ouais. Je sais. Mais le chauffeur doit déjeuner.
Convention syndicale oblige ! N'est-ce pas, Alf ?

Maman n'est pas contente.

— Ridicule ! Nous ne sommes qu'à dix minutes de la
maison !

— Tu as raison, mais le règlement syndical est très strict. On n'a pas le choix.

Alf entre dans le jeu.

— J'y suis pour rien. C'est pas moi qui fais les lois.

Papa n'y tient plus.

— Je n'ai jamais rien entendu d'aussi stupide.

Puis, s'approchant d'Alf, il lâche :

— Écoutez-moi. Pourquoi ne pas déposer ma fille chez elle et déjeuner ensuite ?

— Le règlement, c'est le règlement ! répond Alf en faisant non et non de la tête. Si je l'applique pas, je risque de passer en conseil de discipline et de perdre mon boulot. Je vais me reposer comme je l'ai mérité, et vous me prévenez quand vous êtes prêts à repartir. D'accord, ma petite dame ?

Il me fait un clin d'œil et entre au Café Rouge.

Waouh ! Quel acteur ! Il mérite un gros baiser.

— Eh bien, on sait *maintenant* pourquoi ce pays part à vau-l'eau ! crie maman, hors d'elle. D'ailleurs, qui a établi ce règlement ? Je vais écrire au *Daily World* et au Premier Ministre !

Comme notre troupe pénètre dans le Café Rouge, elle jette un coup d'œil assassin à Alf, qui lui répond par un petit geste amical.

Dès que nous sommes assis, j'annonce :

— Commandez tout ce que vous voulez. Nous en avons pour un moment. Prenez un sandwich, un croissant, un steak… C'est moi qui régale… Minnie ! *Non !*

J'éloigne le sucrier avant qu'elle ne renverse tous les morceaux.

— Où est Luke ? demande maman tout à coup.

— À l'agence immobilière.

— Probablement pour prendre les clés, commente papa gaiement. Eh bien, moi, les amis, j'ai assez envie d'un panini !

J'essaie d'étirer le temps du déjeuner au maximum. Mais qui veut d'un steak à 10 heures 20 ? Et le nombre de croissants qu'on peut ingurgiter a ses limites. Chacun de nous a déjà avalé deux cappuccinos, mais Luke ne m'a toujours pas envoyé de bonnes nouvelles. Minnie en a assez de ses jouets. À leur tour, les parents commencent à s'impatienter. Ça risque de tourner au vinaigre.

— Quel ridicule ! s'exclame maman en voyant Alf commander une seconde tasse de chocolat. Je refuse d'attendre plus longtemps qu'un fainéant de chauffeur finisse de déjeuner. Graham, patiente ici pendant que Becky et moi allons à pied jusqu'à la nouvelle maison. Ma puce, on peut marcher jusque là-bas, n'est-ce pas ?

— Je ne crois pas que ce soit une bonne idée. On devrait attendre le retour de Luke et tous y aller en camion.

— Ne dis pas de bêtises ! Ma puce, appelle Luke pour lui dire que nous allons dans votre maison. On prendra les clés en chemin. Où est l'agence ? Près d'ici ?

À la vitesse de l'éclair maman rassemble ses affaires et récupère les moufles de Minnie. Ce qui ne m'arrange pas du tout. Il faut que mon petit monde reste dans ce café.

— Je ne suis pas sûre de l'adresse. Mieux vaut patienter encore un peu. Prenons un café...

— Fastoche ! s'exclame Janice en sortant un petit plan des rues relié en cuir rouge. Je ne me déplace jamais sans. Becky, comment s'appelle donc ta rue ? Je vais la trouver en un clin d'œil.

Oh, merde !

Ils attendent, l'œil rivé sur moi. Dès que j'aurai prononcé le nom de la rue, ce sera la chevauchée fantastique. Surtout, ils découvriront la vérité.

Je me frotte le nez, histoire de gagner quelques précieuses secondes.

— Je... je ne m'en souviens pas !

— Tu ne te souviens pas de ta propre adresse ? s'exclame Janice.

— Ma puce, intervient maman, tu sais forcément où tu vas t'installer.

— Je ne sais plus le nom exact de la rue. Je crois que ça commence par un « B », je lance au hasard.

— Appelle Luke !

— Sa ligne est occupée.

Papa et maman se regardent comme s'ils venaient de se rendre compte que leur fille est à moitié demeurée.

— Je ne poireaute pas ici un instant de plus, s'énerve maman. Becky, tu nous as dit que c'était à quelques pâtés de maisons des magasins. On va patrouiller dans le secteur, et tu reconnaîtras bien ta maison quand on passera devant. Graham, toi, tu attends Luke !

Elle se lève. Je ne peux rien faire. Sauf attirer l'attention d'Alf et lui lancer, à la manière d'un S.O.S. :

— On part se promener !

— Becky, je t'en prie, *réfléchis* ! dit maman quand toute la troupe, à l'exception de papa, se retrouve sur le trottoir. On va dans quelle direction ?

— Euh… par là ! dis-je en me tournant vers la direction opposée à la maison.

— Ça pourrait être Barnsdale Road ? demande Janice, penchée sur son plan. Ou Barnwood Close ?

— Je ne crois pas…

— Becky, c'est insensé que tu aies oublié le nom de ta rue ! Tu es *propriétaire* ! Tu as des *responsabilités*. Tu dois…

— Paaapa ! chantonne Minnie, ravie. Paapa !

Elle pointe son doigt vers la vitrine d'une agence immobilière. Effectivement, Luke, parfaitement visible en pleine vitrine, a l'air d'engueuler ce pauvre Magnus qui semble terrifié.

L'horreur ! Quelle idée d'être venue de ce côté !

279

— C'est ton agence ? demande maman en lisant le panneau « RIPLEY & CO ». Parfait. Entrons, demandons l'adresse et les clés ! Bravo, Minnie, ma petite puce chérie !

— Il ne semble pas très content, remarque Janice, en voyant Luke gesticuler. Si c'est pour un problème d'aménagements ou de voilages, j'ai un conseil à te donner : pas la peine de se fâcher pour si peu. *Laisse-leur* le rideau de douche. Ça ne vaut pas un procès, comme mon frère a fait...

— Allez, Becky, avance ! m'apostrophe maman depuis le seuil. Qu'est-ce qui ne va pas ?

Je reste plantée sur le trottoir.

— Maman..., je commence d'une voix étranglée. Il y a... Je dois te dire quelque chose. Au sujet de la maison. Je t'avoue... Je n'ai pas été tout à fait franche.

Maman se fige. Elle se retourne. Des plaques rouges sont apparues sur ses joues.

— Je le savais. Je *savais* que quelque chose clochait. Tu nous as caché quelque chose. Becky, c'est quoi ?

Soudain, elle tire une tête de fin du monde.

— Tu veux dire que ce n'est pas une maison individuelle ?

— Non... Mais...

— Je parie qu'il n'y a pas de garage.

Janice et Martin poussent un énorme soupir. À Oxshott, ne pas avoir de garage est un péché capital.

— Non, ce n'est pas ça. C'est...

Je suis tellement oppressée que je peux à peine parler.

— Madame Brandon !

Un inconnu en costume sombre sort de l'agence.

— Je suis David Ripley, le directeur, m'annonce-t-il en me tendant la main. Je vous en prie, ne restez pas sur le trottoir dans le froid. Permettez-moi au moins de vous offrir une tasse de café. Je suis parfaitement conscient de la situation et, croyez-moi, nous faisons le *maximum* pour vous trouver une maison dans les *meilleurs* délais.

Je n'ose pas regarder maman. En fait, je n'ose regarder personne. Désormais, la seule chose qui puisse me sauver, c'est une tornade phénoménale.

— Trouver une maison pour Becky ? répète maman sans bien comprendre.

— Nous sommes confus de ce malentendu dans la location. Nous allons immédiatement vous rembourser votre caution.

— Une *location* ?

Maman a crié si fort que David Ripley sursaute.

— Excusez-moi, madame, êtes-vous la mère de Mme Brandon ?

Il lui tend la main.

— Mes hommages, madame. Je peux vous assurer que nous faisons tout ce qui est en notre pouvoir pour trouver une maison à votre fille...

— Mais elle a déjà une maison ! Elle a acheté une maison ! Nous sommes venus chercher les clés. Sinon, que ferions-nous dans Maida Vale ?

Totalement perdu, David Ripley dévisage maman, puis moi et ainsi de suite, plusieurs fois.

— Pardonnez-moi, mais je ne saisis pas.

— Écoutez, dis-je en piquant un fard, ma mère n'est pas au courant... de tout. J'ai besoin de lui parler en particulier.

— Je vois, fait le type en reculant stratégiquement vers son bureau. Bon, je reste à votre disposition.

J'avale ma salive péniblement.

— Maman, j'aurais dû te dire...

Janice entraîne Martin vers la vitrine de l'agence immobilière, qu'ils commencent à contempler comme la huitième merveille du monde. Maman reste plantée au milieu du trottoir, le sourcil froncé en signe de déception et d'incompréhension.

J'ai envie de pleurer. Les parents étaient tellement fiers de moi. Ils ont prévenu leurs amis. Et une fois de plus, je gâche le plaisir de tout le monde.

Les yeux rivés au sol, je peine à murmurer :

— Il y a eu un retard pour la maison. Je n'ai pas osé vous en parler, car on vous embêtait suffisamment en vous envahissant. On a donc pris une location, mais ce plan a aussi foiré... Et voilà, nous sommes à la rue.

Je m'oblige à relever la tête.

— Je suis désolée.

— On a fait tous ces tours et détours pour... rien ?

— Oh, on va en avoir une...

— Tu veux dire que tu nous as menés en bateau *consciemment* ! Tu as laissé papa faire son speech ? Tu as accepté le tableau ? Et tu n'as pas arrêté de nous mentir ?

— Ce n'était pas tout à fait *mentir*...

Maman se déchaîne et, moi, je tressaille sous le choc.

— Qu'est-ce que tu nous caches d'autre ? On est tous là à Maida Vale. Janice et Martin ont fait l'effort de nous accompagner, on a apporté des cadeaux pour ta pendaison de crémaillère...

— Je vous avais dit de ne pas venir ! je riposte.

Mais maman fait mine de ne pas entendre.

— Becky, tout ce que tu fais tourne au fiasco ! Tu prends tes désirs pour des réalités ! Qu'est-ce que ton père va dire ? Il va être affreusement déçu !

— Mais on l'aura, notre maison ! je m'exclame. Je te le jure ! En attendant, tu peux récupérer le tableau.

— C'est comme avec George Michael...

— *Rien* à voir, je l'interromps, piquée au vif. Ce n'est *pas* l'histoire de George Michael qui recommence. Juste un contretemps, j'ajoute en écrasant une larme.

— Ma puce, avec toi, c'est toujours juste un contretemps. Pour la soirée, ça sera du pareil au même...

— Sûrement pas ! je rugis. Je ne vous ai jamais demandé de nous suivre ! Ni de nous acheter des cadeaux ! Si tu ne veux pas venir à la soirée pour Luke, tu n'es pas obligée ! D'ailleurs, je préfère que tu ne viennes pas !

À ce stade, des flots de larmes inondent mon visage. Janice et Martin, eux, sont plongés dans l'étude des photos de riads au Maroc. Et ne lèvent pas le nez.

— Non ! Pas pluurer ! s'écrie Minnie en me regardant.

— Bon ! fait Luke en s'avançant vers nous à grandes enjambées. Tout est arrangé. Ils vont nous loger...

Il se tait, découvrant mes larmes.

— Qu'est-ce qui se passe ? Il est arrivé quelque chose ?

Mâchoires serrées, maman ne lui répond pas.

— Non, rien. On ne faisait que... parler.

— Bien, dit Luke, surpris. En tout cas, j'ai négocié un appartement de deux chambres dans la résidence West Place, en attendant qu'on nous trouve une vraie maison.

— West Place ! s'exclame Janice en nous faisant face. On l'a vu à la télé ! Martin, tu te rappelles ? Ce charmant hôtel moderne avec un spa sur le toit et toutes ces mosaïques ?

— Oui, précise Luke, je n'allais pas accepter un taudis. On peut emménager aujourd'hui, mettre nos affaires au garde-meubles...

Il ne continue pas, conscient de la tension dans l'air.

— Becky, ça te va, au moins ?

Sans réfléchir, je lui propose :

— Maman devrait s'installer dans cette suite. Oui, les parents pourraient y aller.

— Si... si tu veux. C'est une façon de procéder.

— On a abusé de leur hospitalité depuis trop longtemps et aujourd'hui on leur a porté un sale coup. On doit les faire profiter du luxe de l'appartement. Ensuite... on se retrouvera.

Je jette un coup d'œil autour de moi. Impossible de regarder maman en face. Luke nous observe à tour de rôle comme s'il cherchait la raison de notre fâcherie. Janice lui marmonne quelque chose dans l'oreille.

— Jane, demande enfin Luke, ça vous conviendrait de séjourner à West Place pendant un petit moment ?

— Oui, ça me conviendrait, répond maman d'une voix coincée qui n'est pas la sienne. Merci, Luke. Je vais appeler Graham pour le lui dire.

À l'évidence, maman n'est pas non plus capable de me regarder en face.

Heureusement qu'on ne va plus vivre ensemble !

— Je vais emmener Minnie faire du lèche-vitrines, j'annonce à la cantonade. Prévenez-moi quand il sera temps de partir.

Nous rentrons chez les parents vers 16 heures. Papa et maman nous ont devancés pour prendre quelques affaires, puis Luke les a installés dans leur résidence ultrachic. Mais je n'ai pas envie d'en entendre parler.

Minnie prend son goûter en regardant le dessin animé *Peppa Pig*. Je m'installe près du feu, l'âme en berne. Quand Luke revient, il m'observe un instant.

— Becky, raconte ! C'est quoi ce cirque entre ta mère et toi ?

— Chuut ! fait Minnie, courroucée en montrant l'écran. Chuut, papa ! Peppa !

— Rien du tout ! dis-je en lui tournant le dos.

Luke s'agenouille au pied de mon fauteuil.

— Je ne vous ai jamais vues dans un état pareil.

Je le regarde en silence, l'esprit envahi d'un flot d'explications.

Elle croit que je suis incapable d'organiser une fête. Elle pense que je suis un échec vivant.

Et, dans le fond, j'ai bien peur qu'elle ait raison.

— Un simple conflit mère-fille.

— Ouais, fait Luke en haussant un sourcil, preuve qu'il n'est pas dupe. En tout cas, je suis ravi que nous nous retrouvions un peu seuls. Je veux te parler de quelque chose.

Il rapproche une chaise.

Que va-t-il m'annoncer ?

Il y va franchement.

— Tu avais raison, je n'ai pas été franc. J'en suis désolé. Mais je voulais que l'affaire se concrétise avant de t'en parler.

Il ne m'en faut pas *plus* pour que mon moral bondisse de dix crans. Il va me mettre au courant pour Sage Seymour. Youpi ! Je vais peut-être faire sa connaissance ce soir ! Il veut peut-être nous emmener dîner chez Ivy, le restaurant ultrabranché de Mayfair ! Je sais qu'elle tourne aux studios de Pinewood en ce moment, je l'ai lu sur Google. (Pour l'unique raison que, en bonne épouse, je m'intéresse à la carrière de mon mari.)

Oh, voilà qui va effacer une journée *absolument* merdique. Je vais porter ma robe Nanette Lepore toute neuve et mes chaussures roses Vivienne Westwood.

— Ne t'en fais pas, Luke, dis-je tout sourires, je sais que tu dois être discret.

Peut-être qu'elle me demandera d'être sa conseillère de mode personnelle ! Peut-être que Luke m'a recommandée auprès d'elle ! Je pourrais l'habiller pour les Golden Globes. Je pourrais assister à la cérémonie. Je veux dire, pour m'assurer que son ourlet ne rebique pas.

— Récemment, j'ai été en relation avec un de mes contacts. Un type qui représente... des célébrités.

— Vraiment ? dis-je d'un ton presque absent. Quel genre de célébrité ?

— As-tu, par hasard, entendu parler de... ?

Si je la *connais* ? Il débloque ou quoi ? Elle a reçu un Oscar, bon sang de bois ! C'est une des femmes les plus célèbres de la planète !

— Évidemment ! je crie, tellement je suis excitée.

Sans lui laisser le temps d'ajouter :

— ... une femme du nom de Nanny Sue ?

Pendant un instant je le dévisage avec surprise.

— Nanny *Sue* ? je répète enfin.

— Une spécialiste de la petite enfance. Elle a sa propre émission de télévision. J'avoue que je ne la connaissais pas.

Je suis tellement vexée que j'ai envie de lui coller des baffes. 1) *Bien sûr* que je connais Nanny Sue et, s'il ne l'a jamais vue, c'est qu'il ne regarde pas assez la télé. 2) Pourquoi est-ce qu'on parle d'elle et pas de Sage Seymour ?

— Oui, je sais qui c'est. J'ai même son livre. Et alors ?

— Il semblerait qu'elle travaille sur un nouveau projet. Une sorte de...

Il hésite et détourne le regard.

— ... un camp d'encadrement comportemental pour enfants.

Il plaisante ?

— Tu veux envoyer Minnie dans un *camp de redressement* ? Mais c'est... c'est... ridicule. Elle n'a que deux ans ! Ils ne la prendront même pas !

Je suis encore sous le choc. L'instant d'avant, j'étais au top à l'idée de boire un verre avec une star de cinéma. Et maintenant, il est question de m'arracher Minnie ! J'ai même du mal à poser la question qui me tarabuste.

— Elle sera *pensionnaire* ?

J'en ai mal au ventre. Il veut l'envoyer dans un établissement pour enfants difficiles. J'imagine Minnie en blazer bordé de passepoil, l'air d'un chien battu, tenant un écriteau « JE NE DOIS PAS COMMANDER 16 MANTEAUX EN LIGNE ».

— Bien sûr que non ! réplique Luke, outré. C'est simplement un programme pour les enfants ayant des problèmes comportementaux. Et ce n'est qu'une suggestion.

Il se masse la nuque tout en évitant mon regard.

— J'ai déjà parlé à Nanny Sue. Quand je lui ai expliqué la situation, elle m'a paru très compréhensive. J'ai donc pris rendez-vous.

Je n'en crois pas mes oreilles.

— Comment ? Tu lui as parlé ?

— Je faisais juste le tour des diverses options possibles. Il me regarde enfin.

— Becky, cela ne me plaît pas plus qu'à toi. Mais on doit faire *quelque chose.*

Pas du tout ! j'ai envie de hurler. *Et surtout pas inviter chez nous des bonnes femmes inconnues qui vont nous donner des ordres !*

Mais je le sens, sa décision est déjà prise. Tout comme lors de notre voyage de noces, quand il a décidé que nous devions prendre le train pour Lahore et pas l'avion. Il ne cédera pas d'un poil.

Bon, d'accord. Il peut embaucher tous les gourous d'enfants de la terre. Mais personne ne me prendra Minnie. Qu'elle se pointe donc, cette Nanny Sue, et qu'elle s'avise de tout chambouler. Elle ne fera pas long feu. Croyez-moi !

**DR JAMES LINFOOT
36, HARLEY STREET
LONDRES W1**

Rebecca Brandon
The Pines
43, Elton Street
Oxshott
Surrey

3 mars 2006

Chère Rebecca,

Je vous remercie de votre lettre du 1er mars.

N'ayant jamais entendu parler de « consommatrice somnambule », il m'est impossible de vous fournir la traduction latine du mot ni d'écrire à votre mari pour lui dire de « respecter votre état de santé ».

Si les symptômes persistent, je vous conseille de consulter votre généraliste habituel.

Avec mes respectueux hommages,

James Linfoot

15

Et voilà le résultat ! Je ne parle pas à maman et je n'adresse presque plus la parole à Luke.

Une semaine s'est écoulée. Nanny Sue doit venir aujourd'hui : je l'attends de pied ferme. Je me sens tel un gladiateur prêt à descendre dans l'arène avec ses piques en acier et ses gourdins. J'en veux toujours à Luke. Plus le temps passe, plus je suis furieuse. Comment a-t-il eu le culot de tout manigancer sans me consulter ? Pendant le petit déjeuner, on ne se dit pas un mot. Et on ne prononce pas le nom de Nanny Sue.

— Minnie, tu veux encore du lait ? je demande d'une voix pincée en tendant le bras devant Luke pour attraper la bouteille.

Luke soupire.

— Becky, ça ne peut pas durer. Il faut qu'on parle.

— Très bien, parlons. De quoi ? Du temps qu'il fait ?

— Euh… Comment va ton boulot ?

— Très bien.

Je tourne bruyamment la cuillère dans ma tasse.

— Parfait, se réjouit Luke avec une sincérité qui me donne envie de rentrer sous terre. Pour nous aussi, ça va bien. On est sur le point de fixer une réunion avec Christian Scott-Hughes. Notre client, qui attendait cette opportunité depuis un an, est ravi.

Gna-gna-gna ! Comme si une réunion emmerdante avec des clients emmerdants m'intéressait !

— Bien, j'articule poliment.

— Malheureusement, je vais être obligé de sacrément enguirlander mon assistante aujourd'hui. C'est moche, mais je ne peux pas faire autrement.

Quoi ? Qu'est-ce que c'est ? Elle a fait quoi ?

Cette fois, impossible de continuer à jouer les indifférentes. Il va engueuler *Bonnie* ? Pour quelle raison ? Elle est parfaite. Adorable !

— Mais... je croyais que tu l'aimais beaucoup, je demande en essayant de paraître modérément concernée. Tu dis toujours que tu n'as jamais eu de meilleure assistante.

— C'est ce que je croyais. Mais ces derniers temps, son comportement est devenu...

Luke hésite avant de poursuivre.

— Il n'y a qu'un mot qui me vienne à l'esprit : déplacé.

Bonnie ayant un comportement déplacé ? Impossible à imaginer.

— Dis-m'en plus. Elle a fait quoi ?

— C'est bizarre, fait Luke, perplexe. La plupart du temps son attitude est impeccable, discrète et réservée. Et puis, tout à coup, elle s'aventure dans des domaines qui, franchement, ne la regardent pas. Par exemple, elle se permet de faire des commentaires sur mon *gel douche*. Une conduite assez peu professionnelle, tu en conviendras.

Je pique un fard.

— Hum, je suppose que...

— Il y a eu également d'autres remarques, encore plus personnelles et gênantes. Honnêtement, je ne l'ai pas engagée pour ses opinions sur ma famille ou ma maison. Ou sur ma façon de choisir mes cravates.

Catastrophe, catastrophe ! C'est ma faute, ma très grande faute. Mais impossible de le confesser !

— Tout le monde a le droit de se tromper, je rétorque, alors laisse filer. Sauf si tu veux vraiment la perturber. À mon avis, elle essayait seulement de te faire un brin de conversation. Je te parie que c'est la dernière fois qu'elle se mêle de ce qui ne la regarde pas. J'en suis même sûre et certaine.

Pour la bonne raison que je vais l'appeler et lui dire de garder ses suggestions pour elle.

Luke me jette un drôle de coup d'œil.

— En quoi cela te concerne ? Je croyais que tu la connaissais à peine.

— C'est vrai. Mais je crois fermement que tout le monde a le droit à l'erreur. Ton assistante incluse. Elle s'appelle comment déjà ? j'ajoute innocemment. Bobbie ?

— Bonnie, corrige Luke.

— Mais, oui, *Bonnie*, bien sûr ! Je ne l'ai rencontrée qu'une fois, j'ajoute pour faire bonne mesure. Il y a des siècles.

Je regarde Luke subrepticement, ouf, il a l'air de ne se douter de rien. Heureusement.

— Bon, j'y vais.

Luke s'essuie la bouche et se lève.

— Bonne journée, Becky ! J'espère que tout va bien se passer. Et bonne chance, ma poupette, dit-il en embrassant Minnie.

— Pas besoin de lui souhaiter bonne chance, je riposte. Elle ne participe pas aux jeux Olympiques.

— En tout cas, tiens-moi au courant.

Luke hésite d'une manière inhabituelle avant d'ajouter :

— Je ne sais pas ce que tu en penses, mais aujourd'hui devrait être une étape importante dans notre vie.

Je ne prends même pas la peine de lui répondre. Pas question de laisser une nounou responsable d'un camp d'encadrement comportemental pour enfants influencer ma famille.

À 10 heures je suis fin prête pour le comité d'accueil. La maison est impecc', je suis impecc' et Minnie est impecc' dans son adorable tablier de petite fille modèle signé de la créatrice Marie-Chantal.

Et puis j'ai fait mon boulot.

D'abord, j'ai regardé et lu chaque page du site de Nanny Sue. (Malheureusement, rien ne figure sur le camp d'entraînement pour enfants, sauf un message disant : « Mon nouveau programme de gestion du comportement pour enfants et adultes va commencer très bientôt – pour plus d'informations, cliquer sur Détails. » Elle fait sa pub. Évidemment.)

Ensuite, j'ai acheté tous ses D.V.D., que j'ai regardés en boucle. C'est toujours le même schéma. On voit une famille avec des gamins qui courent dans tous les sens, des parents qui se disputent et, généralement, un vieux frigo abandonné dans le jardin, ou alors des prises électriques mal protégées, enfin un truc de ce genre. Alors Nanny Sue s'amène, observe avec attention et proclame : « Je veux comprendre qui *sont* réellement les Smith » – ce qui signifie : « Vous avez tout faux, mais je vous le dirai après coup. »

Les parents finissent toujours par avoir une terrible engueulade suivie d'une séance de sanglots dans les bras de Nanny Sue. Vient ensuite le déballage de leur vie. Chaque semaine, elle tend une petite boîte de mouchoirs en papier en disant gravement : « Je crois que tout cela dépasse le comportement des enfants, n'est-ce pas ? » Les parents sont d'accord et commencent à raconter leurs problèmes sexuels, professionnels, familiaux, médicaux. Une musique triste se fait entendre et, vous aussi, vous sortez votre mouchoir.

En gros, c'est un système, un truc, un procédé. Toujours le même. Et il n'y a que les pigeons pour gober ses tours de passe-passe.

J'imagine que, pour terminer, elle lancera la partie dramatique de l'histoire en emmenant les enfants dans son camp de redressement, forcément situé dans un endroit aride genre Arizona ou Utah. Le paroxysme de l'émotion télévisuelle sera atteint quand enfin, plus tard, parents et enfants seront à nouveau réunis.

Eh bien, pas de ça chez moi ! Pas question.

Je vérifie que tout est en place dans la cuisine. Sur le frigo, j'ai affiché un tableau où figure une liste de bons points et de mauvais points. Sur la table, j'ai mis une tonne de jouets éducatifs. Avec un peu de chance, ma première rafale va atteindre son but, et Nanny Sue n'aura pas à aller plus loin.

Avec elle, *interdiction* de prétendre que son enfant n'a pas de problèmes, car alors elle se fait fort d'en trouver une ribambelle. Il faut donc se montrer plus fine que ça.

On sonne, et je me raidis.

— Viens, Minnie, je murmure. Allons-y et débarrassons-nous de cette horrible spécialiste de l'éducation.

J'ouvre la porte pour découvrir Nanny Sue en personne, avec sa fameuse coiffure blonde au carré, son petit visage et son rouge à lèvres rose. En réalité, elle est plus petite qu'à l'écran. Elle porte un jean, une chemise rayée et une veste matelassée de cavalier. Et moi qui pensais qu'elle serait en uniforme bleu et chapeau comme à la télé. En fait, je m'attendais presque à entendre la musique du générique de l'émission avec une voix off annonçant : aujourd'hui Nanny Sue rend visite aux Brandon.

— Rebecca ? Je suis Nanny Sue, se présente-t-elle avec une intonation campagnarde des Cornouailles.

— Nanny Sue ! Dieu merci, vous êtes venue, je m'exclame avec emphase. On ne sait plus quoi faire ! Il faut que vous nous aidiez sur-le-champ, à la minute.

— Vraiment ? répond Nanny Sue, sidérée.

— Mais, oui ! Mon mari ne vous a pas dit à quel point c'est urgent ? Voici Minnie, notre fille de deux ans.

— Bonjour, Minnie, comment vas-tu ?

Nanny Sue s'accroupit pour parler à Minnie, tandis que j'attends avec impatience qu'elle se relève.

— Vous ne pouvez pas savoir à quel point elle nous pose problème. C'est honteux et humiliant, je confie d'une voix légèrement tremblante. Elle refuse de lacer ses chaussures. J'ai essayé de lui apprendre, mon mari aussi, tout le monde a essayé, mais c'est peine perdue.

Silence. Je fais de mon mieux pour conserver mon expression de mère anxieuse. Cette fois, Nanny Sue a l'air estomaquée. Tiens donc !

— Rebecca, Minnie est encore très jeune. Je n'attends pas d'une enfant de deux ans qu'elle soit capable de lacer ses chaussures.

Je prends une mine épanouie.

— Ah, je comprends ! Dans ces conditions tout va très bien. Nous n'avons pas d'autres problèmes avec Minnie. Merci beaucoup, Nanny Sue ! Je ne veux pas vous faire perdre davantage de temps. Soyez gentille d'envoyer votre facture à mon mari. Au revoir !

Je lui claque la porte au nez avant qu'elle ne puisse réagir.

Gagné ! Minnie et moi topons en signe de victoire, et je me dirige vers la cuisine pour célébrer l'événement par une orgie de KitKat, mais on sonne soudain à la porte.

Elle est encore là ?

Par l'œilleton, je vois qu'elle patiente sur le perron.

Qu'est-ce qu'elle veut ? Elle a fait son boulot. Elle peut se casser.

— Rebecca ? demande-t-elle à travers la porte. Vous êtes là ?

— Boo-jour ! pépie Minnie.

— Chut ! Reste tranquille !

— Rebecca, votre mari m'a chargée d'évaluer le tempérament de votre fille et de vous faire à tous les deux un rapport. Une minute ne me suffit pas pour mener à bien ma tâche.

— Elle n'a nul besoin d'une évaluation !

Nanny Sue ne répond pas. Elle se contente de ne pas bouger, un sourire idiot plaqué sur le visage. Pourquoi n'a-t-elle pas envie de prendre un jour de repos ?

Franchement, je ne sais plus quoi faire. Je croyais qu'elle se serait évaporée. Mais si elle raconte à Luke que je l'ai laissée à la porte, ça risque de chauffer pour moi.

Il serait plus simple de lui ouvrir, de lui permettre de faire son « évaluation », puis de me débarrasser d'elle.

— Très bien, entrez donc. Mais je vous affirme que ma fille n'a aucun problème. D'ailleurs, je sais d'avance ce que vous allez dire et faire. Au fait, nous envoyons Minnie au coin quand elle n'est pas sage.

Les yeux de Nanny Sue pétillent.

— Félicitations ! Vous me devancez !

Elle s'avance vers Minnie et lui fait un beau sourire puis s'adresse à moi.

— Je vous en prie, vous n'avez rien à craindre, aucun souci à vous faire. Je veux seulement voir comment se déroule une de vos journées ordinaires. Agissez normalement et ne changez rien à vos habitudes. Je veux observer les Brandon comme ils *sont* vraiment.

Je le savais ! Elle nous tend un premier piège. À la télé, soit la famille n'a pas de planning pour la journée, soit l'enfant refuse d'éteindre la télé, et la situation dégénère en pugilat. Ha ! Ha ! Mais moi, j'ai tout prévu. J'ai préparé cette épreuve – au cas où – et j'ai même répété avec Minnie.

— Minnie, qu'est-ce qu'on va faire ? je demande l'air pensif. De la pâtisserie ? Oh, non ! Je viens de me souvenir que nous manquons de farine bio et moulue à la meule de pierre. J'ai une idée ! On va fabriquer des maisons à partir de boîtes de carton et les décorer avec de la peinture sans plomb.

J'adresse à Minnie un regard éloquent. C'est à elle de répondre. Elle est censée gazouiller : « promenade, nature » comme je le lui ai appris. Au lieu de ça, elle contemple avec insistance la télé du salon.

— Peppa Pig, babille-t-elle. Peppa Pig *à moi*.

— Non, Minnie, on ne peut pas voir de vrai cochon. Faisons plutôt une promenade dans la nature et parlons d'environnement.

Promenade dans la nature ! Je suis assez fière de ma trouvaille, qui compte double dans une évaluation parentale. En *plus*, le concept est simple comme bonjour. Il suffit de se balader et de s'exclamer : « Oh, regarde, voilà un gland ! » ou « Tiens, c'est un écureuil ! » de temps à autre. Après quoi, Nanny Sue n'aura plus qu'à admettre sa défaite. Elle nous donnera dix sur dix en affirmant que notre famille ultraparfaite n'a pas besoin de ses conseils. Et Luke pigera enfin !

Après avoir enfilé à Minnie ses mini Ugg roses (Trop mignonnes, ces bottes !), je farfouille dans mon sac pour en extirper les quatre nœuds de velours vert foncé avec attache en Velcro que j'ai confectionnés hier soir.

— Mieux vaut ne pas oublier les rubans de punition.

Inutile de dire que je frime un max.

— Des rubans de punition ? s'enquiert Nanny Sue poliment.

— Oui ! J'ai remarqué que, dans votre émission, les enfants ne vont jamais au coin lorsqu'ils sont dehors. J'ai donc créé les rubans de punition. Simple mais efficace. Il suffit de les accrocher sur le manteau de l'enfant quand ils sont vilains.

— Je vois.

Si Nanny Sue n'exprime pas son opinion, c'est à l'évidence parce qu'elle est jalouse. Elle aurait aimé avoir pensé en premier aux rubans de punition.

Franchement, je crois que je suis en train de devenir une spécialiste de la petite enfance. J'ai dix fois plus d'idées qu'elle.

Une fois sorties, nous déambulons tranquillement dans la rue.

— Minnie, tu as vu ? Un oiseau ! je m'écrie en montrant du doigt une créature volante. Peut-être une espèce en voie de disparition. Nous devons protéger la nature.

— Un pigeon ? En voie de disparition ?

— Moi, je suis *écolo* à 110 %, je rétorque avec un air snob.

Elle ne connaît rien de rien aux problèmes d'environnement, cette Nanny Sue.

Nous continuons notre promenade au cours de laquelle je montre à Minnie quelques écureuils. Quand nous approchons de la partie commerçante du quartier, je ne peux pas m'empêcher de jeter un petit coup d'œil en biais vers la vitrine d'un brocanteur.

— Maaagasin, s'écrie Minnie en me tirant par la main.

— Non, Minnie, nous ne faisons pas de courses, je corrige avec un sourire indulgent. Nous faisons une promenade dans la nature, tu te souviens ? On observe la *nature*.

— Maaagasin ! Tassi !

Minnie lève la main en habituée et crie : « TASSI ! TASSIII ! »

Au bout d'un moment, le taxi qui est en tête de station démarre et se dirige vers nous.

— Minnie ! Nous n'allons pas prendre de taxi. Je ne sais vraiment pas ce qui lui prend, j'explique à l'attention de Nanny Sue. On ne circule pas en taxi souvent et...

À cet instant, une grosse voix retentit.

— Mais c'est Minnie ! Comment va ma meilleure petite cliente ?

Horreur ! C'est Pete, notre chauffeur habituel, celui qui nous emmène à Kingston faire notre shopping. Enfin, quand je dis *habituel*, c'est un peu exagéré.

— Pete nous emmène souvent au centre éducatif, j'informe Nanny Sue.

— Tassiii, hurle Minnie.

Ses joues écarlates et son front de taureau furieux n'annoncent rien de bon. Pourvu qu'elle ne pique pas une crise devant Nanny Sue ! Mieux vaut monter dans la voiture et aller quelque part.

— Bon, alors quelle destination, mes beautés ? demande Pete, la tête hors de la fenêtre.

— Star-bucks, articule Minnie avec soin avant que j'aie pu même ouvrir la bouche. Boutiiique Star-bucks.

— Comme d'hab', hein ? fait Pete. Allez, grimpez !

— Minnie, on ne va pas chez Starbucks, je rectifie. Quelle drôle d'idée ! Pete, pouvez-vous nous conduire au centre éducatif, s'il vous plaît ? Celui de Leatherhead où nous allons tout le temps.

J'essaie désespérément de capter son regard afin de lui envoyer un message. Afin qu'il ne s'exclame pas : « Vous parlez de quoi au juste ? »

— Briiioche ? piaille Minnie pleine d'espoir. Briiioche Star-bucks ?

— Pas question. Si tu n'es pas sage, tu vas avoir le ruban de punition.

Sur ces mots je brandis un de mes nœuds en velours vert que Minnie attrape instantanément en criant :

— À moii ! À Minniiiie !

Le monde à l'envers ! Minnie n'est pas censée vouloir un ruban de punition.

— Plus tard, je m'écrie, paniquée, en remballant le ruban.

Tout ça, c'est la faute de Nanny Sue. Je la hais !

Nous entrons dans le taxi, j'accroche la ceinture de Minnie, et Pete démarre.

— Rebecca, sourit Nanny Sue, si vous avez des courses à faire, surtout ne vous gênez pas. Je suis ravie d'aller dans les magasins et de vous suivre dans vos occupations quotidiennes.

— Eh bien, vous y êtes en plein ! Le centre éducatif fait partie de notre emploi du temps courant. Tiens, ton goûter, ma poupette, dis-je en tendant à Minnie un biscuit diététique acheté dans une épicerie bio.

Elle le regarde avec méfiance, le lèche et le lance par terre en criant :

— Briiioche ! Briiioche Star-bucks.

Mes joues sont en feu. En désespoir de cause, je tente une improvisation.

— Starbucks est le nom de notre chat. Et Brioche, le nom de l'autre. Minnie adore les animaux, n'est-ce pas, mon petit chou ?

Soudain, Pete déclare :

— Ils y ont mis le temps, mais ça y est ! C'est enfin ouvert !

Nous arrivons à un carrefour embouteillé où nous sommes obligés de prendre notre mal en patience. En tournant la tête, je découvre ce dont Pete parle. Un immense panneau annonce :

HEATHFIELD VILLAGE !
LE NOUVEAU CENTRE COMMERCIAL DE LUXE DÉGRIFFÉ
OUVRE AUJOURD'HUI !

Waouh ! Ça fait des siècles qu'on nous promet l'ouverture de cette merveille. Un autre panneau attire mon attention :
AUJOURD'HUI OFFRE SPECIALE :
UN CADEAU GRATUIT POUR CHAQUE CLIENT

Un cadeau par client ?

Bof ! Inutile de trop s'exciter. Il s'agit probablement d'une petite bougie parfumée ou d'une minuscule plaquette de chocolat. Quant à ce centre commercial, pas de quoi se relever la nuit. De toute façon, il ne *m'intéresse pas*, car nous ne sommes pas là pour faire des achats. Nous faisons une promenade éducative afin de resserrer nos liens affectifs.

Je tourne le dos aux panneaux tentateurs et m'adresse à Minnie.

— Regarde par la vitre les jolis nuages ! Tu sais de quoi ils sont faits ? Ils sont en... euh... en eau.

De la vapeur d'eau ? Ou de la condensation ? je me demande tout à coup.

— Burberry, ça, c'est de la bonne qualité ! nous assène Pete. Mon gendre se fait rapporter des copies de Hong-kong et il dit...

Burberry ? Je tressaille ! Et découvre un autre immense panneau. Avec la liste de toutes les marques vendues dans le centre : Burberry. Matthew Williamson. Dolce e Gabbana... Le bonheur suprême ! Anya Hindmarch. Temperley. Vivienne Westwood. Et que vois-je en ces parages ? *Alexander McQueen !* À des prix démarqués !

Quand le taxi redémarre, je suis prise de panique. La bretelle d'accès pour le centre n'est qu'à une minute. Ensuite, ce sera trop tard.

Bon, réfléchissons calmement. Soyons logique. Je sais que nous devons nous rendre à Leatherhead et plonger dans la piscine à balles. Mais... mais Nanny Sue a dit que ça ne l'ennuyait pas de faire du shopping. Elle l'a vraiment *dit*.

Non pas que j'aie l'intention d'acheter quoi que ce soit pour moi ! Bien sûr que non. Une promesse est une promesse. D'un autre côté, c'est un centre ultramoderne, ultratendance et qui offre des cadeaux. On ne peut pas juste *passer à côté* ! Ça serait... une erreur. Une faute. Un acte contre nature. Et puis j'ai le droit d'acheter des choses pour Minnie, non ? Cela fait partie du rôle d'une mère que de vêtir son enfant.

Je regarde à nouveau la liste. Petit Bateau. Ralph Lauren Boys & Girls. Funky Kid. Baby in Urbe. Des marques à vous couper le souffle. Il faudrait être débile pour ne pas en profiter.

— Vous savez, je viens de me rappeler, j'ai besoin d'acheter de nouvelles chaussettes pour Minnie, dis-je, l'air le plus décontractée possible. On pourrait faire un saut dans ce centre commercial au lieu d'aller à l'aire de jeux gonflables. C'est une suggestion, pas une obligation. Ça vous dérange ?

— À vous de décider, répond Nanny Sue. Vous êtes libre.

— Pete, conduisez-nous donc à Heathfield Village, dis-je d'une voix assurée. Merci beaucoup.

— J'ai intérêt à vider mon coffre, hein ? commente-t-il, la mine hilare. Il faut faire de la place pour les paquets !

Je lui renvoie un sourire pincé. J'expliquerai plus tard à Nanny Sue qu'il a un sens de l'humour un peu spécial.

— Rebecca, vous aimez bien faire des courses ? demande-t-elle d'une voix enjouée.

Je fais mine de réfléchir.

— *Aimer* est un grand mot. Mais il faut bien le faire. Acquérir l'indispensable, ça fait partie des tâches d'une mère responsable.

Nous nous arrêtons devant l'entrée principale : d'immenses portes de verre donnent sur un vaste atrium. Des palmiers, une chute d'eau tombant sur un mur d'acier nous accueillent. Je frétille de plaisir à la vue des enseignes Valentino et Jimmy Choo. Un arôme enivrant fait de cannelle, d'espresso, de cuir luxueux, et de parfums de créateurs envahit l'atmosphère. Sans parler de l'odeur de la... *nouveauté* !

— Vous allez dans quelle boutique ? s'enquiert Nanny Sue. Vous cherchez des chaussettes, non ?

— Je... Euh...

Impossible de penser clairement. La vitrine de Mulberry se trouve droit devant moi, et je viens d'y apercevoir le plus beau sac du monde.

Je m'oblige à me concentrer.

— Euh… Oui. Des chaussettes.

Des chaussettes de gamine ! *Ni* Valentino. *Ni* Jimmy Choo. *Ni* Mulberry. Je me demande combien peut valoir ce sac…

Arrête, Becky ! Ne le regarde pas !

Je ne vais rien acheter, rien pour moi. D'ailleurs, je n'y pense même pas.

— À moi ! À Minniiie, pooupée !

La voix de Minnie me ramène sur terre. Plantée devant le magasin Gucci, elle montre du doigt un mannequin.

— Ma poupette, ce n'est pas une poupée, mais un mannequin. Allez, viens !

Je la saisis fermement par la main et l'entraîne vers le plan du centre pour nous repérer.

— On va t'acheter des chaussettes.

Nous nous dirigeons vers la section enfants où sont réunies toutes les marques pour les jeunes. Un clown salue les clients, des stands regorgent de jouets, tout le coin ressemble à un champ de foire conçu pour les enfants.

— Liiivre !

Minnie fonce vers un des stands et s'empare d'un grand livre rose avec des fées en couverture.

— Liiivre à Miniiie !

Ah ! Je jette un coup d'œil suffisant vers Nanny Sue. Ma fille s'est précipitée vers les livres éducatifs. Sans faire attention aux trucs moches en plastique.

— Bien sûr, Minnie, tu peux t'acheter un livre, dis-je à haute et intelligible voix. On le déduira de ton argent de poche.

Je me tourne vers Nanny Sue.

— J'apprends à Minnie la gestion financière. J'inscris toutes ses dépenses.

Je sors mon petit carnet rose – un Smythson – où est inscrit sur la couverture « Argent de poche de Minnie ». (Je l'ai fait imprimer spécialement. Ça m'a coûté une petite fortune, mais il s'agit d'un investissement pour développer le sens des responsabilités financières de ma fille.)

— Mousieur !

En plus du livre Minnie s'est emparée d'une marionnette.

— Mon mousieur ! À Minniiie !

— Euh !

Indécise, j'examine la marionnette : plutôt mignonne. Et nous n'avons pas cet article à la maison.

— Bon ! D'accord. Du moment que tu la prends sur ton argent de poche. Tu comprends, ma chérie ?

Je répète en détachant chaque mot :

— Ça sera déduit de ton *ar-gent-de-po-che*.

— Doux Seigneur ! s'exclame Nanny Sue quand nous nous dirigeons vers la caisse. Minnie dispose de combien d'argent de poche ?

— Cinquante pence par semaine. Mais nous avons un système qui lui permet d'obtenir une avance qu'elle rembourse. Cela lui apprend à établir un budget.

— Je ne comprends pas, insiste Nanny Sue. De quelle façon établit-elle un budget ?

Vraiment ! Elle est plutôt longue à la détente pour une soi-disant spécialiste.

— Tout est inscrit dans le carnet.

Je note le prix du livre et de la marionnette, ferme le carnet d'un claquement sec et souris à Minnie.

— Allons te chercher des chaussettes.

J'adore Funky Kid ! Ils changent la décoration chaque saison. Aujourd'hui, la boutique ressemble à une grange avec des poutres de bois et des balles de foin artificiel. Y sont proposés des vêtements d'enfant originaux, comme d'amusants petits cardigans avec capuche ou des manteaux ouatinés et brodés. Je trouve d'adorables chaussettes avec le revers orné de cerises et de bananes pour seulement 4,99 livres. J'en mets deux paires dans mon panier.

— Parfait ! dit Nanny Sue un peu sèchement. Allons à la caisse.

Je ne lui réponds pas, bien trop absorbée par une série de robes-chasubles en velours côtelé vert avec un liseré en surpiqué blanc. Je les ai repérées dans leur catalogue, mais là elles coûtent un tiers du prix normal. J'inspecte le portant mais pas de taille 2-3 ans. Évidemment. Elles ont déjà été prises d'assaut. Trop triste !

J'attrape au vol une vendeuse.

— Excusez-moi ! Vous auriez ce modèle en 2-3 ans ? Elle me fait une grimace.

— Désolée. Il n'en reste plus. On se les arrache !

— Minnie a besoin d'une robe-chasuble ? demande Nanny Sue en se glissant derrière moi.

Je commence à en avoir ras le bol de Nanny Sue et de ses questions saugrenues.

— C'est une affaire à saisir. En tant que parent responsable, je profite des meilleures occasions. Vous n'êtes pas d'accord ?

Une idée me vient soudain.

— D'ailleurs, je vais en faire un stock pour l'année prochaine.

Je saisis une taille 3-4 ans. Parfait ! J'aurais dû y penser plus tôt ! Je prends également la même en rouge et me dirige vers un portant plein de petits imperméables roses avec des capuches à fleurs. Les petites tailles manquent, mais je trouve un 7-8 ans. Minnie aura besoin d'un imper rose quand elle aura sept ans – oui ou non ?

Et puis il y a une veste en velours vraiment choute. Taille 12 ans, mais seulement 20 livres – au lieu de 120. Quelle erreur ce serait de laisser passer une telle aubaine.

Incroyable ce que je suis prévoyante. Je me félicite, tandis que je remplis mon panier. J'ai pratiquement acheté tous les vêtements dont Minnie va avoir besoin au cours des dix prochaines années. À des prix imbattables. Plus besoin de me procurer quoi que ce soit.

Au moment de payer, je rayonne de satisfaction. J'ai dû économiser des *centaines* de livres.

— Eh bien !

Alors que la vendeuse me tend trois grands sacs pleins à craquer, Nanny Sue semble un peu à court de mots.

Puis elle se reprend.

— Vous avez acheté plus qu'une paire de chaussettes.

— Simple mesure de précaution, j'explique de ma voix de mère avisée. Les enfants grandissent tellement vite ! Il faut prévoir. On va prendre un café ?

— Star-bucks, gazouille Minnie, tout à fait à propos.

Elle a insisté pour porter l'imperméable rose pâle, taille 7-8 ans. Qu'il balaie le sol à la manière d'une traîne n'a pas l'air de la gêner.

— Briiioche Star-bucks ?

J'essaie de mettre une dose de regret dans mon explication.

— Comme il n'y a sans doute pas de cafétéria bio dans le centre, nous sommes obligées d'aller dans un café commercial.

Je consulte le plan : l'accès à l'espace gourmand du centre passe par l'allée consacrée aux designers.

En chemin, mon regard est attiré par une sculpture ultramoderne, un machin tout en pointes d'acier suspendu au plafond. Que je m'oblige à fixer. Parfait. Excellent. Non, je ne suis pas intéressée par le shopping. Non, je ne suis pas en manque.

Tiens ! Ne serait-ce pas le manteau Burberry à volants qui faisait partie du défilé que je vois dans une vitrine ? Combien il peut bien… ?

Non, Becky, continue à avancer. *Ne regarde pas !*

Je plisse mes yeux très fort. Génial ! Si je ne peux pas *regarder* les magasins…

— Ça va, Rebecca ?

Nanny Sue a remarqué les deux fentes étroites qui me tiennent lieu d'yeux.

— Vous n'êtes pas malade ?

— Absolument pas.

Ma voix est presque étouffée. Pas étonnant ! Ça fait tellement longtemps que je n'ai rien acheté pour moi. Je sens une tension m'envahir. Une sorte de désespoir bouillonnant.

Pas la peine d'y prêter la moindre attention. J'ai promis à Luke. Une promesse est une promesse.

Pense à autre chose, Becky.

Comme quand je suivais les cours d'accouchement sans douleur et qu'on nous apprenait à respirer pour ne pas souffrir. Voilà : je vais faire la respiration du petit chien pour éviter de penser au shopping.

J'inspire, j'expire ! J'inspire... Oh, pas possible ! Une robe Temperley !

Mes jambes s'arrêtent net. C'est une robe du soir blanc et or dans la vitrine d'un magasin qui affiche 50 % de rabais. Elle a de divines broderies autour du cou et descend jusqu'au sol. On dirait qu'elle arrive tout droit de la cérémonie des Oscars. Une pancarte indique : AUJOURD'HUI RABAIS SUPPLÉMENTAIRE DE 20 %.

Je serre mes sacs contre moi tout en la dévorant des yeux.

Interdit d'acheter cette robe ! Interdit même de la regarder.

Pourtant... Impossible d'avancer d'un pas. Mes pieds ont pris racine dans le sol en marbre poli.

Nanny Sue me rejoint et, après avoir examiné la robe, émet de petits claquements de langue désapprobateurs.

— Ces robes sont hors de prix, même en solde, vous ne trouvez pas ?

Elle n'a rien d'autre à dire ? C'est la plus belle robe du monde et elle vaut le dixième de son prix. Si je n'avais pas fait cette *stupide* promesse à Luke...

Mon Dieu ! J'ai la réponse. Et sans doute la solution à bien des problèmes.

Je me tourne vers Minnie en vitesse, m'agenouille à sa hauteur, prends sa tête dans mes mains avec une immense tendresse.

— Ma petite poupinette d'amour, aimerais-tu une robe Temperley pour tes vingt et un ans ?

Elle ne répond pas. Sans doute n'a-t-elle pas compris ma question. Parce que, je vous le demande, qui refuserait une robe Temperley pour son vingt et unième anniversaire ? Sans compter que, lorsqu'elle atteindra cet âge, ce modèle sera devenu un vintage de chez vintage ! Toutes ses copines seront vertes de jalousie. Elles lui diront : « Minnie, tu en as eu de la chance d'avoir une mère qui t'a *offert* cette robe quand tu avais deux ans ! » On l'appellera La Fille à la Robe Temperley Vintage.

Je pourrais même l'emprunter pour la soirée de Luke. Histoire de l'essayer.

— Briiioche ? demande Minnie pleine d'espoir.

— Robe ! dis-je d'un ton ferme. Une robe pour toi, Minnie ! Ton cadeau d'anniversaire !

Je l'entraîne à l'intérieur du magasin sans m'occuper de l'air étonné de Nanny Sue.

En dix secondes, j'inspecte l'endroit : la robe Temperley est la seule bonne affaire. Ce que je savais déjà.

— Bonjour ! dis-je à la vendeuse sans reprendre haleine. J'aimerais la robe Temperley. Enfin… je la destine à ma fille. Je l'achète en avance, bien sûr.

J'ajoute avec un petit rire :

— Pour ses vingt et un ans !

La vendeuse regarde Minnie. Puis elle me dévisage. Puis elle se tourne vers une de ses collègues, comme pour lui demander de venir à la rescousse.

— Je suis persuadée qu'elle aura ma taille quand elle sera grande. Je vais la passer à sa place. Minnie, tu aimes cette jolie robe ?

— Pas rooobe ! fait-elle en fronçant les sourcils.

— Chérie, elle est signée Temperley ! dis-je en lui montrant le luxueux tissu. Tu seras superbe dedans. Un jour.

— Pas roobe !

Elle fonce à l'autre bout du magasin pour escalader un tiroir ouvert.

— Minnie ! Sors de là ! Je suis désolée, dis-je à la vendeuse.

— Briiioche ! hurle-t-elle quand je tente de l'empoigner. Veux briiioche !

— Nous aurons une brioche quand nous aurons acheté *la robe*. Il ne me faudra qu'un instant...

— Pas roobe !

Elle parvient à m'échapper et à se glisser dans la vitrine !

— Pooupée ! Ma pooupée à moaaa ! crie-t-elle en enlaçant un mannequin sans vêtements.

— Minnie, s'il te plaît ! Arrête tout de suite ! Reviens ici !

J'essaie de ne pas montrer que je suis au bord de la crise de nerfs.

— Ma pooupée ! À Minniiie !

Elle pousse le mannequin qui dégringole de l'estrade avec un bruit d'enfer et commence à lui donner des bisous !

— À moaaa !

— Minnie ! Lâche-la ! Ce n'est pas une poupée !

Je me tourne vers la vendeuse et précise, d'un ton aussi désinvolte que possible :

— Elle croit que c'est une poupée. Les enfants sont d'un drôle, parfois !

La vendeuse n'a nulle envie de rire ni même de sourire. D'une voix sévère elle me demande :

— Pouvez-vous l'enlever de là, s'il vous plaît ?

— Tout de suite !

Rouge de honte, j'agrippe Minnie de toutes mes forces. Mais elle reste collée au mannequin telle une sangsue.

J'essaie la méthode douce.

— Allez, ma poupette chérie, viens !

— Non ! À Minniiie la pooupée !

— Qu'est-ce qui se passe ? fait une voix derrière moi. Que fabrique cette gosse ? Personne ne peut la contrôler ?

Mon estomac fait un bond. Je connais cette voix gémissante, odieuse ! Je me retourne et ne suis pas surprise de me retrouver en face du lutin qui nous a virées de la Grotte du Père Noël ! Elle a toujours ses ongles violets et son décolleté superbronzé aux U.V. Sauf qu'elle porte un tailleur noir et arbore un badge de « *Directrice adjointe* ».

— *Encore vous !* s'exclame-t-elle.

— Ah ! Bonjour ! dis-je nerveusement. Ravie de vous revoir. Comment va le Père Noël ?

— Pourriez-vous enlever votre fille de là ? chuinte-t-elle.

— Euh… sans problème !

Je regarde Minnie : elle s'accroche au mannequin comme à une bouée de sauvetage. Je vais devoir lui détacher les doigts un par un. Il va me falloir dix mains !

— Et si je vous achetais ce mannequin ?

À voir la tête du lutin au bronzage artificiel, j'aurais mieux fait de m'abstenir !

— Bon, Minnie, ça suffit ! Tu arrêtes !

J'aimerais avoir l'intonation vive et aimable de la jeune mère de famille qui vante les mérite d'une lessive dans les pubs télé.

— Dis au revoir à la poupée !

— Nooooooooooooon ! fait-elle en se cramponnant encore plus fort.

Je réussis à lui détacher une main, mais ma victoire ne dure qu'une seconde.

— À moaaa !

— Débarrassez-nous de votre fille ! aboie le lutin. Voici des clients ! Tout de suite !

— J'essaie ! Minnie, si tu lâches, je t'achète une poupée. Non, deux poupées.

Plusieurs filles avec des paquets s'arrêtent pour observer la scène. L'une d'elles commence à glousser.

— Minnie, tu vas avoir un ruban de punition. Et tu iras au coin. Et tu seras privée de bonbons pour toujours ! Et puis le Père Noël va partir vivre sur Mars. La Petite Souris aussi.

Je l'attrape par les pieds, mais elle me donne un coup dans les tibias.

— Aïe ! Minnie !

— Pooupée ! gémit-elle à vous fendre le cœur.

— Tenez ! éructe le lutin à bout. Prenez ce fichu mannequin et ouste !

— Je peux l'avoir ? dis-je, ahurie.

— Oui ! Tout ce que vous voulez ! Mais sortez d'ici ! SORTEZ D'ICI !

Minnie est toujours couchée de tout son long sur le mannequin. Et l'agrippe comme si sa vie en dépendait. Tant bien que mal, je la traîne entre mes jambes, comme s'il s'agissait d'un cadavre. Après beaucoup d'efforts, je réussis à la tirer à l'extérieur et je lève la tête pour reprendre mon souffle.

Nancy Sue, chargée des trois sacs, nous a suivies dehors. Elle nous dévisage, Minnie et moi, sans faire preuve de la moindre émotion.

Et soudain, j'ai l'impression de sortir d'une transe. Je vois la scène avec ses yeux. J'avale ma salive plusieurs fois, cherchant quelque chose d'amusant à dire comme : « Ah, les enfants ! » Mais je ne trouve rien et d'ailleurs j'ai la bouche si sèche que ma langue colle au palais. Comment ai-je laissé les choses en arriver là ? Personne, dans ses émissions, ne s'est jamais fait sortir d'un magasin ! Je suis encore *pire* que les mamans qui ont un frigo pourri dans leur jardin.

Elle va dire quoi dans son rapport ? Que va-t-elle cafter à Luke ? Et quelles solutions va-t-elle lui proposer ?

— Vous en avez terminé avec votre shopping ? demande-t-elle d'une voix normale et aimable, comme si tous les passants ne nous dévisageaient pas.

J'acquiesce lentement, le visage en feu.

— Minnie, dit-elle, je crois que tu fais mal à ta pauvre poupée. Si tu te levais de là, nous pourrions aller acheter une brioche. On en prendra une aussi pour ta poupée.

Minnie tourne la tête, jette un coup d'œil soupçonneux à Nanny Sue et, quelques instants plus tard, abandonne le mannequin.

— Tu es une gentille fille, dit Nanny Sue. On va laisser la poupée dans sa maison.

Elle relève le mannequin et le pose contre la porte.

— Bien, et maintenant, on va te chercher une boisson. Dis : « Oui, Nanny Sue ! »

— Ouiii, Nanny Sue, singe Minnie, pleine de bonne volonté.

Incroyable ! Comment a-t-elle réussi un coup pareil ?

— Rebecca, vous venez ?

Je me force à mettre un pied devant l'autre et à les suivre. Nanny Sue parle, mais je n'entends pas un mot de ce qu'elle dit. J'ai la peur au ventre. Elle va rédiger son rapport, où elle recommandera que Minnie suive un traitement spécial dans un camp de redressement. Évidemment. Et Luke l'écoutera. Et moi, je ferai quoi ?

Le soir, à 21 heures, je suis comme une pile électrique. J'arpente la maison en attendant le retour de Luke.

C'est le pire moment de toute ma vie de femme mariée. De loin. De très, très loin. Si les choses en arrivent là, il me faudra mettre Minnie à l'abri, ne plus revoir Luke,

311

changer officiellement de nom et tout oublier dans l'alcool et les drogues.

Un scénario catastrophe. Mais qu'espérer d'autre ?

Je me raidis en écoutant la clé tourner dans la serrure.

— Becky ? dit-il depuis le seuil de la cuisine. J'attendais ton coup de fil. Comment ça s'est passé ?

— Très bien. On a fait des courses et on a… pris un café.

Quelle mauvaise comédienne ! Mais Luke n'a pas l'air de s'en apercevoir, ce qui prouve à quel point il est *peu* observateur !

— Alors, qu'est-ce qu'elle a dit au sujet de Minnie ?

— Pas grand-chose. Elle va sûrement te faire son rapport quand elle aura tiré ses conclusions.

— Hum ! fait Luke en desserrant son nœud de cravate.

Il se dirige vers le frigo, mais s'arrête près de la table.

— Becky, ton BlackBerry clignote !

— Vraiment ! dis-je en mimant la surprise. Ça doit être un message ! Écoute-le donc à ma place, je suis tellement crevée.

— Comme tu veux !

Il me regarde de travers, prend mon portable et va sur la boîte vocale tout en se servant une bière.

— C'est elle, dit-il. Nanny Sue.

— Vraiment ? dis-je étonnée. Branche le haut-parleur !

Nous écoutons, sans bouger, l'accent des Cornouailles qui remplit la cuisine : « … un rapport complet vous parviendra. Mais, sans attendre, je dois vous dire que Minnie est une enfant délicieuse. J'ai été ravie de passer un peu de temps avec elle et votre épouse. Becky a un don certain pour élever sa fille, et je ne vois aucun problème qui affecterait votre famille. Bravo ! À bientôt. »

— Waouh ! je m'exclame à la fin du message. C'est extraordinaire, non ? On peut désormais oublier cet incident et continuer nos vies.

Luke n'a pas bronché. Au bout d'un instant il me dévisage durement.

— Becky ?

— Oui ! fais-je avec un sourire nerveux.

— J'ai l'impression, bien sûr c'est un pur hasard, que c'était la voix de Janice imitant l'accent des Cornouailles.

Comment ? Comment peut-il proférer une horreur pareille ?

Bon, d'accord, c'était bien Janice. Mais je trouve qu'elle a déguisé sa voix d'une façon remarquable.

— Non ! dis-je en fanfaronnant. C'était Nanny Sue. Tu n'as pas honte de me poser la question ?

— Parfait. Je vais lui passer un coup de fil pour bavarder un peu avec elle.

Il sort son propre BlackBerry de sa poche.

— Non ! Ne fais pas ça ! je glapis.

Pourquoi est-il aussi méfiant ? Un grave défaut dont je lui parlerai un autre jour.

— Tu vas la déranger, dis-je en improvisant. Ce n'est pas convenable de l'appeler aussi tard.

— C'est ton seul souci ? demande Luke en fronçant les sourcils. Que je ne sois pas convenable ?

— Bien sûr ! Quoi d'autre ? Tu as un sacré toupet !

— Bon, je vais lui envoyer un mail.

Zut ! Je ne m'attendais pas à ça. J'espérais gagner un bon bout de temps.

— D'accord ! D'accord ! C'était Janice, fais-je désespérée, quand il commence à taper son message. Mais je n'avais pas le choix ! Luke, c'était une scène horrible. Un vrai désastre. Minnie a été expulsée d'une boutique où elle a volé un mannequin, et Nanny Sue n'a rien dit, elle m'a juste regardée avec cet *air*. Je sais ce qu'elle va prescrire, mais je ne laisserai pas Minnie partir dans un camp de redressement au fin fond de l'Utah, je ne l'accepterai jamais. Si tu me forces, je demanderai un sursis, nous irons devant les tribunaux, ce sera comme le film *Kramer contre*

Kramer, et elle sera traumatisée pour le restant de ses jours. Et tout sera ta faute !

Sans m'en apercevoir, je me suis mise à pleurer à chaudes larmes.

— Comment ? *L'Utah ?* demande luke, ahuri.

— Ou l'Arizona. Peu importe où. Je refuse, Luke.

Je me frotte les yeux, totalement dans la peau de Meryl Streep.

— Ne me demande pas un tel sacrifice.

— Je ne te demande rien ! Bon Dieu ! Qui t'a fourré cette histoire d'Utah dans la tête ?

— Je... Euh...

J'ai oublié. Mais c'est forcément quelqu'un.

— J'ai engagé cette femme pour qu'elle nous donne des conseils. Si elle est utile, tant mieux, sinon nous nous passerons de ses services.

Il est vraiment terre à terre, Luke ! Son calme me sidère. Soudain je me souviens qu'il n'a jamais vu l'émission de Nanny Sue. Il ignore la façon dont elle s'infiltre dans votre vie, bouleverse tout. Jusqu'à ce que vous finissiez par pleurnicher dans son giron.

— Je me fie aux spécialistes, précise Luke très posément. Puisqu'elle a vu Minnie, on va écouter ses recommandations. Mais ça s'arrête là. D'accord ?

Comment peut-il appréhender une situation aussi compliquée qu'une toile d'araignée et la réduire à un seul fil ? Comment fait-il ?

— Il m'est impossible de me séparer de Minnie, dis-je d'une voix encore tremblante. Il va falloir que tu m'arraches à elle.

— Becky, personne ne te l'arrachera. On demandera à Nanny Sue ce qu'on peut faire sans nous en séparer. Fin du drame. O.K. ?

Je me sens en porte-à-faux. En réalité, j'étais prête à en *rajouter* question drame.

— O.K.

Luke décapsule sa bière et me sourit. Puis, intrigué, il fronce les sourcils.

— Qu'est-ce que c'est ?

Il détache un morceau de carton collé au culot de sa bouteille où il est écrit : « *Joyeux anniversaire, Mike !* »

— Qui est ce Mike ?

Merde ! Comment le marque-place est-il arrivé là ?

— Aucune idée !

Je lui prends la carte des mains et la froisse en boule.

— Bizarre. Et si on mettait la télé ?

L'avantage d'avoir la maison pour nous seuls est que nous ne sommes pas obligés de regarder perpétuellement des compétitions de billard. Ou des enquêtes criminelles sur le vif. Ou des documentaires sur la guerre froide.

Nous nous blottissons sur le canapé près de la cheminée artificielle. Luke zappe quand, tout à coup, il lâche la télécommande.

— Becky... Tu ne crois *tout de même* pas que j'enverrais Minnie au loin, si ? Tu crois que je suis le genre de père capable de ça ?

Il semble si bouleversé que je me sens un peu coupable. Mais si, je le croyais !

— Euh...

La sonnerie de mon portable m'évite de répondre.

— C'est Suze, j'annonce à contrecœur. Il faut que je la prenne.

Je me dépêche de sortir du salon et respire à fond.

— Salut, Suze !

Depuis notre prise de bec, je lui ai envoyé plusieurs textos, mais on ne s'est pas parlé. Est-elle toujours furieuse ? Est-ce que j'ose lui reparler du shortbread spécial ?

— Tu as lu *Style Central* ? dit-elle d'une voix tonitruante qui me prend par surprise. Tu l'as *vu* ? On vient de me l'apporter par coursier. Je n'en crois pas mes yeux !

— Quoi donc ? Tu veux parler de l'interview de Tarkie ? Il est bon ? Danny m'a dit que Tarkie avait un côté novateur…

— Novateur ? C'est comme *ça* qu'il l'a appelé ? Un qualificatif intéressant. Moi, j'aurais choisi un autre mot.

Suze a pris un ton sarcastique qui ne lui ressemble pas du tout. Mais pas du tout.

— Suze… Ça va ? je demande nerveusement.

— Non, ça ne va pas ! Je n'aurais jamais dû laisser Tarkie faire cette séance de photos sans moi. Ni avoir confiance en Danny. À quoi je pensais ? Où étaient fourrés les conseillers de Tarkie ? Qui est responsable de cette parution ? Si je mets la main sur le journaliste, je lui flanque un procès.

J'essaie d'arrêter son flot de paroles.

— Suze ! Raconte : qu'est-ce qui ne va pas ?

— Ils ont enfilé un déguisement sadomaso à Tarkie avec lanières de cuir et tout et tout ! Voilà ce qui ne va pas ! On dirait un mannequin gay !

Mon Dieu ! Déjà que Tarquin a tendance à paraître un peu… métrosexuel. Pour Suze, c'est un sujet sensible.

— Allons ! Je suis sûre qu'il n'a pas l'air gay…, dis-je à Suze pour la calmer.

— Si ! Et ils l'ont fait exprès. Ils n'ont même pas *mentionné* qu'il était marié et père de famille. Il n'est question que de lord Tarquin et de ses « superpectoraux » et de « ce qu'il a sous son kilt ». Ils ont utilisé des tas d'accessoires suggestifs…

Je l'entends presque frissonner.

— Je vais tuer Danny. Le tuer !

Elle y va un peu fort, quand même ! Mais il est vrai que Suze peut devenir une lionne quand on attaque un membre de sa famille.

— Oh, tu exagères peut-être un peu…

— Tu crois vraiment ? fait-elle furieuse. Attends donc de lire le papier. D'ailleurs je ne vois pas pourquoi tu le défends. Il t'a bien eue, toi aussi !

Suze a perdu la tête, c'est sûr. Comment Danny aurait-il pu m'avoir dans une interview au sujet de sa nouvelle collection ?

— O.K., Suze, explique-toi !

— La soirée de Luke. Il a vendu la mèche.

Je n'ai jamais couru aussi vite au premier étage ! En trente secondes, je vais sur Internet trouver la bonne page. Et me voilà confrontée à la photo en noir et blanc de Tarkie fendant du bois, vêtu d'un tee-shirt blanc et d'un kilt descendu à un niveau plutôt obscène, je l'avoue. (Tiens, il a de sacrés abdominaux, le Tarkie. Je ne l'aurais pas cru.)

Je parcours l'interview :

Kovitz est en pourparlers pour lancer une ligne de mobilier et créer un site consacré à la vie quotidienne. Ce tourbillon de la fashion se repose-t-il jamais ?

« Bien sûr, répond Kovitz en riant. J'adore faire la fête. Je vais passer une quinzaine de jours à Goa, puis je reviens pour une fête-surprise. En fait, elle est pour Luke Brandon, le mari de Rebecca Brandon, qui a eu l'idée de cette collaboration. »

Ainsi, le monde de la mode fait un tour complet.

Je relis ce passage trois fois, et chaque fois, j'ai le souffle plus court.

Je vais tuer Danny. Le *tuer* !

De : Becky Brandon
À : abonnes@stylecentral-magazine.com
Sujet : MESSAGE URGENT !!!!
Date : 13 mars 2006

Chère lectrice de *Style Central*,

Dans le dernier numéro de *Style Central*, vous avez pu remarquer que Danny Kovitz faisait une brève allusion à une fête-surprise organisée pour mon mari, Luke Brandon.

Puis-je vous inviter du fond de mon cœur à OUBLIER CETTE INFORMATION ET À LA CHASSER DE VOTRE ESPRIT ? Si par hasard vous connaissez mon mari, je vous supplie de ne pas lui en parler. Ce doit être une SURPRISE.

Mieux encore, déchirez la page et détruisez-la.

Avec mes remerciements anticipés,

Rebecca Brandon (née Bloomwood)

Personnes au courant de la soirée :

Moi
Suze
Tarquin
Danny
Jess
Tom
Maman
Papa
Janice
Martin
Bonnie
Les trois femmes qui écoutaient à la table voisine
Gary
Le plombier de Janice
Rupert et Harry de la société Le Service
Erica
Les directeurs du marketing de Bollinger, Dom Pérignon, Bacardi, Veuve Clicquot, Boissons Party Time, Jacob's Creek, Les Vins Pétillants Kentish
Cliff
Manucure (J'étais si stressée, il a fallu que j'en parle à quelqu'un, mais elle a promis de tenir sa langue)
165 invités (Sans compter le personnel de Brandon Communications)
500 lectrices de Style Central

Total = 693

Miséricorde !

16

Quel besoin avait-il d'en parler ?

Et Suze a raison : une des photos est *parfaitement* déplacée.

J'ai laissé au moins vingt messages, de plus en plus furibards, à Danny. Il m'a rappelée hier soir au moment où je donnais son bain à Minnie, et il m'a laissé un message où il tentait de se justifier. Quel sacré culot !

— Becky ! Écoute-moi, disait-il. Ce que j'ai raconté au journaliste devait rester confidentiel. Du bavardage après l'interview. De toute façon, quelle importance ? Personne ne lit *Style Central*. En tout cas, personne que Luke connaît.

Il a raison. Et c'est la seule chose qui me mette un peu de baume sur le cœur. *Style Central* ne compte que cinq cents lecteurs. Bien sûr, le magazine est supercool, il a beaucoup d'influence dans le monde de la mode et du design, mais ce n'est pas l'univers de Luke.

Le lendemain matin, en sautant du lit, j'ai appelé le rédacteur en chef pour le supplier de m'autoriser à entrer en contact avec ses abonnées. Finalement, il m'a communiqué leurs adresses mail, et je leur ai demandé de ne rien dévoiler de la soirée. Je crois que j'ai réussi. Mais je ne peux pas encore me relaxer.

À dire vrai, je suis une boule de nerfs. Je dors mal, mes cheveux sont ternes. Dans un sens, je contrôle plutôt bien l'organisation de la fête : j'ai réservé ce que j'avais oublié, comme les radiateurs, les toilettes ou les sols. Mais tout coûte tellement cher. Mes cartes de crédit commencent à saturer et moi, je commence à paniquer. Hier, j'ai eu une conversation des plus déplaisantes avec la dame des toilettes chimiques Portawc (il faut décidément que je filtre mes appels téléphoniques) qui me demandait pourquoi je n'avais pas versé les arrhes. Elle a conclu en disant qu'elle se fichait bien de ma séance de désensibilisation en urgence chez le dentiste.

Je n'étais pas consciente – bref je n'avais pas prévu...

Tant pis. Le grand jour est arrivé. Je vais au Look, dans mon plus beau tailleur de future administratrice avec mes talons à mourir. Trevor est rentré de vacances, et j'ai rendez-vous avec lui à 11 heures. Je vais lui demander la prime d'Employée de l'année, plus une augmentation. Payable immédiatement.

En arrivant à mon rayon, je suis un peu nerveuse. Je n'ai encore jamais demandé d'augmentation. Mais Luke répète que c'est une chose normale et juste. Il respecte les gens qui ont le sens de leur propre valeur. Eh bien, j'estime ma valeur à exactement 7 200 livres de plus que mon salaire annuel actuel. (En fait, la somme dont j'ai besoin pour boucler le budget de la soirée. Je demanderai peut-être 8 000, pour être large.)

Oh, je ne vais pas faire de grand numéro ! Non, je serai ferme et directe. Je dirai : « Trevor, j'ai fait une enquête et je suis arrivée à la conclusion qu'une conseillère de mode de ma compétence méritait une augmentation de 8 000 livres. Que j'aimerais recevoir aujourd'hui, si possible. »

Bon... disons 10 000. Un chiffre rond qui sonne bien.

Que représente cette somme pour eux ? Le Look est un grand magasin puissant, au chiffre d'affaires important, qui peut facilement débourser 10 000 livres pour une employée de mon calibre sur le point d'entrer au conseil d'administration. Après tout, Elinor a dépensé en un clin d'œil plus que ce montant dans mon département. Détail que je mentionnerai si la discussion devient serrée.

En me dirigeant vers l'escalator, je vois que deux messages s'affichent sur mon BlackBerry. Enfin ! La firme qui s'occupe de l'éclairage et la boîte qui doit se charger de la sécurité m'ont rappelée. Je survole leurs devis et, quand j'ai fini, mes jambes sont si flageolantes que je manque dévaler les marches. Ils me demandent plus de 4 000 livres chacun, dont la moitié à verser immédiatement, vu l'imminence de l'événement.

Bon. Refaisons nos comptes.

Le total s'élève à…

Parfait. Inutile de s'affoler. Les choses sont claires. Pour donner une fête convenable, j'ai besoin de… 15 000 livres.

15 000 ? Est-ce que je vais avoir le toupet de réclamer une augmentation pareille au patron ? Sans ciller ?

J'ai envie d'éclater d'un rire hystérique ou de m'enfuir. Impossible. C'est ma seule option. Je dois garder le moral. Et me *persuader* que je vaux 15 000 livres de plus. Parce que, oui, je les vaux bien.

En arrivant dans mon département, je me glisse dans une des cabines d'essayage, respire à fond trois fois et me regarde dans la glace.

Répétition : « Trevor, dis-je d'une voix aussi ferme que possible, j'ai fait une enquête de salaire et je suis arrivée à la conclusion qu'une conseillère de mode de ma compétence méritait une augmentation de 15 000 livres. Que j'aimerais recevoir aujourd'hui, si possible. Par chèque ou en espèces, à votre convenance. »

Pas mal. Sauf que ma voix tremblote un peu. Et que je me suis étranglée en parlant du montant.

Je devrais peut-être commencer à 10 000 livres. Puis ajouter : « Je voulais dire 15 » quand il rédigera mon chèque.

Non. Mauvaise idée.

Mon estomac fait des siennes. Si seulement j'avais des « gens » comme en a Danny pour ce genre de travail. Il ne réclame jamais d'argent. Beaucoup mieux : il se comporte comme si l'argent n'existait pas.

Jasmine frappe à la porte.

— Becky ? Ta cliente est arrivée.

Bon. J'improviserai. À moins qu'on ne me donne un énorme, *vraiment* énorme, pourboire !

Côté positif, c'est une bonne matinée. Pendant ma pause café, à 10 heures 30, je vois que le rayon est plein. Jasmine et moi avons des rendez-vous individuels avec des clientes, et il y a également quelques fidèles qui déambulent entre les portants. Nous les laissons toujours utiliser nos jolies cabines, même si elles ne sont pas venues pour une consultation. Elles disposent d'une machine à cappuccino, de canapés, de bols de bonbons et d'une atmosphère accueillante. J'ai même quelques clientes qui, pour bavarder avec une copine, préfèrent venir ici plutôt que d'aller dans un café.

En regardant autour de moi et en écoutant le bruit familier des cintres, des fermetures Éclair, des rires et des conversations, je ne peux m'empêcher d'être fière de moi. Si les autres départements en bavent, le mien est chaleureux, bruyant et gai.

Jasmine prépare un paquet de chemises Paul Smith. Quand elle arrive à la caisse enregistreuse, elle lève ses sourcils parfaits et me dit :

— Regarde ce que j'ai trouvé sur Internet.

Elle me montre une blouse de travail où est inscrit « FOURNITURESDEBUREAU.COM ».

— Je la porte quand je livre des vêtements. Personne ne m'embête.

— Génial ! fais-je, impressionnée, quelle conscience professionnelle !

— Mon nom de livreuse est Gwen. Mon autre moi. Gwen ne fume pas. Elle est Poissons.

— Euh... Bravo !

Parfois, j'ai peur que Jasmine n'aille trop loin dans le dédoublement de personnalité.

— Bonjour, Louise !

La cliente de Jasmine a rejoint la caisse. Il s'agit de Louise Sullivan, qui a trois enfants et une affaire d'épicerie en ligne. Elle hésite depuis un moment à se faire enlever ses poignées d'amour. Ridicule ! Elle est superbe comme elle est. Ce n'est pas sa faute à *elle* si son mari est un grossier personnage qui se moque d'elle à tout bout de champ.

— Vous emportez vos achats avec vous, demande Jasmine en passant sa carte bancaire dans le lecteur, ou préférez-vous être livrée discrètement ?

— Je vais prendre un sac, mais pas plus, dit Louise en se mordillant les lèvres.

— Pas de souci. Nous vous livrerons le reste dans une boîte de papier d'imprimante.

Louise fouille dans sa besace.

— En fait... J'ai apporté ceci.

C'est un carton plié, marqué « *Huile d'olive de Ligurie* ».

— Une sacrée *trouvaille* ! s'exclame Jasmine, ébahie. Demain soir ?

— Laquelle d'entre vous s'appelle Becky ? tonne une voix masculine.

Nous sursautons toutes. À notre étage, les hommes sont rares. Pourtant, un type en blouson de cuir, à la figure épaisse, se dirige vers nous à grandes enjambées. Il brandit un carton marqué « *Papier pour imprimante* ». Avec l'air furax.

J'ai un doute. Espérons que ce n'est rien d'autre qu'un carton pour papier d'imprimante.

— Becky, c'est moi ! je réponds gaiement. Vous désirez ?

Pendant ce temps, Jasmine planque le carton d'huile d'olive derrière le comptoir, et Louise s'évapore.

— Qu'est-ce que c'est que ce truc ? demande l'inconnu en agitant le carton vers moi.

— Euh… Un carton ? Aimeriez-vous un rendez-vous personnel avec une conseillère de mode ? j'ajoute rapidement. Mais le rayon hommes est au deuxième étage…

— Je ne veux pas le rayon hommes, rétorque-t-il menaçant. Je veux une réponse à ma question.

Il jette le carton sur le comptoir et en soulève le couvercle. Jasmine et moi nous regardons. C'est la robe Preen que j'ai vendue à Ariane Raynor la semaine dernière. Mon Dieu ! J'ai affaire à son mari ! Une ancienne rock star qui n'a pas sorti un seul succès depuis des années. Un ringard qui a essayé de se taper la fille au pair et qui taille les poils de ses parties intimes en regardant *Desperate Housewives* à la télé. (Ariane m'a fait quelques confidences.)

Il sort de sa poche une feuille de papier qu'il lit d'un ton sarcastique :

« Faites vos emplettes discrètement. Faites livrer vos achats dans un carton marqué "Papier d'imprimante" ou "Produits sanitaires". »

Oh merde !

Il écrase le prospectus sous son pied.

— Elle a fait des achats ici, n'est-ce pas ? Elle a dépensé combien ?

À cet instant, je reçois un message qui, vu la tête de Jasmine, m'indique qu'elle en est l'auteur.

Ariane est arrivée pour des retouches !!!! Je l'ai mise dans la cabine n° 3 pendant que tu étais avec Victoria. Dois-je la prévenir ?

Je lui fais oui de la tête et me tourne vers M. Rock.

— Monsieur…

— Raynor.

— Monsieur Raynor, il m'est impossible de vous donner ce genre de renseignement, nous sommes tenues à

325

une politique de confidentialité. Désirez-vous revenir une autre fois ?

La voix d'Ariane se fait entendre derrière le rideau de la cabine.

— Jasmine, pourriez-vous jeter un coup d'œil à cet ourlet ? Je trouve que...

Elle se tait brusquement, comme si quelqu'un l'avait muselée. Mais trop tard. Son mari l'a reconnue. Il tire une de ces têtes !

— C'est bien Ariane ? Je n'ai pas rêvé. Elle s'achète *encore* des fringues ?

J'ai envie de lui tenir un discours à ma façon : « *Mais non, espèce de balourd ! Elle est venue pour une retouche sur une robe achetée voilà deux ans. Et parlons donc de la chaîne stéréo Bang & Olufsen que tu as absolument voulu installer dans votre maison de campagne ! Elle a dû coûter cent fois le prix de cette malheureuse robe !* »

Au lieu de ça, je lui fais un beau sourire et dis :

— Les rendez-vous de nos clientes sont confidentiels. Et maintenant, si vous le permettez...

Il commence à vociférer.

— Ariane, sors de là immédiatement !

— Monsieur, je vous prie de ne pas crier ici ! dis-je d'une voix calme, tandis que j'envoie un message à Jasmine.

Mari d'Ariane furax. Fais-la sortir par-derrière.

— Ariane, je sais que tu es là ! continue-t-il d'un ton menaçant. Je sais que tu n'as pas arrêté de me mentir !

Il fait mine d'aller vers les cabines, mais je lui bloque le passage.

— Désolée, mais vous ne pouvez pas entrer. Seules les clientes sont autorisées dans cette enceinte privée. Je suis sûre que vous me comprenez.

— Vous *comprendre* ? répète-t-il en me prenant pour cible. Je vais vous dire ce que je comprends. Vous êtes

326

toutes de connivence, espèces de sorcières. Papier d'imprimante, mon cul ! On devrait vous foutre en prison !

Il écrase son poing sur le carton.

Misère ! Ses yeux bleus sont injectés de sang. Il a l'air
d'avoir trop bu.

— Nous ne faisons que proposer un emballage discret,
dis-je calmement. En ces temps difficiles, nos clientes n'ont
pas toujours envie d'étaler les grandes marques sous le nez
des gens.

Il aimerait me bouffer toute crue.

— Tu parles ! En tout cas pas devant leurs poires de
maris ! Est-ce qu'elles jouent à « qui tondra son mec le
plus ras » ?

L'indignation me coupe le souffle. Mais, gardant le
sourire, j'arrive à répliquer :

— La plupart de nos clientes gagnent très bien leur vie.
À elles de décider de la façon dont elles veulent dépenser
leur argent, vous ne pensez pas ? D'après ce que je sais,
l'affaire de meubles d'Ariane marche très bien.

Impossible de résister au plaisir de l'asticoter. Je sais
que le succès d'Ariane déplaît à son mari. Elle me le
répète chaque fois qu'elle vient ici. Elle menace même de
le quitter mais, généralement, à la fin de l'essayage, elle
sanglote sur mon épaule en jurant qu'elle l'aime d'amour.

Faire des courses équivaut bien à une thérapie ! Ça
coûte le même prix et, en plus, on garde la robe !

— Ariane ! beugle-t-il en me bousculant.

— Arrêtez !

Je l'attrape par le bras, absolument furieuse.

— Je vous ai dit que seules les clientes étaient autorisées...

— Tirez-vous de mon chemin !

Il me pousse comme si j'étais une poupée.

Bon. Là, j'en fais une question de principe. Personne n'a
le droit de *me* bousculer dans *mon* département.

— Non ! Vous n'entrerez pas !

Je le saisis par l'épaule, mais il est trop costaud.

— Jasmine ! Mets toutes nos clientes en sécurité.

— Bordel ! Vous allez me laisser entrer !

— Ceci est un espace réservé, dis-je en le retenant de toutes mes forces.

— Puis-je savoir ce qui se passe ? fait une voix grave.

Je le lâche et pivote, tout en sachant déjà que je vais me trouver nez à nez avec Trevor. Gavin traîne derrière lui, aux anges, avec l'air du type qui assiste à un spectacle de french cancan.

Trevor me lance un regard exaspéré qui en dit long. Genre : « Vous avez intérêt à me fournir une explication valable ! » À quoi je réponds par un haussement d'épaules, comme pour lui signifier : « Évidemment, il y en a une. »

Mais quand Trevor se tourne vers Raynor, on dirait qu'il vient de voir une apparition divine.

— Sapristi ! Mais c'est… *Doug Raynor* ?

Il n'y a que lui pour reconnaître un vieux rocker tombé complètement aux oubliettes.

— Oui, c'est bien moi, dit Doug en projetant ses épaules en arrière.

— Monsieur Raynor, nous sommes extrêmement honorés de vous voir dans l'enceinte du Look, fait Trevor de son ton le plus obséquieux. Nous sommes tous vos fans. Si je peux vous être utile en quelque façon…

— En fait, oui, s'écrie Raynor en lui coupant la parole. Voudriez-vous m'expliquer tout ce *bazar* ? Vous pouvez appeler ça du shopping discret, si ça vous chante. Moi, j'appelle ça du pur mensonge.

Et il claque le prospectus sur le comptoir.

— Dès demain, je téléphone au *Daily World*. Pour dénoncer vos façons de faire.

— Qu'est-ce que c'est ? me demande Trevor, l'air perplexe. S.D.A. ? Shopping Discrétion Assurée ! M'a-t-on mis au courant ?

J'ai la bouche pleine de coton.

— Euh... J'allais vous en parler...

Je rougis de plus en plus à mesure que Trevor lit le prospectus. Quand il relève enfin la tête, ses yeux ressemblent à deux trous noirs.

Non, pire ! Il y a une lueur meurtrière dans son regard. Penché au-dessus de l'épaule de notre directeur, Gavin est en train de se repaître de mon prospectus.

— Vous vous faites passer pour des *femmes de ménage* ? ricane Trevor. Becky, vous êtes folle !

Doug Raynor intervient de nouveau, toujours aussi furieux :

— Vous trouvez votre conduite responsable ? Est-ce la manière dont un grand magasin de renom doit opérer ? C'est de la tromperie pure et simple ! Totalement illégale !

Limiter les dégâts, c'est la première réaction de Trevor.

— Gavin, veuillez conduire M. Raynor à notre rayon hommes et lui proposer le costume de son choix, avec nos compliments. Monsieur Raynor, je serai heureux de vous offrir une coupe de champagne dans notre bar à huîtres quand vous aurez terminé vos emplettes. Vous aurez le loisir de m'exposer vos griefs directement.

— Ouais. Et je ne vais pas m'en priver, garanti sur facture !

Il est évident qu'il hésite. Entre gueuler encore un peu ou se faire offrir un costume gratos. Finalement, il se laisse emmener par Gavin. Jasmine, elle, a disparu dans les cabines d'essayage.

Je me retrouve seule avec Trevor : le silence est impressionnant.

Je commence par bégayer un peu.

— Vous... vous vouliez connaître le... le secret de notre réussite. C'est... ça !

Trevor ne dit rien. Il est occupé à relire le prospectus, les mâchoires serrées. Plus il est silencieux, moins je sais ce que je dois en penser. Bien sûr, il est furieux... Mais pourquoi ne serait-il pas aussi légèrement impressionné ?

329

Il pourrait se dire que c'est le genre de combine qui se pratique dans la vente au détail. Ou que ça lui rappelle ses propres astuces quand il débutait dans le métier. Et, qui sait, peut-être que, du coup, je pourrais devenir son chou-chou ?

— Becky ! dit-il enfin, et je suis pleine d'espoir.

Ses yeux ne sont plus des trous noirs. Il paraît tout à fait calme. Je crois que je vais m'en sortir. Extra !

— Désiriez-vous me voir aujourd'hui à ce sujet ? C'est pour cela que vous avez pris rendez-vous à 11 heures ?

Son ton est si calme que je me détends.

— En fait, il y avait autre chose dont j'aurais aimé discuter avec vous.

Nouveau silence. Est-ce le bon moment pour parler d'une augmentation ? Il est furieux pour l'histoire du prospectus, mais ça ne devrait pas affecter mon avenir à long terme, n'est-ce pas ? Surtout si je deviens son chouchou. Sa protégée !

Bon. Allons-y !

Sauf que je ne vais pas demander 15 000 mais 10 000. Non, 12 000.

Je respire à fond et ferme les poings.

— Trevor, j'ai fait une enquête sur les salaires et je suis arrivée à la conclusion qu'une conseillère de mode de ma compétence...

Il me coupe comme s'il n'avait rien entendu de ma belle déclaration :

— Becky, cette prétendue initiative de votre part n'a pas reçu le feu vert de la direction. Elle est déplacée et malhonnête.

En le voyant aussi froid et distant, j'ai le trouillomètre à zéro. Bon, mon augmentation devra attendre. Je vais juste mentionner la prime de l'Employée de l'année. Il ne peut quand même pas m'en priver, hein ?

— Euh, Trevor, vous vous souvenez, vous avez annoncé que j'allais être l'Employée de l'année. Je me demandais si...

— Vous voulez rire ?

Sa voix est si dure que je recule instinctivement.

Je remarque enfin comme ses lèvres sont serrées. Erreur sur toute la ligne : il *est* vraiment furax. À sa manière : glacée, effrayante, odieuse. J'en ai les mains moites.

— Votre conduite a porté préjudice au Look, continue-t-il du même ton inexorable. Vous avez abusé ma confiance et celle des autres directeurs. Vous avez contrevenu aux règlements et au bon fonctionnement de notre organisation. Vous avez provoqué un incident désagréable devant notre clientèle. C'est une faute professionnelle grave. Sans parler de la mauvaise réputation que notre magasin risque d'avoir à cause de vous. Vous croyez qu'une star comme Doug Raynor reviendra un jour faire ses achats chez nous ?

— Je sais que j'aurais dû commencer par vous demander votre accord, je réplique tout de suite. Je vous demande pardon. Mais voilà la raison de la hausse de mes ventes ! C'est à cause de ce service « Shopping Discrétion Assurée ! ». Mes clientes l'ont adoré. Elles vous ont même écrit pour vous le dire. Mon département bourdonne d'animation, tout le monde est content, achète...

Trevor ne m'écoute toujours pas.

— Je suis désolé, Becky, mais dès à présent vous êtes suspendue de vos fonctions, jusqu'à nouvel ordre.

Il me dévisage comme si j'étais un ver de terre de la plus basse extraction.

— Prenez vos affaires et filez.

17

Assise dans le métro, je suis tétanisée. Il y a deux semaines, j'étais une star. On me demandait de faire partie du conseil d'administration. On m'offrait des fleurs.

Aujourd'hui, je suis virée honteusement.

Ils vont faire une enquête interne. Traiter l'affaire « très sérieusement ». Jasmine avait l'air stupéfaite quand elle m'a vue rassembler mes affaires. Mais comme Trevor ne me quittait pas des yeux, elle n'a rien pu me dire, sauf un « Appelle-moi ! » chuchoté au moment de mon départ.

Puis Trevor m'a escortée jusqu'à la porte du personnel, comme s'il craignait que je ne vole quelque précieux article. Je ne me suis jamais sentie aussi humiliée. Jamais, de ma vie entière.

En fait, en y réfléchissant, si, ça m'est déjà arrivé !

Pas de prime de l'Employée de l'année. Pas d'augmentation. Sans doute plus de job du tout. Comment vais-je faire pour la fête ? J'essaie de rassembler mes idées dans ma pauvre tête, malgré l'angoisse qui me serre le ventre.

Premièrement : peut-on supprimer les toilettes ? Peut-être. Et, dans ce cas, demander aux invités de prendre leurs précautions avant de venir. Deuxièmement : puis-je demander à papa et à Martin d'être les videurs ? Moi, au besoin, je peux faire le voiturier. Oh, là, là, quel enfer !

Je capte mon reflet dans les vitres du métro : les yeux exorbités, j'ai l'air d'une folle. Sans doute une réaction normale. On décide d'organiser une fête-surprise et on craque sous la pression. Ensuite tout part à vau-l'eau. Si l'on m'affirmait que les fêtes-surprises sont à l'origine de la majorité des maladies mentales, je n'en serais pas surprise.

Je suis convenue de retrouver Janice et Minnie à Waterloo. Je les observe tandis que je m'approche : au moins, elles, elles ont l'air heureuses et insouciantes.

Janice est enthousiaste.

— On a passé une matinée merveilleuse ! N'est-ce pas, Minnie ? On a fait plein de gâteaux de Pâques qu'on a empilés dans le congélateur.

— Merci, Janice, dis-je avec un pâle sourire. Tu es vraiment un chou.

Janice a été plus que formidable : dès qu'elle a appris que les parents allaient s'installer à West Place, elle s'est portée volontaire pour garder Minnie pendant mes heures de boulot. Elle a acheté une pleine armoire de jouets, malgré mes supplications, et a appris à Minnie toute une série de comptines. Seul point noir : elle casse plus que jamais les pieds de Jess avec ses allusions à des petits-enfants et pousse des soupirs à profusion chaque fois qu'elle accroche une peinture de Minnie aux murs.

— Ça me fait tellement plaisir ! À ta disposition. Au fait..., ajoute-t-elle en hésitant, tu as eu des nouvelles de ta mère ?

— Non. Et toi ?

— Oui ! Ils font une de ces noubas ! L'appartement est génial. Ils sont allés deux fois au théâtre *et* ils ont eu droit à un enveloppement de boue. Tous les deux ensemble !

— Parfait, dis-je en baissant les yeux. Je suis ravie qu'ils prennent du bon temps.

— Vous ne vous parlez toujours pas, ta mère et toi ?

— Hum, pas que je sache.

Étant donné que c'est la première fois que ça nous arrive, je ne connais pas les règles. Mais si maman ne m'a pas appelée pour me raconter les enveloppements de boue, ça veut dire que la bouderie continue.

Janice me tend les moufles de Minnie.

— Bon, je vais vous laisser y aller... Je vais à une vente artisanale pour commencer mes emplettes de Noël. Et toi ? Où emmènes-tu Minnie ?

— À Green Park.

Ce qui est presque la vérité. Le Ritz donne sur Green Park.

En sortant du métro à Piccadilly, des nuages gris ont envahi le ciel, prêts à se déverser sur nos têtes. Ce qui survient quand nous sommes à mi-chemin. Je rabats la capuche de Minnie et me traîne péniblement vers l'hôtel. Disons que prendre le thé avec Elinor ne *figure* certainement pas parmi les choses qui pourraient me remonter le moral.

Elle nous attend dans la même suite somptueuse que la dernière fois, vêtue d'une robe d'après-midi bleu acier. Sur la table, trois nouveaux puzzles.

— Madaame !

Le visage de Minnie s'illumine et elle se précipite pour embrasser Elinor, qui se renfrogne. Malgré ma mauvaise humeur, j'ai envie de pouffer.

— Eh bien, Minnie, fait-elle mal à l'aise, d'un ton presque cassant, il vaut mieux que tu t'asseyes !

Minnie continue à l'enlacer. Du coup, avec beaucoup de froideur, Elinor lui tapote l'épaule. A-t-elle déjà reçu un câlin d'un jeune enfant ?

De Luke, sans doute. Avant qu'elle ne l'abandonne. D'y penser me donne mal au ventre.

Comme la dernière fois, un goûter complet est disposé sur la table. Mais je suis trop remuée pour avoir faim. Je n'ai qu'une envie, me sauver le plus vite possible.

— Attends, Minnie, tu vas voir ! dit Elinor quand Minnie vient se nicher près de moi sur le divan. Je t'ai acheté un gâteau spécial.

Elle se dirige vers une console. Quand elle se retourne, tenant un plateau d'argent recouvert d'un dôme, ses joues sont légèrement roses et... Serait-ce l'esquisse d'un minuscule sourire que je devine sur ses lèvres ? Elinor est-elle *attendrie* ?

Elle pose le plateau sur la table et soulève la cloche. Incroyable ! Ça a du lui coûter un bras.

C'est une perfection de gâteau, en forme de cœur, recouvert d'un glaçage rose avec des pralines et des cerises confites posées tout autour. Au centre, en lettres impeccables en sucre, un prénom : *Minnie*.

Elinor regarde Minnie pour observer sa réaction.

— Tu l'aimes ?

— Gaateau ! s'exclame Minnie d'un air gourmand. Gaateau à moaaa ! À Minniiie !

— Ce n'est pas un simple gâteau, la reprend Elinor. C'est un gâteau avec ton *prénom* dessus. Tu t'en rends compte ?

— Elinor, elle ne sait pas lire, j'interviens doucement. Elle est trop jeune.

Elinor semble contrariée.

— Ah, bon ! Je vois.

Elle reste immobile, le dôme à la main. En fait, je me rends compte qu'elle est déçue.

— Mais le gâteau est magnifique, je m'empresse de dire. Quelle gentille attention.

Je suis sincèrement touchée par le mal qu'elle s'est donné et je prendrais bien une photo avec mon portable. Mais comment l'expliquer à Luke ?

Elinor coupe une tranche qu'elle donne à Minnie. Celle-ci l'enfourne dans sa bouche, mettant des miettes et de la crème partout. Je tâche de réparer les dégâts avec deux serviettes mais, à ma grande surprise, Elinor ne paraît pas s'en préoccuper. Serait-elle moins coincée que je ne le pensais ? Elle ne cille même pas quand une cerise confite atterrit sur la belle moquette du Ritz.

— J'ai acheté plusieurs nouveaux puzzles, fait-elle en savourant son thé. Celui de Notre-Dame est particulièrement intéressant.

Notre-Dame ? Pour une gamine de deux ans ? Elle a perdu la tête ! Et Mimi la petite souris, alors ?

Mais Minnie m'étonnera toujours ! Fascinée, elle écoute, sans en perdre un mot, Elinor lui expliquer les différentes nuances de gris et l'obligation de commencer par les bords. Quand Elinor verse les pièces sur la table, elle la regarde avec de grands yeux et attend sa permission pour les toucher. Elle ne cesse de me regarder comme pour m'inviter à participer, mais je ne peux pas me résoudre à m'impliquer dans ce jeu stupide. Je suis de plus en plus tendue, comme si un fil d'acier me traversait le corps. Que faire ? *Que vais-je faire ?*

Quand mon portable sonne, je manque sauter au plafond. Une boule de nerfs. Et si c'était le Look qui m'annonce que je suis virée définitivement ? Ou Luke qui risque d'entendre la voix d'Elinor ?

Mais le nom de Bonnie s'affiche sur l'écran.

— Elinor, veuillez m'excuser un instant, dis-je en me propulsant à l'autre bout de la suite. Salut, Bonnie, quoi de neuf ?

Elle semble troublée.

— Je ne peux pas vous parler longtemps. Mais on a un pépin.

— Quel genre de pépin ?

Pourvu que ce ne soit pas trop sérieux ! Juste quelqu'un d'allergique aux noix et aux amandes. Je ne supporterai rien de plus grave…

— J'ignore si vous savez que Luke cherche à rencontrer Christian Scott-Hughes ?

— Oui, le bras droit de sir Bernard Cross ! Il ne cesse d'en parler.

— Ils ont fixé rendez-vous. À la seule date qui convenait à M. Scott-Hughes. Le 7 avril !

Une désagréable décharge électrique me traverse le corps.

— À quelle heure ?

— Pour le déjeuner.

Je reprends ma respiration.

— Ça devrait coller...

— À Paris !

— Hein ?

Horrifiée, je contemple mon portable.

— Ils ont l'intention de passer la nuit à Paris. Luke m'a demandé de lui réserver billets d'avion et chambre d'hôtel.

Non ! Non ! Non ! Je préférerais être sourde !

— Il ne doit pas aller à Paris ! Dites-lui que son agenda est plein. Ou appelez le secrétariat de Christian Scott-Hughes et...

— Becky, vous ne comprenez pas, dit-elle, aussi embêtée que moi. Ce monsieur est débordé. Réussir à avoir ce créneau a été un exploit. Si on le reporte, on risque d'attendre des mois un autre rendez-vous. Je ne peux pas m'y résoudre.

— Que devient cette conférence bidon que vous avez organisée ?

— Luke n'ira pas. Il estime qu'il peut s'en passer.

Je fixe sans le voir le portrait d'une jeune fille avec un chapeau rouge. J'ai comme un vertige. Luke ne peut pas aller à Paris le jour de son anniversaire !

— Il faut que vous le forciez à reporter la réunion. Inventez une excuse. N'importe laquelle !

Mais cette fois Bonnie semble à bout de ressources.

— J'ai bien essayé ! Croyez-moi, j'ai tout essayé ! Je lui ai fait comprendre qu'il devait assister à cette conférence, j'ai inventé un déjeuner avec des commanditaires... Je lui ai même rappelé que c'était son anniversaire. Il a éclaté de rire. Je n'ai plus d'arguments. Becky... Je sais que vous voulez lui faire la surprise. Mais je crois qu'il est temps de le mettre au courant.

— Non ! fais-je, horrifiée.

— Mais il n'y a pas d'autre solution...

— Si !

— L'effet de surprise est donc *si* important ?

— Oui, absolument ! je m'exclame au bord des larmes.

Elle pense sans doute que je suis folle. Ce qui est sans doute vrai. Mais je ne vais pas abandonner.

Je tremble en raccrochant. Comme si la tension avait encore augmenté de moitié, que le câble d'acier se soit encore tendu. Sans bien savoir ce que je fais, je retourne vers le canapé, prends un petit pain au sucre que je fourre dans ma bouche, puis un autre. Il paraît que le sucre aide à la réflexion.

Comment empêcher Luke de se rendre en France ? En lui volant son passeport ? En le kidnappant ? En trouvant une excuse incontournable ?

Soudain, je me rends compte qu'Elinor a cessé de manier les pièces du puzzle pour m'observer de son regard réfrigérant. Franchement, si elle me dit que mes chaussures sont éraflées, je lui lance un petit pain à la figure.

— Rebecca, ça ne va pas ? Vous avez l'air bouleversée.

J'ouvre la bouche pour lui répondre automatiquement : « Ne vous inquiétez pas, tout va bien ». Mais voilà... Je ne peux pas. Je ne suis pas assez forte pour faire semblant que tout roule. Encore moins devant quelqu'un qui ne compte pas dans mon cœur.

— Honnêtement, j'ai connu des jours meilleurs.

D'une main mal assurée, je me verse une tasse de thé. Et j'en mets partout quand je remue trois morceaux de sucre dans ma tasse.

— Aimeriez-vous un cognac ? Ou un cocktail bien fort ?

Elinor me propose un cocktail ? Elle se moque de moi ?

Je la regarde avec suspicion. Mais non. Pas de trace d'ironie sur son visage. Elle est sincère. Et vous savez quoi ? C'est la suggestion la plus chaleureuse qu'on m'ait faite depuis longtemps.

— Oui, avec plaisir. J'adorerais quelque chose de bien fort.

Elinor me tend la carte établie par le room-service. Je choisis un martini-pomme et, en un clin d'œil, je suis servie. L'alcool que je savoure avec reconnaissance pénètre dans mes veines et me revigore. Après en avoir bu la moitié, je cesse de trembler. À ce régime, je pourrais en avaler trois de suite.

Calmement, Elinor continue son puzzle comme si tout allait bien, mais au bout d'un moment elle me demande d'une voix neutre :

— Vous avez reçu de mauvaises nouvelles ?

— Si on veut.

Je prends encore une gorgée de martini-pomme. Rester assise dans cette pièce me fait me sentir loin du monde réel, comme dans une bulle. Personne ne sait que je suis ici. C'est comme vivre dans un rêve.

Soudain, une envie irrésistible de tout raconter me saisit. Si je me confie à Elinor, à qui peut-elle le répéter ? À personne !

— Je suis en train d'organiser une fête-surprise pour Luke à l'occasion de son anniversaire. Une grande fête. Dans quinze jours.

Elinor ne bouge pas une oreille. Pourtant ça doit être dur d'apprendre qu'on donne une fête pour votre fils unique, sans avoir été mise au courant ni même conviée.

— Je ne pouvais pas vous inviter, j'ajoute carrément, vous le comprenez.

Même si j'en avais eu envie, je n'ajoute pas.

La tête d'Elinor remue d'un millimètre et je continue dans un silence profond :

— J'ai eu des tas de pépins. Et plein de stress. Mais là, je viens d'apprendre que Luke a rendez-vous à Paris, le jour de la soirée, avec un certain Christian Scott-Hughes.

Or, voilà des siècles qu'il cherche à rencontrer ce type. Son assistante ne sait plus quoi faire, et moi non plus. Soit je pique son passeport et il va en faire une maladie, soit on déplace la fête à Paris d'une façon ou d'une autre, soit je lui dis la vérité...

Je me tais, trop malheureuse pour continuer. Je veux tellement, tellement, *tellement* ne pas mettre Luke au courant. Hélas, j'ai l'horrible impression que je vais devoir en passer par là.

Je grignote la tranche de pomme qui a mariné dans le cocktail.

— J'ai réussi à garder le secret depuis le début. Luke n'a aucune idée de ce que je prépare. Je n'ai pas envie de tout gâcher. Mais comment faire autrement ?

On frappe à la porte discrètement et un serveur entre avec un nouveau martini-pomme. Il prend mon verre vide, pose le nouveau et sort sur la pointe des pieds.

Quel service ! Est-ce que tout le monde a le droit à ce genre d'attention ou seulement Elinor ?

— Vous voulez parler du Christian Scott-Hughes qui travaille avec sir Bernard Cross ? demande Elinor qui n'a pas bronché quand le serveur est apparu.

— Absolument. Luke tient absolument à rencontrer Bernard Cross pour un de ses clients.

J'avale une gorgée de mon second cocktail, aussi succulent que le premier, puis observe Elinor pour voir si elle compatit quelque peu. Une femme normale s'exclamerait « Comme je te plains ! » ou m'embrasserait. Mais pas ma belle-mère qui est aussi coincée et lointaine que d'habitude.

— Je connais Bernard, dit-elle enfin. Nous avons fait connaissance sur son yacht, à Saint-Tropez. Un homme charmant.

Bravo ! Typique ! Alors que je croule sous les problèmes, ma belle-mère se vante de ses relations mondaines. Au fait, est-ce qu'elle *sait* ce que « charmant » veut dire ? Elle confond sans doute avec « riche ». Ce qui expliquerait son comportement.

— Je suis certaine que vous le connaissez, fais-je brutalement. Je vous félicite.

Grossière pour grossière, allons-y. Croit-elle m'impressionner avec sa croisière sur un yacht ? Je repêche la tranche de pomme de mon verre et la fourre dans ma bouche, mais mon geste n'a pas échappé à Minnie !

— Pooomme ! À Minniiie Pooomme !

Elle tente de le récupérer dans ma bouche.

— Non, Minnie ! je m'exclame en écartant sa main. Pas ta pomme. C'est une pomme pour les grandes personnes et, tu vois, elle est partie.

— Mon juuus !

Bon, maintenant elle s'intéresse à mon cocktail.

— Juuus à moaaaa…

La voix calme d'Elinor me parvient.

— Je pourrais parler à Bernard. Lui expliquer la situation et m'arranger pour que la réunion soit reportée. Luke ne saura jamais qui est intervenu.

Ébahie, je fixe Elinor. Elle paraît détachée au point que je me demande si j'ai bien entendu. Elle a vraiment proposé de m'*aider* ? Elle peut vraiment résoudre mon problème d'un claquement de doigts ?

Je sens comme un petit pincement. Un pincement qui ressemble à une étincelle d'espoir.

Bon, je dois me calmer. Et ne plus y penser. Encore moins espérer. Car c'est Elinor que j'ai en face de moi. *Elinor*. Luke me tuerait s'il apprenait que Minnie et moi sommes ici ! Et j'ose à peine imaginer sa réaction s'il savait que j'ai parlé de ses affaires et quémandé de l'aide…

— Non, vous ne pouvez pas m'aider, Elinor. Désolée, mais c'est ainsi. Si Luke apprenait que nous avons eu une conversation…

Une vague d'angoisse m'envahit : je me lève, pose mon cocktail sur la table.

— Je suis restée déjà trop longtemps. Nous devons partir. Minnie, dis : « Au revoir, madame ! »

— Madaame ! fait Minnie en s'accrochant aux jambes d'Elinor.

— Qu'allez-vous faire ?

Elle fronce les sourcils avec une sorte de curiosité détachée, comme si j'étais une pièce de son puzzle qu'elle chercherait à placer au bon endroit.

— Je l'ignore, dis-je désespérée. Il faut que je trouve une solution.

Quand je rentre, la maison est vide et silencieuse. Sur la table, une note de Janice : « *L'assistante de Nanny Sue a téléphoné. Appelle-la pour prendre rendez-vous au sujet de Minnie.* »

Par pur réflexe, je chiffonne le bout de papier et le jette dans la poubelle, puis je me prépare une tasse de thé, histoire de garder le moral.

Allons, Becky, sois positive ! Ne te laisse pas ronger par les difficultés. Il doit bien exister une solution.

Je mets plein de sucre dans mon thé, m'assieds avec un crayon et du papier ; l'inspiration ne vient pas. Je suis vidée, au bout du rouleau, finie. Et si je me préparais un autre cocktail pour me réconforter ? On sonne à la porte. Surprise, j'ouvre et me retrouve face à un vieux bonhomme en salopette, plutôt cradingue et édenté. Sa camionnette est garée dans l'allée.

— La tente ! crache-t-il.

Pendant un instant, je le regarde sans comprendre.

— Ma pt'tite dame ? fait-il en passant sa main devant mon visage. Vous voulez une tente ?

— Oui ! Absolument !

Enfin une bonne nouvelle ! C'est un signe. Tout va s'arranger. La vision d'une tente déployée dans le jardin de Janice me remonte le moral.

— Alors, vous êtes de la société de Cliff ? je demande tandis qu'il ouvre les portes arrière de la camionnette.

— Cliff, il s'excuse. Tous les gars ont été appelés dans le Somerset, une urgence. C'est de la folie.

— Moi qui croyais que les affaires étaient plutôt calmes.

— On a eu des annulations. Puis les gens changent d'avis, pardi. Et pas qu'un seul. La plupart de nos tentes sont parties dans l'Ouest, mais Cliff a dit que vous pouviez avoir celle-là.

Il décharge un tas de bâches blanches dans l'allée. Je m'attendais à quelque chose de plus volumineux.

— C'est une tente ?

— Plutôt un kiosque, hein ? Il a pris l'humidité d'un côté, mais avec un coup de javel, ça partira. En brossant bien.

Il remonte dans sa cabine et met le moteur en route.

— Bonne journée !

— Minute ! Je la rapporte où ?

Son visage s'éclaire.

— Vous en faites pas ! On n'en a plus besoin.

Une fois la camionnette hors de vue, je m'approche avec précaution du tas de bâches. Elle n'est peut-être pas aussi petite que ça.

— Couvertuure !

Minnie sort en courant de la maison, se précipite sur les bâches et commence à sauter dessus.

— Ce n'est pas une couverture, c'est… une tente. Enlève-toi de là, poupette. On va la regarder.

Je soulève doucement une des toiles. Consternation ! Elle est verte et couverte de moisi. Je passe à une autre toile : déchirée en deux !

Une abomination. Moi qui croyais que ce problème était *résolu* pour de bon ! Nettoyer et recoudre cette tente va me prendre des heures.

Et ce n'est même pas une vraie tente ! Elle est toute petite. Comment entasser deux cents personnes à l'intérieur ?

Je sens la panique monter en moi. Mais je n'ai pas le choix. Ça ou rien !

— Très bien ! dis-je aussi gaiement que possible à Minnie. Maman doit nettoyer ça, d'accord ? N'y *touche* pas !

Je nettoie sa main, verte de moisi.

— Confiiiiture ! dit-elle, mécontente. À moaaa !

— Non ! C'est dégoûtant ! Beurk !

Je trouve des gants de caoutchouc, de la javel, une brosse sous l'évier. Après avoir collé Minnie devant la télé, je me mets à frotter. Je pensais que ce serait facile, comme dans les pubs télé ! Erreur ! Le moisi a imprégné la toile et par endroits la boue l'a recouverte. Depuis des années au moins ! Je passe dix minutes à frotter comme une dératée pour nettoyer une surface grande comme un mouchoir de poche. Épuisée, je me laisse tomber sur mes talons.

Impossible de continuer, je n'en verrai jamais la fin.

Après m'être échinée pendant dix minutes de plus, je jette ma brosse dans la cuvette qui est maintenant pleine d'un liquide noir. J'ai le dos en compote, la tête comme dans un étau. Je repousse mes cheveux en arrière et sens la peur me submerger. Pour la première fois, je prends conscience de la situation, de l'impossibilité de mener à bien cette tâche, bref, je vois la réalité en face. Comment ai-je pu croire que je pourrais organiser une fête grandiose sans l'aide de personne ?

J'ai eu les yeux plus gros que le ventre.

J'ai envie de pleurer.

Non, je ne pleurerai pas.

Machinalement, j'extirpe mon portable de ma poche. Et j'appuie sur la touche d'appel automatique de Suze.

344

Je ne vais pas lui demander son aide. Je ne peux m'y résoudre. Mais si elle me la *propose*... j'accepterai.

— Bex ! Salut ! dit-elle dès la première sonnerie.

— Suze ? dis-je timidement. Comment va ?

Je ne vais pas aborder directement le sujet. Je vais attendre qu'elle mentionne la soirée et on verra bien.

L'humeur de Suze est loin d'être rose.

— Je ne décolère pas ! Tu sais ce que j'ai fait aujourd'hui ? J'ai réuni l'équipe de Tarkie. « Pourquoi n'étiez-vous pas là-bas ? Pourquoi n'y avait-il personne à la séance de photos ? », je leur ai balancé. Et, tu sais le plus grave ? Il y avait quelqu'un ! Un mec.

Sa colère monte d'un cran.

— Il m'a répondu qu'il avait trouvé ça bizarre, effectivement, mais qu'il avait pensé que c'était sans doute la dernière mode et n'avait pas voulu intervenir. Je te l'annonce solennellement, Bex : à partir de maintenant je suis le manager de Tarkie. Tu as eu des nouvelles de Danny ? Je n'arrête pas de lui téléphoner, mais il ne rappelle jamais.

— Non, c'est silence radio.

J'entends un cri et le bruit d'une chute en arrière-plan.

— Wilfie ! Arrête ! Bex, il faut que j'y aille. Au fait, comment vas-tu ?

Elle ne m'a même pas parlé de la soirée.

Je suis humiliée. Je ne peux rien lui dire. Je ne peux pas lui avouer que je suis dans la mouise jusqu'au cou, avec une tente nulle à pleurer, plus d'argent, plus de job. Et la certitude quasi absolue de ne pas pouvoir donner ma fête.

— Oh, ça va... Je te parle plus tard, Suze...

Je raccroche et reste assise sans bouger pendant un moment. Il fait froid et sombre dans l'allée. Une lampe s'allume dans la maison de Janice. Ce qui me donne une idée. J'appelle Jess sur son portable.

Je vais l'inviter à boire une tasse de thé, elle verra la tente et se proposera de m'aider à la nettoyer. Je peux compter sur elle, j'en suis sûre. J'aurais dû y penser il y a des siècles. C'est ma sœur, après tout.

— Salut, Jess ! dis-je chaleureusement dès qu'elle répond. Si tu es dans les parages, viens donc prendre un thé !

— Je suis avec Tom dans le Staffordshire, pour faire des recherches dans un musée de la région. Janice me cassait trop les pieds. Tu veux *savoir* la dernière ?

— Quoi ?

— Elle a volé nos préservatifs ! Oui, elle les a pris ! Elle le nie, mais je suis persuadée que c'est elle. Sinon, comment *nos* capotes auraient-elles atterri dans le tiroir de *sa* table de chevet ? Je lui ai dit : « Surtout ne prétendez pas qu'ils sont à vous, Janice, je ne vous croirai pas ! » Elle n'a sans doute jamais entendu parler des préservatifs du commerce équitable, alors de là à en acheter ! On s'est bagarrées sec. Martin est allé se réfugier dans sa cabane dans l'arbre tellement il était gêné.

Malgré tout, je pouffe en imaginant Jess et Janice s'engueulant pour une histoire de capotes.

— Alors, continue Jess, on a débarrassé le plancher pendant quelques jours. Becky, je ne la supporte plus. Qu'est-ce que je peux faire ?

Sa voix faiblit.

— Jess, tu es toujours là ?

— Désolée ! Ma batterie est à plat. Je peux te rappeler plus tard ?

— Évidemment ! Embrasse Tom pour moi.

Quand mon écran s'éteint, l'allée s'assombrit encore.

J'ai le moral à zéro. Je suis crevée. Ces deux derniers coups de fil ont usé le peu d'énergie qui me restait. Je n'ai plus rien. Ni espoir, ni plans, ni solutions. Le jour où j'ai cru pouvoir mettre sur pied une fête en secret, j'avais dû péter un câble.

Une larme coule le long de mon nez, suivie d'une autre. Je vais devoir admettre ma défaite. Et annuler ma soirée.

Il n'y a pas d'autre moyen. C'est trop lourd à porter. Impossible de m'en sortir.

Je ravale un gros sanglot et j'enfouis ma tête dans mes mains. Je n'arrive pas à m'avouer vaincue. Mais quelle autre issue ?

Je vais appeler Bonnie en lui demandant d'envoyer des mails à tous les invités. On inventera une excuse. Luke n'a qu'à aller à Paris. Il ne saura jamais ce que j'avais prévu. La vie continuera. C'est la solution la plus facile. La *seule* !

— Rebecca ?

Je sursaute en voyant une haute silhouette se profiler devant moi.

— *Elinor ?*

Panique à bord !

— Qu'est-ce que vous faites là ? Vous ne pouvez pas rester ! C'est ici que j'habite ! Si Luke vous voyait ou mes parents...

Elinor semble très calme. Elle porte le manteau Chanel gris tourterelle que je lui ai vendu quand elle est venue au Look, bien serré à la taille par une ceinture.

— Luke n'est pas là. Vous êtes seule avec Minnie. Mon chauffeur a vérifié avant que je vienne.

Son chauffeur ? Elle l'a recruté dans un service du contre-espionnage ou quoi ?

Elle fixe un point au-dessus de ma tête.

— Je serai brève. Je désire vous renouveler mon offre. Vous avez rejeté mon aide trop rapidement, pour des raisons que je peux deviner. Cependant, vous avez besoin d'un contact personnel avec sir Bernard Cross. Je peux lui demander de reprogrammer le rendez-vous de Luke et il le fera.

Elle hésite un instant.

— Si vous désirez que je le fasse, dites-le-moi.

— Merci, je réponds, résignée, mais c'est inutile. J'annule la fête.

Pour la première fois, Elinor me regarde directement et je vois de la surprise dans ses yeux.

— Vous annulez ? Pourquoi ?

— Parce que je ne m'en sors pas.

Une nouvelle larme coule le long de mon nez.

— C'est un désastre. J'ai fait un troc pour la tente, mais elle est complètement moisie et je ne la nettoierai pas à temps et, de toute façon, elle est trop petite. Comme je suis à court d'argent, je voulais demander une augmentation mais, au lieu de ça, j'ai été démise de mes fonctions. En plus, ce jour-là, Luke va aller à Paris...

Je me sèche les yeux.

— Donc à quoi bon ? À quoi bon continuer ?

Imperturbable, Elinor regarde la tente.

— Vous n'avez donc personne pour vous seconder ? Votre amie Susan, par exemple ?

Incroyable ! Elle connaît l'existence de Suze.

— J'ai... euh... prévenu tous mes amis que je n'avais pas besoin de leur aide.

Il fait si sombre que j'ai du mal à voir Elinor. J'ai tout juste la force de l'inviter à prendre une tasse de thé, en espérant qu'elle refusera, quand elle m'adresse la parole avec un ton encore plus emprunté que d'ordinaire.

— Ces dernières semaines, je me suis rappelé notre conversation. Rebecca, vous êtes une jeune femme perspicace. Je n'ai jamais rien donné à Luke sans arrière-pensées. Je m'attendais toujours à quelque chose en retour. Aujourd'hui, j'aimerais lui faire un cadeau. Sans contre-partie d'aucune sorte. C'est pourquoi j'aimerais vous aider.

— Elinor, c'est très gentil de votre part. Sincèrement. Mais je le répète, à quoi bon ? Même si Luke n'allait pas à Paris, je n'ai plus le temps d'organiser cette fête.

Je soulève un coin de toile couvert de moisi et le laisse retomber.

— Vous croyez que je vais recevoir deux cents personnes dans cette immondice ?

348

— Donc vous renoncez ?

Son ton me pique au vif. Ce ne sont pas ses oignons ! Ni sa fête ! D'ailleurs, elle n'est même pas invitée.

— Sans doute. Oui. Je laisse tomber.

— Je trouve ça troublant, dit-elle en me regardant durement. Jusqu'à maintenant, vous n'avez jamais renoncé à quoi que ce soit, que je sache. Vous êtes inconséquente, oui. Peu raffinée, oui. Impulsive, oui. Imprudente, oui.

Est-ce qu'elle essaie de me remonter le moral ?

— Merci beaucoup pour le tableau, je la coupe !

— Mais vous avez toujours été tenace, continue Elinor, comme si je ne l'avais pas interrompue. Vous avez toujours refusé de plier, même si les circonstances se liguaient contre vous. C'est une qualité que j'ai toujours admirée chez vous.

Qu'elle a toujours *admirée chez moi*. C'est la meilleure !

— Qui trop embrasse mal étreint, comme on dit. Je ne suis sans doute pas Superwoman.

— Avec de la volonté, on peut tout accomplir avec les moyens nécessaires.

— C'est justement le cœur du *problème* ! je m'exclame, furieuse. Vous ne comprenez donc pas ? J'ai été renvoyée ! Je n'ai plus de crédit sur mes cartes bancaires ! Je n'ai *aucun*...

Elinor me coupe.

— Moi, j'ai les moyens.

Perplexe, je la dévisage quelques instants. Est-ce qu'elle... ?

— J'ai les moyens, répète-t-elle. Nous pourrions... le faire ensemble.

Mon Dieu !

Ensemble ? Cherche-t-elle à se joindre à la fête en tant que cohôtesse ?

— Elinor...

L'idée me semble tellement extravagante que j'ai presque envie de rire.

— Vous n'êtes pas sérieuse. Luke serait... Il serait...

— Luke n'a pas à être au courant. Il ne le saura jamais.

Elle paraît déterminée, au point que j'ai du mal à mettre sa parole en doute. Mais quelle surprise !

— Maman !

Minnie sort de la maison telle une fusée, puis s'arrête net.

— Madaame ! crie-t-elle en se jetant sur Elinor avec un grand éclat de rire.

Que dire ?

— Elinor... Vous ne pouvez pas... La situation est difficile. Vous savez la façon dont Luke réagirait si...

— J'en suis consciente. Je vous demande pourtant de m'accorder cette chance.

Son visage reste de marbre, mais je perçois soudain un tressaillement dans son regard.

À moins que ça ne soit un effet de l'obscurité ambiante.

— Il m'est impossible d'offrir quoi que ce soit à Luke, m'expose-t-elle sans émotion. Il m'a rejetée de sa vie. Il n'a aucune confiance en moi. Il refuserait immédiatement tout présent venant de moi. Si vous acceptez ma proposition, vous me permettez de lui faire un cadeau. Peut-être même de me racheter un peu. Le genre de cadeau... que sa vraie mère lui aurait fait.

Quoi ? Elle vient d'appeler Annabel sa vraie mère ?

J'avale ma salive plusieurs fois. Cela devient trop grave. Je ne sais pas si je peux faire face. Tout était plus facile quand Elinor était la vilaine sorcière qu'on ne voyait jamais.

— Si vous refusez mon offre, ajoute-t-elle sans élever la voix, vous me refusez la possibilité de me rattraper.

— Puzz-elle ? demande Minnie en tirant, pleine d'espoir, sur le sac d'Elinor. Puzz-elle ?

Elinor fouille dans son sac, en sort une pièce de puzzle et la tend à Minnie :

— Tiens, prends-la !

Puis elle me regarde dans les yeux.

— S'il vous plaît.

Mon cerveau opère des va-et-vient frénétiques. J'ai l'impression d'avoir un flipper dans la tête. Je peux... Je ne peux pas... Je ne dois pas... Je pourrais...

Luke ne le saura jamais...

Non, *impossible*...

Mais on n'aurait rien à annuler... Luke aurait sa fête...

— Vous désirez sans doute un peu de temps pour réfléchir.

Je lève la tête et contemple Elinor comme si je la voyais pour la première fois. Tenant son luxueux sac de ses deux mains gantées, ses cheveux balayés par le vent, le visage pâle et presque flou, elle paraît vieille. Et bienveillante. Enfin, presque.

Voilà bien le plus surprenant. Elinor Sherman, la femme la plus impressionnante, la plus snob du monde ne m'a fait aucune remarque désobligeante, ne m'a pas donné d'ordres, ne m'a pas sermonnée. Elle m'a priée. Et, humblement, elle attend ma réponse.

Enfin, autant qu'on puisse être humble en Chanel des pieds à la tête, avec un chauffeur à sa disposition !

— D'accord, dis-je lentement en souriant soudain. D'accord, Elinor. Ça marche !

— Merci.

Un temps d'hésitation.

— Rebecca, j'ai autre chose à vous dire. Je sais que vous êtes déterminée à organiser seule cette soirée. Je sais que vous êtes fière de votre indépendance. Mais ne sous-estimez pas le plaisir que d'autres peuvent retirer en apportant leur contribution. Pour Luke.

— Mon amie Suze m'a déjà dit quelque chose dans cette veine, dis-je lentement. Elle voulait m'aider, mais j'ai refusé.

Je me crispe en me rappelant la voix blessée de Suze me disant : « Tout ne tourne pas autour de *toi*, vu ? On sait que tu es capable d'y arriver toute seule. Mais Luke n'est pas seulement ton mari, il est aussi notre ami, et nous avons envie de faire quelque chose de sympa pour lui. »

Elle aussi voulait participer. Et j'ai été trop fière pour accepter. Et je ne lui ai toujours rien demandé. J'ai attendu qu'elle se propose. Et elle n'en a rien fait, évidemment.

Quelle garce je suis !

— Elinor, excusez-moi une minute…

Je m'écarte un peu et j'appelle Suze sur mon portable.

— Bex ? fait-elle surprise. Tu vas bien ?

— Écoute, Suze, dis-je en tremblant d'émotion. Je suis désolée. Je regrette d'avoir refusé votre aide pour la soirée. J'adore l'idée d'un shortbread particulier. Luke serait tellement touché. Et… si ce n'est pas trop tard… Tu es d'accord pour me donner un coup de main ?

Long silence au bout du fil, puis Suze me répond :

— Bex, sois franche ! Tu es dans la merde jusqu'au cou ?

— Oui, dis-je en riant et en pleurant en même temps. Tout à fait !

— Alors Tarkie me doit un billet de cinq livres ! fait-elle, ravie. Bon. Tu me veux quand, où et pour quoi faire ?

VINS PÉTILLANTS KENTISH
Spandings House
Mallenbury
Kent

Mme Rebecca Brandon
The Pines
43, Elton Street
Oxshott
Surrey

3 avril 2006

Chère madame Brandon,

Nous vous remercions de votre lettre du 27 mars.

Je suis heureux d'apprendre que notre envoi de 50 bouteilles de mousseux est parvenu à destination et que, en goûtant notre produit, vous
ayez été « frappée » par son arôme original et son corps.

Cependant je comprends que, ayant découvert l'Association de promotion de la tempérance, vous ayez décidé de ne servir que des boissons
non alcoolisées. Nos services s'occuperont du rapatriement de notre
livraison dans les meilleurs délais.

En espérant que votre soirée sera un grand succès, malgré l'absence de
Bacchus, je vous prie d'agréer l'assurance de mes sentiments cordiaux.

Paul Spry
Directeur du marketing.

P.-S. Nous projetons de lancer très bientôt sur le marché un nouveau
vin pétillant non alcoolisé, et je serai heureux de vous en faire parvenir
dix bouteilles gracieusement.

18

Il s'en est passé des choses ! Plus que trois jours avant le jour J. Je n'arrive pas à le croire. Enfin, *enfin*, tout roule !

Elinor a les relations les plus extraordinaires. Elle arrive à *tout obtenir*. Il suffit qu'elle agite son doigt noueux pour que les choses se réalisent immédiatement. Pour être plus précise, elle agite son doigt noueux vers une assistante, et le boulot est exécuté en un clin d'œil.

Certes, ce n'est pas exactement une marrante ! On ne tope pas chaque fois qu'on franchit une étape. Elle n'a pas l'air de comprendre les vertus du chocolat et encore moins pourquoi on adore boulotter des KitKat. À son crédit, j'inscris tout de même :

1. Elle veut que la fête pour Luke soit fabuleuse.

2. Elle a déjà donné des milliers de fêtes dans sa vie.

3. Elle a des tonnes et des tonnes et des *tonnes* d'argent.

Donc, l'argent n'est plus un problème. Même Suze ouvre de grands yeux devant la façon dont elle le dépense sans compter. Jess, bien sûr, est larguée. Elle se bouche les oreilles des deux mains en disant : « Je ne veux pas le savoir ! » Puis elle les écarte pour sermonner Elinor sur le développement durable et l'approvisionnement responsable. À ma grande surprise, Elinor l'écoute gravement – parfois, elle lui donne même raison. (Sauf quand Jess a proposé qu'on tricote des bonnets de laine en fil recyclé pour les invités afin d'éviter l'emploi de radiateurs. Dieu merci.)

Franchement, la soirée va être...

Vraiment, elle sera la plus...

Non, je refuse d'en dire plus. Je ne veux pas attirer le mauvais œil.

Nous nous sommes bien amusées lors de nos réunions top secret (moi, Suze, Jess, Bonnie et Elinor). Elinor est toujours la première à partir et nous attendons, le cœur battant, qu'elle ne puisse plus nous entendre pour hurler de rire en évoquant une de ses remarques ou une de ses attitudes. La plupart du temps, elle est toujours comme un bloc de glace. Malgré tout, elle commence – bizarrement – à s'intégrer au clan.

Luke ne soupçonne rien. Rien du tout. Il continue à croire que je travaille deux jours et demi par semaine, et je ne l'ai pas détrompé.

Seule question en suspens : sa réunion avec Christian Scott-Hughes. Sir Bernard Cross fait une retraite en Suède où il est injoignable. Mais il revient aujourd'hui. Elinor m'a assuré qu'elle l'appellerait ce matin et ne tolérerait aucun refus. Je lui fais confiance.

Il nous reste un défi majeur : réussir à garder le secret jusqu'à vendredi. Mais si nous avons réussi jusqu'à maintenant, nous tiendrons sûrement jusque-là. Aujourd'hui, Bonnie va enfin révéler au personnel de Luke que la conférence sur la sécurité n'existe pas, mais qu'une fête-surprise la remplace. Ça va faire du bruit dans les couloirs ! Aussi, nous avons décidé d'éloigner Luke du bureau sous un prétexte quelconque. Ce matin, je l'emmène donc voir une éventuelle école pour Minnie. (J'ai assuré à Luke que nous étions déjà en retard pour l'inscription, qu'il devait m'accompagner car, sinon, on nous prendrait pour des parents je-m'en-foutistes, et que non, je ne *pouvais* pas lui en parler plus tard.)

— Prête ?

Luke descend l'escalier quatre à quatre, beau comme un dieu dans son costume bleu marine et son manteau en cachemire.

— Oui, prête !

Je me remets un peu de rouge à lèvres et m'inspecte dans la glace de l'entrée. Les élèves de l'école que nous allons voir portent un uniforme rouge et bleu. Je porte donc ces couleurs pour leur montrer combien nous sommes intéressés. (J'ai failli acheter en ligne le chapeau armorié, mais ç'aurait été pousser le bouchon trop loin.)

— Nanny Sue a téléphoné, dit Luke. Elle vient à 18 heures.

— Parfait, je réponds après un instant d'hésitation.

Inutile de vouloir convaincre Luke de se débarrasser de Nanny Sue. J'ai déjà essayé.

— Bonne chance avec l'école ! nous souhaite Janice venue garder Minnie. Ne vous faites pas de souci pour nous deux !

Quand je la regarde, elle me fait un clin d'œil.

Nous avons déjà échangé une dizaine de textos depuis le petit déjeuner. Les installateurs de la tente viennent ce matin pour préparer le jardin, mais bien sûr, pas question d'en parler devant qui vous savez !

Alors que je me dirige vers la porte, Janice me retient par la manche :

— Cocotte, hier, j'ai eu des nouvelles de ta mère !

— Alors ?

Comme l'agence immobilière n'arrive pas à nous trouver une location, les parents sont toujours à West Place et multiplient enveloppements de boue et coupes de champagne.

Janice me regarde d'un air tendu.

— Ta mère m'a dit qu'elle n'était pas invitée à la fête. Mais c'est impossible, n'est-ce pas, Becky ?

Du pur maman ! Toujours à faire des manigances. D'ailleurs, c'est faux. Elle a été invitée.

— Pourquoi a-t-elle envie de venir ? dis-je avec un ton boudeur que je ne peux réprimer. Elle m'a assuré que ce serait un bide.

— Mais, Becky, ça va être une fête superbe. Tu ne voudrais pas qu'elle la manque.

— Elle peut venir si ça lui chante. Elle connaît l'adresse.

Un texto s'annonce sur mon portable :

J'ai réussi à obtenir un bref rendez-vous avec Bernard aujourd'hui. Je vous tiens au courant. Avec mes meilleurs sentiments. Elinor

Elinor doit être la seule personne au monde qui signe ses textos par la formule « avec mes meilleurs sentiments ». Mais c'est quand même mieux que le « avec mes plus vifs reproches » par lequel elle a un jour terminé une lettre qu'elle m'adressait.

Je lui réponds sur-le-champ :

Merci ! J'attends de vos nouvelles !

Je suis dans l'allée, et il me faut un moment pour percuter. Luke est en train d'ouvrir la porte du garage. Merde et re-merde ! Où a-t-il pris la clé ? Je l'ai cachée exprès pour qu'il ne la trouve pas et ne tombe pas sur le kiosque moisi et les 132 pompons de plastique. (Que je refuse de jeter à la poubelle quoi qu'en dise Elinor. Je les ai faits pour la soirée, ça m'a pris des heures, et ils vont servir, aussi vrai que je m'appelle Becky !)

— Non ! Non ! je crie en courant pour m'interposer entre la porte du garage et Luke. N'ouvre pas ! Écoute... Qu'est-ce que tu cherches ? Je m'en occupe. Toi, démarre la voiture. J'arrive.

— Becky ! Qu'est-ce qui ne va pas ? demande Luke, ahuri.

— Toi... Je ne veux pas que tu salisses ton beau manteau !

— Tu ne veux pas salir non plus *ton* beau manteau, fait-il remarquer avec raison. Je cherche seulement la carte. Mon G.P.S. fait des siennes.

Il tend le bras vers la poignée, mais je bloque son geste.

— On en achètera une en chemin.

— En acheter une ? Pourquoi donc ?

— On a toujours besoin d'une seconde carte, je réplique, la main posée sur la poignée. Ça sera sympa. On la choisira ensemble.

— Mais on en a déjà une, m'explique-t-il patiemment. Si tu me laisses entrer...

Bon, je vais employer les grands moyens.

— Tu sais à quel point j'ai besoin d'acheter quelque chose ? je déclame comme une héroïne de tragédie de Shakespeare. Tu ne me permets pas de m'acheter de fringues. Aujourd'hui, je n'ai même pas le droit d'acheter une carte ! Il faut que je dépense de l'argent ou je vais devenir folle !

Je me tais, à bout de souffle. À voir Luke prêt à flipper, j'ai presque pitié de lui.

— D'accord, Becky.

Il recule en me jetant un coup d'œil méfiant.

— On s'arrêtera à une station-service. Facile !

— Parfait.

Je m'évente comme sous le coup de l'émotion.

— Merci de m'avoir comprise. Au fait, où as-tu trouvé la clé du garage ? Je croyais qu'elle était perdue.

Luke hoche la tête.

— Je n'en suis pas encore revenu ! En la cherchant, j'ai dit tout haut « Mais où est passée cette clé ? » et Minnie m'a tout de suite montré où elle était. C'était elle qui l'avait sans doute cachée !

C'est bien la dernière fois que je mets Minnie dans la confidence. Elle ne sait pas tenir sa langue !

— Tu ne devineras jamais où elle était, ajoute Luke en démarrant. À l'intérieur de ta trousse de maquillage.

— Incroyable ! je m'exclame en m'efforçant de paraître étonnée. Quelle petite coquine !

— À propos, tu as envie de venir à Paris vendredi avec moi ?

Surprise, je ne sais pas quoi répondre. Mon esprit est au point mort. Que dire ? Ou plus exactement : quelle serait la réponse normale ?

— Paris ? De quoi parles-tu ?

— Tu te souviens, je dois aller à Paris pour une réunion. Je pensais que Minnie et toi aimeriez m'accompagner. On pourrait y passer le week-end. C'est mon anniversaire, tu sais ?

Le mot éclate dans la voiture comme une grenade. Que rétorquer ? Faire semblant d'avoir oublié ? de ne pas l'avoir entendu ?

Non. Réagis normalement. *Normalement.*

— Euh… Ah, oui ! Bien sûr, c'est ton anniversaire ! Quelle bonne idée !

— Malheureusement, il faudra passer la soirée de vendredi avec mes clients, mais au moins ce sera une grande occasion. Car, une fois qu'on aura vu Christian, il sera plus facile de rencontrer sir Bernard ! Je vais demander à Bonnie de s'occuper des réservations. C'est d'accord ?

— Super ! dis-je avec un maigre sourire. Il faut juste que j'envoie un texto à Suze au sujet de…

Je sors mon portable et écris à Bonnie : **Luke veut nous emmener à Paris vendredi ! Ne prenez PAS les billets !**

À ce train-là, si je ne craque pas !

Mais non, je tiens le choc. Elinor est sur le coup. Allez, Becky, respire à fond. Plus que trois jours à tenir.

Au premier coup d'œil, c'est décidé : Hardy House School est bien supérieure à St Cuthbert's ! D'abord, la secrétaire qui nous accueille porte un collier Pippa Small vraiment cool. Et aucune élève ne s'appelle Eloise (j'ai demandé). *Et* leurs biscuits sont faits à l'école (et non par des pimbêches de mamans).

En buvant nos cafés et en grignotant des petits gâteaux, nous admirons les terrains de jeux entourés de marronniers. Des petites filles courent en rond ou sautent à la corde. J'ai très envie que Minnie soit parmi elles.

— Tu crois que Minnie sera acceptée ? je demande à Luke avec un peu d'angoisse dans la voix.

Il lève la tête de son BlackBerry.

— Certainement. Pourquoi la refuserait-on ?

— Parce qu'ils sont inondés de demandes.

Je jette un coup d'œil au dépliant que la secrétaire m'a remis à l'entrée, intitulé « *Procédure d'admission* ». Elle consiste en six étapes, commençant par un formulaire à remplir et se terminant par un « Goûter d'évaluation finale ». Soudain, je comprends pourquoi les parents sont tellement stressés ! Moi, je suis terrifiée ! Qu'est-ce qui se passera si Minnie fait main basse sur tous les gâteaux en hurlant « À moaaaa, à Minniiie » ?

— Luke, arrête de consulter ton BlackBerry, bon sang ! On doit faire bonne impression.

Je commence à feuilleter une brochure qui traite de l'obtention des notes quand la porte s'ouvre. Une secrétaire apparaît :

— Monsieur et madame Brandon, veuillez me suivre, s'il vous plaît.

Elle nous fait passer par un couloir qui sent la cire.

— Voici le bureau de la directrice !

Elle nous précède dans une pièce recouverte de boiseries, où trônent une table de travail en acajou et des chaises recouvertes de velours vert.

— Mme Belle, notre directrice actuelle, nous quitte à la fin du trimestre, et sa remplaçante est parmi nous depuis quelques jours. Nous avons pensé qu'il était plus judicieux que vous la rencontriez. Elle ne va pas tarder.

— Merci, fait Luke de sa voix de velours. Puis-je féliciter l'école pour ses délicieux biscuits faits sur place, d'après ce que je sais ?

Sourires de la secrétaire.

— Merci. Je reviens dans un moment avec la nouvelle directrice. Elle s'appelle Mme Grayson. Harriet Grayson.

— Tu vois, murmure Luke, nous avons fait une excellente impression.

Je suis incapable de lui répondre. Ce nom ne m'est pas inconnu.

Bon. Ça risque de mal tourner. Il faut que je me tire ou que j'avertisse Luke ou que...

Mais la porte s'ouvre de nouveau et... c'est elle ! Harriet Grayson, agrégée de lettres, vêtue du même tailleur de tricot. Elle s'avance vers moi avec un sourire professionnel, puis son visage s'illumine.

— Professeur Bloomwood ! dit-elle ébahie. Vous êtes bien le Pr Bloomwood, non ?

Pas d'issue possible.

— Euh... oui, dis-je en piquant un fard. Bonjour ! Comment allez-vous ?

— Quelle surprise !

Elle sourit à Luke.

— Le Pr Bloomwood et moi-même nous sommes déjà rencontrées. Brandon doit être votre nom d'épouse.

— C'est... exact.

Je regarde Luke du coin de l'œil, mais j'aurais dû m'abstenir. Sa tête me donne envie d'éclater de rire ou de prendre la fuite. Ou les deux à la fois !

Harriet serre la main de Luke et se renseigne.

— Monsieur Brandon, vous faites aussi partie du monde des arts ?

— Le monde de l'*art* ? répète Luke après avoir réfléchi longuement.

— Non, pas du tout, j'interviens en quatrième vitesse. D'ailleurs, pour revenir à l'objet de notre présence ici, nous aimerions que notre fille, Minnie, puisse intégrer votre école. C'est très important pour nous. J'adore votre terrain de jeux. Vos magnifiques arbres !

J'espère qu'on va en venir à l'essentiel, mais Harriet semble perplexe.

— Vous quittez donc New York ?

— C'est exact, dis-je au bout d'un moment. N'est-ce pas, mon chéri ?

J'implore Luke du regard.

— Mon Dieu ! Mais que va devenir votre travail au musée Guggenheim, professeur Bloomwood ?

— Le Guggenheim ? fait Luke en s'étranglant à moitié.

— Oui, le Guggenheim ! dis-je en hochant la tête plusieurs fois d'un air pénétré. Bien sûr, mon travail au musée va me manquer terriblement... Mais je me concentrerai mieux sur... mon œuvre.

— Vous êtes aussi artiste ? demande Harriet, très impressionnée. Quelle merveille ! Vous peignez ?

— Pas vraiment, je réponds en toussant. Mon travail est assez difficile à décrire...

Luke intervient soudain.

— La création artistique de Becky est unique. Elle compose... des mondes imaginaires. Des mondes fantastique.

Je lui jette une œillade assassine. À ce moment-là, on frappe à la porte, et une secrétaire entre.

— Monsieur Brandon ? Votre bureau vous demande de le rappeler. C'est urgent.

Luke semble surpris.

— Excusez-moi, mais si on me dérange ici, ça doit être important. Je reviens immédiatement.

Dès qu'il est sorti, je m'empare du prospectus que je feuillette nonchalamment.

— Quand vous indiquez que les enfants lisent chaque jour, qu'est-ce que vous *voulez* dire ?

Harriet se lance, et on ne peut plus l'arrêter. Pendant cinq bonnes minutes elle m'explique les méthodes de lecture, et j'acquiesce doctement. Puis je lui pose une question sur la maison des sciences et j'en ai encore pour trois minutes. Je suis sur le point de mentionner le basket-ball quand la porte s'ouvre.

Luke entre, le visage radieux. On dirait qu'il a gagné le gros lot. Que s'est-il passé... ?

Ah ! Elinor a réussi !

Il faut que je lise mes messages illico.

Luke s'adresse à Harriet avec son sourire séducteur.

— Je suis navré, on me rappelle à mon bureau pour une affaire capitale. Mais ma femme peut rester et terminer la visite.

Je bondis sur mes pieds comme si mon siège était en feu.

— Non ! Je veux dire... je préfère que nous soyons ensemble. Désolée, madame Grayson...

— Ce n'est pas grave. Et j'aimerais vous répéter comme j'ai été heureuse de vous revoir, professeur. Sachez que vos conseils concernant le jeune Ernest Cleath-Stuart ont été précieux.

Je sens que Luke est tout ouïe.

— Ah bon ? dit-il.

— Ça fait partie de mon métier, inutile d'en parler..., je m'empresse de commenter.

— Je ne suis pas d'accord ! déclare Harriet à l'intention de Luke. Le Pr Bloomwood a découvert le talent potentiel d'un de mes élèves de St Cuthbert's. Un jeune garçon qui avait quelques... difficultés, dirons-nous. Mais après s'être vu décerner le prix de peinture, il s'est épanoui. Un élève transformé !

— *Ah*, je vois ! fait Luke.

Tout à coup il y a de la tendresse dans ses yeux.

— Je dois dire que le Pr Bloomwood est excellent dans ce domaine, confirme-t-il.

Nous sortons de l'école en silence, prenons place dans la voiture où nous nous observons sans dire un mot.

— Alors, professeur ? demande-t-il enfin de son ton ironique.

— Luke… N'en parle pas à Suze.

— Bien sûr. Et Becky, mes félicitations. Sauf qu'on ne peut plus envoyer Minnie dans cette école, tu en es consciente ?

— Dommage, ça avait l'air sympa.

— On en trouvera une autre.

Il m'étreint le genou, puis sort son portable.

— Allô, Gary ? J'arrive. Tu connais la nouvelle ?

J'allume discrètement mon téléphone. Une tonne de messages m'attend. Le premier d'Elinor :

J'ai parlé à Bernard. Amitiés. Elinor.

Tout simplement. L'affaire est dans le sac sans faire un pli. Mieux je connais Elinor et plus je me rends compte qu'elle est une femme extraordinaire. Luke a dû hériter d'une partie de ses gènes. Son côté déterminé, inflexible, conquérant. Évidemment, je ne le lui dirai jamais.

— Alors, quoi de neuf ? je demande de mon air le plus innocent quand Luke démarre. Pourquoi toute cette agitation ?

— Je t'ai parlé de mon voyage à Paris ? Il est malheureusement annulé. Nous n'avons plus rendez-vous avec Christian Scott-Hughes, mais avec le grand manitou. Cet après-midi. Sans qu'on s'y attende, sir Bernard a décidé de nous accorder une demi-heure de son temps. Sir Bernard Cross en personne !

— Waouh ! je m'exclame en parfaite actrice. C'est incroyable !

Luke garde ses yeux sur la route.

— Oui ! Au bureau, on n'en revient pas !

— Je te félicite ! Mais tu l'as bien mérité !

Vite, j'envoie un texto à Elinor :

Vous êtes la meilleure !!!!

— Je suis *persuadé* d'une chose : quelqu'un a tiré les ficelles, ajoute-t-il, tout en négociant un rond-point délicat. Ce genre de chose n'arrive pas par hasard.

Il me dévisage.

— Quelqu'un est derrière tout ça. Quelqu'un qui a le bras long.

Je crois que je vais me sentir mal...

— Vraiment ? dis-je enfin. Qui ça peut être ?

— Je l'ignore. Difficile à dire.

Il fronce les sourcils et me lance un sourire.

— Mais en tout cas, je l'adore !

Le reste de l'après-midi, je suis sur des charbons ardents. À condition que le rendez-vous soit un succès, que Luke ne décide pas d'aller quand même à Paris, que personne au bureau ne lâche le morceau, que tout se déroule comme prévu, l'affaire semble bouclée...

J'essaie de faire des plans de table, mais vraiment, c'est encore plus diabolique que le sudoku. Et je suis trop préoccupée pour me concentrer. Janice n'arrête pas de venir discuter de l'emplacement exact de l'entrée de la tente, Minnie coince un crayon dans le lecteur de D.V.D. au milieu du film *Le Monde de Nemo*. Il est donc 17 heures et je n'en suis qu'à la table n° 3 lorsque j'entends une clé dans la serrure. Je me dépêche de réunir mes plans de table et de les fourrer dans le placard où papa range sa collection de C.D. de musique des années 1970. Quand Luke entre, je suis assise dans le canapé, en train de lire un bouquin qui traînait par terre.

— Salut ! Alors ?

— Formidable. Vraiment très bien, dit Luke, encore plus rayonnant que ce matin. Sir Bernard est un type sensationnel. Il m'a écouté attentivement et a paru intéressé. Nous avons abordé une foule de questions délicates...

Je lui souris, mais il est trop tôt pour baisser la garde. Je dois être sûre.

— Formidable ! Alors... Tu es certain d'annuler le voyage à Paris de vendredi ?

— Oui. Mais si ça te fait plaisir, on pourrait y faire un saut.

— Non ! dis-je en criant presque tellement je suis soulagée. Oh, non ! Restons plutôt ici. Détendons-nous. Coinçons la bulle !

Je suis un vrai moulin à paroles, impossible de me retenir.

— Vraiment un jour à marquer d'une pierre blanche, j'exulte. Et si on ouvrait du champagne ?

— Oui, tout va hyperbien sauf... J'ai dû donner un avertissement à mon assistante. Dommage ! Ce n'était pas la façon dont je voulais finir l'après-midi. Mais je pourrais bien avoir à m'en séparer.

Quoi ? Mon sourire se fige.

— Tu parles de Bonnie ? Mais... *pourquoi* ? Qu'est-ce qu'elle a fait ?

— Je suis très déçu. Pendant des mois, elle a été la parfaite assistante. Rien à lui reprocher. Puis elle a commencé à faire ces remarques déplacées dont je t'ai déjà parlé. Depuis quelque temps, elle est très distraite. Maintenant, je suis sûr qu'elle passe certains coups de fil illicites.

Mon Dieu ! *Tout* ça par ma faute et à cause de la soirée !

— Tout le monde a le droit de passer un coup de fil personnel !

Mais Luke hoche la tête.

— C'est plus grave. J'ai des soupçons. Au mieux, elle a un second job. Au pire, elle divulgue des informations confidentielles.

— Elle ne ferait pas une chose pareille, dis-je, horrifiée. J'ai fait sa connaissance. Elle est l'honnêteté même !

366

— Ma chérie, tu es trop naïve. Mais tu te trompes. *Quelque chose* ne tourne pas rond. Je l'ai surprise en train de travailler sur des documents qui n'avaient rien à voir avec Brandon Communications. En plus, dès que je suis entré, elle les a cachés sous son bureau avec un air horriblement gêné. Elle ne m'attendait pas aussi tôt, c'est évident. Il a donc fallu que je lui remonte les bretelles.

Il hausse les épaules.

— Un moment pénible pour tous les deux, mais que faire ?

— Tu lui as *remonté les bretelles* ?

Je vois la scène. Cet après-midi Bonnie a revu la liste des invités avec moi au téléphone. C'est certainement cette liste qu'elle a fait disparaître sous son bureau. Oui, je me souviens qu'elle a raccroché brusquement.

— Qu'est-ce que tu lui as dit exactement ? Elle s'est fâchée ?

— Quelle importance ?

— Mais si !

Je meurs d'envie de lui crier : « *Espèce d'idiot ! Tu n'as jamais imaginé qu'elle m'aidait à organiser ta soirée d'anniversaire ?* »

Bien sûr, je suis ravie qu'il n'y ait jamais pensé. Mais quand même. J'espère que Bonnie tient le coup. Elle est si douce, si gentille. C'est trop injuste que Luke lui ait fait de la peine.

— Becky, où est le problème ? reprend Luke, perplexe.

Je ne peux rien ajouter sans me trahir.

— Mais rien du tout. Je suis sûre que tu as eu raison. C'est juste… Tant pis.

— Bon, alors je vais me changer. Nanny Sue ne va plus tarder.

Dès que je suis seule, je m'enferme dans le vestiaire au rez-de-chaussée et téléphone à Bonnie. Je tombe sur sa boîte vocale.

— Bonnie ! Luke vient de me dire qu'il vous avait réprimandée. J'en suis vraiment désolée. Il ne peut pas comprendre. Il sera très malheureux quand il sera au courant. Enfin, il y a une bonne nouvelle. Son voyage à Paris est annulé ! Tout baigne. Avez-vous prévenu les gens de Brandon Com. ? Appelez-moi dès que possible.

Je raccroche au moment où on sonne.

Parfait. Voici Sue la Tortionnaire !

Aujourd'hui, elle porte son uniforme bleu. Assise sur le canapé, une tasse de thé et son ordinateur portable à côté d'elle, elle ressemble à une *fliquette* venue nous arrêter.

Elle me dévisage, regarde Luke, puis fait un sourire à Minnie qui joue par terre avec un puzzle.

— Ce fut donc un plaisir de passer un moment avec Becky et Minnie.

Je fais la sourde oreille. Je ne vais pas tomber dans le panneau de sa soi-disant gentillesse. Elle commence toujours ses émissions de cette façon. D'abord ambiance tout miel et sucre et puis c'est le carnage. À la fin, tout le monde pleure dans son giron en disant : « Nanny Sue, comment pouvons-nous nous améliorer ? »

— Regardez !

Elle tapote l'écran de son portable et « Minnie Brandon » s'inscrit en noir et blanc.

— Comme vous le savez, j'ai filmé notre matinée, comme je le fais toujours. Pour mes archives personnelles.

Si je n'étais pas assise, j'en tomberais à la renverse.

— *Comment ?* Vous plaisantez, non ? Où était dissimulée la caméra ?

— Sur le revers de ma veste.

Au tour de Nanny Sue d'être étonnée.

— Je croyais que vous aviez mis Becky au courant ? demande-t-elle à Luke.

— Tu le savais et tu ne m'as rien dit ! Je n'ai pas cessé d'être filmée et tu ne m'as pas avertie !

— Je l'ai fait exprès. Si tu avais été au courant, tu... n'aurais pas été naturelle. Tu aurais joué la comédie.

L'insulte suprême !

— Jamais de la vie ! je rétorque.

Nanny Sue fait défiler les images, s'arrêtant de temps en temps : me voilà parlant avec grandiloquence de la pâte à modeler.

— Cette séquence n'a aucun intérêt ! Avancez donc !

Luke se penche en avant, pose ses mains sur ses genoux et, inquiet, demande à Nanny Sue :

— Qu'en pensez-vous ? Avez-vous repéré des problèmes graves ?

— Malheureusement, j'ai découvert quelque chose qui *me* chiffonne. Voilà ce que je veux vous montrer, ajoute-t-elle de son air sinistre. Vous voyez bien l'écran ?

Qu'est-ce qu'elle a remarqué ? De toute façon, elle a tout faux. Son attitude est honteuse. De quel droit cette bonne femme s'installe-t-elle chez nous, nous filme et nous assène son diagnostic ? Et d'abord, qui a décidé que c'était une experte ?

— Minute ! je m'exclame.

Elle est tellement surprise qu'elle stoppe le défilement des images.

— Des tas d'enfants débordent d'énergie ! Ce qui ne veut pas dire qu'ils soient gâtés. Ni qu'ils aient des problèmes. La nature humaine, dans sa beauté, est pleine de variété. On peut être timide ou extraverti ! Notre fille est un merveilleux être humain que je ne laisserai pas se faire écraser dans... un camp de redressement. Et Luke est d'accord avec moi.

— Je suis bien d'accord, moi aussi !

Sa voix douce me surprend.

— Quoi ?

— À mon avis, Minnie n'a aucun problème. Elle pourrait être mieux structurée et plus disciplinée, mais à part ça, c'est une enfant vivante, tout à fait normale.

— Normale ? je répète bêtement.

— Normale ! s'exclame Luke. Est-il normal de couvrir les gens de ketchup ?

— Oui, quand on a deux ans ! répond Nanny Sue en riant. Tout à fait normal. Elle cherche seulement à savoir jusqu'où elle peut aller. Au fait, quand a-t-elle versé du ketchup sur quelqu'un pour la dernière fois ?

Luke me regarde, espérant que je connais la réponse :

— Euh... je ne m'en souviens plus. Je dirais un certain temps.

— Elle est têtue. Parfois, elle a le dessus. J'aimerais passer une journée avec vous et vous donner des conseils pour la contrôler quand elle se déchaîne. Mais surtout, ne croyez pas que c'est une enfant à problèmes. Minnie est tout à fait normale. En fait, c'est une délicieuse enfant.

Je suis tellement abasourdie que je reste muette.

— Elle est très intelligente, ajoute Nanny Sue, ce qui vous posera sans doute des problèmes quand elle grandira. Les enfants brillants sont souvent difficiles pour leurs parents...

Elle parle de limites, mais je suis trop contente pour l'écouter. Minnie est intelligente ! Nanny Sue l'a certifié ! Et c'est une véritable experte qu'on voit à la télé !

Je la coupe au milieu de son speech.

— Vous n'allez donc pas recommander un séjour dans un camp ?

— Oh, mais je n'ai rien dit de tel, fait Nanny Sue en prenant un air grave. Par contre, j'ai relevé certaines choses qui m'ont inquiétée. Regardez donc.

Elle remet le film en marche et, à ma grande surprise, ce n'est pas Minnie qui apparaît à l'écran, mais moi ! Je suis dans le taxi qui me conduit au nouveau centre commercial et la caméra zoome sur mes mains.

— Où es-tu ? demande Luke. Dans un taxi ?

— Nous... sommes sorties.

On est obligés de voir cette séquence ? Je cherche à éteindre l'écran, mais Nanny Sue éloigne l'ordinateur.

Je m'entends dire :

— On pouvait faire un saut dans ce centre commercial au lieu d'aller à l'aire de jeux….

Nanny Sue ne quitte pas l'écran des yeux.

— Becky, regardez vos mains. Elles tremblent. Vos doigts s'agitent. Cela a commencé quand vous avez vu le premier panneau pour le centre commercial et n'a cessé que lorsque vous avez fait votre premier achat.

— Mes doigts ont la tremblote, dis-je en riant.

Mais Nanny Sue n'est pas d'accord.

— Je ne veux pas vous alarmer… mais vous est-il venu à l'esprit que vous étiez une accro du shopping ?

Luke pouffe, ce crétin, mais je ne m'en occupe pas.

— Shopping ? je répète comme si je découvrais l'existence de ce mot. Euh… je ne *crois* pas…

— Regardez la tension de votre mâchoire. Observez comme vous pianotez sur votre siège.

Franchement ! Depuis quand est-il interdit de tapoter un siège ?

Nanny Sue ne désarme pas.

— Et cet air désespéré. À mes yeux, c'est une réaction exagérée.

— Pas du tout !

Oups ! Je suis trop sur la défensive. Il faut que je fasse machine arrière.

— Écoutez, il y a longtemps que je n'avais pas fait de courses, c'est un nouveau centre commercial, je suis une femme ! Ils distribuaient des cadeaux ! Les chaussures Jimmy Choo étaient à 50 % de réduction ! Et les Burberry ! *N'importe qui* aurait eu la tremblote !

Nanny Sue me dévisage comme si je parlais en chinois et se tourne vers Luke.

— J'inaugure un nouveau programme pour adultes. Nous allons nous attaquer à certains troubles, depuis les dépendances jusqu'à la colère...

— Eh ! Arrêtez là ! Vous prétendez m'envoyer, *moi*, dans un camp de redressement ? Luke, tu peux le croire ?

Je m'attends à ce qu'il éclate de rire en disant : « Quelle idée ridicule ! » Mais il semble troublé.

— Becky, tu m'avais dit que tu ne ferais plus de courses pendant un certain temps. On s'était mis d'accord là-dessus.

— Je ne faisais *pas* des courses pour moi ! J'ai juste acheté des vêtements essentiels pour Minnie. Ils étaient tous en solde.

— Vous menez votre vie comme vous l'entendez, intervient Nanny Sue. Cependant, je crains que Minnie n'hérite de votre penchant. Elle connaît déjà un nombre considérable de marques, elle dispose d'un montant illimité d'argent...

Un comble !

— C'est faux ! je m'exclame, scandalisée. Elle dépense uniquement son *argent de poche*. Tout est écrit dans un carnet spécial que je vous ai montré.

Je le sors de mon sac et le lance à Nanny Sue.

— Vous vous en souvenez ? Oui, elle a pris de l'avance, mais je lui ai expliqué qu'elle devrait rembourser.

Nanny Sue le feuillette, puis me regarde de travers.

— Combien d'argent de poche a-t-elle ?

— Cinquante pence par semaine, répond Luke. Pour le moment.

Nanny Sue sort une calculatrice de son sac et commence à aligner des chiffres.

— D'après les sommes dans le carnet... Minnie a dépensé son argent de poche jusqu'en 2103 !

— Quoi ? dis-je, décontenancée.

— *Quoi ?* fait Luke.

Il lui prend le carnet des mains et se met à lire.

— C'est quoi, ces satanés achats ?

— Pas tellement...

L'année 2103 ? Pas envisageable ! J'essaie de faire des additions à toute vitesse pendant que Luke prend des airs d'officier de la Gestapo.

— Six poupées ? relève-t-il. En une journée ?

— C'était un ensemble. Et elles ont des noms français. C'est bon pour les langues.

— Et ça, alors ? Des bottes Junior Dolce ?

— Elle les a mises l'autre jour ! Elles sont en daim. Tu les as aimées.

— J'ignorais qu'elle coûtaient 200 livres ! Becky, ce n'est qu'une gamine ! Elle a vraiment besoin de bottes de créateur ?

Il a l'air incroyablement offusqué. Moi-même, je suis assez surprise. J'aurais dû calculer un peu mieux ce que je dépensais pour elle.

— D'accord, je lance, je vais arrêter son argent de poche pour le moment...

Mais Luke ne m'écoute pas. Il s'est tourné vers Nanny Sue.

— Vous nous dites que, si Becky ne se fait pas soigner, Minnie va devenir une accro du shopping ?

Je ne l'ai jamais vu aussi angoissé.

— Oui, ce genre de comportement peut être héréditaire.

Ils se parlent comme si je n'existais pas.

— Je ne suis pas *accro* ! dis-je furax. Et Minnie non plus !

Je lui arrache le carnet. Nanny Sue s'est trompée dans ses calculs, pas possible autrement. On n'a pas dépensé *autant*.

Après avoir pratiquement vidé la boîte de biscuits qui se trouvait sur la table basse, Minnie s'intéresse maintenant au carnet.

— Argent de pooche ? gazouille-t-elle, les yeux brillants. Boutiiiques ? (Elle me tire par la manche.) Boutiiiques Starbuucks.

— Pas maintenant, je m'empresse de lui dire.

— Boutiiiques ! *Boutiiiques !*

Elle continue à m'agripper pour bien se faire comprendre. Elle a le même air que papa en France, quand il a voulu acheter un ventilateur électrique, et que les vendeurs le regardaient sans comprendre quand il répétait : « Fan ! Fan ! Électrique » en agitant ses mains.

— *Boutiiiques !*

— Non ! Reste tranquille !

Minnie a l'air de se creuser les méninges. Tout à coup elle rit et chantonne :

— *Visaaa ?*

Bouleversé, Luke cesse de parler à Nanny Sue et observe Minnie.

— Elle vient de dire Visa ?

Je ris un peu trop fort.

— C'est fou ce qu'elle est intelligente. Ce que les enfants savent...

— Becky, ça ne va pas. Pas du tout.

Il est tellement contrarié que j'en ai le cœur serré.

— Ce n'est pas si grave. Elle n'est pas... Je ne suis pas...

Je me tais, incapable d'en dire plus. Pendant un moment tout le monde se tait, sauf Minnie qui me tire toujours par la manche en fredonnant : « Visaaa ! Visaaa ! »

Finalement, je respire un bon coup et me lance :

— Si vous croyez que j'ai un problème, très bien ! Si vous croyez que je dois aller dans un camp de redressement, eh bien, j'irai !

Nanny Sue se met à rire.

— Becky, ne vous en faites pas ! Ce n'est pas si terrible. Il s'agit seulement d'un programme de discussions, de modifications comportementales. Les sessions ont lieu à notre siège de Londres, où les personnes de province peuvent loger. Il y a des ateliers, des tête-à-tête, des jeux de rôle... Je pense que ça vous plaira.

Me *plaire* ?

Elle me tend une brochure que je n'ai pas la force d'ouvrir. Comment ai-je pu accepter d'aller dans ce camp ? Je savais qu'il ne fallait pas laisser Nanny Sue franchir notre porte.

— Le principal, c'est Minnie, dit Luke. Nous étions très inquiets.

Nanny Sue avale une gorgée de thé avant de nous regarder, Luke puis moi.

— Par simple curiosité, qu'est-ce qui vous a fait croire que votre fille avait des problèmes ?

— Ce n'est pas moi. Mais Luke. Il ne voulait pas d'autre enfant, car il disait que nous étions incapables de contrôler Minnie. Il la trouve trop turbulente.

En parlant, tout devient clair. Il n'a plus d'excuses ! Résultat, je pivote vers lui.

— Alors, tu vas changer d'avis au sujet d'un autre bébé. Tu *dois* changer d'avis !

Coincé, il hésite.

— Je ne sais pas. Ce genre de décision ne se prend pas dans la précipitation. C'est une étape importante...

— Dans la vie, tout est important, dis-je en haussant les épaules. Tu es dix mille fois trop prudent, Luke ! Nanny Sue, *vous* ne croyez pas que Minnie doit avoir un frère ou une sœur ? Ce serait bien pour elle, n'est-ce pas ?

Ha ! Ça lui apprendra, à Luke. Moi aussi, je peux mettre Nanny Sue dans ma poche !

— Une décision très personnelle, dit-elle, pensive. Cependant, il est souvent bon d'en discuter ouvertement. Luke, y-a-t-il une raison précise qui vous empêche d'avoir un autre enfant ?

Luke réfléchit longuement.

— Non ! Pas vraiment.

Il paraît très gêné.

Pourquoi est-ce aussi douloureux pour lui d'en parler ?

— Bien sûr, admet Nanny Sue, les bébés chamboulent la vie des parents...

Je m'empresse de défendre Minnie.

— Elle n'était pas comme ça ! Seulement un petit peu...

Je pense à un truc.

— C'est parce que, une fois, elle a mâchonné des papiers ? Mais elle *faisait ses dents* ! Et Luke, tu n'aurais pas dû laisser ces documents sur le lit et, d'ailleurs, tu aurais dû faire des photocopies...

— Tu n'y es pas ! me coupe Luke sèchement. Ne sois pas ridicule ! Ce n'est pas la raison. Ce ne serait pas...

Il me tourne le dos, et je vois bien à sa nuque qu'il est architendu.

Qu'est-ce qui lui *arrive* ?

— Le comportement de Minnie n'est pas seul en cause, dit Nanny Sue, n'est-ce pas, Luke ?

Je reste muette, totalement ébahie, avec l'impression de regarder une de ses émissions.

— Prenez votre temps, ajoute-t-elle, nous ne sommes pas pressés.

Nouveau silence, seulement interrompu par les mandibules de Minnie croquant un autre biscuit. Je n'ose remuer un cil. L'ambiance a changé, tout est immobile. Que va répondre Luke ?

Luke parle enfin, d'une voix bourrue.

— C'était merveilleux d'avoir Minnie. Mais j'ai l'impression que je ne pourrai pas donner autant d'amour à un autre enfant. Et je me refuse à prendre ce risque. Je sais ce qu'on ressent à être abandonné et mal aimé, et je ne veux pas faire subir ça à un de mes enfants.

Je demeure bouche bée. Je ne peux proférer un mot. J'ignorais que Luke portait en lui une telle blessure. Je l'ignorais *totalement*.

Nanny Sue parle avec la voix suave qu'elle utilise à la fin de ses émissions.

— Pourquoi vous-êtes vous senti abandonné ?

— Ma mère m'a quitté quand j'étais petit, dit-il tout simplement. Nous nous sommes revus plus tard, mais nous n'avons jamais noué de vrais liens. Récemment, nous avons eu un grave différend. Et je suis persuadé qu'on ne se reparlera plus jamais.

Nanny Sue demeure imperturbable.

— Je comprends. Avez-vous essayé de vous réconcilier ? Et elle ?

— Je ne compte pas pour ma mère. Croyez-moi !

— Becky, vous êtes au courant de cette situation ? Pensez-vous que sa mère ne pense jamais à lui ?

Je rougis et profère un son confus qui ne veut rien dire.

— Becky hait ma mère encore plus que moi, dit Luke en ricanant. N'est-ce pas, ma chérie ? Je suis certain que tu es soulagée de n'avoir plus aucun contact avec elle.

J'avale mon thé pour gagner quelques instants. C'est insupportable. J'ai en mémoire au moins deux cents messages d'Elinor qui concernent Luke. Depuis une semaine elle se consacre corps et âme à faire de l'anniversaire de Luke la plus belle fête au monde.

Mais je ne peux rien en dire. Il me reste quoi ?

Luke reprend la parole.

— J'ai été élevé par une merveilleuse belle-mère. Elle était ma vraie mère. Malgré ça, l'impression d'abandon ne m'a jamais quitté. Si j'avais un autre enfant et s'il se sentait abandonné...

Il grimace.

— Je ne peux l'envisager.

— Mais pourquoi ressentirait-il une chose pareille ? demande Nanny Sue de sa voix douce. Ce serait votre enfant. Vous l'aimeriez.

Long silence. Puis Luke hoche la tête et parle soudain à voix basse.

— C'est ça, mon problème. Ma hantise. Je ne sais pas si j'ai dans le cœur suffisamment d'amour pour en donner encore. J'aime Becky. J'aime Minnie. Point à la ligne.

Il me fait face.

— Ne ressens-tu pas la même chose ? Ne crains-tu pas de ne pas avoir la capacité d'aimer un autre enfant ?

— Mais, non ! dis-je étonnée. Au contraire... Plus on est de fous, plus on rit !

— Luke, ce que vous éprouvez n'a rien d'exceptionnel, déclare Nanny Sue. J'ai connu plusieurs parents qui m'ont exprimé la même crainte. Ils adorent leur premier enfant et se sentent coupables à l'idée de ne pas avoir assez d'amour pour un second.

— Exactement ! Je me sens *coupable* !

— Mais plus tard, tous ces parents, sans exception, m'ont déclaré qu'ils avaient suffisamment d'amour. Ils n'en ont jamais manqué.

Sa voix se fait encore plus douce :

— Vous avez une abondance d'amour en vous.

Les larmes me montent aux yeux.

Non ! Pas question de permettre à Nanny Sue de me faire pleurer.

— D'ailleurs, vous n'aviez pas prévu que vous aimeriez Minnie autant. Mais ça n'a rien empêché.

Long silence.

Je me rends compte que je croise les doigts. Et les mains. Et les pieds.

— Vous avez sans doute raison, avoue Luke lentement. Dans le fond, il faut avoir confiance.

Il me regarde, me fait un sourire timide, et je lui renvoie un sourire radieux.

378

Nanny Sue est la plus grande experte au monde, et je l'*adore*.

Il nous faut encore une heure avant de faire nos adieux à Nanny Sue en lui promettant que nous resterons en contact. Et avant de coucher Minnie. Luke et moi gagnons notre chambre sur la pointe des pieds. Nous nous appuyons contre le mur et nous observons en silence.

— Et voilà ! fait Luke.

— Et voilà.

— Tu crois qu'on aura un garçon ou une fille ?

Il m'attire à lui et je fonds dans ses bras.

— Tu crois que Minnie voudrait un frère ou une sœur à martyriser ?

Je n'en crois pas mes oreilles. Comment peut-il être aussi relax ? Quel génie, cette Nanny Sue ! (À part le camp de redressement pour cette histoire de shopping et qui doit être horrible. Il va falloir que je trouve un moyen de me défiler.)

Fermant les yeux, je m'appuie contre le torse de Luke : chaleur et bonheur m'envahissent. Les préparatifs pour la fête sont bouclés. Luke désire un autre enfant. Minnie est une petite fille aussi intelligente qu'adorable. Moi aussi, j'ai le droit de me détendre.

— La vie s'annonce formidable ! dis-je gaiement.

— Je suis bien d'accord !

À ce moment mon téléphone sonne. C'est Bonnie, et je m'écarte de Luke à contrecœur.

— Salut, dis-je d'un ton neutre. Je suis justement avec Luke...

Elle me coupe, ce qui n'est pas dans sa manière de faire.

— Il a son BlackBerry sur lui ?

— Euh... Il est justement en train de l'allumer. (Il l'avait éteint pendant la visite de Nanny Sue, ce qui montre à quel point il la respecte.)

— Prenez-le ! Trouvez une excuse ! Ne le laissez pas lire ses messages !

Vu l'affolement de Bonnie, je réagis au quart de tour.

— Donne-moi ça !

Je lui arrache l'appareil.

— Désolée ! dis-je en riant pour me faire pardonner mon geste brusque. Une collègue veut comparer les différents BlackBerry. Ça ne t'ennuie pas trop ?

— Surtout, ne le laissez pas regarder son ordinateur, continue Bonnie. Aucun mail !

— Chéri, pourrais-tu me préparer une tasse de thé ? Oui, tout de suite. Je… ne me sens pas très bien. Tu serais assez gentil pour me l'apporter au lit ? Avec des toasts ?

— Bon… si tu insistes, dit Luke en me regardant bizarrement. Qu'est-ce qui ne va pas ?

— Il faut que j'aille au petit coin ! Urgence ! Occupe-toi juste du thé !

Je fonce dans notre chambre, pique son ordinateur sur son bureau et le cache dans mon armoire. Puis je reprends ma conversation avec Bonnie.

— Qu'est-ce qui se passe ?

— Voilà, répond Bonnie d'un ton saccadé, il y a un petit moment… j'ai fait une terrible erreur.

Une erreur ? *Bonnie ?*

Quelle horreur ! Victime du stress, elle s'est gourée dans les grandes largeurs et maintenant c'est à moi de réparer les dégâts. Elle va sans doute me demander de fabriquer des preuves, de mentir à Luke ou de supprimer des mails de son ordinateur. Je suis flattée qu'elle me fasse confiance, et je regrette à la fois de l'avoir mise dans cette situation.

— Les remontrances de Luke vous ont bouleversée à ce point ? D'où votre erreur ?

Elle hésite un instant.

— Oui, j'avoue que cet après-midi a été peu agité.

— Je le savais ! Bonnie, je regrette tellement ce qui s'est passé. Luke était vraiment très fâché ?

— Je comprends sa réaction, mais elle m'a boule-versée…

— Bonnie, arrêtez ! dis-je d'une voix ferme et défini-tive. Peu importe votre erreur ! Quelles que soient les pertes subies par Brandon Communications, rien n'est votre faute. Je ne laisserai pas Luke vous limoger. Je vous défendrai jusqu'au bout !

Je me vois affronter Luke dans son bureau, tenant Bonnie par le poignet, et lui balancer : « Tu te *rends compte* de la perle que tu as ? Tu te *rends compte* de ce qu'elle t'apporte ? »

Bonnie interrompt ma rêverie.

— Becky, détendez-vous. Mon erreur ne concerne pas Brandon Communications. C'est au sujet de la fête !

— *La soirée ?* Dites-moi vite !

— Comme prévu, j'ai averti aujourd'hui les gens de la société de la fête-surprise pour Luke. Je leur ai envoyé un mail collectif, et tout s'est bien passé. Les gens sont ravis et enthousiastes.

J'essaie de calmer la panique qui monte en moi.

— Bon… Ensuite ?

— Je me suis aperçue que j'avais oublié de parler de la carte d'anniversaire que tout le monde devait signer. J'ai donc préparé un second mail pour leur dire que la carte les attendait à la réception et serait présentée à Luke pendant la fête. J'étais en train de me relire quand j'ai cru entendre les pas de Luke. Troublée, j'ai envoyé le mail en vitesse et fermé mon écran.

Elle marque un temps.

— Je n'ai remarqué ma bêtise que plus tard.

— Quelle bêtise ? je demande, le cœur battant. Vous ne l'avez pas envoyé à Luke, quand même ?

— Si !

Je ressens une sorte de décharge électrique.

Becky ! Respire... Expire... Respire...

C'est fou comme je reste zen. Une vraie infirmière du S.A.M.U.

— Ne vous inquiétez pas. Ce n'est pas trop grave. Je vais le supprimer de son ordinateur et de son BlackBerry. Heureusement, vous l'avez remarqué à temps...

— Becky, vous ne comprenez pas ! Luke l'a reçu parce qu'il figure sur la liste générale des contacts. L'adresse mail que j'ai utilisée par erreur !

— Qui est sur cette liste ?

— Environ dix mille personnes, analystes financiers, grands patrons, journalistes, conseils en relations publiques. Ils l'ont tous eue !

Cette fois-ci, ce n'est pas un petit choc. C'est une secousse cataclysmique. Comme si le ciel me tombait sur la tête.

— *Dix mille personnes ?*

— Bien sûr, j'ai immédiatement envoyé un mail d'annulation et demandé une discrétion totale. Mais plus vite dit que fait. Les gens commencent à répondre. Je suis inondée de messages de « joyeux anniversaire » pour Luke. Sa boîte vocale est pleine. Il en a déjà reçu cinquante-six !

D'un doigt tremblant, j'ouvre la boîte du BlackBerry de Luke.

Joyeux anniversaire, vieux !

Je te la souhaite bien bonne !

Joyeux anniversaire et tous nos vœux ! De la part du marketing de HSBC

J'entends Luke monter l'escalier. La panique va me faire bégayer. Vite, je dois cacher son BlackBerry. Je dois tout cacher, tout faire disparaître.

Je me réfugie dans la salle de bains. L'horreur. C'est l'horreur dans ce qu'elle a de plus... horrible.

— Il faut tout supprimer, je murmure à Bonnie. Il faut les empêcher d'envoyer des messages.

Bonnie est aussi désespérée que moi.

— Les gens de notre liste ont fait suivre mon mail à d'autres gens. Les messages arrivent de partout. Je ne sais pas comment arrêter ce flot.

— Mais c'est une fête-surprise. Ils ne s'en *rendent pas compte* ?

Bonnie pousse un profond soupir.

— Becky, vous avez gardé le secret pendant longtemps. La soirée est dans deux jours. Ne serait-il pas temps de mettre Luke au courant ?

Nouveau séisme ! Bonnie me conseille d'*abandonner* ! Après tout le mal que je me suis donné !

— Pas question ! Je ne veux pas en entendre parler. Je lui organise une fête-surprise, O.K. ? *Surprise* ! Il suffit que j'occupe Luke suffisamment pour qu'il ne regarde pas ses mails.

— Pendant deux jours ? Vous n'y arriverez jamais...

— Mais si ! Je vais perdre son BlackBerry, m'occuper de son portable... Demandez aux types du service informatique de supprimer autant de mails qu'ils peuvent. Tenez-moi au courant, je dois raccrocher...

Luke m'appelle de la chambre.

— Becky, ça va ?

Je raccroche avec Bonnie, regarde le BlackBerry de Luke, le jette par terre et l'écrase de toutes mes forces contre le carrelage. *Et vlan* ! Les dix mille personnes peuvent aller se faire voir ! Mon secret sera bien gardé.

— Becky ?

J'ouvre la porte. Luke porte un plateau avec une tasse et deux toasts posés sur une soucoupe.

— Ça va mieux ?

Il me dévisage quelque peu inquiet, puis tend la main.

— Tu me rends mon BlackBerry ?

— Désolée... je l'ai cassé.

— Tu ne pouvais pas faire attention ! dit-il en voyant les débris. Comment as-tu fait ça ? Et où a disparu mon portable ? Je dois envoyer un mail à Bonnie...

— Non !

Je crie si fort qu'il renverse la moitié du thé.

— Oublie ton ordinateur ! Oublie tout ! Luke...

Je jette un coup d'œil désespéré autour de moi.

— C'est le bon moment !

— *Comment ?* fait-il, n'y comprenant rien.

— Tout de suite ! À l'instant ! Je viens de faire le test. Il y a des jours précis. Alors, il faut s'y mettre ! Dépêchons-nous ! Minnie dort, il n'y a personne dans la maison...

Je me colle contre lui, lui prends le plateau des mains et le pose sur une étagère.

— Allez, mon amour !

Je baisse la voix :

— Faisons un enfant !

— Bonne idée !

Ses yeux brillent quand je déboutonne sa chemise et la sort de son pantalon.

— Il faut profiter du présent !

— Absolument.

Je ferme les yeux, caresse son torse de la façon la plus sexy qui soit.

— J'en ai tellement envie.

C'est vrai ! Toute l'adrénaline qui circule dans mes veines m'a excitée. J'enlève sa chemise complètement et je respire le léger parfum de son après-rasage et de sa transpiration. Miam miam ! Quelle *bonne* idée !

— Moi aussi ! chuchote-t-il à mon oreille.

Il est, disons, dans le même état d'esprit. Et, je dois avouer, dans les meilleures dispositions. Excellent ! Pendant quelques heures, il ne pensera plus à ses mails, ni à son BlackBerry, ni à son ordi. En fait, si je suis maligne, ça peut durer jusqu'au matin. Et ensuite...

Là, je cale ! Il faudra que je trouve autre chose. Bah, j'ai du temps pour trouver une solution.

Je suis sûre d'une chose, en tout cas. Vendredi, il aura sa fête-surprise. Même si ça doit me tuer !

19

Bon, ça m'a presque tuée ! Il est 7 heures 30, le lendemain, et j'ai passé une nuit blanche. Chaque fois que j'étais sur le point de m'endormir, Luke murmurait qu'il allait vérifier ses mails, et je devais jouer les nymphomanes pour le retenir. Épuisant !

Mais avouons que ce n'était pas désagréable ! En tout cas, à l'heure qu'il est, nous sommes totalement repus. Rassasiés. (Pour le moment, du moins.) Je sais que Luke ne va pas rester tranquille longtemps. Jusqu'à maintenant, j'ai réussi à le séquestrer dans notre chambre. Je lui ai apporté son petit déjeuner au lit, il boit sa seconde tasse de café, tandis que Minnie grignote un toast. Mais, d'un instant à l'autre, il va regarder sa montre et dire...

— Tu as vu mon ordinateur portable ?

Je l'aurais parié !

— Euh... Tu ne sais pas où il est ?

— Il ne doit pas être loin...

Il soulève sa chemise qu'il a jetée par terre hier soir.

— Sans doute, dis-je en toute connaissance de cause.

Tout à l'heure je l'ai emporté discrètement dans la buanderie et l'ai caché derrière des bouteilles de détergents dans le placard des produits ménagers. Ensuite, j'ai placé la planche à repasser et un panier plein de linge sale devant la porte. Il ne le trouvera jamais !

— Je dois joindre Bonnie pour lui expliquer la situation..., dit-il en fouillant partout avec l'énergie du désespoir. Où l'ai-je fourré ? Je l'avais hier soir ! C'est dément comme truc ! Je dois devenir *gâteux* ! Je peux utiliser ton BlackBerry ?

Je mens sans broncher.

— Il est déchargé, j'ai oublié de le rebrancher.

— Bon, je vais utiliser l'ordinateur de tes parents...

— Ils ont changé le code, je m'empresse de dire. Encore un peu de café, mon amour ?

Le téléphone sonne sur la table de nuit et je décroche très naturellement.

— Allô ? Luke, c'est pour toi ! Tiens ! Gary !

— Salut, Gary ! Désolé, mon BlackBerry est pété...

Il se tait et semble pétrifié.

— *Comment* ? s'exclame-t-il enfin. Mais, Gary...

Je bois mon café tranquillement tout en regardant Luke sans me laisser aller à sourire. Il raccroche enfin, bouleversé.

— Quelle vacherie !

Il se laisse tomber sur le lit.

— C'était Gary. Il est en train de péter les plombs. Sérieusement.

— Pas *possible* ! je m'exclame, comme si j'étais sur scène.

Ce brave Gary. Je savais que je pouvais compter sur lui.

— Il veut me voir d'une façon urgente pour parler de la société, de sa vie, pour relâcher la pression. Il a l'air tout près de craquer. *Gary !* Lui si solide !

Luke paraît stupéfait.

— Je le vois mal craquer. Je m'attendais à tout de lui, sauf ça. Il est toujours tellement équilibré, pondéré. Et tu sais la meilleure ? Comme il ne supporte plus Londres, il veut me voir dans un coin éloigné de la New Forest ! Quelle corvée !

C'est un chalet de vacances où Gary emmène sa famille. Les portables ne passent pas, il n'y a ni Internet ni télé. Gary et moi avons eu une petite conversation aux aurores. Il m'a assuré qu'il pourrait jouer les types en train de disjoncter toute la matinée mais qu'ensuite je devrais trouver autre chose.

— Gary passe avant tout ! C'est *obligé*, dis-je le plus sérieusement du monde. Il est ton bras droit. Tu dois le retrouver là où il t'a dit et l'écouter.

Voyant Luke hésiter, j'en rajoute une couche.

— Sinon, il pourrait faire une bêtise. Tu ne veux pas prendre ce risque, si ? Appelle Bonnie et vois comment elle peut jongler avec tes rendez-vous.

Sans réfléchir, Luke tâte sa poche pour chercher son BlackBerry – puis il se souvient.

— Oh, quel merdier !

Jurant entre ses dents, il décroche le poste fixe.

— Je ne sais même pas sa ligne directe !

— C'est…

Je me mords les lèvres juste à temps. La barbe ! Je ne fais plus attention. Pour couvrir ma gaffe, je lui suggère très vite :

— Appelle donc le standard. Regarde !

Je produis un vieux bloc au nom de Brandon Communications et Luke, la mine renfrognée, tape consciencieusement le numéro.

Son air grincheux me donne envie de pouffer !

— Bonjour, Maureen, Luke à l'appareil. Vous pouvez me passer Bonnie ?

Il avale une gorgée de café.

— Ah, Bonnie, Dieu merci ! Vous n'avez pas *idée* de ce qui se passe ici. Je n'ai ni mon BlackBerry ni mon ordinateur portable, j'ai reçu un coup de fil complètement fou de Gary, je ne sais pas ce qui arrive…

Il se tait et, peu à peu, les rides s'estompent de son front.

— Ah, merci Bonnie, dit-il enfin. Ce serait parfait. Je vous rappelle. Vous avez ce numéro ? Très bien. Et... merci.

Il raccroche et me regarde.

— Bonnie m'envoie un portable par coursier pendant que je vais voir Gary. Réceptionne-le, je passerai le prendre en allant au bureau.

— Quelle bonne idée ! je m'exclame comme s'il m'annonçait une nouvelle et que je n'aie pas échangé une cinquante de mails pour tout mettre au point.

— Heureusement que Bonnie est efficace ! je ne me prive pas d'ajouter.

En fait, Bonnie lui envoie un portable sacrément trafiqué qui ne capte pas Internet en raison d'une « panne de serveur ». Le service technique a désactivé le compte mail de Luke et créé une adresse bidon. Bonnie va remplir la mémoire de messages qui occuperont Luke. Il ne devrait se douter de rien. En un mot, on le coupe totalement de la civilisation numérique.

— Elle commande une voiture qui va m'emmener voir Gary dans sa forêt ! Elle sera là dans vingt minutes.

Les sourcils froncés, il recommence à fouiller la chambre.

— Je suis certain d'avoir eu mon portable avec moi, hier soir. *Sûr* et certain.

Je prends le ton qu'on utilise pour calmer un grand malade.

— Arrête ! Tiens, si tu habillais plutôt Minnie, au lieu de tourner en rond ?

Dès que Luke a déguerpi, je m'empare de mon Black-Berry qui n'a pas cessé de vibrer. Je ne prends même pas la peine de regarder mon écran.

— Bonnie ?

— Non, c'est Davina !

389

Je suis tellement absorbée par les événements de la matinée qu'il me faut une seconde pour réaliser qu'elle est une de mes clientes préférées.

— Davina ? fais-je sans cacher ma surprise. Comment ça va ?

— Becky, ma pauvre. C'est *terrible* !

Pendant un instant je crois qu'elle parle du secret de la soirée qui risque de s'éventer. Puis je comprends.

— Ah, oui ! Je sais !

— Comment ça s'est *passé* ?

Je n'ai pas très envie de raconter en long et en large le pourquoi du comment. Depuis un moment je réussis à ne plus y penser.

— Oh, mon patron a découvert notre programme « Shopping Discrétion Assurée », dis-je en résumant. Il ne l'a pas apprécié. Alors il m'a suspendue pendant qu'ils se livrent à une enquête.

À vrai dire, j'ai été tellement débordée ces derniers jours que je n'ai pas songé à l'enquête.

— Mais vous nous avez sauvé la vie ! dit-elle, la voix pleine de passion. Nous sommes toutes d'accord, on trouve ça intolérable. Nous nous sommes réunies hier, quelques-unes de vos fidèles clientes. C'est Jasmine qui a passé le mot, nous avons toutes reçu un mail...

— *Jasmine* ?

Je suis sidérée qu'elle ait fait ça.

— On ne laissera pas les choses en l'état, continue Davina. On va passer à l'action. Votre patron va regretter de vous avoir attaquée.

Elle ne plaisante pas, et je la bénis. Jasmine aussi. Mais bon, que peuvent-elles faire ? À part écrire une sorte de pétition.

— Enfin, merci Davina. Je vous suis très reconnaissante.

— Je vous tiendrai au courant. Mais je voulais vous demander : ça va, Becky ? Puis-je faire quelque chose pour vous ? N'importe quoi ? Je dispose de ma journée, donc si vous voulez me parler ou vous distraire...

Elle est merveilleuse ! Quel cœur en or !

— Merci encore, mais je ne vois pas.

Sauf si vous pouvez occuper mon mari...

Stop ! Je freine des quatre fers ! Davina est médecin, non ? Elle pourrait peut-être...

Non, je n'ose pas lui demander. C'est un trop grand service.

Mais ça me sauverait la vie et elle m'a *proposé*...

— En fait, une chose me rendrait terriblement service, dis-je timidement. Mais c'est vraiment beaucoup...

— N'importe quoi ! Qu'est-ce que vous désirez ?

Davina est *la meilleure*. Quand Luke ramène Minnie dans notre chambre, notre plan est prêt. Davina et moi avons envoyé un texto à Bonnie : tout fonctionne. Je cache mon BlackBerry sous le duvet du lit et fais un beau sourire à Luke, lorsque le téléphone sonne, pile à l'heure.

— Ah ! Bonjour, Bonnie. Oui, Luke est là. Vous avez besoin de lui parler ?

Je lui tends le combiné et j'ai du mal à ne pas éclater de rire en voyant la tête horrifiée de mon cher mari.

— Une urgence *médicale* ? hurle-t-il.

Il faut que je me retienne pour ne pas pleurer de rire !

— Vous vous fichez de moi ? Ça ne peut pas être une *urgence* ! Dites-leur que ça m'est impossible !

Je peux voir la frustration envahir son visage.

— Eh bien, dites à ces types de la mutuelle que je les emm...

Bravo, Bonnie ! À l'autre bout du fil, elle doit jouer son rôle à la perfection.

— C'est le bouquet !

Il raccroche violemment.

— Il faut que je passe une visite médicale complète cet après-midi. Une connerie de ma mutuelle.

— La barbe ! dis-je, compatissante.

Davina m'a promis de soumettre Luke à tous les examens possibles et imaginables. Ça durera six heures, il portera une blouse d'hôpital, avec interdiction d'utiliser un ordinateur ou un téléphone portable. Et il sera injoignable.

— Quelle journée de *dingue*..., se plaint-il, accablé, en se passant les deux mains dans les cheveux.

Luke n'a pas du tout, mais *pas du tout*, l'habitude de ne pas être aux commandes. Je le plaindrais presque si je n'avais pas autant envie de m'esclaffer.

Je lui prends la main avec tendresse.

— Relax ! Laisse-toi aller.

Je consulte ma montre.

— Ta voiture va arriver. Tu devrais te préparer.

Pendant que Luke enfile sa veste, un texto arrive sur mon BlackBerry. Bref et précis, il provient de Bonnie.

Becky. Vous avez vu YouTube ?

Bon. Alors que je crois que plus rien ne peut m'arriver, une nouvelle cata s'annonce.

Le service marketing de Foreland Investments a tourné une vidéo où tout le département souhaite « Joyeux anniversaire, Luke ! » devant la caméra et l'a postée sur YouTube, sous le titre « Joyeux anniversaire, Luke Brandon ! ».

Certes, je suis touchée par ce geste mais j'ai surtout envie de me faire *hara-kiri* ! YouTube, vous vous rendez compte ? Ils ne pouvaient pas être plus discrets ? Attendre jusqu'à demain pour diffuser leur foutu clip ? Chaque fois que je le regarde, je dois absorber une bonne dose de gouttes calmantes homéopathiques.

À 10 heures, elle a été visionnée 145 fois, dont 10 fois par moi. À 11 heures, on arrive à 1 678 vues et – je n'en crois pas mes yeux – deux autres vidéos sont affichées. L'une provient de Sacrum Asset Management, qui a écrit « Joyeux Anniversaire, Luke Brandon ! » avec des

trombones. L'autre est de Wetherby's, où tout le marketing entonne en chœur « Joyeux Anniversaire ! ».

Suze a le nez collé à mon écran.

— C'est trop *cool* ! Vraiment incroyable !

— Ouais, j'avoue avec une certaine fierté.

Tous ces gens doivent vraiment aimer Luke pour se
donner la peine de tourner un clip. Mais j'ai la frousse.

— Et si Luke les voit ?

— Ça n'arrivera pas, me rassure Suze. Pourquoi regar-
derait-il YouTube ? Il ne doit même pas savoir que ça
existe. Il est trop occupé. Il n'y a que les cas sociaux dans
notre genre qui passent leur vie en ligne.

Je m'apprête à lui expliquer que je ne suis *pas* un cas
social quand on sonne à la porte. Nous sursautons.

— Ça ne peut pas être lui ? demande Janice d'une voix
étouffée en portant la main sur son cœur.

Franchement ! Janice en fait trop. J'ai failli renverser
mon café.

— Bien sûr que non. Probablement les types de la
tente.

Erreur ! En vieux manteau de cuir, jean déchiré et
Converse argent, avec plein de sacs de vêtements, Danny
se tient sur le perron.

— Qui a besoin de costumes ? demande-t-il, pince-sans-
rire.

— Danny, tu es le meilleur ! dis-je en les prenant. Je
n'arrive pas à le croire !

En jetant un œil dans un des sacs, j'aperçois un bout de
brocart bordé de dentelle brillante ! Un bonheur ! Ça sera
parfait !

— Je n'avais pas le choix, explique-t-il. Dis donc, ma
poule, ta belle-mère est pire que Staline. Jamais eu un
patron pareil.

Il regarde autour de lui avec angoisse.

— Elle n'est pas dans le coin, j'espère ?

— Pas pour le moment. Mais Suze est là. Alors gare à tes fesses. Elle est très en colère à cause de la séance de photos.

— Oh !

Mal à l'aise, Danny recule.

— Le problème, c'est que Suze n'a pas pigé l'esthétisme de la chose. Rappelle-toi, elle n'est pas créative.

— Au contraire ! Une vraie artiste. Regarde ses cadres de photos.

Danny cherche un autre angle d'attaque.

— D'accord, elle a un sens artistique, mais elle est passée *complètement* à côté du look que je voulais...

— Pas du tout ! s'exclame Suze derrière moi. J'ai très bien compris le « look », comme tu dis. Mais tu as ridiculisé ce pauvre Tarkie ! Avoue-le !

Danny la dévisage un moment, réfléchissant à ce qu'il va répondre.

— Si j'avoue, est-ce que tu me pardonneras tout de suite ? Sans poser d'autres questions ! Et on passera à autre chose ?

— Euh... Sans doute.

— Bon, d'accord, je lui ai joué un sale tour. Mais je vous adore tous les deux.

Il plante un baiser sur la joue de Suze et pénètre dans la maison.

— Tu as du café ?

Il aperçoit Janice.

— Ah, chérie ! Mon icône ! Ma muse ! C'est quoi cette nuance divine de rouge à lèvres ?

— Il est... impossible !

Suze a l'air si furieuse que je m'apprête à lui offrir un verre entier de mes gouttes calmantes lorsque mon attention est attirée par un bruit venant de l'extérieur. Un gros camion remonte l'allée de Janice en marche arrière, en faisant un boucan d'enfer. Le chauffeur fait de grands signes. Ma tente ! Enfin !

La fête commence ! Ce n'est pas trop tôt !

À 16 heures, la tente s'élève dans le jardin de Janice. Elle n'est pas encore décorée, mais elle est quand même splendide, immense et toute gonflée. (Mon petit kiosque se tient stoïquement à côté. Les gars qui ont monté la tente d'Elinor n'ont pas cessé de se moquer de moi à cause de sa taille !) Je dois m'assurer que Luke ne verra pas l'installation – heureusement, quand il reviendra, il fera nuit. Janice voulait que je couse tous les rideaux pour bloquer la vue, mais j'ai trouvé que c'était *zinzin*.

Gary a réussi à faire durer sa prétentue crise de dépression pendant trois heures. Maintenant, Luke est entre les mains de Davina et subit une batterie de tests dans un sous-sol de son hôpital. Elle vient de m'appeler pour me tenir au courant.

— Je l'ai collé sur un tapis roulant pour une heure histoire de vérifier l'état de son cœur. Il n'est pas *ravi, ravi*, ajoute-t-elle gaiement. Qu'est-ce que vous en faites après moi ?

— Je… ne sais pas encore. Je vous rappellerai.

En fait, je n'ai pas encore organisé la suite de sa réclusion. Ça m'embête d'autant plus qu'il y a maintenant treize vidéos « Joyeux Anniversaire, Luke Brandon ! » sur YouTube. Depuis ce matin, Martin est rivé sur le Web et nous crie « Encore une de plus ! ». Ce n'est pas tout. Quelqu'un a créé un site « happybirthdaylukebrandon.com » qui invite les gens à envoyer leurs histoires drôles, émouvantes ou grossières au sujet du « roi du baratin », comme on désigne Luke dorénavant.

J'en ai le tournis ! Qui est *derrière* tout ça ? D'après Danny, les gens de la City se tournent les pouces en ce moment et, comme ils s'ennuient sec, ils ont sauté sur cette occasion pour se distraire.

Je raccroche au moment où Martin annonce.

— Vidéo n° 14 ! Des filles de Prestwick Relations Publiques chantent « Joyeux Anniversaire » en imitant Marilyn Monroe. Elles sont à poil, ajoute-t-il.

— *À poil ?*

Je me dépêche d'aller voir, suivie de près par Suze.

Bon, elles ne sont pas totalement nues. L'essentiel est caché par des plantes vertes, des dossiers et des coins de photocopieuses. Mais franchement ! Elles ne savent donc pas que Luke est marié ? Surtout la brune aux cheveux bouclés qui se déhanche un max. J'espère qu'*elle* n'est pas invitée à la soirée !

— Que vas-tu faire de Luke ? demande Suze, qui a entendu ma conversation avec Davina. Ses tests ne peuvent pas durer toute la journée ! Il doit cracher le sang à l'heure qu'il est !

— Je sais. Je vais demander à Bonnie de lui envoyer des tonnes de mails. Des documents ultratouffus qu'il devra lire de toute urgence.

— Et demain ? insiste Suze.

— Je ne sais pas. Encore des paperasses, sans doute.

Suze hoche la tête.

— Il faut que tu trouves un truc plus astreignant. Quelle est la chose au monde qui l'occupera quoi qu'il arrive ? Pour Tarkie, je connais la réponse. Je lui dirais que la Société historique a téléphoné pour lui annoncer qu'elle avait finalement la preuve que son arrière-arrière-grand-oncle Albert n'avait pas tiré le premier coup de canon. Tarkie laisserait tout tomber.

— Waouh ! je m'exclame, pleine d'admiration. C'est sacrément précis. Au fait, qui était son arrière-arrière-grand-oncle Albert ?

— C'est mortel, comme histoire, répond Suze en grimaçant. T'as vraiment envie de savoir ?

Euh, non !

— Juste pour te dire que je sais ce qui fait réagir Tarkie. Et pour Luke ? Tu sais sur quel bouton appuyer ?

Je réfléchis un moment.

— Une crise au bureau. Je ne trouve rien d'autre. Par exemple, il bondit dès qu'un de ses gros clients a un problème géant.

— Tu peux en inventer un ?

— Possible.

Je saute sur mon portable pour appeler Bonnie.

— Salut ! Vous avez vu la dernière vidéo sur YouTube ?

— Oh, Becky, j'ai honte ! Si je ne m'étais pas trompée...

— N'y pensez plus ! Mais on peut utiliser le fait que tout le monde est maintenant au courant. Pourriez-vous envoyer un mail à ses clients en leur expliquant qu'on essaie de l'occuper jusqu'à demain soir ? Et en leur demandant de simuler une mégacrise qui l'obligerait à intervenir ?

— De quelle sorte ? précise Bonnie, peu convaincue.

— Je n'en sais rien ! Une faillite imminente. Un scandale sexuel mettant en cause un grand ponte... N'importe quoi ! Pourvu que l'attention de Luke soit absorbée pendant quelques heures. S'ils ont une idée, qu'ils vous appellent, et vous coordonnerez le tout.

J'ai confiance en eux. S'ils sont capables de tourner des vidéos, ils peuvent inventer un drame interne.

Mon téléphone sonne de nouveau, mais il n'y a pas de nom de correspondant sur l'écran.

— Allô ?

— Rebecca ? fait une voix enjouée.

— Oui, je réponds prudemment. Qui est à l'appareil ?

— Eric Foreman du *Daily World*. Tu te souviens de moi ?

— Eric ! je m'exclame, ravie. Comment vas-tu ?

Eric est un journaliste que j'ai connu quand j'étais moi-même journaliste financière pigiste. J'ai écrit des articles pour lui, mais, quand j'ai arrêté, nous nous sommes perdus de vue. Comment m'a-t-il retrouvée ?

— Je vais bien, ma belle. Je rassemble des informations pour un papier sur l'anniversaire de ton mari pour la rubrique En ville et je voulais te citer. Mieux encore, j'aimerais le citer, lui. Il est dans les parages ?

— Comment ? dis-je, interloquée. Pourquoi est-ce que tu lui consacres un papier ?

— Tu plaisantes ? Toute la ville en parle ! Tu as été sur YouTube ? Tu sais combien de gens regardent les vidéos qui le concernent ?

— Écoute, je suis désespérée. En principe, cette fête est une surprise ! Un secret.

L'éclat de rire d'Eric me transperce les oreilles.

— C'est ça, ta déclaration ? « La fête devait rester secrète ! » ? J'ai déjà reçu au moins huit mails à ce sujet. Je croyais que tu étais à l'origine de cette campagne d'intox, mon chou.

— Non ! Il faut que ça cesse !

Il hurle de rire une nouvelle fois.

— Tu n'y peux plus rien. Trop de gens sont au courant. Même ceux qui ne connaissent pas Luke en discutent en ligne. Tiens, les gars du marketing d'Atlas Fund Management sont en séminaire dans le Kent. Eh bien, ils ont écrit « JOYEUX ANNIVERSAIRE LUKE » avec leurs voitures sur le parking et m'ont envoyé la photo. Je vais la publier demain, sauf si j'en dégotte une meilleure.

— Non ! fais-je, horrifiée. Tu ne peux pas me faire ça ! Je donne une fête-surprise pour Luke. Il doit être *surpris* !

Oh, je hais la terre entière ! On dirait que personne ne *veut* me comprendre.

— Ah ! De mieux en mieux ! Il n'est pas au courant, hein ?

— Non.

— Et la fête a lieu demain soir ?

— Oui, je réponds sans réfléchir et je m'en mords aussitôt les doigts.

Eric est sans doute un ami, mais c'est avant tout un journaliste à sensation.

— Alors, ne laisse pas traîner le *Daily World* ! Ça sera en première page. La City a besoin d'une bonne histoire pour lui remonter le moral après les événements récents. Tu vois, chère petite madame, tu donnes l'occasion à une foule de gens de s'amuser un peu ! Je ne vais pas manquer un coup pareil. Le rédacteur en chef des pages Société va sûrement en faire un édito.

— Mais...

— Nous ne serons pas les seuls. Alors éloigne ton chéri des kiosques à journaux, demain.

— Oh, non !

Il a raccroché. Je regarde bêtement mon portable. Ma fête qui devait rester confidentielle va faire la une des journaux !

Quand la nuit tombe, tout est à peu près en place. Sauf que YouTube diffuse maintenant vingt-trois vidéos et qu'Eric a fait un papier dans l'édition en ligne du *Daily World*. J'ai envoyé un S.O.S. à tous les invités et à tous les clients de Brandon Communications en leur rappelant que la soirée reste secrète et en les suppliant de ne pas essayer de joindre Luke.

Bonnie m'a fait livrer par coursier une pile de paperasses qui devrait distraire Luke ce soir. Et deux clients ont promis de l'occuper demain en inventant de gros problèmes. Mais rien de très convaincant. Franchement, je suis à bout. Il reste une nuit et une journée avant la soirée, le monde entier est au courant, une immense tente s'élève à quelques mètres. Et garder le secret est de plus en plus improbable.

— T'en fais pas, il n'y en a plus pour très longtemps.

Suze, qui a déjà mis son manteau et son foulard, m'embrasse.

— Je m'en vais. À demain pour le grand jour !

Je lui prends les mains.

— Suze, merci mille fois. Qu'est-ce que j'aurais fait sans toi et Tarkie ?... Merci pour tout.

— Sois pas idiote. C'était marrant ! Et Elinor s'est occupée du plus gros.

Elle se tait, puis continue plus sérieusement :

— Luke sera *baba* ! Je te le garantis !

— Tu dis pas ça pour me faire plaisir ?

— Non. Ça sera sensationnel. Bon, il faut que j'y aille, sinon je risque de tomber sur lui.

À peine a-t-elle refermé derrière elle que mon portable sonne. Ras le bol. J'ai passé ma journée au téléphone et je n'ai plus de voix... ou presque. Je prends mon courage à deux mains et décroche.

— Becky à l'appareil.

— Becky ? demande une voix douce. Vous ne me connaissez pas, mais je suis Sage Seymour.

Je rêve ?

Un flot d'adrénaline me submerge ! Comme si j'avais avalé trois canettes de Red Bull de suite. J'ai Sage Seymour au bout du fil. Elle connaît *mon nom*.

Elle s'est assise quelque part pour m'appeler. Je me demande ce qu'elle porte. Déformation professionnelle !

Allez, Becky, réponds-lui !

— Ah ! Bonsoir !

J'essaie de toutes mes forces de paraître naturelle, mais ma voix, ridicule, est montée de trois octaves.

— Oui, bonsoir ! je répète bêtement.

— J'ai engagé votre mari pour une campagne de relations publiques, dit-elle de sa voix cadencée bien connue à l'écran. Mais j'imagine que vous êtes au courant.

Panique à bord ! Je suis au courant ou pas ? Sans doute pas officiellement. Mais si j'avoue que Luke ne m'a rien dit, ça va sembler bizarre. Comme si ce boulot ne l'intéressait pas ou s'il ne parlait jamais à sa femme.

— Je suis enthousiaste. Vous êtes une de mes idoles !

Quelle *banalité* ! Je pourrais me tuer.

— C'était un choix un peu « excentrique » ! Mais je ne supportais plus les connards de Hollywood. En dix minutes, votre mari a eu plus d'idées que cette bande de nuls.

C'est jouissif d'entendre ça ! Je sais que Luke est le meilleur.

— Ah ! J'ai entendu parler de votre fête, fait-elle en passant. Une sacrée soirée, d'après ce que j'ai appris.

Mais… mais comment ?…

— Ou-oui ! je bégaie. Oui, assez importante…

— J'ai été sur YouTube. Quels sacrés hommages ! Et mon assistante a reçu un mail de Bonnie. Vous avez besoin qu'on occupe Luke, c'est ça ?

— Oui ! La soirée a atterri sur Internet, alors que ce devait être une surprise et…

— Et si je me chargeais de lui ? propose Sage d'une voix très calme. Je pourrais requérir sa présence sur le plateau, jouer les divas en furie. Enfin, j'improviserai. Après ça, on s'occupera de lui. Il aura droit au tapis rouge. Jusqu'à ce que vous le récupériez. On le renverra dans une voiture.

— Waouh ! Ça serait formidable !

Je suis *verte de jalousie*. Et moi, alors ? Moi aussi, je veux aller sur le plateau, tout voir. Je cherche désespérément une excuse pour l'accompagner quand Sage ajoute :

— Vous passiez à la télévision, n'est-ce pas ? Dans *Morning Coffee* ?

J'acquiesce, stupéfaite.

— Je vous regardais quand je ne travaillais pas. Vous étiez amusante !

— Merci !

— On devrait prendre un verre ensemble un de ces jours.

J'ai l'impression que le monde bascule. Je m'accroche à mon portable pour m'assurer que je ne rêve pas. Sage Seymour m'a proposé de boire un verre ! Une star qui a reçu un Oscar veut boire un verre avec moi ! Toute ma *vie*, j'ai rêvé d'une telle invitation ! Oui, j'ai toujours pensé que ça arriverait un jour. Qu'un jour, je côtoierais les plus grandes stars !

Elle va peut-être devenir mon amie ?

Je serai sa demoiselle d'honneur à son mariage. Si jamais elle se marie ! Enfin, une de ses demoiselles d'honneur.

— Avec grand plaisir, je réussis enfin à articuler.

— Cool. Ne vous faites plus de souci pour Luke, je m'en charge. Et bonne chance pour demain ! Au revoir, Becky.

Et voilà, elle a raccroché, tout simplement. D'une main nerveuse, j'enregistre son numéro dans mon portable. Sage Seymour. Dans mes contacts. Comme n'importe laquelle de mes amies.

Trop bien, trop *terriblement cool*.

J'envoie vite un texto à Gary et à Bonnie :

Bonne nouvelle : Demain, Sage Seymour prend Luke en charge jusqu'à la soirée.

À ce moment même, la clé de Luke grince dans la serrure. Je fais disparaître mon portable et me précipite sur un magazine.

Bon. Becky, sois naturelle. Tu n'as *jamais* bavardé avec Sage Seymour, ta nouvelle meilleure amie.

— Salut ! dis-je en levant la tête. Tu as passé une bonne journée ? Comment va Gary ?

— Je n'en sais foutrement rien ! Il racontait n'importe quoi. Je lui ai suggéré de prendre des vacances.

Il fait la grimace en enlevant son manteau.

— Une journée démente ! Et mon bras ! J'ai eu au moins cinq mille piqûres !

— Pauvre amour ! Je suis sûre qu'elles étaient nécessaires. Question santé...

— Je n'ai jamais vu un médecin pareil. Elle m'a obligé à courir pendant *une heure* ! Tu te rends compte ? Et j'ai dû remplir six questionnaires, tous à peu près semblables. J'aimerais connaître l'imbécile qui les a établis !

Au téléphone, tout à l'heure, Davina m'a dit que jamais elle n'avait eu de patient aussi difficile que Luke. Apparemment, elle a eu droit à un sermon sur son inefficacité et sur le fait qu'elle lui faisait perdre son temps. Forcément ! L'examen a duré quatre heures de plus que la normale.

— Mon pauvre amour ! dis-je en étouffant un petit rire. Tu n'es pas au bout de tes peines. Un paquet de documents t'attend, que tu dois lire de toute urgence...

Au cas où tu pensais que tu serais libre de tes mouvements.

Je lui apporte l'énorme dossier que Bonnie m'a fait parvenir dans l'après-midi. Bourré à craquer de lettres et de contrats. De quoi l'occuper !

— Laisse-moi me mettre sur Internet. C'est mon nouveau portable ? Parfait.

Je ne suis pas rassurée pendant qu'il le déballe. Même si je sais qu'il est sans danger. Les gens de son bureau me l'ont promis. Effectivement, au bout d'un moment, Luke commence à jurer.

— Impossible d'accéder à Internet sur ce foutu ordinateur, éructe-t-il. Qu'est-ce qui ne va pas avec ce *serveur* ?

Je prends un air innocent.

— Écoute, n'insiste pas. Occupe-toi plutôt de tous ces papiers. Tu t'occuperas de ton portable demain. Tu as dîné ? Tu aimerais du risotto ? Janice nous en a apporté.

Je vais à la cuisine le réchauffer quand j'entends le téléphone de Luke sonner.

— Luke Brandon à l'appareil ! Oh, Sage ! Bonsoir ! Juste une minute...

Oh, non ! Il ferme la porte du salon !

J'hésite un instant, puis traverse le vestibule sur la pointe des pieds et colle mon oreille à la porte.

— Je suis désolé de l'apprendre, dit Luke. *Bien sûr*, vous êtes notre priorité n° 1. Sage... Écoutez-moi... Mais, non, personne ne dit ça...

Oui, elle lui fait un sacré numéro ! Pas de doute. Quelle actrice !

— Bien sûr, je peux... À 8 heures. Au studio ? Très bien. Je vous verrai là-bas.

Silence dans le salon. J'hésite à regagner la cuisine, mais j'entends Luke parler de nouveau.

— Bonnie, Luke à l'appareil. Je viens d'avoir Sage Seymour au téléphone. C'est bien ce que je pensais : c'est une emmerdeuse patentée ! Elle insiste pour que je vienne au studio dès l'aube demain. Non, je ne sais pas ! C'est arrivé comme un cheveu sur la soupe ! Elle m'a raconté des bêtises sur des extraits de presse, diverses stratégies. Elle est obsédée par sa petite personne, complètement parano, elle nous accuse même de la laisser tomber... Enfin, je vous rappellerai quand je serai en route pour le bureau.

Il baisse la voix, et je dois presser mon oreille encore plus fort contre la porte pour l'entendre.

— Heureusement, je n'ai rien dit à Becky. J'ai eu raison d'attendre de voir si ça marcherait...

Il se tait, puis reprend :

— Bien sûr, je ne l'ai pas mentionné à Becky. Ce n'est qu'une possibilité. On avisera quand ce sera nécessaire.

C'est quoi, ça ? Quelle possibilité ? Aviser quoi ?

— Bonnie, à demain. Merci, en tout cas.

Merde ! Il va sortir !

Je fonce dans la cuisine, où le risotto n'a pas manqué d'attacher au fond de la casserole. Vite, je mélange les parties qui ont brûlé avec le reste. Là-dessus, Luke me rejoint.

— Il faut que je parte très tôt demain matin, dit-il prudemment. Je dois voir un client.

— Dîne donc !

Je dispose une assiette devant lui comme une épouse parfaite et pas méfiante pour un sou.

— Demain est un grand jour, j'ajoute. Ton anniversaire, tu sais !

— Merde ! Tu as raison !

Il paraît soucieux pendant quelques secondes.

— Becky, tu n'as rien prévu, n'est-ce pas ? Tu sais qu'on a cette réunion interne demain soir. Un truc important. Ça risque de se prolonger tard. J'ignore à quelle heure je vais rentrer…

— Bien sûr. Pas de souci ! On fera un truc sympa samedi.

Mon Dieu ! Je n'en peux plus ! Je frise la crise d'hystérie. J'ai l'impression que Luke peut lire en moi comme à livre ouvert.

Il y a une tente de l'autre côté de cette fenêtre. Demain, c'est ta fête ! Le pays entier est au courant, sauf toi !

Comment n'a-t-il pas deviné ? J'ai du mal à croire que j'aie pu garder le secret aussi longtemps. Je me sens bizarre. Comme si un léger rideau dissimulant mon cerveau allait s'ouvrir incessamment et que Luke aille découvrir le pot aux roses.

Luke m'observe, l'air perplexe.

— Becky, il se passe quelque chose ? Tu sembles inquiète ?

— Mais non, dis-je en tressautant. Rien du tout.

Je saisis mon verre, j'avale une gorgée de vin, je regarde Luke droit dans les yeux avec une expression que j'espère radieuse et je susurre :

— Mais non, amour, il ne se passe rien. Absolument rien.

Tiens le coup, Becky ! Serre les dents ! Plus que vingt-quatre heures !

Personnes au courant de la fête-surprise :

Moi
Suze
Tarquin
Danny
Jess
Tom
Maman
Papa
Janice
Martin
Bonnie
Les trois femmes assises à la table d'à côté qui écoutaient
Gary
Le plombier de Janice
Rupert et Harry du Service
Erica
Les directeurs du marketing de Bollinger, Dom Pérignon,
  Bacardi, Veuve Clicquot, des Boissons Party Time, de Jacob's
  Creek, et des Vins Pétillants Kentish,
Cliff
Manucure (j'étais tellement nerveuse que j'ai dû parler à
  quelqu'un, et elle m'a promis de tenir sa langue)
165 invités (sans compter le personnel de Brandon Com.)
500 lecteurs de <u>Style Central</u>
Elinor
Serveur du Ritz (je suis sûre qu'il écoutait)
Le personnel d'Elinor (6)
Traiteurs (combien sont au courant ? Un ou deux seulement ?)
35 membres du personnel de Brandon Com.
10 000 contacts de Brandon Com.
97 578 utilisateurs de YouTube (98 471, le chiffre vient
  d'augmenter)
1 800 000 lecteurs du <u>Daily World</u>

Total = 1 909 209

Bon. Pas de panique. Du moment qu'ils se taisent jusqu'à
  demain.

20

Soudain, il est 15 heures, le jour de la fête. Moins de *quatre* heures à tenir.

Comme je suis restée debout toute la journée, mes jambes me font souffrir. Et mon poignet est endolori à force de serrer mon téléphone contre mon oreille. Mais nous y sommes. Tout est prêt, tout est en place et tout est à couper le souffle. Les organisateurs ont tenu leur dernière réunion. Elinor est en surrégime. Avec Jess, elles forment un duo imbattable, pointant des listes, vérifiant chaque détail plutôt deux fois qu'une. Aussi maniaques l'une que l'autre. En fait, elles sont même concurrentes ! C'est à celle qui décèlera le moindre accroc et qui l'arrangera dans les délais les plus brefs.

Jess ne cesse de dire à Elinor qu'elle est bourrée de talent, qu'elle devrait venir au Chili où elle utiliserait son sens de l'organisation pour des choses qui en *valent la peine*. « Avez-vous déjà songé à faire du volontariat ? » lui demande sans arrêt ma sœur. À ce genre de question Elinor oppose un visage de marbre. (Hier, je n'ai pas pu m'empêcher de rétorquer à Jess : « Explique-moi pourquoi une fête n'est pas une chose qui en vaut la peine ? »)

Luke est toujours aux studios de Pinewood avec Sage, qui me tient au courant par textos. L'équipe entière est dans le secret, acteurs et techniciens. Dès qu'il est arrivé, on lui a confisqué son nouveau téléphone portable et on l'a assis avec un casque sur la tête dans un fauteuil de metteur en scène. Quand il a commencé à montrer des signes d'impatience, on lui a montré les différents plateaux et les loges des vedettes. Puis on lui a donné à manger. Ensuite, Sage s'est plainte de mille et une choses qui n'allaient pas. Et rebelote ! Luke s'est retrouvé à nouveau dans son fauteuil de metteur en scène. Il paraît que chaque fois qu'il veut parler à Sage, elle lui fait signe de se taire.

— Chut ! Il faut que je me concentre ! lui assène-t-elle.

Ou c'est le réalisateur qui lui ordonne de la boucler.

Normalement, il est coincé là jusqu'à 18 heures. Ensuite, Bonnie l'appellera pour lui dire qu'elle a envoyé par erreur un contrat urgent à la maison. Il faudra qu'il le signe et le lui renvoie par fax. Donc la voiture le ramènera ici. Je serai à la porte pour l'accueillir. Ensuite…

Rien que d'y penser, j'en ai la chair de poule. Je ne peux plus attendre !

Les traiteurs s'activent dans la cuisine de Janice. La tente est illuminée comme un vaisseau spatial. Le jardin est entièrement pavoisé.

Il me reste à prendre un bain, faire mes ongles, préparer Minnie…

— Salut, ma puce !

En entendant maman, je manque renverser mon thé. Elle a dû entrer sans que je l'entende.

Mon estomac fait des nœuds quand elle pénètre dans le salon. Ces derniers jours, nous n'avons communiqué qu'en échangeant de brefs textos sur le portable de Janice.

La crise a débuté quand Janice a invité les parents à venir boire un verre chez elle avant la fête. Maman a répondu que si sa fille ne l'invitait pas elle ne viendrait pas. Janice lui a assuré qu'elle *était* invitée – d'ailleurs n'avait-elle pas reçu une invitation ? Très coincée, maman a répondu qu'elle avait été *désinvitée* ! J'ai dit à Janice que maman n'était désinvitée que si elle le voulait bien. Maman a rétorqué qu'elle n'allait pas s'imposer si on ne voulait pas d'elle. Puis papa est intervenu et a téléphoné à Janice pour dire qu'on était ridicules. Les choses en sont restées là.

— Ah ! Maman ! Je te croyais encore à West Place ? Où est papa ?

— Il attend dans la voiture. Alors, la fête a toujours lieu ce soir ?

D'un côté, son ton à la fois coincé et triste me donne envie de rentrer sous terre. D'un autre côté, c'est un peu fort de café ! Elle coule des jours délicieux à se faire masser et à siroter des cocktails. Pourquoi n'est-elle pas plus heureuse ?

Je marque un temps d'arrêt et hausse les épaules.

— Tu avais raison. La soirée a *failli* être un désastre. J'ai été incapable de m'en sortir seule.

— Ma puce, personne n'a jamais prétendu que tu devais te charger de tout. Et je regrette de t'avoir dit...

Elle s'arrête là.

— Moi aussi je regrette, dis-je à contrecœur. J'espère ne pas te décevoir ce soir.

— J'ignorais que j'étais invitée.

— Euh... j'ignorais que tu ne l'étais pas.

On ne se tourne pas le dos mais presque. Et maintenant ? Qu'est-ce qui va se passer ?

Le visage de maman perd de sa sévérité !

— Oh, ma puce ! Ne nous disputons pas ! Je suis désolée d'avoir mentionné... Euh... Qui tu sais, celui dont on ne prononce pas le nom. Monsieur Wham ! Le chanteur du Tropicana Club, de « Wake Me Up Before You Go Go » !

— Je vois qui tu veux dire ! je l'interromps avant qu'elle ne débite tous les airs de Wham !

— Je ne voulais pas t'humilier ! J'étais angoissée pour toi !

— Maman, tu n'as pas à te faire de souci pour moi, dis-je en levant les yeux au ciel. Je suis adulte ! J'ai vingt-neuf ans. Et je suis une mère de famille.

— Moi aussi ! fait-elle avec un geste mélodramatique. Tu verras, ma puce ! Quand on est mère, c'est pour toujours.

C'est vrai ? Je me ferai encore du souci pour Minnie quand elle aura vingt-neuf ans et sera mariée ?

Non ! Pas question ! Je ne suis pas comme ma mère. Moi, je voguerai sur la mer des Caraïbes à bord d'un paquebot de croisière et je m'amuserai comme une folle.

— Quoi qu'il en soit, reprend maman, papa et moi, on a beaucoup discuté ces derniers jours dans le sauna et pendant les massages...

À croire que les parents ont passé leur temps dans le spa de la résidence.

— J'ai compris pourquoi tu as voulu nous raconter des bobards au sujet de la maison. Navrée d'avoir pris ça aussi mal, ma puce. J'étais *énervée* dernièrement, soupire maman. Et l'ambiance était tendue avec nous tous à la maison. Sans parler des mesures d'austérité financière...

Un énorme remords m'étreint.

— Tu ne peux pas savoir comme nous sommes reconnaissants de votre hospitalité...

— Mais, non ! C'est ta maison, ma puce !

— Quand même, nous sommes restés trop longtemps. Normal que tu aies été un peu nerveuse. Je te demande pardon : notre séjour s'est trop éternisé, et je t'ai raconté trop de bobards.

Mon appréhension s'est évaporée.

— Bien sûr, je veux que tu viennes à la fête, si tu en as envie !

— Bien sûr ! Janice m'a prévenue que ce serait fantastique. Elle va faire des petites retouches de maquillage. Elle a même acheté trois pinceaux Touche Éclat supplémentaires !

411

Aïe ! il *faut* que je parle à Janice !

— Oui, la fête va être magnifique ! Et attends de voir le gâteau d'anniversaire ! Et les décorations, dis-je en continuant sur ma lancée.

— Ma puce, viens ici !

Maman m'ouvre ses bras et me serre fort.

— Je suis si fière de toi, Becky. Je sais que la fête sera magnifique. Janice m'a dit que le thème était *Orgueil et Préjugé*. Luke va être superbe en M. Darcy. J'ai acheté un bonnet et je vais boucler mes cheveux. Et papa a trouvé des hauts-de-chausses…

— *Quoi* ! je m'exclame en m'écartant d'elle. Rien à voir avec *Orgueil et Préjugé* ! Qui a inventé *ça* ?

— Oh, réplique maman, déconcertée. Tout ce que je sais, c'est que Janice compte mettre une jolie robe bleue empruntée à sa troupe de théâtre amateur.

Misère ! Ce n'est pas parce que Janice va enfiler son costume de Mme Bennet que la fête s'inspire d'un roman de Jane Austen !

— Écoute maman, ce n'est pas *Orgueil et Préjugé*. Et ce n'est pas japonais non plus ! Alors pas de kimonos, d'accord ?

— Ah bon ! Mais il y a quand même un thème ?

— En quelque sorte.

J'hésite un instant et puis je me décide.

— Bon, viens voir !

Je l'emmène dans la cuisine, j'ouvre un classeur fermé à clé et je lui présente les croquis de Danny.

— Voilà. Ultra, hypersecret ! Motus et bouche cousue !

Maman les examine un moment, puis son visage s'éclaire.

— Ça y est ! J'ai compris ! Oh, ma puce !

— Je sais ! Fantastique, non ?

J'ai insisté pour que la soirée soit un hommage à Luke, qu'elle le touche personnellement. Car c'est lui le personnage principal, le héros de la fête. J'ai eu l'idée, mais c'est

Elinor qui en a permis la réalisation. Elinor et la puissance de ses millions et millions de dollars, de ses chèques illimités, de son refus absolu de s'entendre dire non.

Maman feuillette l'album de croquis, ébahie.

— Mais comment as-tu réussi à... ?

— On m'a aidée, fais-je vaguement. Beaucoup aidée.

Les seules personnes à savoir à quel point Elinor s'est impliquée sont Suze, Jess, Bonnie et Danny. Ma belle-mère a tout orchestré en restant dans l'ombre. Pour les traiteurs et les serveurs, c'est moi le boss, celui qui paie tout. Même Janice n'est pas au courant.

Ce qui me met de plus en plus mal à l'aise. Puisque Elinor a fait le maximum, on devrait lui en attribuer le mérite. Mais, bon, c'est ainsi.

— Alors, qu'est-ce que tu as fait de Luke ?

Maman furète un peu partout comme si j'avais enfermé mon mari dans un placard.

— Il va bien. Il est sur un plateau de cinéma avec un de ses nouveaux clients.

— Un plateau de cinéma ?

— Chut ! Je ne suis pas censée le savoir. On s'occupe de lui pendant encore trois heures.

Je consulte ma montre.

— Ensuite il revient ici et... surprise !

— Tu vas porter quoi, ma puce ? demande-t-elle, l'œil inquisiteur. Tu t'es acheté une nouvelle tenue ?

Sujet miné. Je fais semblant de ne pas avoir entendu sa question. Mais maman peut être lourde, parfois.

— Becky, tu as acheté une robe ? insiste-t-elle.

— Non. Je vais récupérer quelque chose dans mon placard.

Maman prend un air étonné.

— Ma puce, ça ne te ressemble pas !

— Je sais.

Je me laisse tomber dans un fauteuil et mordille mes ongles, le moral en chute libre.

— Impossible de faire des courses. Après l'accord que j'ai passé avec Luke. Une promesse est une promesse.

— Il ne pensait pas à une *fête*. Il aurait sûrement fait une exception…

— Je n'ai pas voulu prendre le risque. Tu vois, il prend ça très au sérieux. Aux yeux de Nanny Sue, je suis une accro du shopping. Elle veut m'envoyer dans un camp de redressement pour que Minnie ne devienne pas comme moi.

Maman prend son air outragé.

— Comment ? Balivernes ! N'écoute pas un mot de ce qu'elle dit. Des charlatans qui en ont après ton argent, voilà qui sont ces gens ! Ces camps, ces séminaires, c'est arnaque et compagnie. Tu ne vas pas y aller, j'espère.

J'adore ma mère. Elle a toujours le mot juste.

— Je ne sais pas encore. Le problème, c'est que Luke lui fait confiance. Aujourd'hui c'est *son* anniversaire, *son* grand jour. Je me vois mal m'acheter une nouvelle tenue pour l'occasion.

Un scénario, digne d'un film d'horreur, hante mon imagination : j'organise une supersoirée et tout est gâché quand il me demande combien ont coûté mes nouvelles chaussures. L'histoire finit par une dispute monstre.

— J'ai décidé de porter une robe que j'ai déjà. Et je ne changerai pas d'avis.

— Bravo, ma puce ! s'exclame maman avec un grand sourire d'encouragement. Écoute, si on allait fouiller dans ton armoire voir tes secrets cachés ? Hop ! hop !

Dans l'escalier, je traîne des pieds. À vrai dire, j'ai retardé au maximum le moment de m'occuper de ma tenue. Tout le monde aura de nouvelles fringues ! Même Minnie.

Bon, Becky, n'y pense plus.

J'ai promis, et il faut que je fasse de mon mieux. De toute façon, je ne *manque* pas de robes.

— Tu as une idée ? demande maman en entrant dans la chambre. Qu'est-ce que tu as en stock ?

— Ma robe en dentelle noire ? je réponds en essayant d'être gaie. Ou la robe bleue que j'ai mise avant Noël ? Ou peut-être...

J'ouvre la porte de l'armoire et je m'arrête bouche bée. Qu'est-ce que c'est ?

Une housse flambant neuve du Look au milieu de ma garde-robe ? Avec un grand nœud rouge accroché dessus ?

— Ouvre-la ! m'encourage maman. Vas-y !

Méfiante, je fais glisser la fermeture Éclair lentement. Apparaît un bout d'une somptueuse soie vert foncé. Je respire un grand coup. *Non* ! Impossible...

Pour être sûre, je continue à descendre la fermeture Éclair. Et jaillit comme une brillante rivière...

... La Valentino !

La robe Valentino à une seule bretelle, ornée de pierreries, qui nous a été livrée le mois dernier ! J'ai dû l'essayer une vingtaine de fois tout en sachant qu'elle était bien au-dessus de mes moyens.

Une carte est accrochée au cintre. Je l'ouvre en tremblant :

« Pour Becky. Un petit quelque chose à choisir dans ta garde-robe. De la part de maman et papa, avec tout leur amour. »

J'éclate en sanglots.

— Maman ! tu n'aurais pas dû !

Maman ne peut plus se contenir.

— C'est Janice la responsable ! Elle m'a dit que tu ne t'achetais rien de neuf. Notre petite Becky, ne rien acheter ? Impensable ! Tu comprends maintenant ! Mais, pas de souci : tu respectes ta promesse, ajoute-t-elle triomphalement. Tu as trouvé cette robe dans ton placard. *Elle était déjà dans ton placard !*

— Compris ! dis-je, pleurant et riant à la fois. Mais maman, c'est Valentino. Elle vaut une fortune !

— Bon, ce n'était pas donné. Au fait, tu connais Wendy's, la boutique d'Oxshott ? Elle fait des robes du soir à des prix *très* raisonnables. Je me demande pourquoi vous, les filles…

Elle se tait en me voyant grimacer. Depuis des années, maman et moi sommes en total désaccord au sujet de Wendy's.

— En tout cas, j'ai demandé à Jasmine, ta gentille collègue, ce qui te ferait plaisir. Elle m'a tout de suite suggéré ce modèle. *Et* elle me l'a eue au tarif du personnel plus une grosse remise, parce qu'elle était abîmée !

— Abîmée ? Comment ça ?

— Elle a déchiré un ourlet. Vraiment maligne, cette petite ! Tes amies sympa ont également participé. C'est donc aussi de leur part.

Je m'y perds.

— Quelles amies ? Tu parles de Jasmine ?

— Non, tes clientes ! Elles étaient toutes là ! Elles ont signé une carte. Où l'ai-je fourrée ?

Elle commence à fouiller dans son sac.

— Tiens !

Elle me tend une carte toute simple de chez Smythson où est écrit :

« *Passez une belle soirée, Becky et revenez TRÈS VITE au Look ! Affectueusement, Davina, Chloe et toutes vos fidèles amies.* »

Suivent plus de vingt signatures que je découvre, étonnée.

— Mais qu'est-ce qu'elles fabriquaient toutes ensemble dans le magasin ?

— Elles venaient rendre leurs vêtements, évidemment ! Tu ne sais pas ? Elles font campagne pour te faire réintégrer. Tiens, regarde !

C'est *ça* dont parlait Davina ! Je n'en crois pas mes yeux. Sur la feuille de papier rose vif que me montre maman, je lis :

ON VEUT BECKY !

Nous, soussignées, protestons contre le traitement cruel infligé à notre estimée amie et conseillère de mode, Becky Brandon (née Bloomwood).

En raison des sanctions injustes dont elle est victime, nous avons décidé de :

Boycotter le département de Shopping Personnalisé,

Propager la nouvelle auprès de nos amies et relations,

Déshopper tous nos achats immédiatement.

— Déshopper ? Ça veut dire quoi ? je demande en pouffant.

Maman est heureuse d'éclairer ma lanterne.

— Elles retournent tout ce qu'elles ont acheté. Et elles ont raison. Si tu avais vu la file d'attente : toutes ces femmes élégantes et chic qui rapportaient leurs vêtements encore emballés dans les housses d'origine ! L'une après l'autre, elles se faisaient créditer leurs cartes gold. L'une d'entre elles avait trois robes du soir. Yves Saint-Machin-Chose. Cinq mille livres *pièce* ! Une blonde, genre russe.

— Olenka ? dis-je, surprise. Ces robes avaient été commandées spécialement pour elle. Elle les a retournées ?

Maman, d'un geste dramatique, mime la scène.

— Elle les flanquait sur le comptoir en criant : « Pourrr Becky ! Et encorrre pourrr Becky ! » Assez théâtrale comme créature, je dois dire ! Alors le directeur est venu voir ce qui se passait. En voyant la queue, il n'en menait pas large. Embêté comme tout, il les a suppliées :

« Mesdames, réfléchissez ! » Il leur a même proposé un cappuccino gratuit. Mais elles lui ont ri au nez !

— Ça ne m'étonne pas !

Toutes de sacrées bonnes femmes, mes clientes !

J'imagine Trevor se démenant pour qu'elles changent d'avis.

— Je veux bien être pendue s'il ne te téléphone pas dans les vingt-quatre heures pour s'excuser, reprend maman. D'après ce qu'elles disaient, tu devrais exiger des dommages et intérêts.

— Minute ! fais-je en rougissant. Je ne t'ai jamais dit que j'avais été suspendue !

— Non ! D'ailleurs j'ai été assez surprise. Je savais que c'était ton jour de congé. Je ne savais pas que *tous* les jours étaient jours de congé !

Je n'arrive pas y croire.

— Maman, tu as tenu ta langue !

— Il n'y a rien à dire, ma puce. Ça s'arrangera. On se fait du souci, mais on te fait confiance.

Elle me tapote la main.

— Tu t'en tireras.

Je contemple ma robe Valentino, puis le visage de maman si tendre, si familier, et les larmes me montent aux yeux.

— Dire que tu m'as acheté cette robe !

— Oh, ma puce ! On a passé des heures merveilleuses à West Place. On voulait te remercier. Il y a aussi des chaussures, fait-elle en désignant du menton le bas de l'armoire.

— Des chaussures ? dis-je en prenant la boîte.

— Oui, ma petite Cendrillon ! Au fait, il paraît que Jess a une nouvelle robe pour la soirée. Un événement !

— Oui, *enfin* !

La robe de Jess, c'est une vraie saga. Au départ, elle voulait commander une robe-chemise en coton écru dans un catalogue écolo. Comme j'insistais pour qu'elle porte un truc un peu plus glamour, elle est montée sur ses grands chevaux sur le thème « Je refuse de soutenir la société de consommation, même pour une soirée ! ». Alors j'ai fait machine arrière, en lui conseillant d'emprunter une robe : « Toutes les célébrités le font, et c'est bien plus écolo que d'acheter un truc sur catalogue. » Elle n'a rien trouvé à me répondre. Résultat ? Elle aura une exclusivité de Danny Kovitz. Ça et pas autre chose. Point final.

J'ouvre fébrilement le carton à chaussures quand mon portable sonne.

— Je vais répondre, propose maman en tendant la main vers l'appareil posé sur une chaise. C'est…

Elle regarde attentivement l'écran et reste bouche bée :

— Sage Seymour ? Sage Seymour, l'actrice ?

— Oui, je glousse. Chut ! Ne dis rien !

J'imagine que Sage veut me donner des nouvelles de Luke. La dernière fois qu'elle m'a appelée, il mangeait un burrito et bavardait avec le chorégraphe.

— Salut, Sage ! Comment ça tourne ?

— Il s'est envolé ! fait-elle, désespérée. Je suis désolée. Nous l'avons perdu !

— Quoi ? *Comment ça ?* je demande en me laissant tomber sur mes talons.

— Il s'est levé et il est parti, tout simplement. Il a commandé un taxi et il a filé. Sans même prendre la peine de réclamer son portable au chef de plateau. Je ne savais pas, j'étais au maquillage.

— Il y a combien de temps ?

— À peu près une demi-heure.

Une demi-heure. Mon pouls s'accélère.

— Dans quelle direction est-il allé ? Pouvez-vous vous renseigner ?

— Non, il n'a pas pris un de nos chauffeurs habituels. On lui avait promis de lui appeler une voiture quand il voudrait partir, mais il a préféré ne pas attendre.

Typique de Luke ! Incapable de rester tranquille et de profiter d'une journée dans un studio de cinéma comme toute personne normalement constituée. Il faut toujours qu'il prenne les choses en main et retourne à son bureau. Les célébrités, il n'en a rien à battre !

— On m'attend, s'excuse Sage. Becky, je suis navrée, j'ai merdoyé dans les grandes largeurs, comme on dit !

— Sage, surtout ne vous excusez pas ! Vous avez fait un boulot sensationnel. Ce n'est pas *votre* faute s'il s'est sauvé. Je vais le retrouver.

— Bon, tenez-moi au courant.

— Bien sûr.

Je raccroche, le souffle court et regarde ma mère.

— Tu ne vas pas me croire ! Luke est introuvable. Personne ne sait où il est passé.

— Tu n'as qu'à lui téléphoner !

— Il n'a pas de portable ! je gémis. J'ai cassé son Black-Berry, et il a abandonné le portable minable de remplacement. Quant au nom de la société de taxis qu'il a appelée ? Mystère et boule de gomme. J'imagine qu'il est en route pour son bureau.

Je panique de plus belle. Qu'est-ce qui va se passer s'il se pointe ici directement ? Il va tout découvrir avant qu'on ne soit prêt !

Je me jette dans l'action.

— Branle-bas de combat ! Il faut prévenir les troupes. Je vais téléphoner à Bonnie, mettre Janice au courant, appeler toutes les sociétés de taxis... Bref, le traquer.

Dix minutes plus tard, ma *dream team* est dans la cuisine de Janice pour une réunion de crise.

420

La situation est grave. Bonnie m'a fait suivre le message que Luke lui a envoyé avant de quitter les studios. Il regrette de ne pas être de retour au bureau à temps pour assister au séminaire interne. Et il lui souhaite un bon week-end !

Quelle galère ! Où est-il *passé* ? Qu'est-ce qu'il *fabrique* ?

Bon, Becky, du calme ! Il va refaire surface.

— Écoutez-moi tous ! Nous avons un gros problème. Luke s'est volatilisé ! J'ai dessiné une carte. Oxshott est ici, les studios de Pinewood sont là. Voici les différentes directions qu'il a pu prendre. On peut éliminer le nord...

— Waouh ! s'exclame Suzie en regardant son écran de portable. Tarkie me dit qu'un membre de la famille royale a vu les vidéos sur YouTube et désire souhaiter à son tour un joyeux anniversaire à Luke. Ils sont à la chasse ensemble.

Janice se tord les mains de bonheur !

— Quel membre de la famille royale ? Quand *même* pas le prince William ?

— Tarkie ne le précise pas, répond Suze en s'excusant presque. Sans doute le prince Michael de Kent.

Déception générale !

— Ou peut-être David Linley, le fils de la princesse Margaret, s'emballe Janice. J'adore ses meubles, mais vous avez vu les prix qu'il demande ?

J'agite une main au-dessus de ma tête.

— Suffit ! Rien à faire des meubles ! Restons concentrés. Le problème est sérieux. D'abord, j'ai besoin d'un guetteur posté devant la maison qui empêchera Luke d'entrer s'il se présente. Deuxièmement, je veux qu'on réfléchisse sérieusement : où a-t-il bien pu aller ? Troisièmement...

— Ton portable ! me coupe maman.

Mon BlackBerry vibre sur la table. Il affiche un numéro du centre de Londres que je ne connais pas.

— C'est peut-être lui ! souffle papa.

— Chut !

— Silence !

— Branche le haut-parleur !

— Non !

— *Silence*, tout le monde !

On dirait que le kidnappeur est au bout du fil après des jours d'attente. Tout le monde m'épie quand je décroche.

— Allô ?

— Becky ?

La voix inimitable de Luke. Totalement sereine. S'il *savait* comme ici l'ambiance est loin d'être sereine !

— Fais-le parler ! murmure maman comme si elle était un agent fédéral cherchant à déterminer la position du malfaiteur.

— Salut, Luke ! Où es-tu ? Au bureau ?

Là, j'ai été très bonne. Pauvre Becky au courant de rien !

— Il se trouve que je suis au Berkeley Hotel. Et je t'invite ainsi que Minnie pour célébrer mon anniversaire. Si ça te convient.

Quoi, quoi, quoi, quoi ?

Je m'effondre sur une chaise, les jambes en caoutchouc, faisant mine de ne pas remarquer les visages tendus autour de moi.

— Comment ça ? j'articule enfin.

S'il a organisé une fête pour son anniversaire sans me prévenir, je vais l'assassiner ! À petit feu !

— Ma chérie, hier, quand je t'ai parlé du séminaire interne, j'ai vu que tu étais déçue. C'était écrit sur ton visage.

Pas du tout ! tu te trompes ! j'ai envie de hurler.

— Vraiment ?

— J'ai réfléchi. C'est mon anniversaire. Je me fous de ce séminaire. Retrouvons-nous tous les trois pour dîner, boire du champagne. Puis on couchera Minnie et nous irons dans une chambre à côté voir si on peut lui faire un petit frère ou une petite sœur.

Sa voix est enjôleuse et pleine d'humour. De quoi craquer.

— Qu'en penses-tu ? J'ai déjà commandé le champagne !

J'ai du mal à croire ce que j'entends. À un autre moment, je serais prête à mourir pour entendre une telle invitation. *À un autre foutu moment !*

— Oh, c'est divin ! Attends... juste une minute...

Je pose ma main sur le téléphone et regarde désespérément mes complices.

— Il veut que je le rejoigne dans une chambre d'hôtel pour boire du champagne et fêter son anniversaire.

— Mais il y a la soirée ! rappelle Janice, qui visiblement fait tout pour remporter le prix du Commentaire le plus tarte !

— Comme si je ne le *savais* pas ! Mais comment refuser sans éveiller sa méfiance ?

— Fais les deux ! conseille Suze. Va boire du champagne, célèbre son anniversaire et ramène-le à fond de train !

Je réfléchis à mille à l'heure.

Champagne. Dîner. Partie de jambes en l'air.

Tout ça en une demi-heure ? Quarante minutes max ? Oui, on peut être de retour juste à temps.

Je prends ma décision.

— D'accord ! J'y vais, je joue le jeu, et nous revenons au triple galop.

— Ne traîne pas ! commente Janice.

— La circulation peut être dense à cette heure de la journée, intervient Martin. Moi, j'irais et je le ramènerais vite fait.

— Maman, je peux te laisser Minnie ?

— Bien sûr, ma puce !

— Bon !

Je respire à fond, reprends le téléphone.

— Luke, j'arrive tout de suite, je chuchote avec mon intonation séductrice des grands jours. Mais sans Minnie. Maman est ici et elle va la garder. C'est mieux *tous les deux*, tu ne crois pas ?

— Bien mieux, même ! murmure-t-il de sa voix de basse que j'adore et qui me rend toute chose.

Pourquoi choisit-il ce soir pour être un mari parfait ?

Peu importe. Il faut que j'y aille.

— À tout de suite ! Je t'aime !

Luke a pris une suite et m'ouvre, une coupe de champagne à la main. La radio diffuse un air de jazz langoureux. Il est en peignoir !

— Bonsoir, vous ! dit-il en se penchant pour m'embrasser.

Mon Dieu ! Je ne m'étais pas rendu compte que ça prendrait de telles proportions. Luke est un autre homme : nonchalant, indolent, aussi décontracté que pendant notre lune de miel. La suite est fantastique aussi, toute en boiseries avec de profonds canapés et un lit imposant. Dommage que le moment soit si mal choisi !

— Salut, dis-je en m'écartant. Quelle surprise !

— Je n'ai rien calculé ! En fait, c'est un peu ta faute, ajoute-t-il en se dirigeant vers le bar.

— Ma faute ?

Il plaisante ou quoi ?

— Tu n'arrêtes pas de me répéter qu'on devrait se détendre plus, s'amuser, prendre la vie comme elle vient. Tu as raison. J'espère que tu es heureuse.

— Et comment ! C'est fantastique !

— Alors lâche-toi, ma chérie ! On a toute la nuit !

Il me tend une coupe et m'embrasse tendrement dans le cou.

— Veux-tu que je fasse couler un bain ? Il y a de la place pour deux !

Un bain ? Ça prendra combien de temps ? Il faut que je lui enlève cette idée de la tête immédiatement. Et que j'accélère le mouvement. Je consulte ma montre avec inquiétude. Il est plus tard que je ne le pensais. Nous devons aller à une soirée. Alors, *pas de temps pour un bain !*

Et puis je le regarde. Il va être tellement déçu. Il s'est donné tellement de mal. En plus, je parie que la baignoire est ravissante...

Bon. On peut prendre un bain rapide. Plonger. Sortir. Terminé !

— Bonne idée ! Allons-y !

Je fonce dans la somptueuse salle de bains en marbre et ouvre les robinets.

Divins, les produits de toilette de chez Asprey ! Je renifle l'huile de bain. Sublime !

— Alors ? Pas mal, hein ?

Luke s'est glissé derrière moi et m'étreint fermement.

— Rien que nous deux pendant toute la nuit. Inutile de se bousculer, de se précipiter...

Sauf que nous n'avons pas le temps pour paresser « toute la nuit ».

Je me tourne vers lui et invente un prétexte.

— Luke, on doit faire l'amour en vitesse. Oui, le plus rapidement possible... Car je veux concevoir un garçon.

— Comment ? fait Luke, ahuri.

Je continue à improviser.

— Oui, je confirme de mon air le plus sérieux. J'ai lu dans un livre que pour avoir un garçon il fallait s'envoyer en l'air à toute allure. Pas de préliminaires. Juste... crac-crac !

— *Crac-crac ?* s'étonne Luke.

Pourquoi freine-t-il des quatre fers ? Il devrait être content. S'il savait combien de fois...

Bon, ce n'est pas le sujet.

— Crac-crac ! dis-je encore. Allez... on y va !

Pourquoi est-il comme paralysé ? Pourquoi fronce-t-il les sourcils en restant assis sur le bord de la baignoire, avec un air terriblement préoccupé ?

— Becky, dit-il enfin, je n'ai pas envie de commander le sexe de mon futur enfant. J'adore Minnie. J'adorerais une autre *Minnie*. Et si je t'ai donné l'impression que je rêvais d'un garçon...

— Mais non, je ne pense rien de tel ! Mais pourquoi pas ? Plus tard on essaiera d'avoir une fille. On égalisera.

N'importe quoi ! Un tissu d'idioties ! Heureusement, Luke y est habitué.

J'enlève mon top.

— Le bain est prêt ! Viens !

Bon. Je trouve inutile de décrire en détail ce qui se passe ensuite. D'ailleurs il y a très peu de détails. Sauf que nous commençons dans la baignoire, continuons sous la douche, le tout en quatorze minutes chrono. Mais Luke ne se rend pas compte que je presse le mouvement avec subtilité.

En vérité, j'oublie de me dépêcher quand nous sommes au milieu de l'action. En d'autres termes, disons que d'un accord tacite nous avons accéléré la cadence. Sans me vanter, je suis sûre qu'on aurait pu décrocher la médaille olympique des Ballets nautiques, catégories « Épreuve aquatique en duo » et « Programme libre synchronisé ». Et même...

Bon, ça suffit. Passons à autre chose.

En tout cas, quelle façon enchanteresse de débuter la soirée ! Je suis si rayonnante que je n'ai pas besoin de blush. Si nous nous rhabillons maintenant et que nous partions...

— Tu as faim ?

J'arrive vers le salon tout en me séchant. Luke, lui, a remis son peignoir et se prélasse dans un canapé.

— Regarde, Becky ! dit-il en me montrant un plateau sur la table. Des gâteaux fashion !

Des gâteaux fashion ?

Malgré moi, je me précipite vers la table et pousse un cri de joie. Le plateau est couvert d'adorables petits gâteaux en forme de chaussures et de sacs !

— Chacun s'inspire d'un accessoire de mode différent, s'émerveille Luke. Je pensais que ça te plairait. Goûte-les !

Il me tend une cuissarde en sucre glace.

C'est si succulent que j'ai envie de pleurer. Quelle merveilleuse soirée ! Et dire que je dois l'arracher de là...

Bon, encore un sac fourré de praliné.

— Un peu plus de champagne, fait Luke en remplissant ma coupe.

Et encore un peu de champagne. *Subito presto !*

— On est bien, non ?

Luke ouvre les bras et je me blottie contre lui. Toute détendue, je sens son cœur battre contre ma peau.

— Quelle journée ! constate-t-il.

— Je suis bien d'accord avec toi.

Encore une ou deux gorgées de champagne.

— En perdant mes portables, je me suis libéré. Quarante-huit heures sans mails, sans Internet, sans même un téléphone. Le comble ! Et tu sais quoi ? J'ai survécu !

— Je m'en doutais. Je crois que tu devrais te passer de ton BlackBerry un jour par semaine. Ça serait excellent pour ta santé !

— Pourquoi pas ? dit-il en me caressant la cuisse. Et ce jour-là on pourrait venir ici. Excellent pour ma santé.

— Absolument, dis-je en pouffant. Buvons à cette heureuse initiative !

Alors que je lève ma coupe, mon portable sonne. Je me fige.

— Ne réponds pas !

— Mais c'est maman ! Elle m'appelle peut-être au sujet de Minnie. Allô...

— Becky ! s'écrie maman tellement fort que je sursaute. Janice a entendu à la radio qu'il y avait un terrible embouteillage sur l'A3. Tu t'en tires ? Tu es déjà partie ?

Alerte ! Alerte rouge !

Misère de moi ! Qu'est-ce que je fabrique à boire du champagne et à me gaver de gâteaux ? Et Luke ? Il a les yeux fermés. En plein nirvana !

— Euh... Pas encore, je dis à maman.

— Eh bien, grouille-toi ! Tu ne veux pas rester coincée !

— D'accord. On y va ! À tout de suite.

— Quoi de neuf ? demande Luke en ouvrant un œil paresseux.

Je pose mon BlackBerry. Il me reste dix secondes pour trouver une histoire convaincante.

Je l'ai !

— Luke, on doit partir tout de suite. Minnie est hystérique parce que nous ne l'avons pas embrassée ce soir. Fonçons à Oxshott, donnons-lui des baisers et, dès qu'elle s'est calmée, revenons ici. Habille-toi, amour !

J'enfile mes sous-vêtements.

— Revenir ?

Luke se redresse et me dévisage.

— Becky, tu es folle ! On ne va pas retourner embrasser Minnie !

— Elle est dans un état pitoyable ! Maman m'a dit qu'elle va se rendre malade. On ne peut pas la laisser comme ça !

— Ne t'en fais pas ! Elle va finir par s'endormir !

Il boit lentement un peu de champagne, ce qui me met hors de moi. D'accord, tout ça, c'est du bluff. Mais imaginons que ça soit vrai !

— Comment oses-tu dire ça ? C'est notre fille !

— Et nous, on s'offre une nuit de liberté ! Ce n'est pas un crime. Si nous retournons à Oxshott, je te garantis qu'elle sera endormie avant notre arrivée.

— Mais je serai incapable de me détendre ! Je ne vais pas profiter de la soirée. Comment rester à boire du champagne pendant que ma petite fille a... des convulsions !

— Des *convulsions* ?

— Maman m'a dit qu'elle était très inquiète. Elle ne l'a jamais vue dans cet état.

Je le regarde dans les yeux et risque le tout pour le tout :

— J'y vais, même si tu ne viens pas !

Pendant une éternité je suis pétrifiée à l'idée qu'il me dise : « Parfait, vas-y ! À plus tard ! » Finalement, il pose sa coupe et pousse un gros soupir.

— Bien, comme tu veux. Allons l'embrasser.

— Parfait ! dis-je, soulagée. Il est encore tôt, et on peut encore passer une belle soirée. Prenons les gâteaux et le champagne. Au cas où on aurait faim pendant le trajet.

Pas question de laisser toutes ces bonnes choses. Une fois habillée, je me précipite dans la salle de bains et fourre tous les produits de toilette dans mon sac. Pas de petits profits !

Je suis fin prête et Luke a son manteau sur le dos quand je reçois un texto :

Tu arrives ? Tout est superbe et en place !!!! Suze

Je réponds :

Presque ! À tout'

Dans l'ascenseur, je souris nerveusement à Luke. Tout à coup je réalise. On y est presque ! Sa surprise approche ! Après tout ce temps, tous ces préparatifs...

La satisfaction éclate en moi à la manière d'un feu d'artifice. Impossible de résister : je l'embrasse fougueusement.

— Comment tu te sens ? je demande.

— Pas trop mal ! On devrait recevoir une récompense pour nous sacrifier ainsi ! Ah, les enfants !

— Tu as raison.

Je réussis à parler normalement, alors que j'ai du mal à me maîtriser. Dans une heure on sera sur place, et Luke va être tellement ébahi, baba, sidéré qu'il en aura le souffle coupé…

Nous traversons le hall au pas de charge. Je me sens légère, soulevée par une vague d'excitation.

— Demande au bar jusqu'à quelle heure ils restent ouverts. Moi, je vais chercher un taxi.

En fait, une voiture m'attend devant l'hôtel, mais je vais faire semblant de l'avoir trouvée dans la rue.

— Luke ? Luke Brandon ?

Un homme d'affaires au crâne dégarni se tient devant le comptoir de la réception. Vu ses yeux injectés de sang, il a pas mal picolé.

— Bonsoir, Don ! s'exclame Luke.

— Comment ça va ? Je suis Donald Lister, d'Alderbury Consulting, fait-il à mon intention.

— Ma femme, Becky !

Le visage de Don se détend soudain.

— Bon sang ! Attendez ! Luke Brandon ! En personne ?

Il pointe son doigt vers Luke comme s'il avait gagné le gros lot.

— Eh bien, joyeux anniversaire, mon vieux ! Alors ça fait quel effet ?

Tout se brouille dans ma tête.

Bon, il faut qu'on parte. Maintenant. Sans céder à la panique, je passe mon bras sous celui de Luke et tente de l'entraîner, mais il ne bouge pas d'un poil.

— Épatant, merci, répond Luke aimablement. Mais comment êtes-vous au courant ?

— Vous rigolez ! La *terre entière* est...

Il se tait en voyant ma mine.

— Oh, merde ! J'espère que je n'ai pas lâché le morceau.

J'aimerais rétorquer quelque chose de vif et de percutant qui le neutraliserait, j'aimerais revenir quelques minutes en arrière, j'aimerais l'étrangler, me débarrasser de ce sombre abruti, *m'éloigner*...

— La fête est pour ce soir ? continue-t-il. Vous êtes en route ?

Il se rend enfin compte de sa gaffe et place sa main devant sa bouche.

J'aimerais me jeter sur lui comme une tigresse, lui déchirer la tête avec mes dents. Qu'il la ferme ! La FERME !

— Désolé, je n'ai rien dit !

Il se donne une tape sur la joue comme pour se punir et puis s'éloigne.

Mais c'est trop tard. Ce qui est dit est dit.

Pour la première fois, je regrette de ne pas avoir épousé un crétin, un débile, un demeuré type Néandertal du paléolithique moyen.

Mais Luke n'est pas un imbécile. Je le connais trop bien. Aux yeux d'un étranger il peut paraître impassible, mais je devine que son cerveau fonctionne à plein rendement. Je repère l'instant exact où il devine la vérité. Son visage reste de marbre, mais ses yeux le trahissent. Il me sourit.

— C'était quoi, tout ce cirque ? Je n'en ai aucune idée, dit-il d'une voix un peu trop suave.

Il sait.

Je suis anéantie.

21

Dans le taxi, nous nous parlons à peine. Au début, j'essaie d'être gaie, mais tout ce que je dis tombe à plat. Au moment où nous arrivons à Oxshott, je devrais être au comble du bonheur – mais rien ne s'est passé comme je l'avais prévu.

Une larme coule le long de ma joue, que j'essuie avant que Luke ne la remarque.

— Becky, fait Luke d'une voix lugubre.

Le bouquet ! Il m'a vue pleurer. Même mon stupide corps me trahit.

Pendant quelques instants nous nous dévisageons et, cette fois, une sorte de télépathie conjugale se met en marche. Je sais ce qu'il pense. Ce qu'il ressent. Il aimerait revenir en arrière. Il donnerait n'importe quoi pour ne pas savoir. Mais il lui est impossible de désapprendre !

— Becky... Je t'en prie...

— Ça va. J'ai juste...

— Je ne...

On ne s'exprime que par des bouts de phrase qui n'ont aucun sens. Comme si nous n'étions pas capables d'effleurer la vérité. Soudain, Luke prend une décision et m'attire contre lui.

— Je vais être surpris, dit-il à voix basse. Absolument. Je ne sais rien. Tu n'imagines pas comme je suis ému... Becky, je t'en supplie, ne sois pas triste.

Il saisit ma main et la serre si fort que je grimace.

Impossible de dire un mot. Cette conversation est surréaliste.

Nous approchons. Je sèche mes larmes, vérifie mon maquillage. Suze m'attend avec ma robe. Danny est responsable de la tenue de Luke.

Becky, tout va bien, je me dis sévèrement. Même si ce n'est pas exactement ce qui était prévu. Luke est là, je suis là, il va avoir sa fête, tout sera merveilleux.

— Joyeux anniversaire, mon amour ! je murmure quand le taxi emprunte l'allée de Janice.

— Qu'est-ce qu'on fait *là* ?

Luke tente de feindre la surprise, mais il n'est pas très bon acteur. Je préférerais qu'il n'essaie même pas.

— Sors de la voiture ! dis-je avec un grand sourire.

Je suis à nouveau excitée. Même si je sais qu'il sait. Car il n'est pas au courant de *tout*. Je règle le taxi et j'emmène Luke à travers la maison de Janice plongée dans l'obscurité. J'imagine que les serveurs se cachent dans la cuisine ou qu'ils sont déjà dans la tente. Pourtant, je n'ose pas allumer.

— Aïe !

Je me cogne la hanche contre un coin de table. Janice est vraiment pénible, à mettre des tables absolument partout !

— Bon, sortons, dis-je à Luke en le faisant passer par les portes-fenêtres pour rejoindre le jardin.

Voici la grande tente, entièrement décorée de guirlandes et éclairée à l'intérieur. Mais parfaitement silencieuse comme si elle ne contenait pas deux cents personnes !

Luke stoppe net et écarquille les yeux.

— Becky... je ne peux pas y croire ! Tu as tout organisé seule ?

— Oh ! Ne discute pas !

Je l'oblige à avancer sur la natte jusqu'à l'entrée. Mon cœur fait des siennes. Et si les invités n'étaient pas là ?

Question idiote !

Je respire un grand coup et soulève le rabat de la tente. SURPRISE !!!!

Le bruit est phénoménal ! Une foule immense de visages hilares nous fait face. J'en reconnais quelques-uns. Janice est au premier rang, dans son costume de Mme Bennet, Jess porte un extraordinaire fourreau noir ajusté avec un maquillage spectaculaire assorti. En jetant un coup d'œil circulaire, je suis plutôt fière de moi. *Joyeux anniversaire, Luke !* est imprimé sur des ballons argentés décorés du sigle de Brandon Communications. L'enceinte de la tente est ornée de grands panneaux plastifiés représentant de faux articles de journaux à la gloire de Luke. (C'est moi qui les ai écrits !) La pièce de résistance est un immense graphique éclairé en transparence comme Brandon C. en produit pour ses conférences de presse. C'est la vie de Luke en photos, depuis sa naissance jusqu'à l'âge adulte avec un titre géant : « *Luke – une année exceptionnelle* ».

Au-dessus de nos têtes, accrochés au plafond, mes pompons. Nous avons mis une ampoule dans chacun d'eux et les avons reliés en guirlande, c'est *époustouflant* !

Quelqu'un entonne « Bon Anniversaire », et les invités le reprennent en chœur.

Je jette un regard timide à Luke.

— Bon sang ! s'exclame-t-il comme s'il sentait le poids de mon regard, c'est tellement… énorme… !

Je reconnais qu'il fait des efforts surhumains pour paraître étonné et bouleversé.

— Nos vœux les plus sincères…

Luke n'arrête pas de faire des sourires et des signes de la main aux gens qu'il reconnaît. Dès que la chanson se termine, il prend une coupe sur le plateau d'une serveuse et la lève.

— Bande de salauds !

Ce qui déclenche un rugissement de rires. Le trio placé dans un coin de la tente attaque un air de Gershwin, la foule converge vers Luke. Je l'observe.

Il n'est pas baba. Il n'est pas sidéré. Il n'est pas muet de surprise. Mais... je m'en doutais. Depuis l'instant où ce type a lâché le morceau au Berkeley Hotel.

Une fille qui travaille pour Luke (j'ai oublié son nom, mais je reconnais sa superbe robe, signée Alexander McQueen) me fonce dessus.

— Becky ! C'est fantastique ! Vous avez tout décoré vous-même ?

Erica et son personnel circulent avec des plateaux de petits sandwichs. Et que vois-je ? Janice, munie d'un poudrier, s'approche d'une blonde très élégante. La honte ! Je lui avais bien précisé : « Pas de retouches ! » Il faut que je l'éloigne, très vite.

Mais je n'en ai pas le temps. Tout en m'offrant un cocktail, un type grisonnant se présente comme un vieux collègue de Luke. Il me demande combien de temps il m'a fallu pour tout organiser. Après lui, sa femme (robe trop ample, rouge à lèvres trop épais) m'entreprend sur les vidéos de YouTube. Un quart d'heure s'écoule, et je n'ai rien fait, sauf parler à des inconnus. Et Luke, il est où ?

Un courant d'air glacé s'infiltrant par l'entrée, les invités se regroupent au centre.

— Messieurs, mesdames, juste un mot !

La voix autoritaire de Luke emplit la tente. Comme un seul homme, les gens de Brandon Communications cessent de parler et se tiennent presque au garde-à-vous, comme si le patron allait commencer un speech de présentation. Le reste des invités les imite et en quelques secondes le silence se fait.

— Je veux seulement vous dire... merci, dit Luke en observant les visages rayonnants des invités. À vous tous. Formidable, le nombre de vieux amis venus ce soir et que je suis ravi de revoir. J'ai du mal à croire que vous étiez au courant, bande de cachottiers !

Les gens se mettent à rire.

— J'ai du mal à croire que ma femme a tout manigancé. Becky, tu mérites qu'on te rende hommage.

Un tonnerre d'applaudissements éclate, et je m'incline.

La blonde avec trop de rouge à lèvres interpelle Luke.

— Alors, c'est vraiment une surprise ? Vous tombez des nues ?

Luke me jette un coup d'œil en coin, à peine perceptible.

— Oh, absolument, répond-il d'une voix un peu forcée. Je n'avais aucune idée avant d'entrer...

Il s'interrompt.

— En fait, j'ai soupçonné qu'il se tramait *quelque chose* quand nous étions dans le taxi...

Nouvelle pause. L'assemblée retient son souffle.

— Voilà toute la vérité. Je ne vais pas vous raconter d'histoires. Je ne veux pas jouer la comédie, parce que c'est trop important pour moi. Je vais vous dire ce que je ressens. Quelqu'un a vendu la mèche tout à l'heure. Juste un peu. Je m'attendais donc... à un truc. Mais écoutez-moi bien ! Une soirée comme celle-ci ne repose pas sur l'élément de surprise, mais sur le mal qu'une personne s'est donné pour l'organiser. Voilà qui est bouleversant. Voilà qui m'incite à me poser la question : « Qu'ai-je fait pour mériter ça ? »

Il marque une pause. Puis continue d'une voix qui tremble un peu.

— Je suis l'homme le plus heureux, le plus chanceux du monde. Je propose que nous levions nos verres en l'honneur de... Becky !

Je dois avouer que, pendant le discours de Luke, j'ai gardé un œil sur mon portable qui ne cesse d'afficher des messages. Tout à coup, je relève la tête.

— Merci ! dis-je en souriant. Mais tu as tort. La surprise est essentielle pour ce genre de soirée. Alors prenez tous vos verres. Et vos manteaux. Oui, prenez vos manteaux et suivez-nous...

À ce moment précis, Daryl, Nicole, Julie et trois de leurs copains se matérialisent en poussant des portants remplis de manteaux. Les invités sont bluffés par cette synchronisation impeccable. Daryl et moi échangeons un clin d'œil. Il est vraiment top, Daryl ! Il m'a contactée la semaine dernière pour m'annoncer qu'il avait amélioré son numéro de cracheur de feu. Pourrait-il me faire une démonstration ? J'ai refusé, mais je lui ai proposé un autre petit job. Les six ados sont très élégants, vêtus d'une chemise et d'un gilet blancs. Et Nicole n'a pas manqué de mettre ses chaussures Vivienne Westwood !

Luke reste figé sur place. Totalement estomaqué.

Ah, mais !

Il fronce les sourcils.

— Becky... Qu'est-ce que... ?

Ah ! Ah !

— Tu crois que c'était seulement ça, ta soirée ?

En traversant avec lui la maison de Janice dans l'autre sens, j'ai envie de sauter de joie. Ils sont là. Pile à l'heure. Quatre grands autobus garés dans l'allée. Noirs comme l'ébène et sur les côtés une banderole : « LA VRAIE FÊTE-SURPRISE DE LUKE ».

— Qu'... ?

Cette fois Luke est baba, incapable de parler.

Ouais !

— Monte ! je lui ordonne gaiement.

Je sais, je sais. Je ne vous ai rien dit. Désolée.

Je *voulais*. Mais j'ai eu peur que vous alliez blablater.

Dans le bus, l'ambiance est incroyable. Les gens ont l'air de s'amuser dix fois plus. J'entends des « Où allons-nous ? », des « Vous êtes au courant ? » et des cascade de rires.

Luke est sidéré. Mais vraiment sidéré. Je devrais le surprendre plus souvent.

On arrive à un virage.

— Et maintenant, mon amour, je te bande les yeux !

— Non, fait-il en riant. Tu n'es pas sérieuse !

— Mets ton bandeau ! je répète en agitant mon index sous son nez.

Là, je suis aux commandes. Luke est sous ma coupe. Je noue son bandeau le plus serré possible et regarde à l'extérieur. Nous sommes presque arrivés !

Je texte à Suze : **Cinq minutes**. Elle répond immédiatement : **D'ac**.

Elle m'attend là-bas en compagnie de maman, papa, Minnie, Danny et le reste de l'équipe n° 2.

Eh oui ! J'ai deux équipes. En fait, c'était une idée d'Elinor.

Je sais qu'elle est toujours sur place car, il y a quelques minutes, Suze m'a prévenue par texto qu'Elinor vérifiait encore les derniers détails en pétrifiant de trouille tout le personnel.

Tandis que nous remontons une large avenue bordée d'arbres, je remarque que les autres passagers essaient d'identifier les lieux en regardant par la fenêtre. Je leur fais signe de ne rien dire. Pourtant, Luke a peu de chances de deviner : il n'est venu qu'une seule fois dans la nouvelle maison de Suze.

Je dis « maison » mais le terme « demeure d'époque avec parc » serait plus exact.

Venir à Letherby Hall est une décision de dernière minute. On avait prévu de louer une salle (Elinor se faisant fort de déplacer une autre fête le cas échéant. Quand il le faut, elle est aussi cruelle qu'un meurtrier chevronné), mais Suze a suggéré :

— Minute ! Si on utilisait notre maison du Hampshire ?

Parfois, je crois que Suze oublie le nombre de propriétés qu'elle et Tarquin possèdent ! En tout cas, elle ignore le nombre de chambres dont elle dispose.

Toujours est-il que, dès *la* décision prise, tout s'est mis en place très vite. C'est l'endroit le plus romantique, le plus enchanteur pour une fête. J'entends les exclamations d'admiration des invités qui découvrent le château avec ses deux grandes ailes, son dôme central et ses enfilades de colonnes doriques. (Je sais qu'elles sont doriques, parce que Tarquin me l'a expliqué. Pourvu que quelqu'un me pose la question !)

Une brise légère nous accueille à la descente des bus, tandis que le gravier crisse sous nos pas. L'entrée principale est ouverte et illuminée. En silence, je guide Luke, qui a toujours son bandeau sur les yeux. Nous pénétrons dans l'entrée, et stoppons devant les doubles-portes du grand salon, la masse des invités sur nos talons.

Les murmures, les fous rires, les « chut » se succèdent dans mon dos. Chacun est sur le qui-vive. Nous y voici. Le grand moment est arrivé !

Je tremble un peu en retirant le bandeau de Luke.

— Bon ! Luke... Joyeux anniversaire !

J'ouvre les doubles-portes. Silence ébloui avant une tempête de cris d'admiration. Mais seul m'intéresse le visage de mon mari : un visage blême !

Moi qui voulais qu'il soit baba, ébahi, bouche bée, eh bien, je suis servie !

Complètement étonné, il fait un pas, puis un autre, puis encore un autre.

Le Grand Salon ressemble au théâtre d'enfant qu'il a acheté pour Minnie. Le théâtre miniature de son enfance ! Le décor du *Songe d'une nuit d'été* a été fidèlement reproduit : arbustes, arbres, tours du château. Rien ne manque. Pas même le ruisseau et sa mousse. De petites tables et chaises sont nichées dans le feuillage. Un orchestre joue de la musique magique en sourdine. Plantés un peu partout dans les bosquets, comme de grosses fleurs, le reste de mes pompons. Et vous savez quoi ? Ils *rendent* très bien.

Luke s'y reprend à deux fois avant de pouvoir s'exprimer.

— C'est... c'est exactement comme...

— Je sais, dis-je en lui serrant la main très fort.

Depuis le début, c'est mon idée. Mais, sans Elinor, je n'aurais rien pu réaliser d'aussi spectaculaire.

— Paapaa !

Minnie jaillit de derrière un arbre. Elle porte une magnifique robe de fée en gaze avec des ailes que Danny a spécialement dessinée.

— Jouuyeux papa ! Jouuyeux !

— Minnie !

Bouleversé, Luke la soulève dans ses bras.

— Où étais-tu, ma poupinette ?... Comment ?... Suze ! Jane ! Graham ! Danny !

Les uns après les autres ils sortent de leur cachette. Luke ne sait plus où donner de la tête.

— Joyeux anniversaire !

— Surprise !

— Allez, Luke, un discours !

Incroyable mais vrai ! Maman fourre un Caméscope sous le nez de Luke, alors qu'elle sait très bien que nous avons engagé un cameraman professionnel !

— *Bonnie ?*

Luke semble encore plus perplexe en voyant son assistante émerger d'une chute d'eau, vêtue d'une extraordinaire robe aigue-marine et le sourire aux lèvres.

— Ne me dites pas que *vous* étiez dans le secret des dieux !

— Juste un peu !

— Tout est irréel ! s'exclame-t-il en examinant les décors. Qui d'autre est au courant de mon anniversaire ?

En croisant le regard de Bonnie, je manque m'étrangler de rire.

— Pas mal de gens. La plupart de la City.

— Les lecteurs du *Daily World*, ajoute Bonnie. Et ceux qui s'intéressent à l'agenda mondain du *Standard*. Le *Mail* a aussi sorti un article.

— Tu as trois messages des membres de la famille royale, annonce Suze gaiement.

— N'oublions pas YouTube, rappelle papa. Cent mille connexions au dernier comptage.

Luke a l'air de croire que nous sommes tous devenus cinglés.

— Vous plaisantez !

Maman ajoute son grain de sel.

— Sans oublier tous les hommages et félicitations. Et le site joyeuxanniversaireluke-brandon.com

— Mais c'est de la folie ! Je n'ai jamais fêté mon anniversaire ! Qui a...

— Becky a été très occupée, répond Bonnie.

— À vouloir garder le *secret* ! je m'exclame avec indignation. À empêcher les gens de cancaner ou de poster des trucs sur Internet. Aussi facile que de contrôler une pieuvre géante !

— Un verre, monsieur ?

Un mannequin mâle à tomber, portant un des costumes du *Songe d'une nuit d'été* de Danny, surgit, cuisses recouvertes de fourrure, torse nu et bronzé et très, très branché. (Une forêt pleine d'hommes ultrasexy ? Je parie que c'est l'adaptation personnelle par Danny de la comédie de Shakespeare !)

Cette créature fantasmagorique porte un plateau en écorce de bois. Chaque cocktail comporte une étiquette argentée.

— Je peux vous proposer un Brandon, un Bloomwood ou un Minnie. Ensuite, si votre femme et vous désirez vous changer avant le spectacle... ?

— Le spectacle ?

Une fois de plus pris par surprise, Luke se tourne vers moi. Mais je garde une expression mystérieuse.

— Un peu de patience !

Une soirée à marquer d'une pierre blanche ! Une fête à tout casser comme il y en a une fois tous les cent ans. Point barre !

Bon, je sais que j'ai contribué à l'organiser et que je ne devrais pas me faire mousser. Au contraire, je devrais jouer les modestes et dire « Ouais, c'est une bonne soirée » ou « Ouais, pas mal », puis changer de sujet et parler du temps qu'il fait.

Eh bien, non ! Pas de pot ! Je vais vous dire ce que je pense. Vous dire la *vérité* ! Et répéter ce que tous les invités disent. « Une fête 100 % fantastique » est le commentaire unanime. Même de la part de vrais mondains, comme le révérend St John Gardner-Stone qui, au fait, se montre hypersympa et très doué pour raconter des histoires cochonnes.

Jusqu'à maintenant tout marche comme sur des roulettes. Luke a revêtu son smoking et moi ma divine robe verte. D'abord, nous prenons place sur des petites chaises dans le Grand Salon, un verre à la main. Une troupe d'acrobates exécute des numéros stupéfiants entre les arbres de la forêt, au son d'une musique tonitruante et sous la lumière du projecteur laser.

Suivent les cracheurs de feu – une troupe tchèque véritablement exceptionnelle. (Ils ont inclus Alonzo/Alvin dans leur show, car je les y ai obligés. Le pauvre est à la fois terrifié et aux anges.)

Puis un immense écran descend du plafond. Sont alors projetées les vidéos de YouTube. Là, je sanglote presque.

D'accord, j'ai versé quelques larmes.

Non que les clips soient passionnants ! Le rap ringard des patrons du marketing de Kettering qui chantent en version hip-hop « Joyeux Anniversaire » ne vaut pas le début du film *Les Évadés* ! Mais ils se sont donné un mal de chien et c'est ce qui compte.

Ensuite on a droit aux messages des proches qui n'ont pas pu être présents, comme Michael et le père de Luke, et aux messages du site, diffusés l'un après l'autre. Finalement apparaît le clip-surprise que Suze a reçu par mail dix minutes avant notre arrivée. Ouverture : Sage Seymour dans les studios de cinéma. Assise dans un fauteuil de metteur en scène, elle s'écrie : « Luke, mon chou, où ES-TU, bon sang ? » Deuxième plan : elle explique que Luke est son partenaire dans le film. Troisième séquence : l'actrice fait comme si elle attendait Luke pour tourner une scène. Le clip se termine quand les acteurs et les techniciens au grand complet fêtent l'anniversaire de Luke. Même des mégastars sont de la partie !

Au moment où Sage est apparue à l'écran, Luke s'est tourné vers moi et m'a demandé : « Comment *diable* tu... ? »

J'ai pouffé et je lui ai murmuré à l'oreille :

— Luke, tiens-le-toi pour dit ! Avec moi, inutile d'essayer d'avoir des secrets !

Je pensais qu'il allait se gondoler, mais il a fait la tête ! Vraiment !

Vient ensuite un inoubliable festin dans la Grande Galerie décorée de guirlandes de fleurs et de mes pompons en plastique. (Oui, oui, j'en ai confectionné une *tonne*.) Arrive le moment des discours. Luke remercie tout le monde des millions de fois. Je remercie tout le monde des millions de fois. Et puis Luke fait un discours très émouvant : il évoque Annabel, son théâtre miniature, des moments uniques de son enfance, et confie qu'il a offert le même théâtre à Minnie en espérant que, un jour, elle aurait d'aussi beaux souvenirs que les siens. À ce moment, plein d'invités sortent leurs mouchoirs.

Ah ! Il dit aussi des tas de gentilles choses à mon sujet. Ça, ce n'est pas une surprise !

On sert le café accompagné du « biscuit Luke », un shortbread spécialement concocté par Suze et Tarquin et follement applaudi. À ce moment-là, je croise le regard de Suze et lui souffle un « merci ».

C'est au tour de l'orchestre d'être en scène dans le Salon Est (chez les Cleath-Stuart, toutes les pièces ont un nom). Au programme ? Musique douce pour danser joue contre joue ou se prélasser dans de profonds canapés. Une partie des invités traîne encore dans le Grand Salon décoré comme dans *Le Songe d'une nuit d'été*. Plus tard il y aura des glaces, un feu d'artifice et le spectacle d'un fantaisiste, mais Luke ne le sait pas encore.

Je l'observe de mon perchoir au bord du ruisseau. Portant Minnie dans ses bras, il est entouré de vieux amis. Il y a longtemps que son visage n'a pas été aussi rayonnant.

Depuis quand au fait ? Bien trop longtemps.

Au moment où j'hésite entre plusieurs cocktails, Suze s'approche, sublime et froufroutante dans sa robe qui, je l'avoue, est encore plus fab' que la mienne. Un modèle violet avec une traîne, qui vient de chez Dior à Paris. Son prix reste un mystère, que Suze se garde bien de dévoiler. Ce qui veut dire des milliards – au moins.

— Bex, je ne sais pas quoi faire au sujet de...

Elle marque une pause avant de dire :

— D'Elinor.

— Quel est le problème ?

Suze se penche vers moi et me murmure à l'oreille :

— Elle est encore là.

Voilà qui n'était pas prévu au programme !

Elinor n'a eu de cesse de dire et répéter qu'elle n'assisterait pas à la fête. Qu'elle partirait une demi-heure avant notre arrivée. Pourquoi a-t-elle changé d'avis ?

J'inspecte les environs, soudain mal à l'aise.

— Mais où est... ?

— C'est ma faute. J'ai trouvé insupportable qu'elle ne voie pas au moins une partie de son œuvre. Pas après tout le travail qu'elle a accompli. Comme je savais qu'elle ne pouvait pas assister officiellement à la soirée, je lui ai proposé de s'installer dans la Cachette du curé.

Suze lève les yeux et je l'imite. Effectivement, un petit balcon de fer s'avance à la hauteur du premier étage. Sans personne dessus !

— Je ne comprends pas, je fais bêtement. Où est-elle ?

— Derrière un panneau secret d'où elle regarde à travers un œilleton.

Suze se mord les lèvres nerveusement.

— Elle voulait seulement voir votre entrée pour être sûre que tout se déroulait comme prévu. Elle devait filer tout de suite après. Or Tarkie vient de vérifier : sa voiture n'a pas bougé. Elle doit toujours être là-haut, debout dans cette minuscule cellule, sans avoir ni mangé ni bu. Je suis inquiète, Becky. Imagine qu'elle se soit trouvée mal ! Après tout, elle n'est plus toute jeune !

Mon Dieu ! On risque la cata.

Un coup d'œil à Luke me rassure. Il rit aux éclats et ne fait pas attention à moi.

— Allons voir !

L'escalier menant à la Cachette du curé est étroit, sinueux et sent le renfermé. Je soulève ma robe pour qu'elle ne traîne pas dans la poussière. Quand Suze pousse prudemment la vieille porte en bois, la silhouette d'Elinor apparaît, raide et contractée. Son visage est plaqué contre le panneau en face d'elle. Elle est immobile comme une statue et ne nous a même pas entendues.

— Elinor ?

Elle pivote d'un coup. Un éclair de frayeur traverse ses yeux.

— Tout va bien ! Je suis avec Suze. Nous vous avons apporté un en-cas.

Je lui présente une assiette de petits fours qu'elle écarte de la main.

— Je dois m'en aller.

— Aucune obligation. Nous voulions seulement nous assurer que vous alliez bien.

— Luke soupçonne ma présence ?

— Pas un seul instant.

Silence. Elinor retourne au spectacle des invités. Je regarde Suze et elle hausse les épaules. Une façon silencieuse de demander : « Et maintenant, on fait quoi ? »

— Luke et Minnie semblent très proches, constate Elinor. Il est très naturel avec sa fille.

— Euh... oui.

— Avec vos parents, aussi.

Je ne réponds pas. La situation est complètement surréaliste. Me voilà coincée dans un cagibi avec ma richissime et difficile belle-mère, à l'insu de l'homme qui est notre trait d'union !

Comment en suis-je arrivée là ?

Et pour quelle fichue raison ai-je envie de la prendre dans mes bras et de l'embrasser comme si elle faisait réellement partie de la famille ? Et pourquoi aimerais-je la sortir de ce trou à rat pour l'emmener dans la chaleur et la féerie de la fête ? Jamais elle n'a paru aussi vulnérable, ni aussi seule. Et dire que, sans elle, cette soirée exceptionnelle n'aurait jamais eu lieu !

— En bas, c'est merveilleux, dis-je en lui serrant doucement le bras. Tous les invités le proclament : c'est la plus belle fête de leur vie.

— Luke est heureux ?

— Mon Dieu, plutôt mille fois qu'une. Vous n'avez pas vu son visage ?

— Elinor, vous y êtes pour beaucoup, intervient Suze avec enthousiasme. Si vous aviez vu sa joie et son émotion ! Il a parcouru la forêt dans tous les sens en examinant chaque détail. Cette reconstitution est réellement parfaite.

Elinor ne dit rien, mais une lueur de satisfaction passe dans ses yeux. Soudain, je ne le supporte plus. Trop, c'est trop. Trop injuste. Trop ridicule. Luke doit être mis au courant. Les invités, aussi. Il faut que tous sachent que derrière cette fantastique réalisation, il y a une formidable force motrice : la mère de Luke !

— Elinor, descendez. Venez participer à la fête !

Suze pousse un « ah » d'étonnement mais je n'en tiens pas compte.

— Venez, Elinor. J'arrangerai les choses avec Luke.

— Je regrette, mais ce sera impossible.

— Mais, non !

— Je dois partir. Je me suis déjà trop attardée.

Elle ouvre son sac et en sort une paire de gants. L'heure de la retraite a sonné !

— Écoutez, je sais que vous et Luke avez eu de sérieux accrochages. Mais n'est-ce pas le moment idéal pour vous réconcilier ? À sa fête d'anniversaire ? Quand il apprendra que vous êtes derrière tout ça, il va vous adorer ! Il ne *pourra* pas faire autrement !

— C'est la raison même qui m'empêche de descendre ! assène-t-elle d'une voix cassante. Je n'ai pas financé cette soirée pour reconquérir l'affection de Luke au vu et au su de tous.

— Ce n'est pas ce que je voulais dire...

— Je ne descendrai pas. Je ne participerai pas aux festivités. Je ne lui ferai pas savoir que j'ai pris part à l'organisation de sa soirée. Et vous, jamais vous ne le lui révélerez ! Jamais ! Vous avez bien compris, Rebecca ?

Ses yeux lancent des éclairs, et je me recule. Malgré sa fragilité, elle peut encore me terroriser.

— D'accord !

— Je n'ai mis aucune condition à ma participation. Je l'ai fait uniquement pour Luke, répète-t-elle comme si elle se parlait à elle-même. Si je descendais, si je me révélais être la bienfaitrice, ce serait comme si je l'avais fait pour moi.

Elle me fait face et me regarde calmement.

— Comme vous l'avez dit clairement, un acte inconditionnel ne demande aucune contrepartie.

C'est fou ce qu'elle est dure avec elle-même ! À sa place, je trouverais une bonne raison pour expliquer mon geste et mon rôle de bienfaitrice et... pour participer à la fête.

— Alors... vous ne lui direz jamais ? Jamais ? Il ne saura jamais que c'était vous ?

— Non. En aucune façon.

Et, s'adressant à Suze :

— Pourriez-vous vous pousser un peu afin que je puisse sortir ?

C'est fini ? Pas d'embrassades ? Pas de « on se voit bientôt » ? Pas de « on remet ça un jour » ?

— Elinor... attendez !

Je lui tends mes bras, mais elle ne réagit pas. Je m'avance lentement vers elle, mais elle n'a *toujours* pas l'air de comprendre. Finalement, j'enlace son corps si fragile avec l'impression d'être comme Minnie quand elle entoure un arbre de ses petits bras.

Qu'est-ce qui m'arrive ? J'enlace *Elinor* ? Moi, Becky ? Je serre Elinor contre moi ? Oui, parce que je le veux bien !

— Merci, je murmure. Merci pour tout !

Elinor s'écarte de moi, plus coincée que jamais. Elle nous salue, Suze et moi, d'un léger signe de tête puis se glisse derrière la porte en bois.

— On risque de la voir ? je m'inquiète.

— Non ! Il y a un passage par l'arrière. Je le lui ai montré tout à l'heure.

Je m'appuie contre le vieux mur poussiéreux et respire à fond.

— Waouh !

— Comme tu dis !

Nos regards se croisent, et je devine que Suze pense la même chose que moi.

— Tu crois qu'il connaîtra un jour la vérité ?

— Je n'en sais rien.

Je regarde par l'œilleton.

— Bon, mieux vaut descendre.

La soirée bat son plein. Les invités se sont éparpillés un peu partout. Ils boivent, se promènent dans la forêt, admirent la cascade qui est maintenant éclairée de toutes les couleurs, ou bien jouent à la roulette. Les serveurs proposent des cuillères individuelles de sorbet au fruit de la Passion. Les supermecs de Danny dans leurs costumes incroyables du *Songe d'une nuit d'été* semblent jaillir d'une contrée féerique. On entend des rires, le brouhaha des conversations, les cadences syncopées de l'orchestre. Des éclairs laser illuminent la piste. Dans une minute je vais aller danser.

Je me rapproche du bar, où un barman venu spécialement de New York exécute des tours avec son shaker devant quelques personnes admiratives. Et sur qui je tombe en train de trinquer à qui mieux mieux ? Sur Jess et Janice qui se sourient béatement.

Première nouvelle ! Je croyais qu'elles ne pouvaient pas se sentir !

Je tapote l'épaule de Jess.

— Tout va bien ?

Puis, celle de Janice.

— La robe de Jess est à *tomber*, hein ?

— Tu l'as dit !

— Elle est pas mal, avoue Jess en tirant sur son décolleté parfait. Toute simple. Et le tissu est durable.

Elle est impayable, ma sœur ! Au moindre compliment, elle se sent mal à l'aise et fait tout pour le torpiller.

— Jess l'a empruntée à Danny, j'explique à Janice en arrangeant le décolleté qui maintenant bâille bizarrement.

Un prototype de sa nouvelle collection écocouture. C'est sans doute la robe la plus chère de la soirée.

Ce qui est vrai, même si Suze a dépensé une fortune pour sa robe Dior.

— Bien plus chère que la mienne, j'ajoute exprès.

— Comment ? Qu'est-ce que tu *racontes* ? s'insurge Jess.

Voir sa tête me donne envie d'éclater de rire. C'est le moment de révéler mon petit scoop.

— Oui, c'est de la soie sauvage tissée à la main. Mais on commence par attendre que les cocons tombent naturellement des mûriers. Et, bien entendu, on n'utilise aucune machine. Quant aux artisans, ils sont grassement payés. Ah ! Et il n'y aura que trois pièces fabriquées, en tout et pour tout. Chez Browns, ça coûterait...

Je me penche et susurre le prix dans le creux de l'oreille de Jess. Je crois qu'elle va s'évanouir !

— Sache aussi, ma chère Jess, que tu es la première personne au monde à porter un modèle écocouture. Tu es entrée dans l'histoire de la mode. Tu t'en rends compte, au moins ?

N'importe qui d'autre sauterait au plafond de joie. Jess, elle, flippe complètement.

— Profite de ta chance ! Tu es super !

Je lui serre l'épaule jusqu'à ce qu'elle condescende à rire.

— Alors, tu t'amuses bien ? Tu as dansé ? je demande à Janice qui arbore une mine béate. (Visiblement elle n'en est pas à son premier verre.)

— Oh, cocotte ! Tu ne devineras jamais, Jess va avoir un bébé !

Quoi ? Comment ? Ébahie, je regarde tour à tour le ventre de Jess, le visage de Janice, le verre que tient Jess. Ce n'est pas possible...

Tiens donc ! La potion magique de Janice a peut-être servi à quelque chose, après tout ! Mais pourquoi Jess est-elle aussi épanouie ?

— Rien n'est encore certain, rectifie ma sœur. Et ce n'est pas un bébé. Il a trois ans !

— Un pur ange ! précise Janice comme si Jess n'avait rien dit. On peut montrer la photo à Becky ?

Toujours aussi étonnée, je vois Jess fouiller dans son sac du soir et sortir la photo d'un petit garçon aux cheveux ébouriffés, à la peau olive et au nez parsemé de taches de rousseur.

Mon cœur fond ! Ce gamin a l'air à la fois nigaud et adorable. J'ai presque envie de rire, mais je me retiens pour ne pas faire de peine à Jess.

— C'est...

Les yeux de Jess brillent.

— Sans doute. On en est encore au début.

— Becky, se rengorge Janice. Tu devrais songer à l'adoption. De nos jours, c'est la *seule* façon responsable d'avoir un enfant. Angelina Jolie nous a montré la voie, bien sûr.

Angelina ? Je rêve ! Est-ce bien Janice qui parle ? La même Janice qui a piqué une crise d'hystérie parce que son petit-fils n'hériterait pas des gènes familiaux ? Je lève les yeux au ciel. Jess se contente de rire en haussant les épaules.

— Bon ! Eh bien, bonne chance ! Quand sauras-tu ? Euh... je veux dire : quand l'auras-tu ?

— C'est encore trop tôt, dit Jess en se rétractant. Notre dossier doit être approuvé, on peut échouer sur plusieurs points. Je n'aurais pas dû te montrer la photo !

Tu parles ! Comme si Jess avait déjà raté quelque chose. Je vais être tante ! Minnie aura un cousin !

— Je suis heureuse pour toi ! Et toi, Janice, continue à bien t'amuser !

— Oh, cocotte, quelle fête ! Je sais que tu t'es donné un mal de chien. Mais ça en vaut la peine !

— Oui, reprend Jess sans me laisser le temps de répondre, ça en vaut la peine !

Elles s'éloignent ensemble à la recherche de Tom, et je commande un verre. Le reflet de Luke dans la glace du bar me sort d'une rêvasserie délicieuse. Debout à la table de roulette, Minnie à son côté, il semble totalement, complètement, absolument, à 100 % heureux. Les regards des joueurs convergent vers une pile imposante de jetons. Quand la boule s'arrête, c'est un cri unanime. Tout le monde se met à rire, à se taper dans le dos, et Minnie est hilare.

— Faites vos jeux ! annonce la croupière.

À ce moment, Luke remarque que je l'observe dans la glace. D'un mouvement de la tête, il m'indique un canapé dans un coin tranquille et, tenant Minnie par la main, s'écarte de la foule.

— Bonbooons ! crie Minnie d'une voix triomphante en brandissant une poignée de jetons rouge et vert.

— Ce ne sont pas des bonbons, ma poupette. Mais des jetons !

Minnie ouvre de grands yeux.

— Pas pour manger. Des jetons très spéciaux. Tu gagnes de l'argent avec à la table magique... ou tu en perds, j'ajoute, quand Luke fronce les sourcils. On perd souvent. Minnie, tu ne dois jamais jouer ! C'est très mal !

Voilà ! Petite leçon de morale à l'usage des enfants !

Luke plonge dans le canapé, et je l'imite. Mes oreilles bourdonnent à cause de l'orchestre, mes pieds commencent à me faire souffrir... mais le reste est au top. La soirée se déroule à la perfection. Encore mieux que je ne l'imaginais. Et elle est loin d'être finie. Il reste peut-être le meilleur à venir !

— Tu as été surpris ?

C'est la millième fois que je lui pose la même question, mais j'adore entendre sa réponse.

— Becky... je n'ai pas été *surpris* ! J'ai été soufflé !

— Alors je suis contente.

Je prends une gorgée de mon cocktail (un Brandon) et me niche dans ce vieux canapé ultraconfortable. Minnie sur mes genoux et Luke nous enlaçant toutes les deux. Pendant quelques minutes, nous nous taisons, simplement contents de regarder les gens autour de nous.

— Ton vœu, à Noël, dit soudain Luke, c'était à mon sujet ? Dans le centre commercial. Tu t'en souviens ?

Mon Dieu ! Je savais qu'il m'avait entendue. Et il a tenu sa langue pendant tout ce temps !

— Ton vœu concernait cette fête ? C'est pour ça que tu t'es précipitée pour faire taire le lutin ?

Je me rappelle soudain les mots que j'avais gribouillés sur la carte. Comme c'est loin, à des millions d'années !

Je réfléchis un instant.

— Absolument. Je voulais organiser une fête qui serait une surprise. Ça a marché !

— Ton vœu a été exaucé.

— Oui.

J'observe son visage et je lui caresse la joue tendrement. Soudain, ses yeux pétillent de malice.

— Dis-moi, parmi tes comportements les plus bizarres de ces derniers temps, lequel puis-je attribuer à l'organisation de la fête-surprise ?

— Je n'ai pas été bizarre !

— Mon amour, tu as frôlé la folie. Pour concevoir un garçon, il faut faire l'amour très vite ?

— La fête.

— Le moment propice ?

— La fête.

— Le Botox ? La prétendue opération des seins ?

Je pouffe en voyant son expression.

— La fête. Je venais de déjeuner avec Bonnie pour la première fois. Au fait ! Ne l'engueule pas à propos du gel douche. C'est *moi* qui lui ai demandé de t'en parler. La salle de gym aussi. Et tout ce qui t'a semblé déplacé.

— *Toi* ? Incroyable !

Je vois sur son visage que bien des mystères s'éclaircissent.

— Quel imbécile ! J'aurais pu m'en apercevoir plus tôt ! Il est évident que Bonnie n'est pas du genre à changer d'attitude du jour au lendemain. Et les seize manteaux ? Encore la soirée ?

— Euh... non. C'était Minnie. La vilaine Minnie !

— Mais je ne comprends toujours pas... comment tu as *réussi* un coup pareil !

Il passe une main dans ses cheveux.

— Becky, c'est au-delà du fantastique. C'est...

Il ne finit pas sa phrase, mais je sais ce qu'il sous-entend. Tout ça n'est possible que si j'ai fait un énorme emprunt dont je lui révélerai le montant demain. Quand je lui avouerai que nous sommes ruinés.

Si seulement il avait un peu plus confiance en moi !

Mais inutile de prétendre que cette fête n'a pas coûté une montagne d'argent. Même un idiot ne me croirait pas.

— On m'a aidée. Beaucoup. *Plein* de gens.

J'enchaîne en vitesse avant qu'il ne me demande qui m'a épaulée financièrement.

— Bonnie a été formidable, elle a tout coordonné, organisé la liste des invités, envoyé les cartons...

— Ce qui explique son comportement fuyant de l'autre jour, dit-il, l'air de s'en vouloir. Je lui dois un beau bouquet de fleurs.

— Surtout pas des lys ! Tu n'arrêtes pas de lui en offrir et elle les déteste, mais elle est trop polie pour se plaindre. Offre-lui des pois de senteur ou des renoncules. Ou je peux te faire la liste des produits Jo Malone qu'elle préfère.

— Autre chose ? me dit-il, stupéfait.

— Des tas, si ça t'intéresse. Bonnie et moi sommes devenues les meilleures amies du monde. On se dit tout.

— Ah bon ?

Luke n'a pas l'air de savoir comment prendre cet aveu.

— Cette aventure nous a vraiment liées. Quelle histoire !

Je bois une gorgée et j'envoie balader mes chaussures. Maintenant que je dévoile tout à Luke, je commence à me détendre. Enfin !

— Tu ne peux pas imaginer le cirque : t'empêcher de regarder Internet, casser ton BlackBerry...

— Je n'arrive pas à croire que c'était toi ! fait-il, mi-figue, mi-raisin.

Pas sûr que cet épisode l'ait fait *vraiment* rigoler !

— Ton fichu rendez-vous à Paris nous a donné des sueurs froides. Là, j'ai failli t'*assassiner* ! j'ajoute en riant. On se demandait comment on allait s'en sortir. Et toi, tu étais tellement *content* de toi...

— Oh, merde, c'est vrai ! La réunion devait avoir lieu aujourd'hui... Attends une seconde ! Tu ne veux pas dire... ?

Les cellules de son cerveau s'agitent furieusement !

— Tu n'as pas pu manigancer ça ! Tu n'as pas persuadé Bernard Cross de m'accorder un rendez-vous ? Pas toi toute seule ! Je sais que tu es capable de soulever des montagnes, mais *là*...

Je lui souris, mais dans le fond, je m'en veux. J'ai trop parlé. Vite, passons à autre chose.

— Pas moi toute seule. Ah, la tente...

Je me lance dans un récit circonstancié de la séance de troc pour la tente. Luke rit quand il le faut, mais je vois qu'il est préoccupé. Lorsque j'ai fini, nous nous taisons. Il déguste son cocktail, mais surtout il réfléchit.

Il se livre enfin.

— J'ai toujours senti que quelqu'un au bras long était derrière ce rendez-vous. Je te l'ai dit sur le moment. Je subodorais que, dans les coulisses, des gens influents tiraient les ficelles. Maintenant, je crois savoir qui c'est.

Il me regarde droit dans les yeux.

— C'est flagrant. Et je comprends pourquoi tu ne veux pas me le dire.

Mon cœur s'est arrêté. Je suis glacée. Luke est tellement intelligent. Tellement rapide. Je me maudis d'avoir laissé échapper quelques indices.

Est-il fâché ?

— Luke, ma réponse est : motus et bouche cousue !

— D'accord.

Nouveau silence.

Autour de nous, la fête bat son plein. Je jette à Luke des petits regards en coin. Il n'explose pas de fureur. Il ne bondit pas sur ses pieds en prétendant que j'ai gâché sa soirée. Il n'est pas même amer !

Je pense à Elinor. Si je l'avais persuadée de rester... Aurais-je pu les réconcilier au moins un peu ?

— Becky, tu te rends compte que ce n'est pas un petit service. C'est géant. Et tout ça ! fait-il en désignant ce décor de rêve. Cette... personne. Elle est derrière tout ça, non ?

J'acquiesce lentement. S'il est au courant, pourquoi continuer à nier ?

Luke pousse un profond soupir.

— Tu sais qu'il va falloir que je dise merci. D'une façon ou d'une autre. Même si cette personne n'en a aucune envie.

— Ça... serait très gentil de ta part. Oui.

Les larmes me montent aux yeux. Ainsi, les choses sont en bonne voie. Ils vont se rencontrer, ce sera délicat et tendu au début, mais au moins ils se parleront. Luke verra sa mère en compagnie de Minnie. Il la verra sous un autre jour.

— Il faut battre le fer pendant qu'il est chaud, fait Luke en se levant. Tu sais, je n'ai rien dit, mais il y a un petit moment que je soupçonne Tarquin. Comment connaît-il sir Bernard ? Par la chasse, sans doute.

Il me faut un moment pour saisir ses paroles. Il croit que tout est l'œuvre de Tarquin ?

— Bien sûr, il avait une dette envers moi depuis que je l'ai aidé au début de l'année. Mais vraiment, il n'avait pas à se montrer d'une telle générosité. Comment le remercier suffisamment ? Et Suze aussi ? Car j'imagine qu'elle est également dans le coup.

Non, non et non ! Tu as tout faux !

Je veux intervenir. Le faire changer d'avis. Le tout sans trahir la confiance d'Elinor ?

— Attends une minute !

Je pose Minnie sur le canapé et me lève à mon tour.

— Luke, tu ne dois rien dire !

— Ne t'en fais pas. Je ne vais pas vendre la mèche, ajoute-t-il en souriant. S'ils veulent rester incognito, parfait. Mais quand on agit d'une façon aussi extraordinaire, on mérite des remerciements publics ! Tu ne trouves pas ?

Je suis déchirée. Il doit savoir ce que sa mère a fait pour lui. Il le faut !

— Viens, ma poupinette, papa veut faire un petit discours.

Sans me laisser le temps de réagir, Luke se dirige à grandes enjambées vers le Salon Est.

— Suze ! appelle-t-il gaiement en passant près d'elle. Peux-tu venir ici un instant ? Et Tarquin ?

— Qu'est-ce qui se passe ? me demande-t-elle. Qu'est-ce qui agite Luke ?

— Il croit que tout s'est fait grâce à vous, je marmonne. Toi et Tarquin. Que vous avez organisé le rendez-vous avec sir Bernard et financé la fête. Il désire vous remercier.

— Tu te fiches de moi ! Mais... ce n'est pas nous !

— Je le sais bien. Mais comment le lui dire ?

Muettes, nous nous regardons avec effroi.

Puis Suze rompt le silence.

— Luke soupçonne-t-il Elinor de *quoi que ce soit* ?

— Non. Il n'a pas cité son nom une seule fois.

Il a mentionné la terre entière. Toute sa famille. Tous ses amis. Dans son discours précédent il a levé son verre à leur santé. Mais sur elle, rien.

Luke vient de grimper sur scène entre deux chansons. Le chanteur du groupe lui donne son micro.

— Mesdames, messieurs, un instant, je vous prie ! Ce soir, les remerciements n'ont pas manqué. Mais je veux attirer votre attention sur un couple exceptionnel. Il nous a ouvert sa magnifique maison, nous a accueillis d'une façon plus que somptueuse... et je passe sous silence *bien* d'autres choses...

Il marque une pause. Je vois Tarquin jeter un regard étonné à Suze.

Puis Luke reprend.

— Suze et Tarquin, sachez que je n'oublierai jamais ce que vous avez fait. Je propose un toast en l'honneur des Cleath-Stuart !

Les invités sur la piste de danse l'imitent et applaudissent à tout rompre.

Suze sort son plus charmant sourire, mais le cœur n'y est pas.

— Je me sens vraiment mal à l'aise, me dit-elle. Et cette pauvre Elinor ?

— Elle en a décidé ainsi. On ne peut rien faire.

Je l'imagine, à l'arrière de sa voiture, rentrant à son hôtel dans la nuit. Toute seule. Sans personne pour l'applaudir, ni lui sourire, ni même penser à elle. Soudain, je me fais une promesse : un jour, Luke apprendra la vérité. Il saura.

— Chante-nous « New York ! New York ! » crie-t-on à Luke au milieu des rires.

— Pas question ! rigole Luke en rendant le micro.

Tarquin nous rejoint.

— Suze chérie, qu'est-ce que Luke... ?

— Il nous remerciait d'être de si bons amis ! improvise Suze. Tu sais.

— Ah ! fait Tarquin dont le front se déride. Quel type épatant !

Une étiquette d'école dépasse du col de son smoking. Je lis : W.F.S. Cleath-Stuart. Celui de son père !

Je lui demande d'approcher.

— Tarkie, tu as une peluche dans le dos !

Je rentre l'étiquette dans son col en clignant de l'œil à Suze, qui me lance une petite grimace désabusée.

Je suis Luke des yeux tandis qu'il se déplace lentement au milieu de la foule, en bavardant et en souriant. Quand il s'arrête pour parler à Matt, de Brandon C., je vois Minnie attraper le verre de Matt et le porter à ses lèvres. Personne ne s'aperçoit de rien !

Je me rue sur elle.

— Minnie ! Non ! Tu ne dois pas boire de cocktails ! Luke, tu as vu ce qu'elle a fait ?

Dans le temps, Luke se serait mis en colère. Aujourd'hui, il se contente de la soulever en faisant semblant d'être très fâché.

— Allons, Minnie. Tu connais les règles ! Interdiction de jouer et de boire. Vu ? Et pas d'emplettes en ligne. Pas avant d'avoir au moins... trois ans !

— Joooyeux papaa ! réplique-t-elle en lui donnant de petits coups de parapluie de cocktail.

— Bon, va voir Grana une minute !

Il la pose par terre et l'emmène vers maman.

— Ma poupinette, j'ai besoin d'avoir une courte discussion avec ta maman.

Il m'éloigne de la piste de danse, ce qui me surprend. Surtout, de quoi diable veut-il me parler ?

Sûrement pas de ma robe Valentino. Je lui ai *dit* que c'était un cadeau des parents.

Nous atteignons un coin tranquille de la clairière du décor quand Luke attaque.

— Je pensais attendre, mais pourquoi pas maintenant ?

— En effet, dis-je en craignant le pire.

— Quoique tu sois sans doute déjà au courant, dit-il les yeux au ciel. Bref, tu sais que Sage Seymour fait partie de nos clients.

Je prends un air faussement modeste.

— Nous, les organisateurs de fêtes, nous efforçons d'être au courant de tout. Même des secrets que nos maris *tentent de nous cacher.*

— D'autant que tu lui as parlé.

— Plusieurs fois, même ! je précise en faisant bouffer mes cheveux. On s'entend très bien. Elle veut qu'on boive un verre ensemble, un de ces jours.

Suze a failli *défaillir* quand je lui en ai parlé. Elle veut m'accompagner en se faisant passer pour mon assistante.

— Donc… tu sais tout.

Où veut-il en venir ? Ce n'est pas clair, pas clair du tout.

— Euh…

— Non, tu ne *sais* pas tout.

Et il me dévisage pour être sûr.

— Possible, possible, je rétorque.

En pensant : *je suis complètement larguée, mais plutôt mourir que de l'avouer.*

— L'agence immobilière a laissé un message à Bonnie, dit-il pour changer de sujet. Elle nous a trouvé une location. Bien sûr, ça dépend.

— Tu as raison. Ça dépend… d'un tas de choses.

J'ai envie d'ajouter : de la pluie et du beau temps !

Luke me regarde bizarrement.

— Becky, ce que je te dis, c'est du chinois pour toi, non ?

D'accord, inutile de faire semblant plus longtemps.

— Oui, fais-je, exaspérée. Je n'y comprends rien ! Raconte-moi tout !

— Tu n'as donc aucune idée de ce que je vais te dire ? Il croise les bras, comme s'il s'amusait bien.

— Un truc d'un ennui mortel, je suppose. Ça a dû m'entrer par une oreille et sortir par l'autre.

— Comme tu veux. Tant pis ! Ce n'est pas d'une importance vitale. Retrouvons nos amis !

Mon Dieu, ce type me fait tourner en bourrique !

— Dis-moi. Tout de suite. Ou tu seras privé de ton cadeau-souvenir. Et il y en a de ravissants.

Luke semble céder.

— Voilà, pour récapituler ce que tu sais déjà... J'ai commencé à travailler pour Sage Seymour.

Ô joie ! Ô jubilation ! Mon mari bosse pour une star ! Vraiment cool !

— Il lui plairait que quelqu'un ne faisant pas partie du monde du cinéma la conseille, lui donne un point de vue différent. En fait, cette idée l'emballe tellement... (Luke marque une pause, histoire de me taquiner.)... qu'elle m'a demandé de venir travailler pour elle à Los Angeles pendant un moment. Je collaborerai avec son équipe, prendrai des contacts et, peut-être, si tout marche à la *perfection*, j'ouvrirai une succursale de Brandon Communications.

Il change de visage.

— Becky ? Tu te sens bien ?

Je suis incapable de parler. Los Angeles ?

Hollywood ?

— Et... on irait tous ? je bégaie quand j'ai retrouvé ma voix.

— J'y pensais. Gary peut s'occuper de la boîte pendant un certain temps, au moins pendant trois mois. Mais bien sûr, il faut prendre ton boulot en considération. Je sais que ça marche au poil pour toi, que tu espères faire partie du conseil d'administration...

461

Mon job ! Merde et re-merde ! Il ignore que je n'ai plus de job !

— Luke, sache une chose, dis-je de mon air le plus candide, nous formons une équipe. Si ma carrière doit passer au second plan pour un moment, eh bien... tant pis ! C'est ça, le mariage. De plus, Los Angeles ne manque pas de grands magasins. Et j'ai déjà un permis de travail, non ?

— Alors... Tout va bien !

Il lève son verre vers moi.

— C'est parti !

Tout simplement ?

Mais j'ai besoin d'être sûre.

— Alors... On va vivre à Hollywood pendant trois mois ?

— Ouais !

— Je n'y ai jamais mis les pieds.

— Je sais. Crois-moi, ça va être sympa !

Mon cœur fait des bonds comme une truite au printemps. Hollywood ! Moi, Becky Brandon, née Bloomwood, à Hollywood !

Luke continue à me parler, mais je ne l'entends pas. J'ai l'esprit occupé par des images ultracool. Moi en rollers sur les trottoirs, bronzée et dans une forme éblouissante. Moi, descendant Sunset Boulevard au volant d'une décapotable. (Il faut que j'apprenne à conduire les grosses américaines.) Moi et Sage Seymour nous prélassant dans sa piscine carrelée de mosaïque rose, portant des bikinis d'une boutique très hype et Minnie vêtue de sa nouvelle robe bain-de-soleil.

Les gens m'appelleront La Fille à l'Accent Anglais. Ou bien La Fille qui est la Meilleure Amie de Sage Seymour. Ou encore La Fille aux Lunettes de Soleil Blanches. (Oui. Je les achèterai demain. Mon look hollywoodien.)

Et il fera beau tous les jours. Et on boira des smoothies sur Rodeo Drive ! Et on assistera peut-être aux Oscars...

Et on fera peut-être la connaissance de Johnny Depp... Et je pourrai peut-être tourner comme figurante...

La voix de Luke s'infiltre enfin jusqu'à mon cerveau.

— Becky ? Qu'est-ce que tu en penses ?

J'ai l'impression de sourire jusqu'aux oreilles.

— Bon. On part quand ?

THE LOOK
601, Oxford Street
Londres W1

Madame Rebecca Brandon
The Pines
43, Elton Road
Oxshott
Surrey

11 avril 2006

Chère Rebecca,

Merci pour votre lettre du 10 avril.

Je regrette que vous n'acceptiez pas mon offre de réintégration au Look, accompagnée d'une hausse de salaire et d'un siège au conseil. Vos obligations familiales ont la priorité, mais sachez que votre poste vous attend à votre retour de Los Angeles.

En vous souhaitant un excellent voyage.

Trevor Holden
Directeur général

P.-S. Auriez-vous l'amabilité de demander à vos clientes d'ARRÊTER de nous rapporter leurs achats ? Nous n'en pouvons plus !

NANNY SUE CONSEILS

Quand la famille a la priorité...

Conseils — Ateliers — Media — Assistance Parentale — Conférences

Madame Rebecca Brandon
The Pines
43, Elton Road
Oxshott
Surrey

12 avril 2006

Chère Rebecca,

Merci pour votre lettre du 10 avril.

Je regrette qu'en raison de votre voyage en Californie vous ne puissiez finalement assister à notre programme de rééducation destiné aux accros du shopping. Je comprends que vous soyez déçue et « malheureuse » de ce contretemps.

Si cela peut vous consoler, je suis certaine que vous trouverez des groupes de thérapie similaires à Los Angeles.

Avec mes meilleurs vœux,

Julia Summerton
Directrice des programmes pour adultes

SERVICE CENTRAL
DE POLITIQUE MONÉTAIRE

5ᵉ étage
180, Whitehall Place
Londres SW1

Madame Rebecca Brandon
The Pines
43, Elton Road
Oxshott
Surrey

13 avril 2006

Chère Rebecca,

Merci pour votre lettre du 10 avril et tous mes vœux pour votre séjour à Los Angeles.

Malheureusement, je ne pense pas qu'il y ait un poste de « correspondante à Los Angeles » pour *The British Journal of Monetary Economics*. Son rédacteur en chef n'a pas non plus l'intention « de se diversifier en publiant des articles plus grand public sur le cinéma et les potins ».

Cependant, si l'occasion se présentait, je ne manquerais pas de vous le faire savoir.

Bon voyage !

Bien à vous,

Edwin Tredwell
Directeur des recherches financières

LA GROTTE DU PÈRE NOËL
Liste des cadeaux

(déposée dans le Puits magique à l'intention du Père Noël !!!)

Cher Père Noël,

C'est Becky à nouveau. J'espère que vous allez bien.

J'aimerais un top Dona Karan taille 38, le dernier modèle.

Et puis toutes les chaussures Marni que j'ai vues avec Suze, pas celles à talons larges, les autres.

Un petit frère ou une petite soeur pour Minnie.

Surtout, Père Noël, j'aimerais que Luke soit totalement, à 100 % heureux et relax. Et qu'il oublie tous ses emmerdements*. Juste une fois.

Merci. Je vous embrasse,
Becky

* pardon pour le gros mot !

Remerciements

Mille mercis à mon éditrice Linda Evans, et à Kate Samano, Polly Andrews, Laura Sherlock, Gavin Hilzbrich, et toute ma reconnaissance à la formidable équipe des gens de Transworld, trop nombreux pour être cités individuellement.

J'ai été également soutenue par des gens merveilleux – en particulier par Araminta Whitley, Harry Man, Peta Nightingale, Nicki Kennedy, Sam Edenborough, Valerie Hoskins, Rebecca Watson, ma famille et la bande. Merci à tous – je n'aurais pu mener ce livre à bien sans vous.

Si le nom de « Nicole Taylor » figure dans ces pages, c'est à la suite de son enchère en faveur de la Children's Trust, fondation que j'ai le plaisir de soutenir. La Children's Trust assure des soins spéciaux aux enfants handicapés, une cause exaltante. J'aimerais remercier Nicole pour sa généreuse enchère.

Finalement, j'aimerais remercier tous mes lecteurs et lectrices qui nous suivent, Becky et moi, fidèlement depuis des années – et un grand bonjour à tous ceux qui se connectent sur ma page de Facebook !

MILLE COMÉDIES

Tout pour être heureuse ? de Maria BEAUMONT, 2008

Dans la veine de Jennifer Weiner et Marian Keyes, une comédie à la fois émouvante et chaleureuse sur les difficultés d'une jeune mère qui trouve un peu trop souvent le réconfort dans le chardonnay.

————◆————

Mais qui est le père ? de Maria BEAUMONT, 2009

Alors qu'elle est en train de donner naissance à son premier enfant, une jeune femme se remémore la liste de tous ses princes, pas toujours très charmants, et son trajet, souvent mouvementé, sur la route chaotique qui mène au bonheur.
Mariée et mère de deux enfants, Maria Beaumont vit à Londres. Après Tout pour être heureuse ? *(2008),* Mais qui est le père ? *est son deuxième roman paru chez Belfond.*

————◆————

Cerises givrées d'Emma FORREST, 2007

Une jeune femme rencontre l'homme de ses rêves. Problème, l'homme en question a déjà une femme dans sa vie : sa fille de huit ans. Une nouvelle perle de l'humour anglais pour une comédie sur l'amour, la jalousie et le maquillage.
D'origine anglaise, Emma Forrest vit à Los Angeles. Cerises givrées *est son premier roman paru en France.*

————◆————

Ex & the city, manuel de survie à l'usage des filles larguées
d'Alexandra HEMINSLEY, 2009

Une première incursion dans la non-fiction pour Mille Comédies avec cet indispensable et très hilarant manuel à l'usage de toutes les filles qui ont eu, une fois dans leur vie, le cœur en lambeaux.
Alexandra Heminsley est journaliste. Responsable de la rubrique livres de Elle *(UK), elle est également critique sur Radio 2, ainsi que pour* Time Out *et* The Observer. *Elle vit à Londres.*

———◆———

Chez les anges de Marian KEYES, 2004

Les pérégrinations d'une jeune Irlandaise dans le monde merveilleux de la Cité des Anges. Un endroit magique où la manucure est un art majeur, où toute marque de bronzage est formellement proscrite et où même les palmiers sont sveltissimes...

———◆———

Réponds, si tu m'entends de Marian KEYES, 2008

Quand il s'agit de reprendre contact avec celui qu'on aime le plus au monde, tous les moyens sont bons, même les plus extravagants...

———◆———

Un homme trop charmant de Marian KEYES, 2009

Quatre femmes, un homme, un lourd secret qui les relie tous et cette question : peut-on tout pardonner à un homme trop charmant ?
Née en Irlande en 1963, Marian Keyes vit à Dublin. Après, entre autres, Les Vacances de Rachel *(2000)*, Chez les anges *(2004) et* Réponds, si tu m'entends *(2008)*, Un homme trop charmant *est son sixième roman paru chez Belfond.*

———◆———

Confessions d'une accro du shopping de Sophie KINSELLA, 2002, rééd. 2004

Votre job vous ennuie à mourir ? Vos amours laissent à désirer ? Rien de tel que le shopping pour se remonter le moral... Telle est la devise de Becky Bloomwood. Et ce n'est pas son découvert abyssal qui l'en fera démordre.

———•———

Becky à Manhattan de Sophie KINSELLA, 2003

Après une légère rémission, l'accro du shopping est à nouveau soumise à la fièvre acheteuse. Destination : New York, sa 5ᵉ Avenue, ses boutiques...

———•———

L'accro du shopping dit oui de Sophie KINSELLA, 2004

Luke Brandon vient de demander Becky en mariage. Pour une accro du shopping, c'est la consécration... ou le début du cauchemar !

———•———

L'accro du shopping a une sœur de Sophie KINSELLA, 2006

De retour d'un très long voyage de noces, Becky Bloomwood-Brandon découvre qu'elle a une demi-sœur. Et quelle sœur !

———•———

L'accro du shopping attend un bébé de Sophie KINSELLA, 2008

L'accro du shopping est enceinte ! Neuf mois bénis pendant lesquels elle va pouvoir se livrer à un shopping effréné, pour la bonne cause...

———•———

Confessions d'une accro du shopping suivi de *Becky à Manhattan* de Sophie KINSELLA (édition collector 2009)

Pour toutes celles qui pensent que « le shopping devrait figurer dans les risques cardio-vasculaires », découvrez ou redécouvrez les deux premières aventures de la plus drôle, la plus délirante, la plus touchante des fashion victims...

———◆———

Les Petits Secrets d'Emma de Sophie KINSELLA, 2005

Ce n'est pas qu'Emma soit menteuse, c'est plutôt qu'elle a ses petits secrets. Rien de bien méchant, mais plutôt mourir que de l'avouer... Quiproquos, coups de théâtre et douce mythomanie, une nouvelle héroïne, par l'auteur de *L'Accro du shopping*.

———◆———

Samantha, bonne à rien faire de Sophie KINSELLA, 2007

Une comédie follement rafraîchissante qui démontre qu'on peut être une star du droit financier et ne pas savoir faire cuire un œuf...

———◆———

Lexi Smart a la mémoire qui flanche de Sophie KINSELLA, 2009

Quand Lexi se réveille dans sa chambre d'hôpital, elle ne reconnaît ni ce superbeau gosse qui prétend être son mari, ni cette snobinarde qui dit être sa meilleure amie. Trois ans de sa vie viennent de s'effacer d'un coup...

———◆———

Très chère Sadie de Sophie KINSELLA, 2010

Obligée d'assister à l'enterrement de sa grand-tante Sadie, Lara va se retrouver confrontée au fantôme de cette dernière. Un drôle de fantôme de vingt-trois ans, qui aime le charleston et les belles toilettes, et qui n'a de cesse de retrouver un mystérieux collier...
Sophie Kinsella est une véritable star : auteur des Petits Secrets d'Emma, *de* Samantha, bonne à rien faire *et de* Lexi Smart a la

mémoire qui flanche, *elle est également reconnue dans le monde entier pour sa série-culte des aventures de l'accro du shopping.*

———◆———

Un week-end entre amis de Madeleine WICKHAM alias Sophie KINSELLA, 2007

Un régal de comédie à l'anglaise, caustique et hilarante, pour une vision décapante des relations au sein de la jeune bourgeoisie britannique. La redécouverte des premiers romans d'une jeune romancière aujourd'hui plus connue sous le nom de Sophie Kinsella.

———◆———

Une maison de rêve de Madeleine WICKHAM alias Sophie KINSELLA, 2007

Entre désordres professionnels et démêlés conjugaux, une comédie aussi féroce que réjouissante sur trois couples au bord de l'explosion.

———◆———

La Madone des enterrements de Madeleine WICKHAM alias Sophie KINSELLA, 2008

Aussi charmante que vénale, Fleur séduit les hommes pour mieux mettre la main sur leur fortune. Mais à ce petit jeu, telle est prise qui croyait un peu trop prendre...

———◆———

Drôle de mariage de Madeleine WICKHAM alias Sophie KINSELLA, 2008

Quoi de plus naturel que rendre service à un ami dans le besoin ? Sauf quand cela peut ruiner le plus beau jour de votre vie et vous coûter l'homme de vos rêves...

———◆———

Des vacances inoubliables de Madeleine WICKHAM alias Sophie KINSELLA, 2009

À la suite d'une regrettable méprise, deux couples vont devoir passer leurs vacances ensemble... pour le meilleur et pour le pire !

———•◆•———

Sœurs mais pas trop d'Anna MAXTED, 2008

Cassie, la cadette, est mince, vive, charismatique et ambitieuse ; Lizbet, l'aînée, est ronde, un peu paresseuse, souvent gaffeuse et très désordonnée. Malgré leurs différences, les deux sœurs s'adorent... jusqu'au jour où Lizbet annonce qu'elle est enceinte. Une situation explosive !
Mariée et mère de deux garçons, Anna Maxted vit à Londres. Sœurs mais pas trop est son premier roman traduit en français.

———•◆•———

Tous à la campagne ! de Judith O'REILLY, 2010

Les tribulations d'une épouse et mère plus que dévouée en terrain rural inconnu, ou comment survivre dans les contrées désolées du Northumberland quand on n'a connu que la trépidante vie londonienne.
Judith O'Reilly a donc tout quitté pour suivre son mari. Hilarant récit de cette expérience, d'abord relatée dans un blog qui a connu un énorme succès, Tous à la campagne ! est son premier roman.

———•◆•———

Cul et chemise de Robyn SISMAN, 2002

Comme cul et chemise, Jack et Freya le sont depuis bien longtemps : c'est simple, ils se connaissent par cœur. Du moins le pensent-ils...
Née aux États-Unis, Robyn Sisman vit en Angleterre. Après le succès de Nuits blanches à Manhattan, Cul et chemise est son deuxième roman publié chez Belfond.

———•◆•———

Le Prochain Truc sur ma liste de Jill SMOLINSKI, 2007

Une comédie chaleureuse et pleine de charme sur une jeune femme qui donne irrésistiblement envie de profiter des petits bonheurs de tous les jours.
Jill Smolinski a été journaliste pour de nombreux magazines féminins, avant de se consacrer à l'écriture. Le Prochain Truc sur ma liste *est son premier roman traduit en français.*

———•———

Alors, heureuse ? de Jennifer WEINER, 2002

Comment vivre heureuse quand on a trop de rondeurs et qu'on découvre sa vie sexuelle relatée par le menu dans un grand mensuel féminin ?

———•———

Chaussure à son pied de Jennifer WEINER, 2004

Rose et Maggie ont beau être sœurs, elles n'ont rien en commun. Rien, à part l'ADN, leur pointure, un drame familial et une revanche à prendre sur la vie...

———•———

Envies de fraises de Jennifer WEINER, 2005

Fous rires, petites contrariétés et envies de fraises... Une tendre comédie, sincère et émouvante, sur trois jeunes femmes lancées dans l'aventure de la maternité.

———•———

Crime et couches-culottes de Jennifer WEINER, 2006

Quand une mère de famille mène l'enquête sur la mort mystérieuse de sa voisine... Entre couches et biberons, lessives et goûters, difficile de s'improviser détective !

———•———

La Fille de sa mère de Jennifer WEINER, 2009

Une comédie douce-amère où l'on apprend comment concilier avec grâce vie de couple, kilos en trop et rébellion adolescente.

———•———

Des amies de toujours de Jennifer WEINER, 2011

Une comédie aussi désopilante qu'émouvante sur deux amies devenues ennemies jurées. Des retrouvailles explosives et cocasses sur fond de road movie à la *Thelma et Louise*.
Jennifer Weiner est née en 1970 en Louisiane. Après Alors, heureuse ? *(2002, Pocket 2004),* Chaussure à son pied *(2004) – adapté au cinéma en 2005 –,* Envies de fraises *(2005),* Crime et couches-culottes *(2006) et* La Fille de sa mère *(2009),* Des amies de toujours *est son sixième roman publié par Belfond.*

Composition et mise en pages : FACOMPO, LISIEUX

Impression réalisée par

La Flèche
en juillet 2011

Imprimé en France
N° d'impression : 65440
Dépôt légal : avril 2011